KB261616

그대를 잃은 날부터

그대를 잃은 날부터

ⓒ 최인석, 2010

초판 1쇄 인쇄일 | 2010년 10월 20일
초판 1쇄 발행일 | 2010년 10월 25일

지은이 | 최인석
펴낸이 | 강병철
주　간 | 정은영
편　집 | 황여정
디자인 | 김희숙
제　작 | 시명국
영　업 | 조광진
마케팅 | 박현경, 김정혜, 유혜영

펴낸곳 | 자음과모음
출판등록 | 2001년 5월 8일 제20-222호
주소 | 121-753 서울시 마포구 동교동 165-1 미래프라자빌딩 7층
전화 | 편집부 (02)324-2347, 총무부 (02)325-6047
팩스 | 편집부 (02)324-2348, 총무부 (02)2648-1311
E-mail | munhak@jamobook.com
Home page | www.jamo21.net

ISBN 978-89-5707-521-0 (03810)

그대를 잃은 날부터

최인석 장편소설

자음과모음

이익이 되지 않는 일을 하라,
저들이 너희에게서 기대한 적 없는 노래를 불러라!
편안하게 살 생각 말아, 이놈의 세상 원동기 속에서
기름이 아니라 모래가 되어라!

— 귄터 아이히

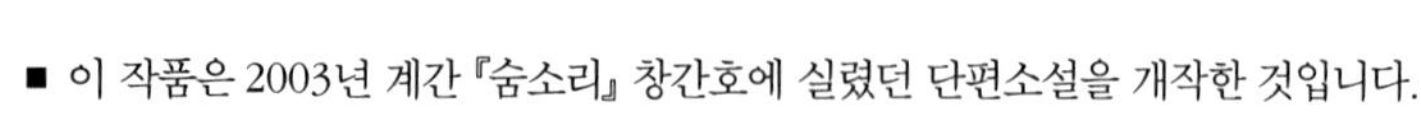 이 작품은 2003년 계간 『숨소리』 창간호에 실렸던 단편소설을 개작한 것입니다.

차례

1
부

1

뜨거운 햇볕 아래 도심은 하얗게 타들어 가고 있었다. 오후 다섯시
가 가까워지는데도 햇볕의 기세는 더욱 날카로워질 뿐이었다. 나는
햇볕과 무더위에 쫓겨 황급히 카페 ‘원더앤원더’에 뛰어들었다. 여러
대의 냉방기가 토해내는 서늘한 대기로 이내 팔에서 소름이 돋았다.
출입구도 창문도 꽁꽁 틀어막은 카페 안에는 피아노 음악이 물방울
떨어지듯 고요했다. 도심의 소음도 햇볕도 금세 잔던되어 사라졌다.

나는 창가의 소파에 편안히 기대어 앉아 버드와이저를 주문했다.
짤막한 타이트스커트를 입은 여자 종업원이 늘씬한 각선을 교차하며
멀어져 갔다. 김영규 선배는 아직 보이지 않았다. 인공의 조명과 인공
의 그림자가 적절히 분할된 공간에 작은 분수와 화단, 그리고 크고 작

은 화분들이 장식되어 시야도 서늘해졌다. 커다란 통유리창 너머 이글거리는 햇볕과 녹아내리는 아스팔트를 내다보며 나는 다시 한 번 몸서리를 쳤다.

무더위가 벌써 일주일째 계속되고 있었다. 그저 앉아 있을 뿐인데도 진땀이 온몸에서 질질 흘러내렸다. 새파란 하늘, 거리의 보잘것없는 그늘마저 햇빛의 기세에 흐늘흐늘 녹아내릴 듯했다. 창밖을 내다보는 것만으로도 눈이 시었다.

그런 날씨가 내가 버드와이저 한 잔을 마시는 사이에 돌변했다. 잠깐 사이 하늘에 먹구름이 밀려들어 온 세상이 캄캄해지더니 굵은 빗방울이 툭툭 떨어지기 시작했고, 한숨 돌릴 여유도 없이 이내 그 빗방울은 우박이 되어 쏟아져 내렸다. 은행나무의 퍼런 이파리들이 도로에 흩어졌다. 플라타너스 이파리에 구멍이 뚫리고 갈가리 찢겨 땅바닥에 떨어졌다. 나뭇가지들이 뚝뚝 부러져 포도에 흩어졌다. 아스팔트에 떨어진 우박이 산산이 깨어져 나갔다. 행인들이 머리를 가방이나 손으로 가리고 황급히 상점의 차양 밑으로, 건물 출입구로 뛰어들었다. 상점 간판에 펑펑, 구멍이 뚫리더니 이내 조각이 나 길바닥에 내리꽂혔다. 공중전화 부스의 유리벽에 우박이 총탄처럼 날아가 부딪쳤다. 가로수들이 당장 뽑혀 나갈 듯 허공을 향해 몸부림쳤다.

네거리의 신호등이 한꺼번에 꺼져버렸다. 차들이 저마다 황색 경고등을 켰다. 차들이 오도 가도 못한 채 교차로를 향해 늘어섰다. 그 차들의 유리창을, 지붕을 우박이 난타했다. 과감한 혹은 무모한 운전자 한 사람이 급히 흰색 그랜저를 가속하여 교차로를 통과했다. 이어

미적미적 두어 대의 차들이 뒤따랐다. 곧 네 방향에서 차들이 한두 대씩 움직이기 시작하여 서로의 꽁무니와 옆구리를 스치며 곡예하듯 교차로를 빠져나가기 시작했다.

버드와이저 한 병을 다 마시고 또 한 병을 주문하기 위해 내가 눈으로 종업원을 찾고 있을 때 한 여자가 내 앞 소파에 털썩 주저앉았다. 창백한 얼굴, 건강해 보이지 않는 진땀이 얼굴에서 번들거렸고, 이마에 머리칼 몇 올이 달라붙어 있었다. 나는 그녀를 넘겨다보았다. 내가 아는 여자인가? 나는 먼저 그것을 생각했다. 아니, 모르는 여자였다. 그렇다면 이 여자는 어째서 나에게 양해도 구하지 않고, 저 많은 빈자리를 놔두고 내 탁자에 와서 앉는 것인가? 혹시 아는 여자일지도 모르니까 우선 미소라도 보여줘야 하는 것 아닌가, 하는 생각도 들었다. 그러나 아무리 생각해봐도 처음 보는 여자였다. 그녀는 맥없는 눈길로 나를 바라보며 뭐라 말을 하려 했다. 그녀의 입술이 조그맣게 달싹거렸으나 말은 나오지 않았다. 뭔가 할 말이 있는 것 같았으므로 나는 기다렸다. 그녀가 마른침을 삼켰다. 내가 모른다고 생각하는, 그러나 사실은 아는 여자? 다시 그녀가 입을 열었다. 이번에는 가느다란 음성이 들릴 듯 말 듯 새어 나왔다.

"날…… 좀 데려다줘요."

내가 들은 말이 바로 그것인지 나는 몇 번이나 스스로에게 되물어 보았다. 날 좀 데려다줘요. 어디로 데려다달라는 것인가?

"집으로요."

집? 누구의 집?

"우리 집. 도곡동까지만……."

영문을 알 수 없었다. 난생처음 보는 여자가 무작정 나에게 집에 데려다달라고 간청하고 있었다. 이것은 정상적인 상황이 아니었다. 그러니까 이 여자는 정상적인 여자가 아닐 것이다. 내가 그녀의 부탁을 들어준다면 나 역시 정상적인 인간이라 할 수 없을 것이다. 나는 그녀를 집으로 데려다주고 싶은 생각은 눈곱만큼도 없었다. 나는 김영규를 기다려야 했다. 그녀가 대답을 기다리며 나를 쳐다보고 있었으므로 나는 망설임 끝에 물어보기로 했다.

"나를 아십니까?"

그녀는, 의사를 정확히 짐작할 수조차 없을 만큼 소극적으로 고개를 한두 번 저었다. 느리게 껌뻑이는 그녀의 눈은 초점을 맞추고 있기마저 힘든 듯 맥이 없었고, 그녀의 목은 금방 어깨에서 흘러내릴 듯 위태로워 보였다.

"어디 편찮으십니까?"

묻고 보니 꼭 야유하는 것처럼 들렸다. 정신 나간 짓을 하는 사람에게 하는 소리, 당신 어디 아파? 다행히 그녀는 그렇게 듣지는 않은 것 같았다.

"그냥…… 기운이 없어서……."

폭이 좁고 단정한 검정 원피스, 작은 검정 핸드백이 무릎 위에 놓여 있었고, 원피스 밖으로 빠져나온 팔과 어깨, 다리가 실내의 밝지 않은 조명 아래에서도 새하얗게 빛났다. 그녀의 얼굴은 창백했으나, 그녀의 흰 다리와 팔은 원피스의 검은 색과의 대비로 눈이 부셨다. 나이는 스물다섯쯤 되었을까. 그러나 그녀는 기운이 없다고 했다. 나는 혼란에 빠졌다. 이 여자는 나에게 무엇을 바라는 것인가? 나를 유혹하려는 것인가? 저 식은땀에 젖은 창백한 얼굴로?

"제발…… 부탁이에요."

그녀는 간신히 중얼거리고 소파 등받이에 짐을 부리듯 몸을 기댔다. 비스듬히 겹쳐진 다리가 눈에 들어와 나는 얼른 시선을 옮겼다. 우박은 그쳤다. 이제 돌풍이 몰아치고 있었다. 행인들이 바람 속으로 걸어가기 위해 안간힘을 다해 허우적거리는 것이 보였다. 가로수 이파리들이 사방에서 찢겨 나가 허공으로 날아올랐다. 굵은 빗방울들이 혼란스레 떨어졌다. 김 선배는 왜 아직 오지 않는가? 약속 시간이 지난 지 십오 분이었다.

휴대전화 벨이 울렸다. 나는 전화를 받았다. 역시 김영규였다.

"아, 미안하다. 내가 아직 빠져나갈 수가 없는 형편이다. 사용자 쪽이 발악을 한다, 발악을 해. 어떻게 하나? 시간 있으면 거기서 맥주나 한잔하면서 기다리든지. 한두 시간이면 될 것도 같으니까."

한두 시간이라니. 태평스런 소리였다.

"도와주세요."

그녀는 정말 도움을 청하는 것뿐인지도 모른다. 그녀에게시는…… 야릇한 냄새가 났다. 뭐라고 얘기하기 어려운 냄새, 어디선가 꼭 맡아본 적이 있는 것 같은 냄새, 하지만 정확히 어떤 냄새였는지 기억이 나지 않는 냄새, 뭔가 슬픔과 고통, 외로움을 동반한 냄새……. 그것이 정말 냄새인지 아니면 느낌일 뿐인지 자신 있게 단언하기 어려운,

무슨 냄새 같은 것. 위기의 냄새, 불온한 냄새, 위험한 냄새, 자포(自
暴)의 냄새…… 그런 것.

나는 일어나 말했다.

"갑시다."

그녀가 몸을 가까스로 일으킨 다음에야 나는 그녀가 놀라울 만큼
늘씬하고 매력적인 몸매라는 것을 알게 되었다. 한 줌밖에 되지 않을
것 같은 허리에서부터 갑자기 둥글게 부푼 엉덩이에 이르는 선이 바
라보기만 해도 숨이 가빠왔다. 굽이 그다지 높지 않은 힐을 신고 있었
는데도 불구하고 그녀의 어깨는 내 어깨와 비슷한 높이였다.

내가 그녀에게 유혹을 느꼈다면 그 순간이었을 것이다.

그렇게 나와 진이는 처음 만났다. 그때는 나도 그녀도 무엇이 시작
되는 것인지 알지 못했다.

2

진이는 나를 알고 있었다. 아니, 알고 있었다고는 할 수 없을 것 같
다. 카페 '원더앤원더'에서 나와 친구들 몇이 밤늦게까지 떠들썩하게
술을 마시는 것을 그녀가 본 적이 있는 것뿐이었다. 그때 진이는 한
남자와 동행이었다. 누구와? 그녀는 대답하지 않았다. 미스터 아무
개, 라 치고. 나는 그녀를 도와주었다. 얘기를 마저 듣기 위해서.

그녀와 미스터 아무개는 별로 할 말이 없어 우두커니 마주 보고 앉

아 있어야 하는 시간이 길어졌고, 그래서 그럴 의도는 전혀 아니었으나, 탁자 몇 개를 사이에 두고 앉은 우리 일행이 주고받는 얘기를 엿듣게 되었다. 다들 유쾌하게 술에 취하여 컴퓨터인지 인터넷인지에 관한 잡담, 아니면 가벼운 논쟁에 열중하고 있었다.

그것으로 나를 기억했다는 것인가? 진이는 그렇다고 말했다. 그녀는 그날 들은 몇 마디를 나중까지 기억하고 있었다. 해킹이니 크래킹이니, 모더니즘이니 포스트모더니즘이니, 하는 얘기, 자본가들, 사용자들, 법률 피해자들, 원시 공산주의, 프랑스 공산당, 이탈리아 공산당, 카피라이트, 카피레프트, 그런 말들이 나왔고, 무수한 사람들의 이름, 책들의 제목이 튀어나왔다.

"그 가운데 한 사람이 이런 말을 했어. 빵모자를 쓴 사람이었어."

그렇다면 그것은 김영규 선배였을 것이다. 무슨 말을 했는데? '성문법이란 부르주아들의 욕망과 의지에 지나지 않는다.'

그가 할 법한 말이었다. 해킹이니 크래킹이니 하는 말들이 오갔다면 그것은 아마 '화이트아웃'의 오프라인 모임이었을 것이다.

'화이트아웃'은 아마추어 해커들의 모임이다. 삼 년 전 우리끼리 적당히 만들었다. '프로일라인'이라는 해커들의 국제적 모임이 있다. 물론 공식적 모임은 결코 아니나. 딜되는 얼마든지 자유롭고 가입에도 무슨 엄격한 규칙이 있는 것은 아니다. 처음 모임을 제안한 여자가 독일 프랑크푸르트에 살고 있었고, 그러다 보니 모임의 이름이 그렇게 만들어졌다. 그 모임에 끼어들게 된 몇몇 한국인 해커들이 비공식적으로 두어 번 만나 술도 마시고 영화도 보러 다니고 해킹에 관한 정보도 교환하는 과정에서 자연스럽게 친목 모임 비슷한 것이 만들어지고, 거기에 또 새로운 몇몇 사람이 가담했다. 그러니까 '프로일라인'의 한국 지부쯤 된다고 할 수도 있겠지만, 꼭 그런 것은 아니다. '화이트아웃'의 회원이지만 '프로일라인'에는 전혀 관계하지 않는 사람도 서너 명이나 있다.

진이는 그날 내가 한 말도 몇 마디 기억하고 있었다. 배치파일 만드는 데 모더니즘이니 포스트모더니즘이니 그딴 게 무슨 상관인데? 자본주의 사회주의가 무슨 상관이야? 그녀의 기억은 그렇지만 나는 기억이 나지 않았다.

"분명히 들었다니까요."

진이는 그 길고 흰 다리 아래로 와코루 상표의 살색 팬티를 끌어내리며 말했다. 그녀의 흰 몸이 나에게 다가왔으므로 그 말을 내가 했느냐 하지 않았느냐 따위는 더 이상 중요한 일이 아니었다. 나는 허겁지겁 그녀를 끌어안고 그녀의 두 젖가슴 사이, 그곳에서 흘러나오는 진한 향기에 얼굴을 묻었다. 두 손으로 그녀의 젖가슴을 움켜쥐자 매혹적인 탄력이 손바닥 가득 반발했다.

"이 좋은 게 둘뿐이라니. 여섯이나 여덟 개쯤 달려 있었으면 얼마나 좋을까."

깔깔깔, 웃음을 터뜨리는 진이의 입을 나는 입으로 덮었다.

3

차들이 치달려가 닿고자 하는 곳은 욕망의 절정이 분명하다. 그게 아니라면 이다지 필사적일 리가 없다. 한강을 따라 길게 이어진 올림픽대로는 차들로 꽉 막혀 있었다. 강폭이 넓은 강에는 언제나 물이 그득했고, 유속(流速)은 완만하지만 꾸준했다. 반면 차들로 뒤엉킨 도로는 막힌 시궁창 같았다.

반포대교 옆구리에서 올림픽대로로 진입하는 도로 역시 꽉 막혀 있었다. 거의 항상 그랬다. 진입로로 이어지는 차선을 향해 주둥이를 들이민 차들이 두 차선 세 차선의 영역을 차지하는 바람에 직진하려는 차들의 흐름을 막아 일대가 이 방향 저 방향으로 주둥이를 틀려는 차들로 혼란스레 뒤엉켜 있었다. 나도 그 사이에 끼어 있었다.

앞차와의 공간을 두지 않기 위해 운전자들은 안간힘을 다했다. 앞차의 범퍼에 닿을 지경으로 극단적으로 차를 밀착시키는 것이다. 조금이라도 틈이 보이면 옆에서 곧 다른 차가 주둥이를 들이밀기 때문이었다. 주둥이만 파고들면 그만이었다. 우선권을 빼앗기고 마는 것이다. 아차, 하는 사이 우선권을 빼앗긴 운전자는 경적을 울려대거나 앞차를 향해 고함을 질러대고 팔뚝을 흔들어댔다. 그러나 우선권을 빼앗은 차의 운전자에게 그따위 수작은 아무 의미도 없었다. 차 안에는 냉방기로 적당히 시원해진 대기와 조용한 음악이 있었고, 그 시원스러운 공간과 음악을 독차지하기 위하여 차창은 굳게 닫혀 있었으니까. 그는 이미 뒤차 따위에 신경을 쓸 필요가 없었다. 뒤차가 어떻게 신경질을 부리건 이미 우선권을 빼앗은 것, 일단 따돌린 적을 돌아볼 여유란 없었다. 전투에 나선 병사가 적의 시체를 돌아보지 않는 것과 다를 바 없었다. 그는 전진하기 위해, 다른 차에게 우선권을 빼앗기지 않기 위해, 기회가 오면 다시 한 번 또 다른 차로부터 우선권을 빼앗기 위해 전력투구할 뿐이었다.

나는 그런 때면 간혹 끼어드는 차의 주둥이가 아니라 그 차를 운전하는 사람을 향해 시선을 옮긴다. 그들의 표정, 그것은 훌륭한 구경거리다. 팽팽하게 날이 선 눈은 곧 화살이라도 쏘아낼 듯 살벌하다. 그것은 무엇인가를 보는 눈이 아니라 사냥하는 눈이다. 악문 이, 증오와 원한과 초조감에 사로잡혀 금세 경련이라도 일으킬 듯 뻣뻣한 입술, 독액을 분출하기 위해 잔뜩 도사린 뱀의 주둥이처럼 독기가 가득 오른 광대뼈……. 막 성교를 하려는데 방해를 받은 짐승의 표정이 아마 저럴까. 도대체 무엇이 저들을 그 지경으로 만드는 것인지, 나는 알 수가 없다. 단순히 남들보다 좀더 앞서 가고자 하는 욕구 때문일까? 그 때문에 인간이 저 꼴이 되고 만단 말인가? 그럴 리 없다. 거기에는 내가 미처 알지 못하는 보다 더 깊은, 보다 더 근본적인, 보다 더 생리적인, 또는 병리적인 다른 이유가 있을 것이다.

모든 차가 다른 모든 차를 거침없이 들이받을 듯 공격적이다. 양보가 미덕이라는 말은 이런 경우 패배자의 자위일 따름이다. 왜냐하면 양보하는 것은 언제나 패배당했을 때뿐이니까. 패배한 운전자만이 양보하니까. 도로는 정글이요 차는 맹수들이다. 양보란 없다. 먹느냐 먹히느냐가 있을 뿐이다. 맹수 한 마리 한 마리가 이를 있는 대로 드러내고 침을 질질 흘리며 생사를 걸고 서로 으르릉대는 곳, 그곳이 도로다.

나는 그런 맹수들 사이에 끼어들고 싶은 생각이란 없다. 나는 짐승이 되기를 거절한다. 그들과 전투를 벌이기를 거절한다. 나는 양보한다. 끼어드는 모든 차들에게 앞을 내준다. 너무나 쉽게 앞을 내주는 나에게 운전자들은 설혹 당황할지는 모르지만 별로 고마워하는 것 같지는 않다. 자신의 날렵한 운전 솜씨 덕분이라고 생각하거나, 나를 운전이 서투른 자라고 여기는 것 같다. 그러니까 그들에게는 나는 패배자일 뿐이다. 패배자에게 고마움을 느끼다니, 그런 바보짓이 어디 있으랴. 내 바로 뒤차의 운전자는 경적을 울려대고 전조등(前照燈)을 번득이며 재촉하지만 나는 서두르지 않는다.

나는 뒤차의 운전자에게 말해주고 싶다. 그대가 짐승이 되고자 한다면 나는 말리지 않겠다. 내가 어찌 그 엄청난 의지와 욕망을 막을 수 있으랴. 그러나 같이 짐승이 되자고 강요하지는 말아다오. 그에게 역시 나는 패배자일 뿐이라는 것을 안다. 알지만 나는 별로 상관하고 싶은 생각이 없다.

늦가을, 나는 진이와 함께 설악산으로 출발했다. 올림픽대로를 통해 국도를 타고 태백산맥을 넘을 작정이었다. 그런데 올림픽대로에서 묶여 우리는 두 시간을 허비하고 있었다. 차들로 막힌 도로 위에서 운전자들은 며칠을 굶어 사냥에 몰두하는 맹수를 닮아갔다. 그들의 목구멍에는 돌이킬 수 없는 천식처럼 욕망이 매달려 있었다. 누렇게 시든 가을 햇볕이 내리쬐는 올림픽대로, 차들은 꽁무니에서 덥고 기름진 가스를 뿜어내며 당장 서로를 찢어 먹을 듯 으르릉거리고…….
진이가 조수석에서 도로를 원망스레 내다보며 투덜거렸다.

"남자들 머리 배코 치듯이 바리캉으로 저놈의 차들 박박 밀어버렸
으면 좋겠다."

기막힌 생각이었다. 소름 끼치는 생각이기도 했다. 바리캉, 또는
예초기(刈草機) 기능이 장착된 차를 제작할 수는 없을까. 앞을 가로막
는 모든 차들을 밀어버리고, 깎아버리고, 산산조각을 내며 내달릴 수
있는 차가 제작된다면 단숨에 베스트셀러가 되지 않을까. 물론 법률
로 그런 차가 도로에 굴러다니는 것을 허용하지 않을지도 모르지만,
어찌 알겠는가. 변호사인 김영규의 말대로, 법이라는 것이 부르주아
들의 욕망과 의지에 불과한 것이라면, 국회가 점잖게, 마지못한 듯,
그런 차의 제작과 주행, 면허를 제한적으로나마 허용하는 법률을 발
의하는 날이 올지도 모른다. 자본가들의 뇌물이 그들의 입술에 기름
칠을 하고, 법안에도 기름칠을 하고, 물론 그들의 거대한 차에도 기름
칠을 잘해줄 테니까.

나는 그런 데 끼어들기 싫다. 나는 운전도 하고 싶지 않다. 불가피
한 경우에만 나는 차를 가지고 나선다. 지방에 나다녀야 할 때, 여행
을 갈 때, 짐을 옮겨야 할 때. 서울 시내에는 좀처럼 차를 가지고 나서
지 않는다. 서울에는 운전을 할 줄 아는 짐승들이 너무 많으니까.

4

차를 가지고 나오지 않았으므로 나는 택시를 잡아 진이와 함께 탔다. 차 안에서 진이는 내내 눈을 감고 앉아 있었다. 그녀의 뺨에 눈물이 흘러내리는 것을 나는 보았다. 몸이 다 흩어질 듯 깊고 쓸쓸한 한숨이 흘러나오는 것도 보았다. 도대체 어째서 이렇게 된 것인지 궁금했으나, 나는 아무것도 묻지 않았다. 그녀는 말하지 않았다. 사실 나는 그녀가 불쌍하다기보다는 두려웠다. 그녀가 만일 나를 유혹하려는 것이라면 나는 결단코 거기 넘어가서는 안 된다고 마음속으로 몇 번이나 다짐했다. 꽃뱀이란 바로 이런 여자를 두고 하는 말인지도 모른다. 신문이나 텔레비전에서 본 적이 있는 그런 여자들에 관한 기사가 어지럽게 머릿속을 오갔다.

도곡동의 오피스텔 빌딩에 진이는 살고 있었다. 건물 현관에 택시가 멎자 그녀는 다 왔네요, 하고 한숨처럼 말하고서도 내릴 생각은 않고 좌석에 등을 붙인 채 나를 빤히 쳐다보았다. 나는 생각했다. 마침내 이 여자가 집으로 같이 올라가자고 말하려 하는구나. 나는 거절할 핑계를 바삐 궁리하기 시작했다. 그러나 정말 거절할 수 있을까. 거절해야 하는 것일까.

그러나 진이가 한 말은 그런 것이 아니었다. 명함 있으면 한 장 주시겠어요? 나에게는 명함 같은 것은 없었다. 그런 것은 나에게 필요치 않은 소비재였다. 집을 뒤지면 옛날 직장에 다닐 때 받은 명함이 몇 장 나올지 모르지만, 그것은 벌써 한두 세기 전의 일이었다. 그럼 연락처 하나 적어주세요.

나중에 진이는 말했다.

"준성 씨는 참 착해 보였어요. 그날 내가 준성 씨에게 집에 데려다 달라고 부탁한 것도 착해 보였기 때문이었어요. 적어도 그날 카페에 있던 사람들 가운데서는 당신이 가장 착해 보였어요. 꼭…… 새로 전학 온 초등학교 학생 같은 얼굴이었거든요."

나는 그녀에게 휴대전화 번호를 적어주었다. 그녀는 맥없는 손을 내밀어 쪽지를 받아 쥐고 택시에서 내렸다. 퍼런 핏줄이 희미하게 들여다보이는, 너무나 가늘고 흰 팔, 가는 허리, 그녀가 너무나 느린 걸음으로 건물 안으로 사라지는 것을 나는 지켜보았다.

택시를 돌려 집으로 돌아오면서 나는 그녀가 미안하다거나 고맙다는 말 같은 것은 한마디도 하지 않았다는 것을 생각해냈다. 애당초 그런 것을 기대한 것은 아니었지만 썩 좋은 기분은 아니었다. 그녀가 집으로 같이 들어가자고 초대했다면 나는 틀림없이 거절했을 것이다. 그렇지만 그녀가 초대히지 않았다는 것 역시 섭섭했다. 알지도 못하는 사람에게 도움을 청했으면서, 차 한잔 대접하지 않고, 인사 한마디 없이 그렇게 돌려세우다니.

그날 밤, 나는 펜타곤으로 진군하는 길에 한 발자국 더 접근했다. 아직 먼 길이지만, 영원히 도착할 수 없을지도 모르지만, 그러나 일단 한 걸음 더 가까워진 것은 사실이었다. 워싱턴 소재 제퍼슨 고등학교 의 컴퓨터에 들어가 배치 파일 하나를 심었다. 로스앤젤레스의 한 나이트클럽 단말기를 경유했다. 이것저것 둘러본 다음, 작은 크기의 해로울 것 없는 파일을 하나 남겼을 뿐 다른 일은 저지르지 않았다. 만일 누군가 그 바이러스를 건드리면, 그 누군가는 십중팔구 나 자신이겠지만, 그 단말기에 존재하는 모든 주소로 메일들이 발송되기 시작할 것이요, 그 메일을 받은 모든 컴퓨터에서 각기 지니고 있는 모든 주소로, 더불어 펜타곤으로 메일을 보내기 시작할 것이며, 그리하여 과부하에 걸린 인터넷망이 주저앉기 시작할 것이요……. 그들은 흔적을 찾을 수 없을 것이다. 장난일 뿐이었다. 적어도 아직까지는.

아마 이틀쯤 나는 진이에게서 연락이 오기를 기다렸을 것이다. 전화는 오지 않았다. 사실 그 이틀 동안은 눈만 뜨면 나는 진이를 생각했다. 무엇을 하는 여자일까. 도대체 그날 무슨 일이 있었기에 그처럼 맥없는 얼굴로 낯선 사람에게 도움을 청해야 했을까. 그러나 그녀가 연락을 해오지 않으리라는 것이 분명해지면서 나는 그녀를 잊었다.

그녀가 전화를 한 것은 보름이 지난 뒤였다. 그녀는 술을 한잔 사겠다고 했다. 사례를 해야겠다는 것이었다. 나는 기꺼이 응했다. 그녀가 꽃뱀일지도 모른다는 우려는 이미 기우였다고 해도 좋을 것 같았고, 나는 너무나 외로웠으며, 벌써 그녀를 좋아하는 것 같았고, 뭐니 뭐니 해도 그녀는 아름다웠으니까.

5

진이가 직업이 뭐냐고 물은 적이 있었다. 나는 인텔리전스 컨설턴

트라고 대답했다. 그녀는 감탄했다. 어머, 그래요? 그러나 그녀는 그
것이 뭘 하는 일인지 알지 못했다. 알 리 없었다. 그것은 내가 그 순간
꾸며낸 직업이었으니까. 그녀는 한동안 멍하니 내 얼굴을 쳐다보고
있다가 다시 물었다. 근데 그게 뭐 하는 거예요? 무슨 비밀 정보 같은
거 탐지하는 거예요? 나는 고개를 젓고 이번에는 인텔리전스 코디네
이터라고 대답했다. 그녀는 이번에도 고개를 끄덕거렸으나, 그 역시
내가 아무렇게나 둘러붙인 직업이었으므로 그게 뭔지 알 리가 없었
다. 그녀가 다시 물었다. 그건 또 뭐 하는 건데요? 왜 내가 물어볼 때
마다 직업이 달라져요? 그래서 나는 말해주었다.

"해커가 뭔지 알아?"

"해커? 그건…… 컴퓨터, 통신에서…… 이상한 짓 하는 사람들이
잖아요. 남의 컴퓨터에 침입해서 정보를 훔쳐내고, 무슨 기관 컴퓨터
같은 데 들어가서 망가뜨리기도 하고……. 준성 씨가 해커예요?"

"하지만 해커도 여러 부류가 있어. 바이러스나 만들어 유포시키는
좋지 않은 사람들도 있시반 그렇지 않은 사람들도 아주 많아. 공공의
이익에 봉사하기 위해 사심 없이 일하는 사람들. 개인적 쾌감으로 일
하는 사람들도 있고."

"우습다. 공공의 이익이라니. 무슨 공무원 같잖아. 해커하고 어울
리지 않아요. 준성 씨하고는 더 어울리지 않고."

그녀는 실망스럽다는 듯 나를 비스듬히 흘겨보며 중얼거렸다. 물
론 공무원이 나하고 어울릴 리는 없었다.

"그런 것도 직업이 되는 거예요?"

나는 말했다. 시인이 직업이 되는 것인가? 시인이 직업이라면 마찬가지로 해커도 직업이다. 시인이 직업이 될 수 없는 것이라면 해커 역시 직업일 수 없다. 왜냐하면 해커는 디지털 시인이니까. 그녀는 더욱 알 수 없다는 얼굴이 되었다. 그러나 더 묻지는 않았다. 나는 내친 김에 더 말하기로 했다. 시인이란 직업이라기보다는 사람 자체, 그/그녀의 존재 자체에 대한 일컬음이다. 해커도 마찬가지다. 그/그녀의 존재 그 자체에 대한 호칭이다. 그녀는 궁금증이 풀린 얼굴이 전혀 아니었다. 오히려 무슨 덜떨어진 소리냐, 하는 낯이었다. 나는 더 이상 설명하지 않기로 했다. 내가 생각해봐도 내 말은 견강부회에 지나지 않았으니까. 또한 머지않아 나를 통하여 진이 스스로 해커가 어떤 것인지 알게 될 테니까. 나의 기대에 그칠지도 모르지만.

또한 나는 시나리오를 쓰는 중이다. 시작한 지 벌써 이 년이 지났지만, 아직 시놉시스도 끝내지 못했다. 홍정우는 여전히 만나기만 하면 시나리오 어찌 되었느냐고 채근이다. 나는 늘 좀더 기다리라고 대답하고, 홍정우는 죽기 전에만 끝내면 된다고 대답한다. 그는 얼마든지 기다리겠다는 태도다. 그가 첫 영화 〈붉은 아파트〉의 시나리오를 쓰는 데에 오 년이 걸렸다는 것을 나는 안다. 그가 시나리오를 쓴다는 것도, 영화를 만든다는 것도 까맣게 잊고 지내고 있을 때 그는 불쑥 진짜 영화감독이 되어 신문과 텔레비전에 나타났다.

"그래요? 홍정우 감독? 그 사람이랑 아는 사이예요?"

홍정우하고는 같은 대학, 같은 동아리에서 만났다. 그 역시 한때는 해커였다.

"언제 홍 감독님 좀 만나게 해줘요."

진이는 모델, 자칭 패션모델이었다. 음, 모델. 나는 고개를 끄덕거렸다. 언젠가 만나게 될지도 모르지. 그녀는 모델이고 홍정우는 감독이니까. 진이는 혼잣말처럼 중얼거렸다.

"실직한 모델, 은퇴한 모델."

그 나이에 벌써 은퇴라니?

"그럼 해고당한 모델? 그게 더 나아요?"

그녀가 반문했다. 나는 질문한 것을 후회했다.

진이의 집에는 커다란 앨범이 스무 권쯤이나 있었는데, 그 앨범에는 그녀 자신의 크고 작은 사진들이 가득 들이차 있었다. 그중에 열 권쯤이 광고 사진들이었다. 청량음료 광고, 속옷 광고, 구두 광고, 피자 광고, 커피 광고, 냄비 광고, 믹서 광고, 컴퓨터 광고, 오디오 광고……. 대개는 신문이나 잡지 광고였는데, 텔레비전 광고도 몇 건 있기는 했다. 커피 주전자 광고, 학습지 광고, 내복 광고, 아이스크림 광고……. 그런 정도였다. 불행히도 나로서는 텔레비전에서나 신문에서나 본 적이 한 번도 없는 광고들이었다.

아니, 그 가운데 하나둘쯤은 본 적이 있는 광고였다. 그러나 오래전에 본 신문의 광고 사진 속에서 노란 모자를 쓰고, 빨간 스타킹을 신고, 치즈가 고무줄처럼 길게 늘어난 피자를 입안에 쑤셔 넣고 있는 사람이 진이였다는 것을 기억하고 있을 수는 없는 일이었다.

내가 미안하다고 말하자 그녀는 고개를 저었다. 당연하죠. 오히려 다행이에요. 날 알아봤더라면 준성 씨가 그날 날 도와주겠다는 결심을 하게 됐겠어요?

글쎄. 어땠을까. 아마 그녀를 모델로 알아봤건 알아보지 못했건 나는 그녀를 외면했을 것이다. 비슷한 일이 생긴다면 나는 십중팔구 그 여자를 꽃뱀으로 생각할 것이요, 몸을 사릴 것이다. 하기야 이제 그런 일이 또 생길 리는 없지만. 그런 일이 진이에게, 혹은 나에게, 혹은 이 세상 어디에서건 생길 확률은 천만분의 일, 억만분의 일쯤이나 될까.

그날 그녀는 어째서 그다지 기운이 없었는가? 어째서 혼자서 눈물을 흘렸는가? 무슨 일이 있었는가? 진이를 만나기 시작하던 무렵 꼭 한 번 나는 그런 질문을 한 적이 있었다. 그녀는 대답하지 않았다. 나는 더 이상 묻지 않았다. 묻지 않는다 하여 궁금하지 않은 것은 아니었다. 어렴풋이 나는 짐작할 수 있었다. 그날 진이가 구체적으로 어떤 일을 겪었는지는 모르지만, 그것은 그녀의 은퇴, 혹은 실직과 관련이 있는 일이 분명했다. 그녀는 그 후 몇 달 동안 아무 일도 하지 않았다.

하지만 단순히 실직이나 은퇴 때문에 혼자서는 운신(運身)을 할 수가 없을 지경으로 기운이 빠진다거나, 하물며 낯선 사람에게 집에 데려다 달라고 부탁을 해야 할 지경이 된다는 것은 이해할 수 없는 일이었다. 그 밖에 다른 일이 있었던 것이 분명했다. 그러나 나는 더 이상 묻지 않았고, 그녀는 얘기하지 않았다. 언제까지? 언제까지든지.

그렇게 살 수 있었다면. 그랬다면 그녀와 나 사이가 좀 달라졌을까?

카페 '원더앤원더'에서의 일을 떠올릴 때마다 나는 불길한 예감에 사로잡혔다. 언젠가 진이가 또 비슷한 정황에 빠지게 될지도 모른다는. 그때는 나 같은 사람을 찾을 길이 없어 그저 낯선 카페의 빈 좌석에, 또는 길거리에 탈진하여 쓰러져버릴지도 모른다……. 더 고약하기로는 좋지 않은 생각을 품은 사내놈에게 걸려 여관이나 호텔 같은 곳으로 끌려 들어가게 될지도 모른다…….

나는 그런 일이 생기지 않기를 바랐다. 그녀에게도, 이 세상 사람 어느 누구에게도. 나와 같이 지내는 한 진이에게 그런 일은 더 이상 생기지 않을 것이라 믿었다.

진이는 나와 같이 살기 시작한 지 몇 개월이 지난 뒤부터 두 군데의 케이블 쇼핑 방송국에 출연했다. 낮에 무심코 텔레비전을 켜 수십 개나 되는 채널을 이리저리 돌려대다가 나는 우연히 거의 벌거숭이 꼴로 서 있는 진이를 발견하고 기겁을 했다. 그것은 차라리 나에게는 공포영화의 한 장면 같았다. 팬티와 브라만을 걸친 그녀가 다른 서너 명의 외국 모델과 함께 강렬한 비트의 빠른 음악에 맞춰 엉덩이를 흔들어대며 일직선으로 카메라 앞을 왔다 갔다 하고 있었다. 그 곁에는 말끔한 정장을 차려 입은 한 쌍의 남녀 쇼 호스트가 입에 침이 튀도록 상품을 광고하는 중이었다. 진이가 모델이라는 것, 그리고 세상에는 속옷이라는 것도 있으니까 당연히 속옷을 입고 무대를 활보하는 모델도 있어야 할 것이라고 나 자신에게 수십 번을 주지시켜보았으나 놀란 가슴은 쉽게 진정되지 않았다. 아, 진이는 저런 일도 하는구나. 진이가 하는 일이란 저런 거구나.

나는 그때 진이에게 아무 말도 하지 않았다. 진이가 그런 일을 한다는 것을 아는 척하지 않았다. 그렇다 하여 범연해질 수만은 없었다.

텔레비전에서 속옷만 걸친 채 건들거리는 그녀를 발견할 때마다 나는 기가 질렸다. 서글펐다. 뭔가 징그러운 것을 만진 것 같은 느낌이 들었다. 무심코 서랍에 손을 넣었다가 뱀이나 지렁이 같은 것을 움켜쥔 것 같은. 어째서 그럴까? 나는 자문해보았다. 저 아름다운 진이가 저 아름다운 몸매를 한껏 드러내고, 그 아름다움을 과시하기 위하여 춤까지 추는데, 어째서 징그러운 느낌인가? 내가 변태인가? 질투를 하는 것인가? 사내 꼭지의 독점욕인가? 독점욕이 전혀 없었다 할 수는 없었을 것이다. 그러나 독점욕으로 그녀에게 분노를 느끼거나 의심을 품는다면 모르지만, 어째서 이 소름 끼치도록 징그러운 기분이 되는 것일까?

진이만이 아니었다. 그녀와 함께 그 짓을 하는 다른 외국인 모델들은 하나같이 예쁘고 늘씬했다. 그런데도 징그러웠다……. 적어도 진이와 함께 그 짓을 하고 있을 때는 그랬다. 거기에 아름다움은 없었다. 그렇다. 그들이 원하는 것은 아름다움이 아니라는 것을 나는 깨달았다. 그들이 원하는 것은 바로 저런 것, 색정과 도발이었다.

나는 진이에게 묻고 싶었다. 그런 것도 직업이 되는 것인가? 그런 것을 차마 그녀의 존재 자체, 라 할 수는 없지 않은가. 그런 생각만으로도 더 참혹하지 않은가. 진이는 뭐라 대답할까? 모욕을 느낄까? 화를 낼까? 화를 내거나 모욕을 느낀다면 그것으로 내 질문이 어떤 점에서 정확했고, 그런 것을 목격할 때 내가 뱀이나 지렁이를 만진 것 같은 느낌이 드는 것이 타당하다고 생각해도 되는 것일까? 왜? 나의 질문 이전에 그녀의 자의식은 이미 화가 나 있고, 모욕당하고 있다는 뜻이니까. 스스로 징그러워하고 있다는 뜻이니까.

그래서 나는 물을 수 없었다. 하지만 언젠가는 묻게 될지도 모른다. 그게 직업이야? 아니면 좀더 공격적으로.

"그런 것도 직업이야?"

그녀는 십중팔구 이렇게 대답할 것이다.

"몰라. 그런 거 내가 만든 거 아니야."

6

아침에 일어나 커피메이커에 원두커피를 담은 다음, 주전자에 물을 담다가 나는 주전자에 금이 간 것을 발견했다. 삼 년째 쓰는 물건이었고, 전날에도 주전자는 멀쩡했다. 나는 아직 침대에 누워 뒹굴거리고 있는 진이에게 가서 물었다. 커피주전자 어떻게 된 거야? 깨어셨네. 그녀는 벗은 봄을 이불로 둘둘 감아 벽 쪽으로 돌아누우며 중얼거렸다. 몰라. 내가 만든 거 아니야.

그것은 진이의 말버릇이었다. 나는 전등 스위치가 고장이 난 것을 발견하고 무심코, 그야말로 무심코 혼잣말하듯 묻는다. 아니, 묻는 것도 아니다. 혼자 중얼거리는 것뿐이다. 이게 어떻게 된 거지? 그녀는 반사적으로 대답한다. 몰라. 내가 만든 거 아니야. 같이 외식을 나갔는데 음식이 맛이 없다. 내가 말한다. 이건 스파게티가 무슨 동치미국수 맛이네. 그녀는 대뜸 대답한다. 내가 만든 거 아니야. 컴퓨터의 운영체제 윈도즈는 많이 개선되었다고는 하지만 아직 여러 가지 취약점을 가지고 있다. 종종 컴퓨터가 별 이유도 없이 꺼져버리거나 푸른 화면이 떠오르고 엉성한 글자로 뭐가 뭐가 어쩌고저쩌고 지껄인다. 그런 때면 나는 무심코 분통을 터뜨린다. 빌어먹을 놈들, 이따위로 만들어놓고 수십만 원씩 받아 처먹다니. 옆에서 그런 말을 듣게 되면 진이는 어김없이 말한다. 내가 만든 거 아닌데. 가끔은 아주 재치 있는 농담이라도 했다는 듯 그녀의 얼굴이 의기양양 사과알처럼 반짝거린다. 내가 박장대소라도 해주기를 기대하는 듯한 얼굴이다.

하기야 틀린 말은 아니었다. 윈도즈를 만든 것은 그녀가 아니라 빌 게이츠와 그의 졸개들이었다. 커피메이커를 만든 것도, 전등 스위치를, 스파게티를 만든 것도 그녀가 아니었다. 물론 내가 만들지도 않았다. 나도 그녀도 만들지 않았으나 그런 것들은 벌써 이 세상에 한 자리씩을 차지하고 들어앉아 자신의 존재를 당당히 주장하고 있었다. 마치 세상 처음부터 그렇게 존재해왔다는 듯이. 여와(女媧)가 도끼질 몇 번으로 혼돈을 꽈당, 조각낼 때에, 그리하여 빛과 어둠이 나뉠 때에 벌써 그 자리에 느긋이 앉아 있었다는 듯이. 단군이 태백산에 내려섰을 때에 벌써 거기 서서 그를 맞았다는 듯이.

그녀가 사들이는 온갖 물건들, 옷과 구두와 화장품과 포도주와 거울과 패션잡지 들과…… 그런 것들 역시 마찬가지였다. 진이의 취미는 쇼핑이었다. 아니, 물건을 사들이는 것은 취미를 넘어서 차라리 그녀의 병증에 가까웠다. 사나흘에 한 번쯤은 백화점이나 할인 매장에, 아니면 이태원 상가나 남대문시장에라도 가야 했다. 명품들을, 혹은 명품을 복제한 모조품들을 한 보따리 싸안고 돌아왔다. 돈이 없을 때면 커다란 덕용 포장의 초콜릿이나 과자라도 사들고 돌아와야 했다. 특히 마음에 드는 거울을 보면 그녀는 어떻게 해서든 그것을 손에 넣어야 했다.

"혹시 이런 거 준성 씨 알아? 돈 없을 땐 사고 싶은 물건들이 더 많아지는 이유. 그런 것에도 무슨 머피의 법칙, 그런 거 있는 거 아닐까? 없으면 내가 하나 만들어볼까? 진이의 법칙이라고."

내 생각에는 그것은 당연한 일이었다. 왜냐하면 그녀는 항상 돈이 없었고, 사고 싶은 물건은 항상 많았으니까.

같이 살기 시작하면서부터, 비록 많은 액수는 아니었지만, 나는 그녀에게 생활비 명목으로 한 달에 두어 번씩 돈을 주었다. 그녀의 주머니에 들어간 돈은 사흘을 지탱하는 적이 많지 않았다. 하루 이틀 사이에 그녀는 이것도 사고 저것도 사는 식으로 다 써버리고 이내 빈털터리가 되고 말았다. 신장이 170센티미터에 구두란 구두는 거의 하이힐인 그녀가 왜 키높이 깔창을 사들여야 하는 것일까? 담배도 피우지 않는 그녀가 어째서 라이터나 담배 지갑이 필요한 것일까? 도대체 뭔가를 쓰는 일이란 거의 없는 그녀가 어째서 명품 만년필과 명품 볼펜 세트가 탐이 나는 것일까? 등산도 다니지 않으면서 등산 재킷부터 등산 양말까지, 버너에서부터 배낭과 등산지팡이까지, 왜 한 가지 빠짐없이 일목요연하게 등산 장비를 갖춰야 하는 것일까?

신용카드를 빌려줬을 때에는 더 큰 일이 벌어졌다. 진이는 카드를 들고 나가 그날로 엉뚱하게 42인치짜리 벽걸이형 디지털 텔레비전을 월부로 사들였다.

세상에 42인치짜리 텔레비전이라니! 나는 그런 물건이 필요하다는 생각을 해본 적이 없었다. 비좁은 집에 42인치짜리 텔레비전이 어울릴 리도 없었다. 놓을 자리도 마땅치 않았다. 말이 42인치지, 그것은 꺼져 있을 때는 벽면 하나를 다 차지했고, 켜져서 와글와글 떠들어댈 때는 집 안 전체를 송두리째 다 차지했다. 내가 그놈의 물건에 곁방살이하는 기분이었다. 그러나 진이는 달랐다. 그녀는 홀린 듯 취한 듯 텔레비전의 가수와 탤런트와 개그맨 들이 웃고 노래하고 떠들어대는 것을 같이 웃고 같이 노래하며 바라보기를 즐겼고, 공중파가 지루해지면 홈쇼핑 방송을 켜놓고 거기 방송되는 모든 물건들을 하염없이 지켜보았다.

그 텔레비전에 나오는 거의 모든 물건들, 새로 생산되어 광고 방송에 나오는 거의 모든 물건들, 뿐만 아니라, 여자 탤런트들이 들고 나온 핸드백, 입고 나온 투피스, 걸친 시계 같은 것들에 그녀는 매혹되었고, 절실히 그런 것들을 갖고 싶어 했다. 신형 휴대전화기, 신형 디지털 카메라, 디지털 캠코더, 사실은 그녀가 온전히 다룰 줄도 모를 뿐 아니라, 내가 보기에는, 아직까지는 별로 실용적이라고 할 수도 없는 명색뿐인 노트북 컴퓨터……, 그런 것들을 그녀는 모두 갖고 싶어 몸살을 했다.

"뭐가 어째서 명색뿐이라는 거야, 도대체?"

"성능은 데스크탑의 반도 못 따라오고, 이점이라면 들고 다닐 수 있다는 것뿐인데, 들고 나가서 한두 시간 쓰면 배터리 다 떨어져서 꺼져버리는 게 무슨 노트북?"

그녀는 반박했다.

"한두 시간이면 어때서? 또 충전하면 되지. 아니면 전원에 꽂아서 쓰거나."

한두 시간 지나면 전원에 꽂아야 비로소 다시 쓸 수 있는 것이 어디 노트북인가? 노트북과 함께 디지털 노마드니 뭐니 하지만, 그게 무슨 노마드인가? 적어도 한 번 충전하면 일주일 정도는, 최소한 하루 정도는 쓸 수 있어야 비로소 노트북이라 할 수 있지 않겠는가. 내가 생각하기에는 노트북이란 아직 한 번도 완성되어본 적이 없었다. 그것은 아직은 제품이 아니라 환상이었다. 장사치들은 노트북이 아니라 노트북이라는 환상을 팔고 있었고, 소비자들은 노트북을 산다고 하지만 사실은 환상을 사기 위해 그 많은 비용을 지불하고 있었다. 하기야 이미 환상이 상품이 된 것은 오래전이었다.

"몰라, 몰라. 내가 만든 거 아니야."

하고 진이는 고개를 흔들었다.

그런 종류의 새로운 상품들은 하루가 다르게 디자인이 바뀌어, 기능이 발전되거나 첨가되어 쏟아져 나왔고, 따라서 진이의 욕망의 대상은 끝이 없었다.

텔레비전의 쇼핑 채널을 보면서 그녀는 감탄을 거듭했다. 우아아아, 저것 봐. 저건 뷰파인더가 5인치래! 값은, 값은…… 와아, 지난번에 본 것보다 더 싸다. 그럴 때면 그녀는 언제나 매혹당한 얼굴이었다. 연애라도 하는 것 같았다. 42인치 화면에 나타난 번쩍이는 커다란 상품과 당장 다리를 있는 대로 벌리고, 온몸으로 뜨겁게 섹스라도 벌이려는 것 같았다. 그녀와 물건들과의 절정의 순간, 그것은 바로 그 물건을 구입하는 순간이었다. 그 절정의 순간이 지나면, 참으로 기이한 일이지만, 아니, 어쩌면 당연한 일인지도 모르지만, 그녀는 많은 경우 곧 그 물건들을 잊었다. 이 방 저 방, 이 구석 저 구석에 팽개쳐두고 돌아보지도 않았다. 기껏해야 하루나 이틀쯤 만지작거리고 쓰다듬고 기꺼워하는 것으로 끝이었다. 심지어는 가방을, 혹은 구두를 사다 놓고, 포장도 뜯지 않은 채 팽개쳐두고 잊어버리는 경우도 있었다.

그런 물건 값이 통장에서 꼬박꼬박 빠져나가는 것을 볼 때마다 나는 기가 차고 억울했다. 샀으면 유용하게 쓰기라도 해야 할 것 아닌가. 통장이 바닥나지 않도록 허덕허덕 돈을 구해다 쑤셔 넣을 때마다 화가 났다.

그 물건들에 대해 나는 분노와 함께 질투를 느꼈다. 그것들은 나의 아름다운 진이를 빼앗아가기 위해 호시탐탐 기회를 엿보는 바람둥이 샛서방들 같았다. 감히 물건인 주제에 나의 여자를 유혹하여 내가 뻔히 보는 앞에서 섹스를 벌이려 하다니.

그러나 머지않아 나는 그것들과 경쟁하는 것을 포기하고 말았다. 그것들은 너무나 변화무쌍하고 너무나 다종다양하고 너무나 화려하고 무엇보다도 너무나…… 섹시했다. 그런 것들이 42인치의 거대한 텔레비전을 통해 그 번쩍이는, 그 당당한, 그 황홀한 몸짓으로, 그 매혹적인 광고 문구로 나의 여자를 시시각각 유혹하고 유린하는 것이다. 나 같은 것은 그것들의 발치에도 따라갈 수 없었다. 누가 그런 것들을 만들어냈단 말인가? 단언컨대 나는 아니었다. 진이도 아니었다.

그 온갖 물건들이 세상에 존재한다는 것은 진정 놀라운 일이었다. 사람이 사는 데에 그토록 많은 물건들이 필요하다는 것 역시 놀라운 일이었다. 사람의 욕망이 그 모든 물건들로도 결코 채워지지 않는다는 것 역시 놀라운 일이 아닐 수 없었다. 그 모든 물건들이 저마다 세상에 한 자리씩을 차지하고 앉아 자신의 존재를 웅변하고 있다는 것 또한 놀라운 일이 분명했다. 우리 집의 42인치짜리 텔레비전처럼, 사람보다 더 당당하게 버티고 있다는 것은, 간혹은 오히려 그 물건들이 사람을 노예처럼 부리고 호령하고 농락하는 것은 정말 놀랍고 기가 막히고 억울하고 어이없는 노릇이었다.

그것들의 존재는 차라리 진이나 나의 존재보다 훨씬 분명하고 논리적이었다. 왜냐하면 그 물건들에는 분명히 존재해야만 하는 이유와 목적이 있었다. 판매되는 것, 그리하여 이익을 만들어내는 것. 어쩌면 진이가 물건을 사들인 다음 곧 잊고 마는 것은 당연한 일이었다. 진이에게 판매되는 것으로 그 물건의 존재 목적은 이미 충족된 셈이니까. 진이는 비록 스스로 의식하지는 못하는 것 같지만, 정확하게 그 물건들의 존재 방식에 반응하고 있다고 할 수 있었다.

반면 나는 한 번도 나의 존재의 목적을 정확히 알았던 적이 없었다. 한때 그것을 알아내기 위해 제법 노력을 기울여본 적도 있지만 다 쓸데없는 짓이었다. 알아내려 할수록 내 존재에는 아무런 목적도 당위도 없다는 것, 그저 우연과 우연의 제곱이 수없이 제곱되는 사이 태어나 여전히 그 우연의 사슬로부터 벗어나지 못한 채로 살아가고 있다는 것이 확인될 따름이었다. 그 점에서 사르트르는 옳다. 인간은 아무 목적 없이 태어난다. 스스로 삶의 목적을, 존재의 이유를 만들어내지 않으면 안 된다. 찾아내는 것이 아니다. 찾아낼 것이란 애초에 있었던 적이 없으니까. 만들어내야 하는 것이다. 그러나 어디 그게 쉬운 일인가.

진이는 한탄했다.

"아아, 옛날에 돈 잘 벌 때 저것들 다 샀어야 하는 건데. 아아, 저것들 다 사들이기 위해서라도 어서 일을 해야 하는데."

진이의 전화는 그 무렵 깊은 침묵에 빠져 있었다. 결코 울리지 않았다. 전화를 통하여 일을 하러 나오라거나 가겠다거나 하는 연락을 주고받는 그녀에게는 전화가 침묵하고 있다는 것은 장기적인, 어쩌면 영원한 실직을 뜻했다. 그녀는 초조히 여기저기 친구들이나 기획사의 직원들에게 전화를 해댔다. 일을 하고 싶어서가 아니라 그런 물건들을 사고 싶어서가 아닐까, 나는 의심했다.

"나 아직 안 죽었어. 아직 괜찮아. 일할 수 있어."

그렇게 노력하여 얻은 일자리가 바로 케이블 텔레비전의 쇼핑 채널에서 속옷을 팔 때 반벌거숭이가 되어 엉덩이를 흔들어대는 일이었다.

종종 광고 촬영이 밤을 꼬박 새워가며 진행되는 경우가 있었다. 다음 날이 되어서야 그녀는 기진맥진하여 돌아왔다. 침대에 털썩 고꾸라지면서 그녀는 투덜거렸다. 이것들이 우릴 사람 취급을 안 해. 우리가 팬티 한 장, 브라 한 장으로 보이나 봐. 아아, 유명해져야 해.

이것들이 누구인가? 케이블 텔레비전의 쇼핑 호스트라거나 피디들이었다. 웃어, 웃으란 말야. 배에 힘 좀 줘. 어이, 아줌마, 엉덩이 그게 뭐야? 힘 좀 빳빳이 못 줘? 허리 좀 펴고. 아, 그것 참. 좀 섹시하게 흔들어보란 말야. 낭창낭창하게. 나긋나긋하게. 달콤하게. 절대로 잊을 수 없게. 애인한테 하는 것처럼. 씨발, 늙은이 그게 벌떡 일어서도록 좀 못 해? 겟날 돈 타러 온 아줌마들이야, 뭐야, 너희들? 웃으라구, 제발 좀. 여기 텔레비전 카메라가 당신 애인이란 말야. 홀린 것처럼. 홀릴 것처럼. 만난 지 하루밖에 안 된 애인이라구. 홀딱 빠지게 만들어야 한다니까. 어찌나 잔소리가 심한지 한번 녹화를 마치고 나면 귀가 아프고 머리가 지끈거렸다. 그러나 그보다 자존심이 무너져 내리는 것이 더 고통스러웠다.

진이가 집을 비웠을 때 이따금 나는 쇼핑 채널을 켜놓고 우두커니 앉아 벌거숭이 몸으로 카메라 앞에서 건들건들 춤을 추는 그녀를 지켜보았다. 그녀는 늘씬하고 아름다웠다. 그러나 텔레비전은 그녀의 아름다움을 이해하지 못했다. 텔레비전이 이해한 것은 오직 치부만을 가리고 있는 한 여자였고, 그 여자의 피둥피둥한 탄력이었으며, 손짓 한 번이면 누구의 앞에서라도 기꺼이 두 다리를 벌릴 것 같은 색정적인 표정이었고, 그러니까 진이는, 그 속옷 판매 방송은 하나의 포르노그래피였다. 포르노그래피가 하루에 몇 번씩, 여러 시간씩 버젓이 방영되고 있었다. 쇼핑 호스트라는 것들은 뚜쟁이처럼 떠들어대고 있었다. 정말 잘나가는군요. 저희들보다 소비자들이 더 금세 아신다니까요. 정말 잘 아세요. 더 이상의 설명이 필요치 않은 브랜드, 와코루의 새 상품입니다. 여성의 아름다움을 더욱 완벽하게, 더욱 섹시하게, 더욱 요염하게 만들어드립니다. 그것은 포르노그래피에 나오는 대사들이 늘 그렇듯이, 무의미한 대사, 하나 마나 한 대사였다. 음, 아, 어, 하는 교성과 같았다.

그것을 지켜보는 동안 나는 슬프고 고통스러웠다. 징그럽고 부끄러웠다. 그러나 그것은 어리석은 반응이라는 것을 나는 스스로 깨달아야 했다. 저 포르노그래피에 밥줄을 대고 있는 사람이 지금 거기 등장하는 인물들만 세어봐도 열댓 명이었다. 그렇다. 언제부턴가 기업도 장사도, 나아가서는 이 세계가 통째로 거대한 포르노그래피가 되어버렸다. 섹시함이 여자들에게 가장 큰 가치가 되고 지향이 되지 않았는가. 초등학교 아이가 집에 돌아가 아무렇지도 않게 부모에게 우리 선생님 참 섹시해요, 하고 말하지 않는가. 어제오늘의 일이 아니었다. 살아남기 위하여 인간은 포르노그래피가 되어야 하는 것이다. 만일 오늘날 조물주가 인간을 만든다면 마땅히 성기를 얼굴 주위 어딘가에 만들어 붙여야 할 것이다. 두 눈 사이, 혹은 이마 한가운데쯤. 아니, 정수리가 더 나을까. 하나가 아니라 아예 대여섯 개쯤을 만들어 붙이는 게 나을 것이다. 그래야 더욱 많이 섹시할 테니까.

나는 슬퍼지지 않으려고, 고통스러워지지 않으려고 노력했다. 부끄러워하지 않으려고 애썼다. 징그러움을 느끼지 않으려 일부러 진이와의 섹스를 떠올려보기도 했다. 그러나 뜻대로 되지 않았다.

진이도 마찬가지였던 것 같다. 그녀는 그 일을 하면서도 다른 일을 찾기 위해 애썼다. 그사이에 나는 육정수라는 사람을 알게 되었다.

그에게서 온 전화를 받는 순간 그녀의 얼굴이 싸늘하게 얼어붙는 것을 나는 보았다. 이제까지 진이에게서 본 적이 없는 얼굴이었다. 그녀는 차갑고 사나워 보였다. 그런 증오와 멸시와 분노에 찬 표정은 그녀의 예쁜 얼굴에는 어울리지 않았다. 싫어요, 하고 진이는 잘라 말했다. 그다음 비웃는 어조로 대꾸했다.

"뭔가 잘못 생각하고 계시는군요, 육정수 감독님. 어디에서 들으셨는지는 모르지만, 그래요, 내가 일을 구하고 있는 것은 사실이에요. 하지만, 난 육정수 감독님하고 일하고 싶은 생각은 조금도 없어요."

육정수 감독이라? 나는 그를 텔레비전에서 한두 번 본 적이 있었다. 그는 광고영화 감독으로 명성이 높은 사람이었다. 휴대전화와 통신회사 광고, 그리고 냉장고와 냉방기 따위의 백색 가전제품 광고에서 연이어 히트작을 낸 사람, 그러니까 아주 섹시한 사람이었다. 내 친구 홍정우 감독 따위보다는 훨씬 더 유명하고 훨씬 더 유력했다. 그런 사람이 같이 일을 하자고 제안한다면 그것은 진이로서는 결코 놓칠 수 없는 기회가 분명했다. 텔레비전의 중요 광고에 진출하는 것은 그녀가 간절히 바라던 일이 아닌가. 그런데 진이는 냉정하게 그의 제안을 거절하고 있었다.

"말씀은 고맙습니다만, 다른 데 가서 알아보시죠, 육정수 감독님. 난 관심 없습니다, 육정수 감독님."

그녀는 무례하고 야비했다. 더 무례하고 더 야비해지지 못해 기를 썼다. 그녀는 감독님이라고도, 육 감독님이라고도 말하지 않았다. 통화하는 동안 내내 그녀는 또박또박 육정수 감독님, 이라고 말하고 있었다. 네, 육정수 감독님. 아니요, 육정수 감독님. 한마디 안에 육정수 감독님이라는 말이 두 번 세 번 들어가는 부자연스러운 경우가 적지 않았으나, 그녀는 고집스럽게 육정수 감독님이라고 되풀이했다. 누구나 짐작하겠지만, 이렇게 고집할 때 그것은 예의나 격식이 아니라 야유, 그리고 욕설에 가까워지는 법이었다. 마지막으로 그녀는 이렇게 말했다.

"부탁이 하나 있어요, 육정수 감독님. 고명하고 분주하신 육정수 감독님의 음성을 더 이상 듣고 싶은 생각이 조금도 없네요. 부디 전화하지 말아주세요. 제 남자친구가 질투가 심해서요. 지금도 바로 옆에 있거든요. 이만 끊습니다, 육정수 감독님."

그런 식으로 나는 졸지에 질투심 많은 남자친구가 되고 말았다. 육정수 감독이 누구냐고 내가 묻자 그녀는 말했다.

"몰라. 내가 만든 거 아니야."

대답은 너무 빠르고 엉뚱했다. 다른 때와는 달리 그 대꾸는 재미도 없고 선명치도 않았다. 그녀의 얼굴처럼 음울하고…… 고통스럽고 쓸쓸하기도 했다. 악수를 위해 내밀었던 손을 송곳으로 찍힌 것 같은 기분이었다. 진이는 지금 후회하는 것일까. 퍼붓고 싶은 대로 퍼붓기는 했으나, 한편으로는 그의 제안에 미련이 남아 그 때문에 스스로를 자책하는 것은 아닐까. 텔레비전 광고에? 아니면 육정수 감독에게? 어쩌면 그녀는 그 둘을 구별할 수 없는지도 모른다. 구별할 필요가 없을지도 모른다.

나는 진이와 육정수 감독 사이에 뭔가 정서적인 결절(結節)이 있다는 것을, 평범한 사건으로는 결코 만들어질 수 없는 그런 종류의 결절이 존재한다는 것을 짐작할 수는 있었다. 그것이 어떤 내용인지는 알 수 없었다. 그러나 아주 격렬하고 고통스러운, 잔인하고 무서운 감정적 응어리가 그들 둘 사이에 존재한다는 것은 분명했다.

설명을 기다리며 나는 한동안 진이를 바라보았으나 그녀는 그럴 생각이 없는 것 같았다. 그녀는 일어나 주방 쪽으로 걸어갔다. 수돗물을 켰다. 물 쏟아지는 소리 속에서 그녀는 나를 등진 채 서 있었다. 그녀는 말하지 않았으나 그 등은 말하고 있었다. 아무것도 묻지 말아. 할 말 없어. 그녀는 말하지 않으려 애쓰고 나는 묻지 않으려 애썼다. 말하자면 둘 다 그 생각을 하고 있었다. 모르는 편이 나을 수도 있었다. 나는 읽던 책의 페이지로 고개를 떨구었다.

얼마나 지났을까. 그녀가 내 옆으로 돌아와 옆에 바짝 붙어 앉더니 천천히 내 머리를 쓸기 시작했다.

"당신은 착한 사람이야, 준성 씨."

내가 듣고 싶은 말은 그런 것이 아니었다. 내가 착한 사람이라는 것은 그 근거가 상당히 의심스러운 판단이었다. 게다가 그 순간에는 그 말이 왠지 변명처럼 들렸다. 그녀가 다음에 덧붙인 말 역시 내가 듣고 싶은 말은 아니었다. 마찬가지로 그 말 역시 변명처럼 들렸다.

"어쩌면 내가 평생 만난 남자들 중에 가장 착한 사람."

그녀의 나이 이제 스물다섯, 평생 몇 명이나 되는 남자를 만났는데? 나는 불쑥 묻고 싶었으나 물론 그러지 않았다. 대신 이렇게 말해 주었다. 진이도 착해. 그러자 그녀의 눈에 금세 눈물이 고였다. 나는 얼른 외면하고 다시 책으로 고개를 숙였다.

여자의 눈물, 그것은 내가 도저히 감당할 수 없는 것 가운데 하나다. 나는 여자의 눈물이 싫다. 눈물을 흘리는 여자에게 어떻게 해야 하는 것인지 나는 알지 못한다. 여자가 눈물을 흘리기 시작하면 나는 우선 겁부터 난다. 일단 그 자리에서 벗어나야 한다는 생각부터 든다.

내가 외면한 뒤에도 진이의 손은 오래오래 내 목덜미를 쓰다듬었다. 잠시 후 평온을 되찾은 음성으로 그녀가 물었다. 무슨 책이야? 대답해줄 수도 있었다. 이건 다국적 식품 기업이 전 세계의 식량 자원을 어떻게 독점하여 어떻게 산지(産地) 가격을 조작하는지, 어떻게 가공을 하고, 어떻게 판매 가격을 책정하여 어떻게 최대 이윤을 취하는지, 그 결과 한쪽에서는 식량이 썩어나가는데, 다른 한쪽에서는 가난한 사람들이 한 줌 식량 때문에 어떻게 굶주리고 영양실조에 걸리고 아사(餓死)하는지를 분석한 책이야. 그러나 나는 그렇게 대답하지 않았다.

"몰라. 내가 쓴 거 아니야."

내 머리칼에 닿은 진이의 손가락이, 이어 몸이 뻣뻣이 굳는 것이 느껴졌다. 보지 않아도 알 수 있었다. 나는 얼른 고개를 들어 미안해, 하고 말해야 했다. 그렇게 하고 싶었다.

그러나 나는 그렇게 하지 않았다. 이미 글은 눈에 들어오지 않았으나 책에 고개를 숙인 채 꼼짝 않고 앉아 있었다.

7

진이의 오피스텔은 손바닥만이나 했다. 몇 시간 전에 빠져나온 자리인 듯 누추한 이부자리가 침대에 아무렇게나 뒤엉켜 있었고, 침대 머리 탁자에는 빈 음료수 깡통들이, 방바닥에는 여기저기 더미를 이룬 옷가지들과 빈 과자 봉지들이 뒹굴었다. 벽에도 옷가지들이 걸려 있었다. 오리털 파카에서부터 수영복까지, 황금빛의 드레스에서부터 잠자리 날개 같은 속옷까지, 사계절의 모든 옷들이 벽에, 방구석에, 마루에, 침대에 뒤엉켜 있었다. 벽에 울긋불긋 붙은 것은 패션모델들의 사진이었고, 이 구석 저 구석에는 세계 각국의 패션잡지들이 높다랗게 쌓여 있었다.

가장 놀라운 것은 거울들이었다. 벽마다, 구석마다 빈 공간이 있는 자리마다 크고 작은 거울들이, 각양각색의 거울들이 수도 없이 붙어 있었다. 미저 벽에 자리를 차지하지 못한 거울들은 벽면에 기대어 세워져 있었고, 그 뒤에는 어김없이 또 하나의 거울이 기대어 세워져 있었다. 화장실에도 예닐곱 개의 거울들이 이쪽저쪽 벽면에 붙어 있었다. 거울의 시선으로부터 몸을 피할 재간이 없었다. 하나의 거울과 수십 개의 거울이란 전혀 다른 물건, 전혀 차원이 다른 존재라는 것을 나는 그곳에서 알게 되었다. 하나의 거울은 그저 인간의 불완전한 시선을 보조하는 도구일 뿐이었다. 그러나 수십 개의 거울은 그 자체가 하나의 존재, 아주 조금만 과장하자면, 하나의 세계가 되었다. 그 자체의 시선을 지니고, 역시 조금만 과장을 하자면, 그 자체의 의지와 감정을 지닌 듯한 하나의 존재, 전지전능하여 나의 일거수일투족을 하나도 남김없이 지켜보고 감시하고 평가하고 재판하는 그런 존재였다. 단지 이곳을 비출 뿐만 아니라 그곳 나름의 관점과 질서와 욕망을 지닌 새로운 세계였다.

"왜 이렇게 거울이 많아?"

나중에 내가 묻자 그녀는 말했다.

"방 안에 혼자 있어도 혼자 있지 않은 것 같아서. 이 거울들, 항상 날 지켜보고 있잖아. 다이어트를 하나 안 하나, 쓸데없이 음식을 탐하나 안 하나 감시도 해주고. 워킹이나 연기 연습할 때도 좋고."

진이는 침대 위의 옷가지들, 잡지들을 팔로 밀어 바닥에 떨어뜨리고 거기 앉았다.

"여긴 너무 좁아."

하고 그녀는 말했다. 혼자 살기에 굳이 좁다고는 할 수 없는 공간이었다. 집이 좁은 것이 아니라 짐이 너무 많았다. 정리되지 않은 짐들이 사방에 함부로 널려 있었다. 식탁 위에는 휴지와 냄비와 컵과 종이쪽지와 잡지와 책과 우편물 들과…… 목걸이 반지 팔찌 따위 장신구들이 뒤엉켜 있었다. 패션모델은 이렇게 사는군, 하고 나는 중얼거렸다. 진이는 깔깔 웃었다. 내가 치울 줄을 몰라서 그래. 얌전하게 사는 애들은 얼마나 깔끔한데. 너무 깔끔하면 난 갑갑해. 우울해져. 그녀는 내 목을 끌어안아 침대에 쓰러뜨렸다.

커다란 거울이 나를 내려다보는 식탁에 앉아 커피를 마시면서 나는 우편물 봉투를 무심코 집어 들었다. 그것은 신용카드 회사에서 보낸 채무 이행 독촉장이었다. 한 장이 아니었다. 각기 다른 카드 회사들, 백이십만 원, 칠십만 원, 백구십만 원, 백육십만 원……. 기분 좋은데 그런 건 뭐하러 들여다봐? 그녀가 내 손에서 그것들을 낚아채갔다.

"실직 생활 오래 하다 보니까 이렇게 됐어. 먹고는 살아야 하는데 돈이 없으니 어쩌겠어. 푼돈 꺼내 쓰다 보니까 금세 이렇게 되고 말았어. 걱정할 일 없어. 여기 전세금이라도 빼내서 갚으면 돼."

그다음은 어디로 갈 건가? 부모님에게 돌아갈 생각인가?

"미쳤어? 남는 돈으로 어디 연립주택 지하 셋방이라도 찾아봐야지."

나는 그녀의 부모에 대해 알지 못했다. 그녀는 말하지 않았다. 나 역시 부모에 대해 별로 많은 애기를 하지 않은 것은 사실이지만 그녀의 침묵은 어딘가 부자연스러웠다.

넉 달 뒤에 그녀는 전세금을 빼내 빚을 갚았다. 신용카드 회사의 빚 외에도 여기저기 빌려 쓴 돈이 적지 않아 빚을 다 갚고 나자 붕어빵 한두 봉지쯤을 살 수 있을 만한 돈이 남았다. 그리하여 그녀는 옷가지와 사진 뭉치와 붕어빵을 싸 짊어지고 내 아파트로 들어왔다. 이 삿짐 가운데 가장 어마어마한 것이 거울들이었다. 내 집에 들어서자마자 그녀가 제일 먼저 한 일이 거실 벽에, 현관 앞에, 안방 벽에 전신을 다 비출 수 있는 거울을 설치하고, 반신 거울을 벽에 붙이고, 작은 거울들도 붙이고, 탁상용의 쪽거울들을 여기저기 배치하는 일이었다. 그렇게 여기저기 거울을 설치하자 집 안은 순식간에 그녀의 오피스텔과 흡사한 공간으로 변해버렸다.

"아아, 훨씬 편안해졌어. 훨씬 넓어 보이지?"

그녀가 만족스러운 듯 말했다. 나머지 짐을 치울 생각도 않고 진이는 깡통맥주를 따 입으로 가져갔다.

스물다섯 평짜리 아파트, 워낙에 살림살이라는 것이 거의 없었으므로 방도 거실도 텅 비어 집이 제법 넓어 보였는데, 이제 그 집 안이 그녀의 거울들과 짐보따리로 그들먹해지고 말았다.

"해커 해가지고 이 정도 먹고살 수 있는 거야? 나도 모델 때려치우고 해커 할까? 가르쳐줄래?"

물론 해커로 이렇게 먹고살 수는 없었다.

그녀는 슈퍼마켓에 다녀와서 찌개를 끓이고 밥을 짓고 꽁치를 구웠다. 살찌면 모델은 더 이상 팔리는 상품이 아니야, 하고 몇 번이나 거듭 말하면서도 그녀는 밥 두 공기, 꽁치 두 마리, 된장국 한 그릇을 다 비웠다. 늘 밥을 사 먹거나, 아니면 라면 같은 것으로 끼니를 때우던 나에게 그녀가 지어주는 밥은 맛있고 편안하고 호사스러웠다. 머지않아 그것이 어리석은 기대였다는 것이 드러나기는 했지만, 나는 적어도 그날은 앞으로 늘 이런 밥을 먹세 되리라고 생각했고, 기분이 좋았다.

바로 그날 밤 자정이 지난 시각에 김영규 선배가 술을 사들고 갑자기 들이닥쳤다. 이제껏 종종 그런 일이 있었으므로 나는 놀라지는 않았다. 그러나 당황했다. 어색하기도 했다. 진이 때문이었다. 아직 김영규에게 진이 이야기를 한 적이 없었으니까. 꼭 감추려 한 것은 아니었다. 아직 얘기할 기회가 없었다는 것뿐이었다. 다행히 내가 두 사람을 소개시키자 그들 둘은 그럭저럭 큰 어려움 없이 어울렸다. 술 덕분이었다. 김영규는 술이 깨면 지금 벌어지는 일을 전혀 기억하지 못할 수도 있었다.

진이와 나의 동거 첫날밤, 마치 축하라도 하듯 우리 셋은 날이 밝아오도록 술을 퍼마셨다. 그는 미국의 CIA에 침입하기 위하여 오래 전부터 준비를 하고 있다는 얘기를 몇 번이나 반복했다. 지도를 그려 보여주기까지 했다. 북경으로 들어갔다가 히로시마로 들어갔다가 파리로 날아갔다가 다시 상하이로 들어갔다가 리우데자네이루를 경유하여 마침내 랭글리로 침입한다는 것이었는데, 사실 내가 그 얘기를 처음 들은 것은 벌써 이삼 년 전이었다. 그는 CIA 침입로가 거의 완성되어가니까 머지않아 FBI와 NSC에 침입하는 길도 확보할 작정이라고 호인했다.

김영규는 전두환 장군에 의해 두 번 투옥되었다. 대학 시절 학생운동을 하다가 감옥에 들어갔고, 감옥살이를 하는 동안 급격히 머리카락이 빠져 대머리가 되었으며, 출옥한 바로 그해 공장에 들어가 노동운동을 하다가 다섯 달 만에 다시 감옥에 들어갔다. 시위나 파업이 벌어지기만 하면 어김없이, 틀림없이 국가권력이 무작정 주도자를 체포하여 감옥에 처넣던 이상한 시절이었다. 그런 시절에 이미 그는 스스로 사회주의자라 공언했고, 이제는 민주노동당원이었다.

"준성아, 너도 입당해라. 암것도 않고 집 안에 처박혀 지내느니 당에 나와서 일이라도 해."

입당이라니. 나는 그런 짓은 절대로 하고 싶지 않았다. 서부 유럽의 사회당이나 공산당이 어떤 전철을 밟아 어떻게 노동자 대중과 멀어지고 관료화되고 말았는지, 어떻게 대중의 조롱거리로 전락하고 말았는지를 나는 조금은 알고 있었다. 유럽하고 이 한없이 떨어진 변방의 분단국가하고 같냐? 김영규가 투덜거렸다. 물론 이 나라와 유럽의 정황은 다르기는 하지만, 그럼에도 불구하고, 현실 권력을 추구하는 당의 운명은 유럽의 경험에서 크게 달라질 일이 없을 것이라고 나는 생각했다. 욕망과 권력의 논리는 거기에서도 작용하고 있었다. 앞으로도 어디에서나 비슷한 방식으로 작동하여 비슷한 결과를 관철해낼 것이다.

더구나 나는 무슨 주의자가 아니다. 무슨 주의자라는 게 되기 싫다. 나는 그저 사람이면 족하다. 사람으로서 충분하다. 사람으로서 족할 수 없고 사람으로서 족하여 살 수 없는 사회는 좋지 못한 사회라고 생각한다. 나는 오직 자유스럽게, 권력에도 욕망에도 굴복하지 않으면서, 권력 근처에는 아예 접근조차 하지 않으면서, 욕망에 휘둘리지 않으면서, 나 스스로 욕망을 조롱하면서, 조용히, 최소한의 범위 안에서, 가능하면 재미있게 살고 싶을 뿐이다. 직장을 때려치운 것도 그 때문이었다. 소로는 말했다. "나는 삶을 깊이 있게 살아보고 싶었고, 삶의 정수를 끝까지 마시고 싶었고, 삶이 아닌 것은 모두 없애버리기 위해 강하고 엄격하게 살고 싶었다." 물론 나는 소로는 아니다. 소로처럼 살 수도 없다. 그가 원한 것과 내가 원하는 것이 다르다는 것도 안다. 그러나 나는 그를 좋아한다. 그가 살아간 방식을 좋아한다. 군더더기 없는 최소한의 삶, 그리하여 최대한이 되는 삶. 나는 가능하다면 그를 조금이나마 본받고 싶을 따름이다.

김영규는 나를 아나키스트라 부른다. 결코 무정부주의자라고는 하지 않는다. 그에 의하면 아나키즘을 무정부주의라 번역하는 것은 심각한 오역이다. 아쉬운 대로 반권력주의, 아니면 반국가주의 정도는 돼야 그 의미가 그럭저럭 비슷해지리라는 것이 그의 주장이다.

김영규의 현직은 변호사, 그런데 변호사가 되기 전 이미 해커였다. 법정에 들어갈 때는 가발을 쓰지만, 우리와 만날 때는 훤한 대머리를 그대로 드러내놓았다. 빵모자를 쓰고 다니는 적도 있었다. 그는 윈도즈의 새 버전이 발표되는 족족 날밤을 새우며 크랙을 하여 한국은 물론 전 세계에 배포했다. 그다음에는 윈도즈에 들어 있는 군더더기들, 게임 같은 것, 전혀 불필요한 서비스들, 아무짝에도 쓸모없는 온갖 장치들을 제거해내어 군살을 쏙 빼버린 날씬하고 가벼운 윈도즈 변형판을 만들어 배포했다. 속명(俗名) 윈도즈 주티(zooty) 판은 네티즌들 사이에서 가장 인기 있는 윈도즈 변형판 가운데 하나인데, 그것을 만들어낸 것이 바로 김영규였다.

빌 게이츠는 김영규나 나 같은 부류들이 아니었으면 지금 정도의 부자에 그치는 것이 아니라 벌써 미국을 통째로 사들이고도 남는 돈을 벌어들였을 것이다. 김영규의 주장이었다. 프로그램 하나 팔아서 말이다. 하나라고? 그야 물론 하나는 아니지만.

"그게 공정한 거냐? 소프트웨어 하나 만들었다 하여 그 어마어마한 돈과 권력과 명성을 차지하는 것이 공정해? 그게 정상적인 세상이야? 뭔가 잘못된 것이 분명해. 자유경쟁 **아니라** 그 할애비를 끌어들인다 해도 그런 걸 공정하다고 주장하면 **그건 엉터리지**. 그런 놈 장사를 **방해하**는 것은 정의야. 우리가 하는 일이야말로 공정한 거라구. 안 그래?"

그는 렛럭(Red Luck)이라는 해킹 서명을 사용했다. 내가 쓰는 윈도즈도 그가 크랙한 물건이었다.

진이가 도대체 해커라는 게 무슨 일을 하는 거냐고 묻자 그는 성실하게 대답했다. 그는 매사에 성실하고 빈틈이 없었다. 단 한 가지, 술에 대해서는 더없이 헤펐지만.

"해커도 여러 가지가 있으니까, 우리가 **하는 일에 대해서만 이야기**하기로 하죠. 모든 프로그램에는 문이 달려 **있어요**. 모든 방에 문이 달려 있는 것처럼. 문이 없는 방이 있다면 그게 방으로서는 무용지물인 것과 마찬가지로 문이 없는 프로그램 역시 무용지물입니다. 프로그램 장사꾼들은 문을 만들고 거기 자물통을 채워요. 열쇠는 자기네들이 간직하구요. 돈을 내고 프로그램을 사는 사람한테만 그 열쇠를 나눠주는 겁니다. 나나 준성이 같은 놈들은 그 열쇠를 복제하거나 새로 만들어내서 사람들에게 무료로, 그럼요, 무료로 나눠주는 거구요. 그게 유포되면 당연히 프로그램 판매량은 줄어들고, 그러면 프로그램 장사꾼들은 같은 상품을 문도 바꾸고, 자물통과 열쇠도 바꿔서 또 시장에 내놔요. 신 버전이니 업그레이드 버전이니 하는 헛소리를 곁들여서요. 대부분의 경우에는 업그레이드는 시늉뿐이고 문과 자물통만 바꾼 겁니다. 그러면 우리들도 그 새로운 자물통에 맞는 열쇠를 재빨리 만들어서 배포하지요."

"돈 한 푼 안 생기는 그런 일을 왜 하시는데요?"

진이로서는 당연한 의문이었다.

"돈이 안 생기는 게 아닙니다. 돈, 이라고 할 때 만 원짜리 지폐, 십만 원짜리 수표, 이런 것만을 뜻하는 것이 아니라 가치라고 하는 것을 포함시켜 하는 말이라면, 어마어마한 가치가 생기는 겁니다. 물론 나 자신에게는 돈이 생기지 않아요. 하지만 사회적으로는 엄청난 가치가 창출되는 겁니다. 카피라이트만이 돈이 아닙니다. 카피레프트도 돈이에요. 카피라이트에 목매다는 자들은 그걸 모르지요. 그럼요. 우리가 생각하는 가치는 저 장사꾼들이 말하는 이익하고는 달라요. 우리가 말하는 이익이란 사적 이익이 아니라 사회적 이익, 공동체적 이익, 공적 이익입니다."

그 지점이 나와 김영규가 갈라지는 지점이었다. 나는 가치 같은 것을 창출해내고 싶은 생각이란 별로 없었다. 나는 파괴할 뿐이었다. 이익을. 이익이 곧 최선이라는 자들, 가격이 곧 가치라는 자들에 대한 내 나름의 대답이 해킹이라고 할 수 있을까. 진이가 투덜거렸다.

"그놈의 공적 이익 또 나왔네."

영규는 이것이 무슨 소린가, 싶어 어리둥절한 눈으로 나를 쳐다보았다.

"남의 장사를 방해하는 것이 어떻게 공적 이익이 되는 거예요?"

진이가 제법 날카롭게 질문했다. 그럴수록 김영규는 신이 났다.

"아주 좋은 질문입니다. 바로 그거예요. 우린 지 주머니에 돈을 잔뜩 쑤셔 넣고 그걸 자랑하는 것에 인생을 걸고 사는 놈들을 보면 일단 창자가 뒤틀리거든요. 속이 느글거려요. 코에서 단내가 나면서 기분이 나빠지면서 울렁증이 생기면서 배아지가 뒤틀리기 시작하면서 손발이 배배 꼬이면서 구역질이 나면서 입에서 나도 모르는 사이에 욕설이 튀어나오기 시작하면서…… 살맛이 안 나죠, 한마디로."

진이는 깔깔 웃어댔다. 김영규는 정색을 하고 이야기를 계속했다.

"이 세상의 구조라는 것이 도미노 같아요. 돈과 돈, 이익과 이익, 권력과 권력이 줄줄이 이어져 있습니다. 과거에는 한 나라, 두 나라, 이런 식으로 이어져 있던 것이 이제는 세계화니 지구화니 해서 전 세계적으로 그런 식으로 결연되어가는 중입니다. 우리나라 같은 건 벌써 그 도미노의 패 하나 역할에 포섭된 지 오랩니다. 그런데 그놈의 도미노가 다 완성되어 봤자 이득을 보는 놈들은 극소수에 불과해요. 대부분의 사람들은 그저 쓰러지는 것으로 역할도, 얻는 것도 별로 없이, 끝납니다. 자신이 쓰러지면서 그다음 패도 쓰러지도록 만들고, 그렇게 해서 이놈의 악순환의 고리가 유지되도록 하는 역할, 그것뿐이에요. 우린 말입니다, 그놈의 패를 중간 중간, 여기저기, 하나씩 둘씩, 들어내서 살짝 없애버리는 겁니다. 당연히 도미노는 거기에서 중단됩니다. 악순환의 고리도 거기에서 중단되구요. 적어도 일시적으로는요. 재밌잖아요. 멋지잖아요. 내가 그 맛에 아직 이놈의 짓에서 벗어나질 못한다니까요."

"하지만 그런 짓 좀 한다 해서 도미노가 쓰러지고 또 쓰러지는 것을 막을 수는 없을 거 아녜요."

김영규는 더욱 신이 났다. 당연히 안 되죠. 그러니까 조직이 필요한 거고 당이 필요한 거고 혁명이 필요한 겁니다. 우리 민주노동당, 우리 당이 바로 그런 걸 하자는 당입니다. 그런 일에 관심이 있다면 우리 당에 들어오셔야 합니다. 아마 준성이 저놈이 진이 씨한테 반해서 눈에 콩깍지가 덮인 것 같으니까, 진이 씨가 먼저 입당하면 저놈도 생각이 좀 달라질지 모릅니다. 입당원서 보내드릴까요? 진이는 기겁을 했다.

노동당이라니? 혁명이라니? 민주노동당은 혁명을 위한 정당이 아니었다. 선거를 통해 국가권력을 장악하는 것을 목표로 하는 정당이었다. 김영규의 혁명이니 뭐니 하는 말은 과장이거나 착각이었다. 그러나 나는 그런 말은 하지 않았다. 지금 그에게 그런 말이 통할 리 없었다. 그의 눈빛이 더욱 골똘해지는 것으로 보아 술에 어지간히 취한 것이 분명했다. 취하면 그는 말이 많아지고 목소리가 커지고 몸짓이 커졌다.

"모델 일도 노동입니다. 인간의 몸과 정신이 혼연일체가 되어 새로운 가치와 아름다움을 창조해내는 신성한 노동이지요. 그렇고말고요. 입당하시면 모델로서는 최초의 당원이 되시는 게 아닌가 싶은데…… 당 안팎에서 환영과 성원이 엄청날 겁니다. 노동당원 모델, 모델 노동당원, 야, 멋진데요. 뉴스거립니다, 뉴스거리!"

뉴스거리라는 말에 귀가 솔깃해진 건지 아니면 장난기가 발동한 건지는 모르지만, 진이는 생각해보겠다고 대답했다. 반은 장난 같은 대답이었다고는 해도 김영규는 일단 그것으로 만족하는 것 같았다.

술이 떨어졌는데도 그는 자려 하지 않았다. 술 더 없냐? 손님 대접이 겨우 이 정도냐, 이 무정한 놈아? 술 없다고 잡아떼자 그는 지갑을 챙겨들고 비척거리며 현관으로 나갔다. 편의점에 가서 술을 사오겠다는 것이었다. 나는 그를 붙들어 앉히고 양주를 또 한 병 꺼내는 수밖에 없었다. 이런 염치없는 놈, 이런 좋은 술을 혼자 먹겠다고 감춰놓다니. 내가 그에게 물었다. 형, 며칠째 이러고 다니는 거야? 그는 눈을 멀뚱멀뚱 시치미를 뗐다. 며칠째라니? 그게 뭔 소리냐? 그의 눈빛이 아슬아슬 촛불처럼 나부끼기 시작하여 나는 더 이상 추궁하지 않았다. 그는 일어서는 진이를 붙잡아 앉히고 스스로 얼음을 챙겨온다, 물잔을 챙겨온다, 부산을 떨었다.

그는 법률 소외자, 그러니까 가난한 이들과 노동자들을 위해 일하는 변호사였다. 동료 변호사 두 명과 주머닛돈을 털어 작은 사무실을 하나 내고 봉급을, 퇴직금을, 상여금을 떼이게 된 노동자들을 위해, 부당하게 퇴직을 당하거나 징계를 당하게 된 노동자들을 위해 일했다. 여섯 평 남짓의 그 작은 사무실에 일은 어찌나 많은지, 눈코 뜰 새가 없었다. 아침 일찍 출근하면 한밤이 되기까지 일에 시달렸다. 자정이 되어서야 겨우 퇴근하는 경우가 적지 않았다. 노동자들이 들쭉날쭉 내미는 몇 푼 되지 않는 수임료로는 사무실 운영하기가 힘들었다. 누군가 남들을 위해 참 좋은 일 많이 한다고 격려라도 하면 그는 고개를 저었다. 나 자신을 위해 하는 겁니다. 내가 사는 세상이니까요. 세상이라는 게 내 옷 같은 거 아닙니까. 조금이라도 세탁해서 입어야지요.

그렇게 몇 달을 숨 쉴 틈도 없이 일에 파묻혀 지내다가, 어느 순간 돌연 모든 일을 내던지고, 모든 약속도 내던지고, 친구도 가족도 다 내던지고, 휴대전화는 꺼서 가방에 쑤셔 박아버리고, 혼자서 술집을 찾아 들어가는 것이다. 퍼마시기 시작하면 밤을 꼬박꼬박 새우는 것은 보통이요 이틀을 넘기고 사흘을 넘기도록 술잔을 놓지 않았다. 술집에서 쫓겨나면 술을 사들고 여관으로 찾아들어 갔다. 가끔 자장면이나 짬뽕, 군만두를 배달시켜 먹으면서, 그는 암것도 하지 않고 오직 술을 마셨다. 졸리면 잠시 쓰러져 잠들었다가 깨어나 다시 술을 마셨다. 텔레비전을 켜 뉴스를 쳐다보며 계속 술을 마시고, 욕조에 들어가 비누란 비누는 모조리 풀어놓고, 샴푸까지 풀어놓고, 때로는 치약까지 풀어놓고, 그 안에 들어가 텀벙거리며 술을 마시고, 발가벗고 술을 마시고, 팬티 바람으로 술을 마시고, 청소하러 들어온 여관 종업원을 불러 앉혀놓고 같이 술을 마시고, 김밥, 메밀묵, 소리치고 다니는 장사꾼을 불러들여 김밥과 메밀묵을 같이 먹으며 권커니 잣거니 술을 마시고……. 짧게는 사나흘을, 길게는 열흘쯤을 그렇게 술만 마시다가…… 또 어느 순간, 돌연 남은 술을 모조리 욕조에 쏟아붓고 샤워를 하고 양치질을 하고 옷을 챙겨 입고 집으로, 혹은 사무실로 돌아갔다.

그의 아내 나리가, 그리고 동료 변호사들이 한두 번 사무실 근처의 술집이나 여관에서 인사불성이 되어 술을 퍼마시는 그를 찾아내어 집으로 끌고 들어가는 일이 벌어진 다음부터는 그는 결코 직장이나 집 근처의 술집이나 여관을 이용하지 않았다. 엉뚱하게 수유리나 목동, 수원이나 일산 같은 곳으로 숨어들었다. 근처에 구멍가게가 있고, 술집도 있고 식당도 있는, 그렇고 그런 허름한 여관, 그런 곳을 그는 가장 선호했다. 그러나 그런 곳에 숨어든 그를 찾아내는 용한 재주를 지닌 사람이 꼭 하나 있었다. 다름 아닌 그의 아내 나리였다. 김영규가 다섯 번 숨어들면 적어도 두 번은 찾아냈다. 어떻게 찾아내는지는 나리만이 알았다.

"그렇게 며칠 푹 술에 몸을 담고 지내야 머릿속이 좀 깨끗해져."

그에게는 별다른 취미가 없었다. 취미라면 그것이었다. 술과 함께 사라지는 것.

김영규가 술과 함께 사라지기로 작정을 하면 사람을 찾아가는 적은 거의 없었다. 혼자서, 오직 술만을 친구 삼아 사라져버리는 것이다. 그러니까 그가 불쑥 나를 찾아온 것은 희귀한 경우였다. 나로서는 어떻게든 그를 일찍 집으로 돌려보낼 의무가 있었다. 그의 아내에게 연락을 해주는 것이 가장 간단한 방법이었다. 먼저 며칠째인지를 알아봐야 했다. 그래야 당장 그의 아내에게 연락을 해줄 것인지, 아니면 아침이라도 먹이고 잠이라도 재운 다음 연락을 할 것인지 결정할 수가 있었다. 피골이 상접한 꼴을 보면 벌써 사나흘은 술에 푹 빠져 지낸 것이 분명했다. 그 정도라면 머릿속이 어느 정도는 맑아졌을 것이라고 나는 생각했다. 아침을 먹이고 잠을 재운 다음, 그사이에 그의 집에 연락을 해주면 그의 아내가 득달같이 달려올 것이다.

그러나 그럴 필요조차 없었다. 마지막으로 딴 조니워커가 거의 비어갈 무렵이었다. 초인종이 울렸다. 비디오폰으로 현관문 밖을 확인했다. 놀랍게도 거기 서 있는 사람은 나리였다. 그가 여기 온 것을 어떻게 알았을까? 김영규는 기겁을 했다. 문 열지 마. 니가 연락했지? 나는 줄곧 마주 앉아 있지 않았느냐고 항의했으나 그는 믿지 않았다. 믿을 놈 없네, 이놈의 세상. 천하의 유준성이 이것밖에 안 되는 인간이었냐? 그는 세상에 다시없는 배신이라도 당한 듯 비장한 낯으로 나를 노려보았다. 그가 꼭지까지 취했다는 증거였다. 이러니 내가 술을 안 마시고 배길 수가 있냐. 김영규는 술을 병째 입에 들이부었다.

그사이에도 초인종은 마구 울려대고 있었다. 나로서는 찾아온 손님에게 문을 열어주지 않을 도리가 없었다. 문이 열리자마자 나리는 바람처럼 그에게 덤벼들었다. 이 정신 나간 작자야, 이 주정뱅이야, 이 한심한 인간아, 이게 뭔 꼴이냐, 도대체? 이제 갈 데가 없어 후배네 집에까지 숨어드냐? 미안한 것도 부끄러운 것도 모르냐? 염치는 있냐, 너? 왜? 돈 떨어졌냐? 김영규 변호사 돈 떨어지셨어? 나리는 검은색 점퍼에 청바지 차림으로 거실 가운데 버텨 서서 남편에게 소리를 질러댔다. 김영규는 짐짓 너스레를 떨었다.

"아, 어서 와, 어서 와. 내가 준성이한테 전화하라고 했어. 마누라하고 한잔하고 싶어서."

그 외중에도 그는 나에 대한 혐의를 확인하고자 했다.

"무슨 소리야, 이 인간아? 나한테 전화해준 사람 없어. 내가 탐정이 되고 형사가 되어버렸다, 너랑 사느라고."

김영규는 우리 마누라 대단해, 하면서 호으흐으 웃어댔다.

그제야 진이를 발견한 나리는 미안하다고 인사를 차렸고, 진이는 또 나름대로 아닙니다, 괜찮습니다, 인사를 받았다. 그 꼴을 바라보고 있자니 자꾸 웃음이 났다. 당장 안 나와? 어서 안 나와? 나리는 김영규에게 소리를 벽력같이 질러댔다. 김영규는 부리나케 옷을 찾아 쥐고, 구두를 발에 끼는 둥 마는 둥 현관을 차고 뛰어나갔고, 나리도 그 뒤를 쫓아 사라졌다.

천지가 다 고요해진 것 같았다. 새벽, 아니, 이미 아침, 여섯시를 넘긴 시각이었다. 갑자기 맥이 다 풀렸다. 진이가 소파에 털썩 몸을 던졌다. 아아, 우리 첫날밤이 어째서 이 꼴이 되어버린 거야? 첫날밤,이라는 말이 생경했다. 첫날밤, 이제부터 다시 시작해야 해. 그녀가 내 팔을 잡아 일으켜 세웠다. 그러나 침대로 들어가 그녀의 달콤한 살 냄새를 가슴 깊이 들이마시는 순간 나는 이내 잠에 곯아떨어지고 말았다.

바로 이튿날 오후에 나리는 과일 바구니와 열무김치를 싸들고 찾아왔다. 전날 새벽에 미진했던 인사를 차리기 위해서였다. 이번에는 검은색 원피스에 카키색 재킷을 걸친 정장 차림이었다. 진이와 마주 앉은 그녀는 시누이처럼, 혹은 시어머니처럼 이런 질문도 하고 저런 질문도 하다가, 마침내 진이가 아무것도 아는 것 없는 철부지 어린아이에 불과하다고 결론지었다. 나리는 비난과 우려가 가득한 눈으로 나를 쳐다보았다.

진이는 남편이 어디 가서 술을 마시고 있는지를 어떻게 알아내느냐고 물었다. 나는 미처 알지 못했으나, 나리가 하고 싶었던 얘기는 바로 그런 것이었다. 나리는 그때부터 시간이 어떻게 지나가는지 다 잊은 듯 남편을 찾아 헤매고 다니며 겪은 길고 긴 무용담을 늘어놓았던 것이다.

"말도 말아요. 처음 몇 번은 정말 사람 환장하게 생겼더라구요. 사람이 어디 갔는지 뭘 하는지 알 수가 있어야죠. 연락은 뚝 끊기고…… 실종 신고를 해야 하나 어째야 하나, 걱정도 되고, 왼갖 불길하고 방정맞은 생각이 들어서 애가 닳고……. 그런데 알고 보니 말이죠, 바로 집 근처, 집 앞 큰길 건너 여관, 거기 틀어박혀 있더라구요. 어떻게 알았냐구요? 동네 사람이 어디 장순이 아빠 같은 사람이 구멍가게로 들어가는 것을 봤다는 거예요. 뭔가 짚이는 데가 있어서 부지런히 쫓아가 봤죠. 사람 예감이 참 이상하죠."

나리가 그 구멍가게 앞에 서서 사방을 둘러보는데, 저만큼 허름한 여관이 하나 눈에 들어왔다. 그 여관이 눈에 들어온 순간, 그녀는 바로 거기 남편이 어떤 년과 뒤엉켜 있는 것이 틀림없다고 확신했다. 이를 악물고 그녀는 여관으로 들어갔다. 접수부에 앉은 여관 안주인에게 남편의 이목구비를 설명해주었다. 여관 안주인은 그런 사람이 있다고 말했다. 누구랑? 여관 안주인 말이 혼자라는 것이었다. 혼자라니? 믿을 수가 없었다. 나리는 계단을 뛰어올라 남편이 있다는 방문을 열어젖혔다.

"그랬더니 저 인간이 어쩌고 있었는지 알아요? 발가벗고, 아니, 팬티 한 장 걸치고, 온몸에 술에 안주에 밥알에 라면가닥까지 범벅이 되어가지고, 소주를 나발 불고 앉아 있더라구요. 어찌나 기가 막힌지……."

참 알 수 없는 일이었다. 그가 혼자 있으리라는 생각은 꿈에도 해본 적이 없어서였을까? 그 꼴을 보자 나리는 코끝이 시큰해지는 것을 느꼈다. 남편이 불쌍했다. 고분고분, 그는 아내를 따라 집으로 돌아왔고, 이튿날 아침 멀쩡한 낯으로 출근했다.

남편 찾아다니는 것에 이력이 붙어 그녀는 김영규의 단골 술집을 훤히 꿰고 있는 것은 물론이요 경우에 따라서는 그 술집 사장이나 마담과 점심도 같이 먹고 커피도 같이 마시는 식으로 친해지기도 했다.

저녁이 다 되어서야 나리는 깜짝 놀라 일어섰다.

"내 정신 봐라. 얼른 가서 저녁 지어야 하는데."

그녀는 현관으로 나가며 진이에게 이런 말을 남겼다.

"저 준성이 아저씨도 언제 어찌 될지 몰라요. 조심해야 해요."

진이는 과일과 김치에 대한 답례로 아주 작은 손거울을 하나 나리에게 선물했다. 뚜껑이 달려서 거울 표면에 먼지가 달라붙는 것을 막을 수 있는 앙증맞은 물건이었다. 나리는 무척이나 고마워했다. 어려운 일 있으면 연락하라느니, 언제 맛있는 거 같이 먹으러 가자느니, 두 사람 사이의 작별 인사는, 전혀 과장 없이, 십여 분이나 계속되었다. 콩나물밥 좋아해요? 잘하는 집이 삼청동에 있어. 깡장은? 뭐? 샐러드바? 젊은 사람이라서 입맛도 젊네.

마침내 그녀가 떠나고 난 뒤 진이는 한참 동안이나 내 눈치를 할끔할끔 살피며 무슨 말을 할 듯 말 듯 머뭇거렸다. 잠자리에 들어서야 비로소 그녀가 한 얘기는 이런 것이었다.

"만일 대머리 아저씨처럼 그런 짓 하고 싶어지면, 준성 씨, 나도 데려가. 준성 씨가 저런 식으로 말도 없이 혼자 사라지고 나면 난 아마 미치고 말 거야. 알았지?"

그녀가 농담을 하는 것이 아니라는 것을 깨닫고 나는 충격을 받았다.

8

명일동 큰길에서 대정아파트로 꺾어지는 길목으로 들어서면 그 건물이 보였다. 아파트 단지 바로 앞, 상가가 시작되는 길목 바로 뒤편이었다. 유준성이 오 년 전 그곳으로 이사를 들었을 때에는 물론 사람들이 살고 있었다. 오층 꼭대기에 명선아파트, 라는 커다란 글자가 아로새겨져 있었고, 층마다 대여섯 가구가 사는 평범한 서민 아파트였다. 삼 년 전 재건축이 시작되었다. 주민들은 더 큰 집을 공짜로 받을 수 있다는 기대에 부풀었다. 집값이 배로 뛸 것이라고 그들은 장담했다. 아닌 게 아니라 집값은 이미 많이 오르고 있었다. 전세를 살던 준성은 집을 비우고 바로 그 근처 대정아파트로 이사했다. 은행의 장기 저리 주택융자금이 딸린 아파트 한 칸을 살 수 있었다.

얼마 지나지 않아 명선아파트가 철거되더니, 십오층짜리 친환경 아파트를 건설한다는 커다란 현수막이 내걸리고 공사가 시작되었다. 상당히 빠른 속도로 진척되던 공사는 갑자기 중단되었다. 부산스럽게 오가던 자재 트럭도, 공사장 노동자들도 사라졌다. 십오층짜리 골조 공사를 끝내고 외벽 공사까지 마친 채로 건물은 방치되었다. 오랫동안 바람에 나부끼던 현수막은 차츰 비바람에 너덜너덜해지다가 어디론가 사라져버리고, 휑하니 뚫린 창문 자리, 현관문 자리들이 죽은 짐승의 썩은 눈구멍처럼 흉물스러웠다.

지상권을 가진 사람과 대지 소유권을 지닌 사람이 각기 다른 사람, 한집안 형제였는데, 두 형제 사이에 의견 충돌이 벌어져 도저히 화해가 불가능해지면서 더 이상 공사를 계속할 수가 없는 형편이 되자 시공업자가 부채와 자재값, 미불(未拂) 임금 등을 감당 못하고 사라져버렸다는 소문이 돌았다.

그 건물은 공교롭게도 준성이 사는 아파트 거실에서 내다보면 바로 정면에 우뚝 곤두서 있었다. 두 건물 사이에는 주차장이 있고, 도로가 있고, 상가 건물이 있고 세 동의 삼층짜리 다가구 주택들이 있었으나 그것은 지상의 일이었다. 허공에서는 두 건물은 막히는 것 없이 마주 보고 서 있었다.

그 수백 개의 캄캄한 눈을 가진 건물 밑으로 남자가 지나가고 여자가 지나가고 아이가 지나갔다. 생선 트럭이 지나가고 냉장 트럭도 지나갔다. 짐자전거도 지나가고 세발자전거도 지나갔다. 육중한 탱크처럼 벤츠가 지나가고 자전거처럼 딸딸거리며 마티즈도 지나갔다. 따끈따끈한 피자를 실은 오토바이가 지나고 세탁물을 배달하는 자전거도 지나갔다. 산책길의 준성도 지나가고 시장 가는 길에 진이도 지나갔다. 진이가 좋아하는 택배 트럭도 지나갔다. 그 건물 앞을 지나 준성과 진이는 영화를 보러 가기도 하고, 맥줏집에 다녀오기도 했다.

그 건물에서 미성년자 추행 사건이 벌어진 것은 늦겨울의 일이었다. 피해자는 고교 2년생, 대정아파트 202동 609호, 준성네 집 아래층에 사는 여학생이었다. 독서실에서 귀가하는 길이었는데, 어둠 속에서 갑자기 뛰쳐나온 한 남자가 아이의 입을 틀어막고 건물 안으로 끌고 들어가 칼로 위협하며 옷을 찢어발겼다. 소녀가 비명을 지르고 저항하자 남자는 온갖 욕설을 퍼붓더니 허리춤을 훔쳐 쥔 채 허둥지둥 어둠 속으로 사라져버렸다.

경찰이 수사를 시작하면서 그 건물이 전혀 빈 건물만은 아니었다는 것이 밝혀졌다. 건물 이곳저곳에 사람의 흔적이 남겨져 있었다. 소주병과 담배꽁초, 부탄가스통, 냄비와 가스 곤로, 옷가지들, 버려진 콘돔과 임신 진단용 시약, 성인 잡지와 중고등학교 교과서가 함께 나뒹굴고, 때가 덕지덕지 낀 담요와 베개 같은 것까지 발견되었다.

범인은 잡히지 않았다. 구청은 건물 앞에 가로등을 설치하고, 경찰은 며칠 뒤에 그 가로등에 폐쇄회로 카메라를 설치했다.

대부분의 주민들은 범인이 잡혔는지 잡히지 않았는지 알지 못했다. 구청이 건물 앞에 가로등을 설치했는지 아닌지도 알지 못했다. 경찰이 거기 폐쇄회로 카메라를 설치했는지 아닌지도 알지 못했다. 알지 못하는 채로도 그 건물 앞으로 여전히 남자가 지나고 여자가 지나고 아이가 지나다녔다. 생선 트럭이, 냉장 트럭이, 택배 트럭이 지나다녔다. 학원에 가는 여학생이, 피시방에 가는 남학생이 오갔다. 준성도 진이도 따로, 또 같이 오갔다.

가로등과 폐쇄회로 카메라는 그 모든 것을 지켜보았다. 십오층짜리 골조 덩이로 뒤바뀐 옛 명선아파트 건물도 수백 개의 캄캄한 눈으로 지켜보았다.

9

진이가 진정 원한 것은 무엇이었을까? 유명해지는 것? 패션모델로서? 아니면 영화배우로서? 아니면 탤런트로서? 나는 그녀 자신 무엇을 원하는지 알고 있다고 믿지 않았다. 그녀는 무엇이 되어도 무방하다고 생각하는 것 같았다. 유명해질 수만 있다면, 텔레비전에 얼굴이 비치고, 멋진 옷을 입고 카메라 앞에 서서 사람들의 찬사와 동경의 대상이 될 수만 있다면.

마침내 육정수와 진이 사이에 무슨 일이 있었는지를 내가 알게 된 것은 어쩌면 순전히 우연이었다. 내가 묻지도 않았건만 그녀 스스로 나에게 그와의 관계에 대해 이야기하기 시작했으니까.

올림픽대로에서 시작되어 양평까지 이어진 어마어마한 교통 혼잡에서 가까스로 탈출하여 설악산에 닿은 그날 밤에도 진이는 전화를 받았다. 다행인지 불행인지 이번에 전화를 한 사람은 육정수가 아니라 그 밑에서 일을 배우던 조감독 한호섭이었다. 회사를 옮겨 다른 곳에서 일을 시작했다는 그는 진이에게 텔레비전용 광고 촬영을 제안했고, 진이는 받아들였다. 설악산 콘도에 도착하여 짐을 푼 지 세 시간이 채 지나지 않았을 때였다. 나는 축하해주었으나, 진이는 눈치를 살피더니 서울로 돌아가야 한다고 말했다. 나는 어이가 없었다.

"지금?"

그녀는 고개를 저었다.

"내일."

나는 멍청히 그녀를 쳐다보았다.

"아침 일찍."

나는 아무 말도 할 수 없었다.

"이런 일이라는 게 늘 이렇게 경황이 없어. 준성 씨가 이해해줘."

품목은 알 만한 수입 생과일 주스, 어쩌면 그 회사와 장기 계약을 맺게 될 수도 있었다. 진이로서는 놓칠 수 없는 기회였다. 속이 뒤집히는 것 같았으나 나는 그렇게 하라고 말했다. 어쩔 수 없지 않은가.

진이는 아침에 고속버스를 타고 가겠다고 했고, 나는 내일 아침에 같이 돌아가자고 했다. 그녀는 미안해서 어떻게 해, 하며 내 목에 매달렸다.

"그 주스 회사에서 새로운 브랜드를 들여와 런칭하는 거예요. 그래서 새 얼굴이 필요한 거예요."

새 얼굴이라. 진이는 새 얼굴인가? 알려진 것은 아니다. 그러나 새 얼굴인가? 나는 심술궂은 인간이었다. 그녀가 나에게 옮기는 한호섭의 말이 어쩐지 공허하다는 생각을 뿌리칠 수 없었다. 그 공허함과 비교하면 기대로 한껏 부푼 진이의 얼굴은 참으로 생생했다. 새로운 브랜드, 새로운 욕망, 새로운 장사. 거기 동원되기 위하여 진이는 새로운 얼굴을 준비하여 부지런히 서울로 올라가야 하는 것이다.

그날 밤이었다. 그녀와 나는 저녁을 먹고 객실로 돌아왔으나 서먹한 기분이었다. 술을 마시기 시작했으나 분위기는 크게 달라지지 않았다. 그런 어색한 분위기를 견딜 수 없었던 것일까. 그래서 내가 관심을 가질 것이 분명한 화제를 꺼낸 것일까. 진이는 밑도 끝도 없이 육정수와의 인연에 대해 이야기하기 시작했다.

"감독은 나 같은 사람에게는 신이나 다름없어요. 감독이 써주면 난 모델이 되는 거고, 안 써주면 난 아무것도 아니에요. 모델은 시에프 하나, 드라마 하나로 뜨기도 하고 망가지기도 해요. 일단 뜨기만 하면 무슨 짓을 해도 다 통해요. 시에프 하다가 탤런트 하고, 그러다가 영화 하잖아요. 그 모든 게 감독을 통해서 시작되는 거예요. 감독을 통해서가 아니면 아무것도 오지 않아요."

집과는 달리 거울이 넉넉지 않았으므로 그녀는 방에 붙은 쪽거울을 가져다가 식탁에 비스듬히 올려놓고 그 안을 들여다보며 이야기를 계속했다. 벌써 울 준비를 하는 것인가. 나는 겁이 났다.

육정수가 어떤 제안을 하건 그녀는 거절할 수 없었다. 그녀는 너무 어렸다. 그가 원하는 대로 같이 술을 마시고 밥도 먹으러 다니고 여행도 같이 다니고 잠도 같이 잤다. 그녀는 너무나 어려 저항할 줄 몰랐다. 그기 그녀를 원한나는 것에 감격했을 뿐이었다. 그 빼어난 미모의 그 무수한 모델들, 탤런트들 가운데 그가 원하는 것은 바로 그녀였다. 그것은 신기하고 자랑스러운 일이었다. 그는 아무런 약속도 하지 않았다. 물론 그녀 역시 아무런 약속도 요구할 수 없었다. 그녀는 아직 너무 어렸다. 부산에서 올라온 지 한 해가 채 지나지 않은 스무 살짜리 어린아이에 지나지 않았다. 아무 약속도 없다고는 하지만, 무언(無言)의 약속이 이루어진 것이라고 진이는 믿었다.

그 무언의 약속은 결코 실행에 옮겨지지 않았다. 그녀는 차츰 초조해지고, 그는 차츰 뻔뻔스러워졌다. 그는 단 한 번도 그녀를 광고모델로 기용해주지 않았다. 이다음에 보자. 그런 말은 가끔 했다. 이게 너한테 어울려야 말이지. 넌 아주 신선하고 기발한 제품, 그런 데 어울릴 텐데 말이야. 이 광고주가 요구하는 컨셉은 그런 거하고는 거리가 멀어.

나는 그 무렵 벌써 진이의 얘기에 지쳐 있었다. 더 이상 듣고 싶지 않았다. 화가 나고 지루하고 권태롭고 치욕스러웠다. 그녀가 솔직하게 얘기하는 것이 아니라는 것을 나는 어렵지 않게 짐작할 수 있었다. 그러니까 차라리 듣지 않는 편이 나을 것 같았다.

나는 술을 계속 퍼마셨다. 다행히 그때까지 진이는 울지 않았다. 몇 번 자칫 울먹임이 터질 것 같은 위기가 있었으나 그녀는 잘 참아내고 있었다. 그녀는 내가 아니라 거울에 대고 말하는 것 같았다. 거의 무심한 어조, 때로는 남의 말 하듯 거리를 두려 애쓰는 태도였다. 작은 거울 속에서 예쁜 소녀가, 어쩌면 부산에서 막 올라온 어린 소녀가 때로는 당혹감에 사로잡힌 낯으로, 때로는 절망감에 몸서리치며 진이의 얘기를 듣고 있었다. 차라리 나는 그 소녀와 말없이, 조용히 앉아 있고 싶었다. 말을 하지 않고 살 수 있다면. 그렇다면 우리는 솔직해질 수 있을까. 진이도 나도, 그리고 저 이야기 속의 진이와 육정수도. 말없이 살 수 있다면.

한 해가 지나고 또 한 해가 지나면서 그녀는 더 이상 육정수에게 기대할 것이 없다는 것을 깨달았다. 그를 원망할 수 없다는 것도 깨달 았다. 아니, 그것은 거짓말이었는지도 모른다. 마지막 순간까지 그녀 는 기대와 실망을 반복했을 것이다. 그런 와중에도 그를, 시도 때도 없는 그의 요구를 거절할 수도 없었다. 그에게 복종하는 것이 진이에 게는 삶이었다. 다른 삶이 있다는 것을 그녀는 알지 못했다. 그가 나 오라면 나갔고, 벗으라면 벗었고, 누우라면 눕고, 가라면 갔다. 그것 이 당연한 일상이 되어버렸다. 그는 가끔 수표를 주고 돈을 주고 선물 을 했다. 그것이 또한 진이의 삶의 중요한 물적 기반이 되었다. 그 역 시 익숙해졌다.

육정수에게는 아내와 두 아들이 있었다. 진이는 처음부터 그런 데 에 전혀 아무런 신경도 쓰지 않았다. 그가 그녀와 결혼해주리라 기대 한 적이 없었으니까. 그와 결혼을 하려는 생각도 없었으니까. 그의 나 이는 이미 마흔셋, 그렇게 늙은 남자와 결혼을 하다니, 꿈도 꾼 적이 없는 일이었다.

진이는 육정수가 그녀가 처음 생각한 것처럼 전지전능한 존재가 아니라는 것도 알게 되었다. 그가 모든 것을 결정하는 것이 결코 아니 었다. 그는 때로는, 아니, 훨씬 많은 경우 결정의 주체가 아니라 객체 로 전락했다. 그는 태국으로 촬영을 가기를 원하면서도 회사에서 제 주도로 결정을 내리면 거기 따라야 했다. 거만한 여배우 등쌀에 몸서 리를 치면서도 그녀의 시간표에 맞춰가며 촬영을 하기 위해 치욕스 러운 아첨도 마다하지 않았다. 독립하여 따로 회사를 만들고 싶지만,

그는 용기도 없고 경제적 여유도 없었다. 차라리 출세한 모델이, 출세한 탤런트가 그보다 더 나았다. 그리고 진이에게는 출세하기 위해서 그가 필요했다.

그와의 만남은 무의미했다. 온종일 집 안에서 뒹굴다가, 저녁 무렵 샤워를 하고 화장을 하고 옷을 갈아입고 나가서 그를 만나 모텔에 들어가서 옷을 벗고 샤워를 하고 섹스를 하고, 다시 옷을 입고 집으로 돌아와 옷을 벗고 잤다. 옷을 벗고 입는다는 것이 기쁘고 아름다운 일이기를 원했는데 가장 무의미하고 권태롭고 자멸(自蔑)스러운 일이 되어버리는 그런 날이 무의미하게 반복되었다. 아무 기대도 설렘도 없었다. 그는 무의미한 존재였다. 그녀 역시 무의미한 존재였다. 무의미한 두 존재가 무의미하게 만나 성교를 반복하고 있었다.

그녀는 더 이상 어린 나이가 아니었다. 스무 살, 간혹은 그보다 더 어린 모델들이 광고와 텔레비전을 점령해 들어오고 있었다.

그날, 육정수가 전화를 한 것은 오후 두시 무렵이었다. 나오라는 것이었다. 진이는 거절했다. 이틀 전부터 몸살이 나서 꼼짝도 할 수 없었다. 살면서 그렇게 지독한 몸살은 처음이었어. 가만 누워 있는데 천장이 빙글빙글 돌고, 겨드랑이가 욱신거리고, 혓바닥이 헝겊 조각 같고……. 그런 몸살 걸려봤지, 준성 씨도? 그것을 알면서도 육정수는 전화 한번 해주지 않았다. 이틀 동안 혼자서 앓았다. 가까운 병원에도 약국에도 갈 수 없을 정도였다. 중요한 손님들이 많이 올 텐데. 육정수는 투덜거리며 전화를 끊었다. 여섯시 무렵, 그는 다시 전화를 했다. 나와. 같이 저녁 먹자. 맛있는 거 사줄게. 그녀가 앓고 있다는 것은 전혀 기억하지 못하는 것이 분명했다. 진이는 거절했고, 육정수는 전화를 끊었다. 아홉시, 그는 다시 전화를 했다. 어서 안 나오고 뭐하는 거야? 말 좀 들어라. 너 이 양반들이 어떤 분들인지 몰라서 그래? 육정수는 모 영화감독, 모 방송국의 피디, 그리고 모 기업의 홍보책임자 아무개의 이름을 들먹였다. 이 양반들하고 한번 눈이라도 맞춰보지 못해 애태우는 애들이 하나둘이 아니라는 거 몰라? 어서 나와, 잔소리 말고. 내가 좋은 모델 하나 있다고 입에 침이 마르게 널 칭찬했는데 이럴 거야? 너 정말 일할 생각 없는 거야? 반은 애걸이고 반은 위협이었다.

결국 그녀는 열에 들뜬 몸을 이끌고 거리로 나섰다. 청담동의 한 룸살롱이 그녀의 목적지였다. 룸살롱이라니? 그녀가 놀라자 육정수는 말했다. 걱정 마. 너한테 술 따르라고 하지 않아. 여기 너보다 예쁜 아가씨들 쌔고 쌨다.

한여름, 밤이었으나 무더위는 여전했다. 처음으로 진이는 이대로 부산으로 돌아가버릴까, 하는 충동을 느꼈다. 그러나 어디로 간단 말인가? 부산이라 하여 그녀를 반길 사람이 있는 것은 아니었다. 택시를 타고서야 그녀는 이틀 전부터 우유를 한두 잔 마셨을 뿐 아무 것도 먹은 것이 없다는 것이 생각났다. 그런데도 달리는 택시 안에서 부글거리는 속을 진정시키기 위해 그녀는 차창을 있는 대로 다 열어야 했다. 차가 방향을 바꿀 때마다 머리가 휑, 흔들리고 그러면 뇌수가 물이 넘쳐흐르듯 눈으로 귀로 흘러내릴 것만 같았다.

그녀가 청담동의 룸살롱에 들어섰을 때는 육정수도, 다른 세 남자도 이미 취할 대로 취해 있었다. 어서 와, 어서 와, 서진이. 인사드려. 오서진이라고, 내가 정말 아끼는 모델입니다. 영화감독 아무개라고, 텔레비전 방송사에서 일하는 연출가 아무개라고, 대기업의 기획실장인 아무개라고 육정수는 취한 세 남자를 소개했다. 그들의 취한 눈이 진이의 몸을 위아래로 훑었다. 그것으로 평가는 끝났다. 그런 시선, 진이는 잘 알고 있었다. 홈쇼핑 방송의 쇼 호스트라는 자들, 광고회사의 기획자들, 그리고 사진작가들 앞에서 그녀는 언제나 사람이라기보다 물건이었다. 그들의 눈은 결코 실수하지 않아 그녀의 장점과 단점을 한눈에 파악해냈다. 허리가 다소 길어. 스커트 좀 올려. 가슴이 볼륨이 부족해. 안색이 어두워.

진이를 평가한 것은 그들만이 아니었다. 그 남자들 사이에 한 사람씩 끼어 앉은 여자들도 한눈에 진이를 평가했다. 육정수의 말은 사실이었다. 그 여자들은 정말 예뻤다. 저렇게 예쁜 여자들이 어째서 하필 이런 일을 하는 것일까.

이것들아, 우리 오서진 선생 옆에도 아가씨 하나 앉혀라. 예쁘장한 애 하나 데려와. 육정수가 소리쳤다. 진이는 깜짝 놀랐다. 곧 새로운 여자가 한 사람 들어왔다. 하늘거리는 연두색 원피스를 입은 여자였다. 스물둘이나 먹었을까. 자칫 고등학생으로 보일 정도로 앳된 여자아이였다. 육정수가 넌 거기, 하고 진이 옆자리를 지정해주었다. 연두색 원피스는 놀라지 않았다. 진이에게 술을 따르고 안주를 집어 입안에 넣어주었다. 진이가 담배를 꺼내면 불을 붙여주었다. 진이가 혼자 묵묵히 앉아 있는 시간이 길다는 것을 간파하고는 그녀의 귀에 대고 소곤소곤 얘기를 건넸다. 뭐 하시는 분이세요? 아, 모델? 어머, 부러워라. 가끔 진이의 팔을 껴안기도 하고, 손을 부드럽게 붙잡았다가 놓아주기도 했다. 그 표정이, 그런 몸짓이 같은 여자가 보기에도 사랑스러웠다. 아, 이런 맛에 남자들이 이런 술집에 몰려다니는 것인가, 하는 생각이 들 만큼 그녀는 싹싹하고 나긋나긋했다. 진정 입안에 혀 같았다.

그런 시간은 오래 계속되지 않았다. 육정수와 세 남자들이 번갈아 진이에게 술을 권했다. 처음에는 조심해야 한다고 다짐했으나 술이 한 잔 두 잔 들어가는 사이에 그녀는 그런 다짐은, 자신의 몸살마저도 잊었다. 밴드가 들어와 음악을 연주하기 시작하자 남녀가 몰려나가 노래를 부르고 붙안고 춤을 췄으며, 진이도 연두색 원피스와 함께 노래를 부르고 춤을 췄다. 전혀 어색하지 않게 연두색 원피스는 진이에게 여자 역할을 했다. 짝이 두어 차례 바뀌었고, 남자들이 기분 내키는 대로 나가서 전기기타를 연주하는 남자의 주머니에 함부로 만 원짜리를 꽂아 넣었으며, 여자들이 박수를 치고 발을 구르며 남자들의 노래를 따라 불렀고, 아무개 기획실장은 이 여자 저 여자의 가슴에 얼굴을 파묻고 흐느적거렸으며, 아무개 연출가는 진이의 허리를 껴안고 춤을 추겠다고 딤벼늘었으며, 그러자 연두색 원피스가 단호하게 그를 밀어내며 저하고 춰요, 아까부터 사장님하고 한번 추고 싶었어요, 하고 무리 없이 그를 멀리 끌어갔고, 그러나 아무리 끌어가 봤자 좁은 객실 안이었기 때문에 잠시 후 그는 다시 나타나 취기와 욕망으로 번들거리는 지저분한 눈으로 진이의 온몸을 더듬듯 훑으며 블루

스 한번 땡깁시다, 모델 아가씨, 하고 손을 내밀었고, 그것을 보면서
도 육정수는 옆자리의 아가씨와 귀엣말을 주고받으며 소처럼 흐으흐
으, 웃고 있었고, 마담이 들어와 한바탕 노래를 부르고 나갔고, 육정
수는 그 여자에게도 진이를 소개시키며 어김없이 최고의 모델이야,
하고 허풍을 쳤고, 진이는 머리가 아팠고, 그러나 남자들은 계속해서
그녀에게 술을 권했고, 그녀는 뿌리치지 않고 다 받아 마셨으며, 아무
개 연출가는 너 술 먹는 거 보니까 연기 좀 하겠다, 하고 웃어댔으
며…….

　다시 객실로 들어온 마담은 이 남자 저 남자와 술잔을 부딪고 노래
를 부르고 포옹을 하며 한 바퀴를 돌았다. 진이 앞으로 다가온 그녀는
눈웃음을 치며 진이의 귀에 속삭였다. 한번 조용히 연락해요. 무슨 일
이든 다 도와줄 수 있으니까. 무슨 일이든. 그녀는 늘씬한 검지와 중
지 사이에 낀 새빨간 명함을 진이에게 내밀었다. 진이는 영문을 알 수
없었다. 난생처음 보는 여자가 그녀에게 무슨 일이든 다 도와주겠다
고 말하고 있었다. 이런 것도 룸살롱의 영업 전략인 것일까. 도대체
이런 여자로부터 도움을 받을 어떤 일이 있을까. 그러나 그런 생각을
계속하기에는 진이는 너무 머리가 아팠고 취했고 피로했고…… 객
실 안은 너무나 시끄러웠다.

　진이는 틈을 내어 육정수에게 다가갔다. 나 집에 가고 싶어. 너무
나 피곤해. 그러나 육정수는 그녀를 붙잡았다. 먼저 호텔에 가 있어.
내가 금방 정리하고 올라갈게. 연두색 원피스가 이끄는 대로 진이는
객실에서 나와 승강기를 탔다. 룸살롱은 십이층 건물의 지하였고, 그

건물은 편리하게도 호텔이었다. 연두색 원피스는 진이를 데리고 호텔로 올라갔고, 객실까지 따라 들어와서 깍듯하게 인사를 건넸다. 편히 주무세요, 사장님. 진심으로 진이는 그녀에게 고맙다고 말하고 지갑을 열어 십만 원의 팁을 주었다. 그것이 연두색 원피스 같은 여자에게 작은 액수인지 큰 액수인지는 알지 못했다. 돈이 더 있었더라면 더 줬을 것이다. 연두색 원피스는 정중히 허리를 굽히며 말했다. 고맙습니다, 사장님. 그녀는 진이의 입술에 짧은 입맞춤을 남기고 사라졌다.

진이는 침대에 쓰러졌다. 잠시 누웠다가 일어나 샤워를 해야지, 하고 생각했으나, 그녀는 곧 깊은 잠에 빠져들고 말았다.

요란한 소리에 진이는 잠에서 깨어났다. 모든 남자들이, 그리고 모든 여자들이 그 방에 들어와 있었다. 도대체 이 사람들이 왜 모두 이 방에 몰려든 것일까. 그들은 떠들썩하게 술을 마시는 중이었다. 여기로 가자, 저기로 가자, 말들이 많았다. 여자 가운데 하나는 호스트바에 가보지 않을래요, 하고 말했고, 그러자 육정수가 우리가 호스튼데 또 무슨 호스트바야, 언니, 하고 말하더니 혼자 웃어댔다. 진이는 발치에서 퀭한 눈으로 그녀를 훔쳐보고 있는 아무개 연출가를 발견하자 화들짝 놀라 일어나 앉았다. 와아, 우리 모델 아기씨 정신 차렸다. 그가 소리 지르며 박수를 쳤다. 우리 한번 같이해야지? 그가 말했다. 뭘요? 진이는 기겁을 하여 되물었다. 뭐긴 뭐야? 다 알면서. 손가락으로 허공을 찔러대며 그가 말했다. 진이는 불쾌해졌다. 몰라요. 모르긴, 이 예쁜 아가씨야. 작품이지, 작품. 작품 한번 같이해얄 거 아냐! 진이는 당황했다. 정말 작품을 같이하자는 것인가? 그러나 그는 어

느새 저 퀭한 눈으로 되돌아가 이번에는 다른 여자를, 검은색 미니스
커트를 입은 여자를 쳐다보고 있었다. 그녀가 왜요, 하며 다가와 팔을
끼자 그는 말했다. 우리 언제 한번 같이해야지? 미니스커트는 대답했
다. 그럼요. 같이해야죠. 이런 응큼한 년. 이런 응큼한 사장님. 그것보
다 더 좋은 작품이 세상에 어딨겠냐. 흐으홍, 껄껄껄, 그들은 커다랗
게 벌어진 서로의 입안을 들여다보며 웃어댔다.

그들의 강권에 못 이겨 진이는 맥주를 한두 잔 받아 마셨다. 그러
나 곧 취기와 피로와 몸살 기운에 지쳐 다시 쓰러지고 말았다. 그 소
란 속에서도 그녀는 잠들 수 있었다. 잠이 아니라 혼수에 가까웠다.

두통 때문에 진이는 깨어났다. 눈을 뜰 수가 없었다. 방 안이 고요
했다. 가까스로 눈을 조금 뜨고 둘러본 방 안은 술병과 재떨이와 과자
포장지와 종이컵, 담배 냄새, 그리고 누가 벗어 던진 것인지 알 수 없
는 스타킹 같은 것들로 뒤엉켜 있었다. 아아, 이 방이 내 방이 아니라
는 것은 얼마나 다행인가. 이곳에서 빠져나가기만 하면 되는 것이다.
진이는 한 팔로 체중을 떠받들고 비스듬히 일어나 앉았다. 그 모든 남
자들, 여자들, 사라지고 없었다. 육정수도 보이지 않았다. 천만다행이
라고 그녀는 생각했다.

그러나 다음 순간 그녀는 소스라쳐 자신의 몸을 더듬었다. 언제 옷
을 벗었던가? 그녀는 팬티만을 걸친 알몸이었다. 육정수가…… 벗
긴 것인가? 아마 그랬을 것이다. 그는 기회만 생기면 덤벼드니까. 그
러나 언제? 그 많은 사람들 가운데서? 설마. 그들이 각기 짝을 지어
자기네들 방으로 떠나고 난 뒤였겠지. 그러나 육정수는 어디에 있을

까. 가버린 것일까.

머리가 아팠다. 온몸이 열로 홧홧거렸다. 입안이 바짝 마르고 입술이 갈라졌다. 속이 울렁거렸다. 그녀는 냉장고를 열었으나 물은 없었다. 뒤집힌 물통이 화장대 위에 나뒹굴고 있었다. 그녀는 화장실로 들어가 수도꼭지에서 물을 벌컥벌컥 한참을 들이켰다. 속은 가라앉지 않았다. 더 울렁거릴 뿐이었다. 가야지, 하고 생각했으나 기운이 없었다. 눈을 뜨고 있기도 힘들었다. 그녀는 다시 침대에 쓰러졌다. 조금 정신을 차린 다음에 육정수에게 전화를 해봐야겠다고 마음먹었다. 그녀는 생각했다. 조용하다. 정말 조용하다. 조용해서 정말 다행이다.

그렇게 그녀는 다시 잠들었다. 전화벨 때문에 그녀는 깨어났다. 객실의 전화였다. 하루 더 계실 거예요? 뚱한 음성이 저편에서 들려왔다. 진이는 화들짝 놀라 아니라고, 곧 나갈 거라고 대답했다. 그러나 일어날 수가 없었다. 머리가 휘휘 내둘렸다. 무릎이 녹아내리는 듯 발걸음이 헛나갔다. 온몸이 뜨거웠다. 기신기신 화장실까지 가서 그녀는 욕조에 몸을 눕히고 뜨거운 물을 틀었다.

샤워를 마치고 겨우 정신을 차려 호텔에서 빠져나왔다. 뙤약볕 아래 나서자 현기증이 벌떼처럼 몰려들었다. 그녀는 말을 듣지 않는 다리를 매번 붙들어 올리듯 움직여보았으나 도저히 더 이상 걸을 수가 없었다. 맥이 다 빠져나가 몸뚱이가 이내 인형처럼 분해되고 말 것 같았다. 마침 카페 '원더앤원더'가 눈에 띄었다. 두어 번 육정수와 함께 들어가 본 적이 있는 곳이었다. 우선 저기 들어가 육정수에게 전화도 하고, 기운도 좀 차리고 나서 집으로 가리라 마음먹었다.

겨우 카페에 들어선 그녀는 구석진 자리로 찾아가 소파에 널브러졌다. 육정수에게 전화를 해봤으나 그는 전화를 받지 않았다. 잠깐잠깐 그녀는 정신을 잃었다가 깨어났다. 그대로 앉아 있다가는 영영 까무러치게 될 것 같아 두려웠다. 우선 집으로 돌아가야 했다. 그러나 저 뙤약볕 아래 나섰다가는 그 자리에 촛농처럼 녹아내릴 것 같았다. 그렇게 하나의 얼룩으로서 사라져버리고 말 것 같았다. 아무것도 아닌 존재, 촛농처럼 사람들은 그녀를 밟고 지나갈 것이다. 모델이라니, 그녀는 온전한 모델이었던 적이 없었다. 그들은 그녀가 존재하는지 아닌지도 알지 못하고, 영영 알지 못할 것이다. 그들은 그녀를 모른다. 그들에게 그녀는 '모델'은커녕 '사람'마저도 아니다. 이대로 이 자리에서 숨이 끊어진다 해도 관심을 가지는 사람은 아무도 없을 것이다.

눈을 뜨고 있기가 힘들었다. 열은 더욱 높아지는 것 같았다. 순간마다 그나마 남아 있는 기운이 모래처럼 손아귀에서 흘러 나가는 것이 느껴졌다. 더럭 겁이 났다. 이대로 죽는다 해도 아무도 모를 것이다. 노숙자의 죽음처럼 신원불상으로 처리되겠지. 한시바삐 집으로 돌아가야 했다. 집으로 가서 어떻게든 기운을 내어 중국집에서 탕수육이라도 시켜 먹고 기운을 차려야 했다. 며칠 동안 술 외에는, 한두 잔 우유 외에는 먹은 것이 없지 않은가. 게다가 이 몸살, 이 열……. 누군가의 도움이라도 받고 싶었다.

그때 눈에 띈 것이 나였다. 그녀는 나를 기억하고 있었다. 얼마 전 바로 이 카페에서 본 적이 있었다.

그날 밤에도 그녀는 육정수와 동행이었다. 그가 계약한 이번 휴대전화 광고에는, 여러 명의 모델이 출연한다니까, 어떻게든 한자리 차지할 수 있지 않을까, 하는 기대가 여지없이 무너지고 난 다음 처음 만나는 자리였다. 그는 변명하지 않았고, 그녀는 변명을 요구하지 않았다. 습관처럼 모텔에 들어가 무의미한 섹스를 하고 나온 지 한 시간이었다. 그가 진이를 데리고 카페에 들어온 것은 여관에서 나오자마자 헤어지는 것이 다소 멋쩍었기 때문일 뿐이었다. 맥주를 마셨으나 서로 더 이상 아무런 할 말도 없었다. 그들은 공허했다. 텅 비어버렸다. 오랜 세월 동안 아무도 살지 않은 채 방치된 집처럼. 그들은 따로따로 있을 때는 감독과 모델일지도 모르지만, 둘이 같이 앉아 있는 지금은 아무것도 아니었다. 재미없고 지루하고 어색한, 서로 집으로 가고 싶으면서도 헤어지자는 말을 상대방이 먼저 해주기를 기다리는 비겁하고 어리석은 자들일 뿐이었다.

그때 나를 포함한 나의 일행들이 주고받는 얘기들은 신이 나고 재미있고 종횡무진이었다. 컴퓨터에서부터 자본주의와 사회주의를, 미국과 이라크 분쟁, 이스라엘과 팔레스타인 분쟁, 기독교와 천주교를 거쳐 불교에서 티베트와 중국에 이르기까지, 나의 일행은 단 한 순간도 쉼 없이 활기찬 얘기늘을 몇 시간째 주고받고 있었다. 그럴수록 그녀는 자신과 육정수가 못난이들로 여겨졌다. 적어도 그 순간에는 모델로서 온전히 해본 일 하나 없다는 사실보다 지금 이 순간 할 얘기가 전혀 없다는 것이 더 한심스러웠다.

진이는 나를 훔쳐보며 망설이고 또 망설였다. 시간이 흐를수록 더 이상 망설일 여유가 없다는 생각으로 초조해졌고, 그럴수록 나라는 사람의 모습은 더욱 마음씨 착한 사람으로 변해갔다. 이대로 시간을 보냈다가는 내가 있는 곳까지 걸어갈 기운마저 까무룩 사라져버릴 것 같았다. 안간힘으로 일어나 겨우 내가 앉은 탁자까지 걸어온 그녀는 소파에 풀썩 무너져 내렸다. 더 이상은 한 발도 움직일 기운이 없었다. 놀라 그녀를 쳐다보는 나의 눈빛만으로도 그녀는 자신의 꼴이 미친 여자와 다름없으리라는 것을 짐작할 수 있었다.

그것이 진이가 얘기한 그녀와 나의 '경이로운 날'의 전말이었다. '경이로운 날', 나는 그날을 그렇게 부르기로 했다. 진이는 재미있는 명칭이라고 즐거워했다. 우리가 만난 날이니까. 그렇게 말할 때면 진이는 환한 햇빛 아래 놓인 깨끗한 한 페이지의 종이처럼 아무런 구김살도 그늘도 없는 존재 같았다.

그러나 우리의 그 경이로운 날 내가 진이에게서 맡은 냄새, 그것은 불결한 유흥과 섹스와 부패와 피로와 질병과…… 그런 것들이었다. 그러나 그것이 모두는 아니었다. 또 뭔가가 있었다. 뭐라 한마디로 규정하기 어려운 것, 어쩌면 절망과 외로움의 냄새였을까. 아마 그런 것들로 인해 나는 도와달라는 그녀를 영영 외면하지 못했을 것이다.

"그랬어, 우리 착한 준성 씨?"

그녀가 쓰는 착하다는 말은 이제는 틀림없는 변명이 되었다. 언어란 참 이상했다. 하나의 언어, 하나의 의미, 그런 것은 존재하지 않았다. 그런 질서가 존재한다고 믿는 것도, 존재해야만 한다고 생각하는 것도 미신일 것이다.

하지만 그런 미신이야말로 바로 사람이 살아남기 위한 안간힘 같은 것이라 할 수는 없을까. 우연한 존재인 인간이 자신의 의미와 목적을 찾아내기 위한 모색이 그런 미신을, 그런 무수한 허구를 만들어내는 것이라면? 진정 언어와 의미 사이에는 아무것도 존재하지 않았다. 허공이, 공허가, 그리고 무수한 미신과 모색이 있을 뿐이었다.

그리고 나와 진이 사이에는 무엇이 있을까. 무엇이 있어야만 하는 것일까. 저 무수한 육정수와 무수한 한호섭과 무수한 약속들, 배신들, 저 엄청난 속옷들과 욕망과…… 무수한, 무수한, 무수한 이…… 쓰레기들…….

설악의 밤은 위풍당당했다. 밤이란 이런 것이다. 이 서늘한 기운, 산 위로부터 서서히, 압도적으로 흘러 내려오는 이 청정한 대기, 이 흐름과 함께 평지에 뒤덮이는 이 완강한 어둠. 나는 그런 어둠 속에서 이런 누추한 애기나 하고 있는 나와 그녀가 한심스러웠다. 마땅히 이 당당한 어둠 속에서 나와 그녀는 몸을 섞어야 했다. 어둠이 지상에 뒤덮이듯 산이 그 어둠을 맞아들이듯, 그렇게 완벽하게 교합해야 하는 것이다.

어느새 진이는 눈물을 흘리고 있었다. 그녀는 거울에다 대고 흐느끼며 말했다. 난 바보야. 거울을 향해 내가 정말 바보냐, 하고 묻는 것 같았다. 마치 거울 속으로 들어가고 싶은 사람 같았다. 어쩌면 거울 속의 세계는 이곳처럼 잔인하거나 구차하지 않을지도 모른다.

그녀는 또 바보가 되기 위해 서울로 돌아가려 하는 것인가? 그러나 나는 말하지 않았다. 세상에는 감독도 많고 모델도 많고 바보도 많다. 그러니까 난 바보야, 하고 말할 줄 아는 바보도 물론 있을 것이다. 그런 바보를 좋아하는 감독도 또 있을 것이다.

그녀가 계속해서 거울에다 대고 눈물을 흘리고 훌쩍거렸으므로 나는 외면한 채 술만 퍼마셨다. 우는 그녀를 끌어다 침대에 쓰러뜨리고 그녀의 몸속으로 기차처럼 관통해 들어가고 싶은 충동을 몇 번 느꼈으나 나는 결국 거울 속의 그녀를 끌어낼 수 없었다.

이튿날 아침 나는 술이 덜 깨어 운전을 할 수가 없었고, 그래서 같이 서울로 돌아갈 수 없었다. 그녀는 시간에 쫓겨 혼자 고속버스를 타고 서울로 향했다. 나는 을씨년스런 고속버스 터미널에서 그녀를 배웅했다.

그녀가 떠난 뒤 나는 설악산에서 혼자 이틀을 보냈다. 서울로 돌아가고 싶은 생각도 없지 않았으나 나는 콘도를 예약한 기간 동안 거기 머무르기로 했다. 곧장 서울로 돌아가면 진이에게 간섭하는 것처럼 여겨질 수 있겠다는 것도 싫었다. 그 이틀 동안 과연 진이와의 관계가 얼마나 지속될 수 있을까, 생각했다. 오래지 않아 그녀는 어떤 감독의 손을 잡고 내 곁을 떠날 것이다. 그렇게 될 것이다. 어쩌면 당연한 일이었다. 나와 그녀는 어울리지 않았다.

내가 서울에 도착한 것은 밤이 깊어가는 시간이었다. 불도 켜지 않은 채 그녀는 거울 앞에 주저앉아 혼자 소주를 마시고 있었다. 집 안이 담배 냄새와 음식 냄새, 술 냄새, 그리고 오랫동안 환기되지 않은 공기로 후덥지근했다. 그녀가 기대한 대로 일이 진행되지 않았다는 것을 나는 곧 짐작했다. 주방 개숫물통에 담긴 접시와 쓰레기 들로 나는 그녀의 저녁 메뉴가 중국집 배달 음식이었다는 것을, 어쩌면 아침부터, 어쩌면 어제부터 그녀가 계속 술을 마셨으리라는 것도 짐작했다.

화가 치밀었으나 나는 내색하지 않았다. 물론 그녀에게 화가 난 것은 아니었다. 한호섭에 대해 화가 난 것도 아니었다. 나는 사람들을 홀려 맹목으로 만들어 맘껏 부려먹고 나서 쓰레기처럼 내던지고 마는 이놈의 세상 생김생김에 대해 화가 났다.

거울은 그녀를 비추었고 그녀의 눈물을 비추었으며 그녀의 초췌한 수치와 절망을 비추었다. 그 안에 수많은 진이가 들어 있었다. 지금 우는 진이가 전부가 아니라는 듯이. 그녀는 거울 속의 진이에게 위안을 구하는 것 같았다. 거울 속의 진이는 훨씬 의젓하다는 생각도 들었다. 그 속에 또 다른 낯선 인물이 살고 있다는 생각도 들었다. 살고 있으면 얼마나 좋겠는가. 이쪽 거울에도 저쪽 거울에도, 거울마다 들어앉아 있는 진이들이 모두 내가 알지 못하는 진이들이라면 얼마나 좋으랴. 이 거울에는 그녀의 얼굴이, 저 거울에는 그녀의 등과 머리가, 또 다른 거울에는 그녀의 조각난 종아리와 발이 들어 있었다. 그 모든 것이 다 진이, 그녀의 일부, 욕망, 꿈과 절망, 그리고 아직 그녀 자신도 알지 못하는 그녀의 정체가 아닐 것인가.

진이는 말했다. 한호섭도 육정수와 다를 게 없는 것 같다고. 그는 또 하나의 신이라고. 그녀는 두려웠다. 육정수와 그랬듯이 한호섭하고도 비슷한 관계로 시종하게 되는 것은 아닐까. 나는 의아했다. 벌써 그와 잤다는 것인가? 물론 나는 그렇게 묻지는 않았다. 그러나 그녀는 내가 묻지 않은 말을 알아듣고 펄쩍 뛰었다.

"천만에. 그런 일은 절대로 없었어. 오해하지 마. 내가 아무리 바보라 해도 한 번 당하지 두 번 당하겠어?"

나는 알고 있었다. 한 번 당하고 두 번 당하고 또 당하고 또 당하고…… . 이 세상에 사는 한 사람은 백 번이라도 당하게 마련이었다. 이라크가 당하듯이, 팔레스타인이 당하듯이, 이 나라가 당하듯이 그렇게. 나라와 나라 사이에서 벌어지는 일이 사람과 사람 사이에서도 규모를 달리할 뿐, 똑같이 벌어지는 것이다, 이놈의 데에서는. 욕망이라는 놈이 세상을 지배하는 방식이 그러하지 않은가.

어리석은 짓이라고 생각하면서도 나는 진이의 말을 믿었다. 믿어도 될 것 같았다. 왜냐하면 그녀는 가끔 한호섭을 만나고 돌아오기는 했으나 여전히 쇼핑 채널에 나가 속옷 바람으로 엉덩이를 흔들어대는 것이 유일한 벌이였으니까. 진이에게는 미안한 말이지만, 나에게는 차라리 그 편이 나았다 해야 할 것이다. 나에게는 그녀가 아직 이 피난처에 머물러 있다는 것이, 내일 하루라도 더 머물러준다면 그것이 오직 기껍고 다행스러울 뿐이었다.

그렇게 생각하기로 했다. 진이와 나는 너무나 다르니까. 다른 것이 당연하니까. 그러니까 결국, 머지않아 헤어지는 수밖에 없을 것이라고 나는 믿었다. 다르다, 와 헤어진다, 사이에 나는 모순을 느끼지 않았다. 그것은 지하철 1호선 같았다. 당연하고 뻔한 길이었다. 그러나 오래지 않아 나는 그 사이의 거리가 인간이 상상할 수 있는 가장 먼

거리보다 더 까마득할 수도 있다는 것을 알게 되었다.

한동안 그녀는 한호섭을 자주 만났다. 그를 만나고 돌아올 때마다 진이는 당장 며칠 사이에 광고를 찍기 시작하여 공중파 텔레비전에 등장하게 될 것처럼 들떠 있었다. 그녀의 입에서는 그날 만난 유명인 사들의 이름이 줄줄이 엮여 나왔다. 광고감독은 그만두고라도 영화감독에 텔레비전 드라마 연출자에 패션디자이너에 패션잡지 편집자에 기자에 탤런트에 가수에 영화배우에……. 광고영화가 아니라 해도 내일모레쯤은 영화배우나 탤런트로 나설 수도 있으리라 믿는 듯, 들뜬 기대로 그녀의 발걸음은 구름처럼 가벼웠다. 다행인지 불행인지 그런 일은 벌어지지 않았다.

나는 불안감을 느끼며 기다렸다. 무엇인가가 나와 그녀를 향하여 다가오고 있었다. 그놈의 느리지만 확실한 접근을, 먹이를 향해 다가오는 그놈의 자신만만한 촉각과 무자비한 식욕을 나는 느낄 수 있었다.

그러나 외면했다. 모르는 척할 수 있을 때까지는 외면하고 싶었다. 무서웠기 때문이었다. 나는 그놈이 정말 무서웠다.

10

무제(無題) / 시놉시스—1

　재주도에는 거대한 동굴이 있다. 용왕대굴, 이라 불리는 그 동굴 앞에는 웅장한 대리석 제단이 놓여 있고, 그 제단 양쪽 옆에는 거대한 높이로 호위사룡(護衛四龍)이 바다를 향해 금세 날아오를 듯 머리와 꼬리를 치켜들고, 네 발로 허공을 움켜쥐고 서 있다. 그 아래 시십 게단 역시 대리석이요, 둥근 돔형의 지붕을 떠받든 열주(列柱) 또한 대리석이다. 여러모로 여의도의 국회의사당과 비슷한 구조다.

　일 년에 한 번, 이 동굴 앞에서는 큰 제사가 열린다. 용왕대제(龍王大祭)라고 불리는 유서 깊은 제사다. 재주도의 온갖 산해진미와 명물들이 빠짐없이 제물로 진상된다. 대통령 직속 용왕대제 준비위원회가 공식적으로 진상하는 제물 외에도, 특별한 소원이나 청탁이 있는 이들은 개인적으로 제물을 바칠 수 있다. 작년에는 태국에서 원숭이 열 마리를 수입해다가 제물로 바친 사람이 있어 화제가 되었다. 재작년에는 베트남에서 사업을 시작한다는 어떤 사람이 베트남 처녀 두 사람을 제물로 바쳐 용왕을 특별히 기쁘게 해줬다. 해마다 최고급 최신형의 텔레비전과 컴퓨터를 바치는 사람이 있는데, 그는 재주도 출신의 삼중전자 대표이사다. 용이 텔레비전을 보는지 컴퓨터를 쓰는지는 알 수 없지만, 용왕은 그 많은 텔레비전과 컴퓨터를 어디에 쌓아놓고 살까, 주민들 가운데 궁금증이 증폭되고 있다고 『중조일보』의 심영규 기자가 보도한 것이 벌써 몇 년 전의 일이다.

작년에 삼중전자 대표이사가 바친 것은 벽걸이형 52인치짜리 아몰레드 풀에이치디 텔레비전 세트였다. 올해에는 그 크기가 62인치가 되리라고도 하고, 72인치가 되리라고도 한다. 소문이니까 막상 그날이 되어봐야 진위를 알게 될 것이다. 몇 인치짜리가 됐건, 그가 이번 용왕대제에도 최신형의 대형 전자제품을 바치리라는 것은 틀림없는 사실이다. 그는 취재를 위해 찾아온 심영규 기자에게 말했다. 용왕님께 제물을 바치기 시작한 뒤부터 사세(社勢)가 부쩍부쩍 불어나기 시작했다…….

그러나 이 모든 제물보다 가장 중요한 제물이 있다. 그것은 바로 처녀, 방년 17세의 빼어난 미모를 지닌 처녀 셋이다. 용왕대제 준비위원회가 일 년 내내 골몰하는 가장 중요한 일이 바로 이 용왕님의 신부를 선정하는 일이다. 매년 준비위원회는 전국을 순회하면서 지역 예비대회를 열어 신부 후보들을 선정한다. 상금은 오십억, 그러나 상금이 문제가 아니다. 그 용왕굴에 들어가면 죽는지 사는지, 소식이 그만 두절되고 마는데, 아무리 돈을 많이 준다 한들 누가 용왕의 신부를 자청하겠는가? 따라서 위원회는 강제적인 수단을 동원하는 수밖에 없었다. 적어도 처음에는 그랬다. 위원회가 대통령 직속의 비밀기관이 된 것도, 독자적인 비밀경찰 조직을 육성, 활용하기 시작한 것도 그 때문이었다.

위원회가 한 지역에 나타나 용왕 신부 선발 지역대회를 선포하면 그 즉시 그 지역에 거주하는 모든 17세 소녀의 국내외 여행, 등교, 출근 등 모든 형태의 이동이 금지된다. 일시에 가택 연금되는 셈이다. 17세 소녀와 동행하여 데이트를 하거나 외출을 하는 자는 적발 즉시 체포, 투옥되어 징역 7년형 이하의 처벌을 받는다. 심지어 키스를 하거나 섹스를 하는 행위는 영장 없이 체포되어 무기한 주재도로 추방된다. 주민등록 장부에 17세 소녀가 거주하는 모든 가구는 자발적으로 지역대회 지역본부에 신고해야 한다. 신고를 하지 않는 가구나 신부 후보를 피신시키는 가구는 성원 모두 주새노 북쪽 산악 지방에 설치된 반용반혼(反龍反婚) 수용소에 감금된다.

이렇게 하여 전국을 돌면서 지역대회를 통해 빼어난 미모와 몸매를 지닌 소녀를 백여 명 선발하고, 이 소녀들을 대상으로 하여 석 달 동안 방중술은 물론이요 용왕을 접대하는 온갖 방법, 걸음걸이, 옷맵시, 노래와 춤 같은 것을 가르친다. 그것만이 아니라 전국 유수의 대학교수들을 초빙하여 일반 교양과목과 용왕학을 가르치는데, 커리큘럼의 일부를 소개하면 『용왕대제의 역사』, 『용왕과 민주주의』, 『용왕의 존재와 사회복지의 관계』, 『용왕대제의 시장경제적 의미』, 『세계화시대 용왕의 전략적 정의』 따위다.

그런 훈련이 끝난 다음에야 비로소 전국대회를 통해 최종적으로 세 사람의 신부를 선발하는데, 이 전국대회는 모든 텔레비전 방송을 통해 전국에 생중계된다. 가수들이 나와 노래를 부르고, 춤을 추고, 이제까지의 모든 용왕의 신부들의 신상명세가 길게 낭독되고, 칭송되고, 또 노래를 부르고 또 춤을 추고, 용왕의 은혜를 입은 이들, 그러니까 삼중전자 대표이사 같은 이들이 나와서 눈물을 뿌리며 감사장을 낭독하고, 또 노래를 부르고 또 춤을 추고, 박수갈채를 하고, 눈물을 펑펑 흘리고, 발을 동동 구르고, 또 노래를 부르고 또 춤을 추고, 마침내 엄격한 심사를 거쳐 최종적으로 세 사람의 신부가 발표되면 대회장은 춤과 노래와 환호와 박수갈채와 발 구르는 소리와…… 그런 것들에 묻혀 최종적으로 용왕의 신부로 선정된 세 소녀들의 눈물, 통곡, 발버둥 같은 것은 들리지도 보이지도 않게 되고 만다. 물론 그런 일은 용왕대제 준비위원회와 방송사들 사이의 카메라 조작에 대한 이해와 합의를 바탕으로 이루어진다.

십여 년 전부터는 더 이상 용왕대제의 신부 후보들을 뽑아내기 위하여 강제적인 수단을 동원할 필요가 없게 되었다. 그것은 용왕대제를 통해 이름과 얼굴이 알려진 일부 소녀들이, 보다 정확하게 말하자면 수십 명의 소녀들이 광고모델이나 영화배우로, 텔레비전 배우로,

가수로 출세하는 일이 벌어졌고, 그런 일이 추세가 되었으며, 그러자 전국의 가수 지망생, 모델 지망생, 배우 지망생 들이 자발적으로 신부가 되겠다고 신청하기 시작했기 때문이다. 그들은 자신이 만일 3위 안에 들게 되면 용왕대굴 속으로 들어가야 한다는 사실을 알지만, 그럼에도 불구하고 용왕대제라는 전국 무대에 데뷔하는 것을 놓칠 수 없는 기회로 판단했다.

그것은 용왕대제 출신의 선배들이 쌓아 올린 찬란한 업적 때문이었다. 오늘날 최고의 배우로 평가받는 장신숙, 이 년 전 유럽에 진출하여 세계무대에 이름을 날린 패션모델 공경아가 바로 이 대제가 낳은 예술가들이다. 그때 장신숙은 5위, 공경아는 4위로 아슬아슬하게 낙방했으나, 그것이 전화위복이 되어 매니지먼트 회사와 방송사, 광고기획사 등에 발탁되었으며, 그것을 기반으로 잠깐 사이에 국제적 스타로 발돋움했다. 일부 소녀들은 용왕대제에 참가하기 위해 몇 년 동안이나 미용실과 성형외과에 드나들면서 미모와 몸매를 가꾸고, 춤과 노래를 배우고, 다이어트에 몰두하는 등 온갖 노력을 기울인다. 스타가 되기 위해 목숨을 거는 셈이다.

실로 목숨이다. 왜냐하면 이제껏 용왕의 신부가 되어 용왕대굴로 사라진 소녀들의 숫자는 수백에 이르지만, 그 가운데 그 이후의 동정이 알려진 예는 단 한 사람도 없기 때문이다.

요즘 들어 용왕대제도 용왕대제 준비위원회도 민영화하자는 제안이 들려오기 시작하는 것은 이런 데 힘입은 바 크다. 그러나 용왕대제를 민간에 팔아넘긴다는 것은 정부로서도 쉬 결정할 수 있는 사안이 아니다. 기자들이 이에 대해 질문을 할 때마다 정부의 대답은 벌써 몇 년 동안 똑같다. 민영화가 세계적 추세이기는 하지만, 정부는 용왕대 제를 민간 기업에 매각하는 문제에 대해서는 아직 논의한 적도 없고 따라서 아무런 결정도 한 바 없다. 하지만 벌써 용왕대제 준비위원회 주변에는 크고 작은 연예 매니지먼트 회사들이 돈보따리를 싸들고 드나든다는 소문이 자자하다.

용왕대제 자체는 경건하게 치러진다. 국립교향악단과 국립합창단 이 국가와 용왕가(龍王歌)를 연주하고, 국립무용단이 용왕무(龍王舞)를 추고, 나라 최고의 시인이라는 이들이 나와서 용왕의 은혜에 대한 칭 송의 시를 낭송하고, 이어 한국의 바그너라 일컬어지는 박수웅 교수 가 작곡한 〈판타지―용왕이여 영원하소서〉가 연주되는 가운데 세 명의 소녀가 용왕대제 준비위원회 직속 비밀경찰의 단호하고 신속한 안내를 받아 용왕굴 안으로 사라지는 것으로 용왕대제는 끝난다.

그 직후 오십억의 상금에서 부가세가 공제된 거액이 새로운 신부 들의 가족의 통장에 온라인으로 입금된다.

제가 끝나자마자 용왕대제 준비위원회는 즉시 다음 해 용왕의 신 부를 선정하기 위한 지역대회를 시작한다. 늘 일 년이라는 기간이 빠 듯한 탓이다.

심영규 기자는 처음부터 저항할 생각이란 전혀 없었다. 만일 누군 가가 그것을 저항이라 부른다 할지라도 그것은 전혀 우연이었다. 황 소가 뒷걸음질하다가 개구리를 잡은 정도가 아니라, 개구리가 황소를 잡았다고나 해야 할 지경이었다.

영규가 용왕대제라는 것이 과연 매년 바쳐지는 세 소녀의 생명, 그리고 거기 들어가는 나라의 엄청난 예산, 거기 쏟아부어지는 온갖 인력과 에너지에도 불구하고 계속되어야 하는 것인가, 에 대해 의문을 제기하는 기사라도 썼다면 그것은 저항이라 해도 무방했다. 그러나 그런 것과는 거리가 멀었다.

그가 쓴 기사는 요즘 세상에 유행처럼 번지는 원조 교제, 조건 만남 등 미성년 성매매를 비판하는 내용이었다. 기사 자체는 크게 새롭지도 않고 그렇다 하여 크게 나무랄 것도 없었으나, 마지막에 그가 덧붙인 몇 줄의 논평이 문제가 되었다. 용왕님이 매년 세 명의 미성년자를 신부로 맞아들이기는 하지만, 일반 시민들이 용왕 흉내를 내자는 것도 아닐 텐데, 이 무슨 패륜이냐, 당장 근절되어야 한다, 당국이 이를 근절시킬 수 있는 대책을 속히 마련해야 한다, 라는 식으로 기사는 끝맺었다.

데스크에서 당연히 그 논평은 잘려 나갔다. 영규는 그 이유를 물었고, 편집국장은 잘 나가다가 어째서 용왕을 들먹이느냐, 기사의 균형에 맞지 않아서 잘랐다, 고 말했다. 영규는 편집국상으로부터 기분 나쁜 소리까지 들었다. 흔해빠진 기사에 뭔 논평이야, 논평이. 그가 항의하자 바로 그 자리에서 바다 건너 재주도로 발령이 떨어졌다. 영규는 당연히 사표를 내던져야 했으나 요즘 먹고사는 일이 얼마나 힘든지가 생각나자 몸이 뜻대로 움직이지 않았다. 더구나 새로이 취직하는 일은 프로메테우스가 하늘에서 불을 훔치는 일보다 더 힘들었다.

이몽룡도 박문수도 지금 여기에서는 실업자가 되는 수밖에 없었을 것이다.

풍광 좋은 재주도에서 몇 년 살다가 서울로 돌아오는 것도 나쁘지 않으리라, 하고 스스로를 위로하며 그는 재주도로 떠났다.

소문은 빨라 재주도에서 그를 기다리는 사람들이 있었다. 심영규 선생님이시죠? 낯선 사람들이 인사를 건네왔다. 그들이 덧붙이는 말은 기사 잘 읽었다는 것이었다. 무슨 기사? 용왕 기사? 용왕 기사라니? 그는 용왕 기사를 쓴 적이 없는데? 아, 그 원조 교제 조건 만남, 그런 기사에다가……. 아, 그거. 그 기사 때문에 이곳으로 좌천된 그로서는 별로 듣기 좋은 인사가 아니었다.

하지만 이상한 일이었다. 용왕 어쩌고 하는 논평은 잘려 나갔다. 어떻게 이들이 그 사실을 알 수 있었을까?

얼마 후에야 영규는 그들의 정체를 알게 되었다. 그들은 용왕제를 영원히 폐지하기 위해 암약하는 저항 조직이었다. 그들은 영규로서는 깜짝 놀랄 불경스런 질문을 태연히 던졌다. 그거 동굴 맞아? 화산 동굴이라는 거 확인된 사실이야? 무슨 미사일 사일로 아니면 화학무기 실험실 아냐? 왜놈들이 판 방공호인지도 몰라. 누가 아니라 할 수 있겠어? 들어가 본 사람 있어? 정말 거기 용이 있기는 한 거야? 용은 무슨. 로봇 두어 마리 있겠지. 지렁이가 아닐까? 돼지 아니야? 내가 추측건대는 기형적으로 큰 박쥐 같던데. 파리 같기도 하고. 암것도 없는 거 아닐까? 뭔가가 있긴 하겠지. 어쩌면 인간인지도 몰라. 인간은 무슨. 괴물이겠지. 신부들은 또 어찌 됐을까? 저 굴이 아무리 넓어도 그 많은 신부들이 살 수는 없을 거야. 도대체 뭘 먹고 살겠어? 해외에 팔아먹은 것 아냐? 실험실로 끌려갔거나. 신부라니. 적어도 우리라도 그런 모호한 말은 쓰지 말자. 모호한 게 아니라 거짓말이야. 신부가 아니라 먹이야. 제물이야.

주로 용의 신부가 되어 용왕굴 속으로 사라져간 소녀들의 남자친구, 오빠, 남동생, 아버지, 삼촌, 이모나 고모 등 피해 가족들이 조직의 구성원이었다. 피해 가족이라. 그것은 상당히 불경스럽고 위험한 표현이었다. 그들은 용제가 열리는 바로 그날, 그 시각, 딸의, 조카의, 누이동생의, 여자친구의 제사를 지냈다. 전국이 떠들썩하게 축하 행사가 벌어지는 바로 그날이, 당연한 일이지만, 이들에게는 가장 애통한 제삿날이었다.

심영규가 오래전 어머니로부터 들은 이야기가 떠오른 것은 그들의 모임에서 유서진이라는 빼어난 미녀를 한 사람 만난 뒤였다. 누나가 있었다는 얘기를 들은 것 같았다. 어린 시절 몇 번 어머니가 누나를 떠올리며 눈물지은 적이 있는 것 같았다. 어쩌면 누나가? 그는 어머니에게 전화를 했다. 어머니, 누나가 용왕제 신부였어요? 어머니는 말했다. 아직 몰랐냐? 그때 받은 돈으로 니 아비 사업하고 집 사고 너희들 공부시켰다. 용왕님의 은혜다. 그러니까 영규 역시 용왕의 사돈이자 용왕대제의 피해자인 셈이었다.

며칠 뒤 영규는 저항 조직을 제 발로 찾아갔다. 유서진이 아름다운 미소로 그를 맞았다. 그렇게 하여 그는 '살룡전선(殺龍前線)'의 일원이 되었다. '살룡전선'에 가입한 동기가 유서진의 아름다움 때문인지 용왕굴 속으로 사라진 누나 때문인지, 아니면 전선의 대의명분 때문인지 그는 스스로 잘 알 수가 없었다.

11

바다는 장엄했다. 크게 숨 쉬고 크게 뒤척였다. 이따금 지루해지면 거대한 몸을 일으켜 한입에 삼킬 듯 모래톱으로 덤벼들었다. 홍정우는 사진을 찍고 이준성은 꿈틀거리며 쉼 없이 밀려드는 바다의 등뼈를 쳐다보았다. 늦은 봄의 햇볕은 벌써 따가웠으나 바닷바람이 파도와 함께 출렁거려 시원했다.

김녕사굴을 구경하고 나오는 길이었다. 정우는 그곳에서도 무수히 사진을 찍었다. 그는 눈으로 보지 않았다. 카메라의 렌즈를 통해 보았다. 동굴은 음산하고 차고 축축했다. 김녕사굴과 만장굴, 그리고 용천동굴이 거의 일직선으로 해안에서 오름에 이르는 지하에 자리 잡고 있었다. 까마득한 날, 용암이 분출하여 흘러내린 자취였다. 아마도 과거에는 하나의 굴로 이어져 있었으리라는 전문가들의 추측이 옳다면 길이가 10킬로미터에 달하는 동굴이었다.

그들은 몇몇 관광객들과 더불어 만장굴도 들어가 구경했다. 보드워크를 깔고 난간과 계단을 놓고 조명을 설치한 그곳에서 준성은 극장을 떠올렸다. 『맥베스』나 『햄릿』, 『오셀로』를 공연하면 좋을 것 같지 않은가. 맥베스는 왕을 죽이고, 햄릿의 작은아버지는 형을 죽이고 왕위를 찬탈한 다음, 결국 조카 햄릿도 죽이고, 오셀로는 아내를 죽이는 것이다……. 욕심에 사로잡혀, 혹은 질투에 눈이 멀어. 왜 하필 그런 연극이 생각났는지는 그로서도 알 수 없는 일이었다.

"그곳에 전해오는 얘기 때문이 아닐까."

정우가 말했다. 제주 4·3사건 와중에 경찰에 쫓긴 이들 가운데 일부가 그곳 동굴을 은신처로 삼아 지냈다는 얘기를 해준 사람은 김녕사굴 앞에서 만난 노인이었다. 맥고모자를 쓴 그 노인은 주위를 기이며 큰 비밀이라도 알려주는 듯 목소리를 낮추었다. 1950년대 말 동굴이 처음 발견되었을 때 그 안에서 총으로 피살당한 것이 분명한 시신이 여럿 나왔다. 그때가 이승만 정권 말기였다. 사람들이 쉬쉬하고 덮어버렸다.

4·3사건 당시 공비를 토벌한다는 명목으로 뭍에서 들어온 군인과 경찰 들은 이런 동굴이 있다는 것을 알지 못했다. 그들에게 이곳은 낯선 타지(他地), 빨갱이들의 소굴이었다. 이곳 토박이들은 알았다. 그러니 동굴은 은신처로 삼기에는 안성맞춤이었을 것이다. 게다가 한 마을이 숨어도 될 만큼 굴은 크고 넓지 않은가. 그러나 결국 군경이 그 은신처를 알아내어 습격, 숨어 있던 사람들을 모조리 죽였다. 어린 아이도 여자도 노인도 가리지 않았다. 군경에게는 마을을 떠나 도시로 나오라는 당국의 지시에 따르지 않고 숨은 자들은 모두 빨갱이였고, 빨갱이들은 다 죽여야 했다. 군경은 반란을 진압하고 나서 승전가를 부르며 떠나가고, 버려진 시신은 잊혀졌다. 굴은 무너지고 그 위로 무심히 숲이 우거졌다. 곧이어 6·25전쟁이 벌어져 수백만의 사람들

이 죽임을 당했다. 전쟁이 끝나고 몇 년이 지난 뒤에야 우연히 이 동굴이 다시 발견되고, 천연기념물로 지정되고, 답사와 연구가 시작되고, 유네스코에 자연유산으로 등재되고, 관광객들이 몰려들고…….

정우가 사진을 찍어주겠다며 카메라를 들이대자 노인은 화들짝 놀라 고개를 홰홰 내저으며 부지런히 사라져버렸다.

"그 피비린내를 내가 맡았다는 거냐, 니 말은?"

"맥고모자 노인이 한 말을 다 사실이라고 믿는 거냐?"

"그게 사실이냐 아니냐는 중요하지 않아."

어째서? 그런 이야기들, 그것이 바로 패배자들이 역사를 기록하는 방식이니까. 아직도 모르냐? 여전히 패자들의 역사와 승자들의 역사가 따로 존재한다는 거? 정우는 준성의 얼굴에 카메라를 들이대고 셔터를 마구 눌러댔다. 아무리 고만두라고 해도 그는 카메라를 손에서 놓지 않았다. 그의 주장은 이러했다. 시인에게 언어가 도구이듯이, 나에게는 카메라가 도구다.

김녕사굴의 전설은 어떤가? 그것도? 그것은 좀 다른 것 같아.

전설에 따르면, 김녕사굴에는 거대한 이무기가 살았다. 그 이무기는 동네 사람들에게 해마다 처녀를 하나씩 바치라고 요구했다. 바치지 않으면 흉년이 들게 하고 물난리가 나게 만들고 전염병이 돌게 하는 식으로 심술을 부렸다. 어쩔 수 없이 주민들은 해마다 한 번 동네에서 십오륙세에 이른 처녀를 하나씩 뽑아 제사를 지내고 이무기에게 바쳤다. 제사가 아니라 재앙이었다.

중종 때에 이곳에 원으로 온 서린이라는 사람이 이 이야기를 듣고 군사 수십 명을 감춰두었다가 제물을 차지하기 위해 나온 이무기를 습격, 처치했다.

"갑자기 조선 중종 때의 원님이라니. 전설치고는 어처구니없잖아."

정우가 호텔 숙박권이 생겼다는 핑계로 제주도 여행을 제안한 것이 일주일 전이었다. 첫사랑과 헤어진 뒤, 준성이 혼자 전국 동서남북을 헤매고 다니며 죽을 작정이라도 한 듯 술을 퍼마시던 시절이었다.

준성이 깡통맥주를 입으로 가져갔다. 그사이 정우가 손에 쥔 카메라의 셔터가 세 차례 열렸다 닫히며 그 순간들을 검은 감광지에 빛과 그림자로 기록했다. 정우에게는 맥주가 별로 필요치 않았다. 카메라가 그를 취하게 만들었다. 그 한 장 한 장의 사진들은 언젠가 두 시간짜리 영화가 되어 전 세계의 거대한 영사막에 비춰질 것이다. 적어도 그는 그렇게 믿었다. 그 가능성이 검은 감광지들에 분절되어 있었다.

이 섬을 뭍과 통합하기 위한 이데올로기가 감춰진 이야기 같지 않은가? 그러나 전설은 거기에서 끝나지 않는다. 서린이 임기를 끝내고 뭍으로 돌아갈 때에 그 이무기의 원혼이 풍랑을 몰아쳐 배를 파선시켰고, 서린은 물에 빠져 죽고 말았다. 그 이야기에는 또 다른 판본이 있었다. 서린이 이무기를 죽인 순간 이무기의 원혼이 붉게 피어오르기 시작하고, 그것을 목격한 무당이 서린에게 어서 성으로 돌아가라고 충고했다. 서린은 부지런히 말을 타고 성으로 돌아가는데, 하늘에서 붉은 원혼이 그를 추격해왔다. 무당은 결코 뒤를 돌아보지 말라 충고했건만, 서린은 두려움을 견디지 못하여 뒤를 돌아보고, 그리하여 성에 도착하자마자 곧 쓰러져 죽어버렸다.

말하자면 조선이 내민 성리학의 이데올로기에 제주도민들은 섬의 샤머니즘으로 답한 셈인가?

준성과 정우가 모래밭에 앉아 바다를 바라보는 사이 어느새 구름이 밀려들더니 비를 뿌리기 시작했다. 주변의 관광객들은 서둘러 자리를 떴다. 굵은 비는 아니었다. 맞아도 크게 해로울 것 없는 비였다. 오히려 시원했다. 가슴으로 목으로 입으로 마구 덤벼드는 바람이 후련하고 재미있었다. 두 친구는 남은 깡통맥주를 천천히 비우고 일어섰다. 정우는 비 오는 풍경의 사진을, 빗방울 속을 걷는 준성의 사진을 거듭 찍으며 걷고 뛰기를 반복했다.

그날 호텔로 돌아와 밤새도록 술을 마시며 그들은 김녕사굴의 전설에 대해 얘기하고 또 얘기했다. 취흥과 함께 그들의 이야기는 정처 없이 표류했다. 그 표류 자체가 재미있었다. 그들은 이야기하는 것이 아니라 노래하는 듯했다. 열어젖힌 창 밖에서 바람과 파도가 그들의 노래에 반주를 했다.

조선 정권에게 제주도민들은 괴물이었어. 조정의 통제에 따르지 않고, 미신에 빠져 허구한 날 무당굿이나 벌이는 미욱한 족속들, 언제 또다시 반란을 일으킬지 모르는 폭도들이지. 반면 제주도민들에게는 바다 너머 뭍에서 나타난 조정이 괴물이었겠지. 총칼을 앞세우고 나타나……. 그 시절에 총이 어딨냐, 이 사람아. 암튼 무력을 앞세워 나타나서 세금을 내라, 군역을 해라, 법을 지켜라, 괴롭히고, 말 안 듣는다고 잡아 가두고 죽이고……. 당연히 괴물로 보였을 거야. 그러니까 조정은 괴물을 죽이고 제주도민도 괴물을 죽인 셈이야. 괴물은 이무기가 아니라 조정, 그리고 제주도민이었어.

두 당사자가 서로에게 괴물이었어. 서로에게 괴물이었으니까 어쩌면 유일한 해결책이 서로 죽이고 죽는 것이었겠지. 만일 그 두 당사자가 서로에게서 괴물이 아니라 인간을 보았다면 어찌 되었을까? 적어도 서로 죽이고 죽지는 않았을 테지. 비웃었을까? 사랑을 했을까? 그야 알 수 없는 노릇이고. 적어도 서로 이해하려고 해보지 않았을까. 왜 이 인간은 무당굿거리를 이리 좋아하지? 왜 이 인간은 저런 해괴한 갓을 쓰고 도포를 입고 괴상한 수염을 길렀지? 하지만 조정이 인간인가? 그건 권력의 암 덩어리 아냐? 조정이 따로 있어? 인간이 모여 만드는 게 조정이야.

상대방이 괴물이니까 죽일 수 있었던 거야. 그렇게 죽이는 순간 죽인 사람 역시 돌이킬 수 없는 괴물이 되고 마는 거잖아. 아니, 살인으로써 감춰져 있던 괴물이 드러나는 것이라고 해야 할까.

야아, 그거 재밌다. 이거 아주 재밌는 영화가 되겠는데. 정우는 흥분하여 카메라의 셔터를 여기저기 마구 눌러댔다. 플래시가 총성처럼 작렬했다.

두 당사자가 각기 자신의 생각, 자신의 풍속, 자신의 세계에만 파묻혀 자기의 눈으로 저쪽 당사자를 알아보려 한 거야. 온전히 보일 리가 없지. 이해될 리가 없어. 그러니 괴물로 보일밖에. 그러니 경멸하게 되지. 두려워하게 되거나. 콜럼버스가, 그리고 유럽 이민들이 인디언을 두려워하고 경멸했듯이. 인간에게서 인간을 보지 못하고 괴물만을 본 거야. 그러니까 그들은 스스로 괴물이 되어버린 거야. 그 순간 괴물이 되어버린 거라고 할 수 없을까. 서로에게 괴물이요, 스스로 괴물이 되어버렸다, 이렇게. 그러니까 서로 죽이고 죽은 거지. 그렇게 죽임으로써 더 큰 괴물, 더 잔인한 괴물이 되어버렸어. 괴물이 괴물로써 완성된 거지. 서로가 더 큰, 더 무자비한 괴물이 되어버린 거야.

술도 달고 비도 달고 공기도 달았다. 그들의 이야기, 혹은 노래도 달았다. 그들의 대화가 비약을 거듭하여 결국 그들 자신에게 되돌아온 것은 당연한 일이었다. 그들은 결국 인간이었고, 인간의 관심이란 언제나 그들 자신에게서 벗어나기 힘든 법이었다.

오늘날 우린 어떤가? 얼마나 다른가, 저 이야기 속의 서린이나 제주도민과? 아니야, 질문이 잘못됐어. 얼마나 같은지를 물어야 하는 거야. 우리에게는 조선이라는 괴물이 없어? 매 순간 코앞에 들이닥치는데. 이무기 같은 괴물은 없어? 얼마든지 있지. 단적으로 6·25는 어때? 4·3사건은 어때? 아까 그 맥고모자 노인, 뭐가 그리 무서웠을까? 박정희 시절도 전두환 시절도 아닌데. 언제라도 전두환 시절 같은 때가 올 수도 있다고 생각하는 거겠지. 괴물의 시대?

그들은 어두운 바다를 향해, 캄캄한 하늘을 향해 고개를 젖히고 웃어댔다.

6·25건 4·3항쟁이건 괴물이 괴물과 맞서 싸운 전쟁이라 할 수 없을까? 괴물이 아니었다면 굴속으로 쳐들어가서 어찌 맨손의 시민들을 노인까지, 애들까지 다 죽여버릴 수가 있겠어? 그런데 그런 일이 꾸준히 반복되잖아. 단적으로 광주항쟁. 우리나라에서만이 아니라 세계적인 차원에서 반복되고 있잖아. 남미, 칠팔십년대의 그 더러

운 전쟁들, 지금 아프리카 곳곳에서 벌어지는 전쟁, 내전, 불과 얼마 전 동유럽에서 벌어진 인종 청소 같은 것들……. 미국의 전쟁은? 아프가니스탄 때려 부수고, 이라크 때려 부수고……. 수많은 사람들이 탄 여객기를 건물에 충돌시켜 수백수천의 인명을 몰살시키는 짓……. 굶어 죽어가는 아이들의 손에서 먹을 것을 빼앗아 그것으로 총을 사고 미사일을 사고 탱크를 사들이는 짓……. 인간이 아니라 괴물로 보이기 때문에 저지를 수 있는 짓이야. 그렇게 보는 순간 스스로 역시 갈데없는 괴물이 되어버리는 거고.

또 없냐? 수도 없이 많아. 우리가 하는 짓들 대부분이 다 그러니까. 맞아, 그래. 젠장. 이제 보니까 너도 나도 괴물이구나. 그래. 니가 그렇게 말한다 하여 넌 괴물이 아니라고 생각하면 오산이다. 우린 괴물이다, 하고 말하면서도 우린 여전히 괴물이야. 우린 괴물이다, 하고 깨달으면서도 우린 여전히 괴물이야. 참혹한 일이지. 그렇게 될 수밖에 없을 만큼 우린 이 괴물의 세계에 깊이 매혹당해 있어. 중독되어 있고. 빙의(憑依)된 미치광이처럼.

두 괴물, 혹은 미치광이는 제주도의 아름다운 밤바다를 한동안 멀거니 내다보았다. 술에 취하자 파도 소리도 취한(醉漢)이 무의미하게 흥얼거리는 노래처럼 편했다.

우린 모두 어떤 마술에 사로잡힌 존재들 같아. 그렇지 않냐? 옛이야기 속에 등장하는 인물들, 마술에 걸려 말을 잃고, 마술에 걸려 두루미가 되어버리고, 마술에 걸려 골방에 갇히고, 마술에 걸려 백 년 동안이나 잠에 빠지고, 마술에 걸려 기억을 상실하는 그런 존재들. 마술에서 풀려나야만 비로소 온전한 인간이 될 그런 존재들. 준성아, 너 그런 거 시나리오 써라. 내가 영화 만들게. 그건 니가 꼭 써야 되겠다. 농담 아냐, 인마. 그런 이야기, 그런 생각, 한번 써보자, 우리.

인간이 모두 괴물이라는 것을 인정하면서, 마술에 걸렸다는 것을 인정하고서 타인을 바라볼 줄 알아야 해. 자신이 괴물이고 저쪽은 인간일 수 있다, 하는 태도로. 누가 우리를 이 마술에서 벗어나게 해주지? 이야기 속에서는 누이가 쐐기풀로 외투를 열두 벌 만들면, 왕자가 나타나 공주에게 키스를 하면 마술에서 벗어난다고 하지만, 우리는 어떻게 해야 해? 어떻게 해야 이 악착같은 마술에서 벗어날 수 있게 될까? 누가 마술에서 풀어주냐고 물었지? 아직도 모르겠냐? 괴물이 괴물을 마술에서 풀어주는 거야. 당연하지. 왜? 우리가 다 괴물이거든. 괴물과 괴물이 만나면 서로가 서로를 마술에서 풀어줘야 하는 거야. 싸우고 죽일 게 아니라. 인간은 모두 괴물이니까.

우린 괴물이야. 괴물을 주렁주렁 매달고 걸어다니는 것과 같아. 돈? 돈이 아니야. 괴물이야. 마술이라구. 영화? 영화가 아냐. 괴물이야. 마술이라니까. 예술? 예술이 아니야. 괴물이야. 마술이라구. 해킹? 해킹에 그치는 게 아니야. 마술에 걸린 거야. 연애? 마술이야.

그런 얘기, 부탁이다, 좀 써라. 알았어? 계약금 줄게.

이틀 뒤에 그들은 서울로 돌아왔고, 그로부터 나흘 뒤에 준성은 정우의 손에 이끌려 태양영화사로 갔다. 그곳에서 그는 이준성을 갑으로, 태양영화사 사장 태영재를 을로 하여 시나리오를 계약했다. 준성은 천만 원의 계약금을 받았다.

그날 밤 그들은 선배 김영규까지 불러내어 맘껏 술을 퍼마셨다. 준성은 영규에게 말했다. 형, 우리 영화에 등장하게 될 거야. 영규는 꼭 불러달라고 신신당부를 했다.

노래방으로 자리를 옮긴 그들은 제주도를 무대로 한 오페라의 아리아를 불러제꼈다. 달 밝은 밤에도 어두운 밤에도 살짜기 살짜기 살짜기 옵서예 바람이 불거나 눈비가 오거나 살짜기 살짜기 살짜기 옵서예……. 준성은 눈물을 찔끔거리면서도 목이 터져라 고함을 질러가며 노래를 불렀다. 꿈에도 못 잊을 그리운 님이여……. 그 아리아는 그를 위한 노래 같았다. 유선은 왜 살짜기 오지 않는가? 그가 아직 첫사랑을 잊지 못하던 시절이었다. 영규가 말했다. 유선이는 안 와, 인마. 걔가 오면 살짜기 올 애냐? 난리벅구통을 치며, 킬힐을 요란하게 두들겨대면서 오지. 으하하하, 눈물을 매단 채로 준성은 웃어댔다.

제주도에서 그날 밤 준성과 정우가 주고받은 얘기들은 잡담에 지나지 않았다. 술에 취하고 흥에 취하여 생각나는 대로 떠오르는 대로 함부로 지껄여댄 장난 같은 얘기들이었나. 재미는 있었다. 전혀 의미가 없었다고는 할 수 없을지 모르나 그렇다 하여 거기 뭔가 중대한 의미를 부여한다는 것 또한 우스운 짓이었다.

그러나 계약서를 쓰고 돈을 받아든 다음부터 그 장난은, 그 잡담은 일이 되었다. 일, 일이 준성의 목덜미에 덜컥 걸터앉았다. 천만 원의 무게가 담통(膽痛)처럼 어깨에서 떠나지 않았다. 시나리오는 온전히 진행이 되지 않았고 상상력은 제주도에서 두 사람이 주고받은 잡담과 술의 한계에서 벗어날 줄 몰랐다. 정우에게 하소연하면 그는 괜찮아, 괜찮아, 하고 대수롭잖게 받아들였다. 몇 년이 걸려도 상관없어. 천천히 써. 이런 게 눈 딱 부릅뜬다고 되는 일도 아니고 잊어버리려 한다 하여 잊혀지는 게 아니거든.

한동안 준성은 시나리오를 잊고 지냈다. 아주 가끔 담통이 되살아날 때가 있기는 했으나, 그때마다 그는 얼른 잊으려 애썼다.

다시 시나리오가 생각난 것은 진이를 만난 이후였다. 기묘한 일이었다. 진이를 만나 같이 살기 시작하면서, 진이가 이 세상을 헤쳐 나가기 위해 발버둥치는 것을 보면서 준성은 차츰 저 천만 원짜리 담통이 단순한 담통에 그치는 것이 아니라는 것을 깨달았다. 어쩌면 저 괴물은 일 년에 한 번만 번제(燔祭)를 요구하는 것이 아니었다. 매일 인간들을 사냥하고 있었다.

처음에는 그 정체를 준성은 알 수 없었다. 뭔가를 하고 싶은데, 그것이 뭔지 알지 못했다. 마음속에서 때로는 충동이, 때로는 갈망이 그를 재촉했다. 책을 읽어도, 술을 마셔도, 진이와 다퉈도 그 정체를 알지 못할 충동과 갈망은 사라지지 않았다. 몇 달이 지나서야 그는 깨달았다.

그것은 의욕이었다. 이놈의 세상에 유용한 짓이란 단 하나도 하지 않으리라는 그의 굳건한 의지를, 달걀을 깨고 나오는 병아리처럼, 의욕이 조각조각 허물어뜨리며 밀고 나왔다. 이야기들이, 모호하고 희미하지만, 모호하고 희미한데도, 자꾸 생각났다. 이야기 속에서 인물들이 꾸물꾸물 살아나더니, 웃고 떠들며, 다투고 사랑하며 준성을 재촉했다. 귀찮을 지경이 되도록 자꾸 말을 걸고 질문을 던졌다.

거기 대답하는 것 외에는 다른 길이 없었다.

12

준성은 소프트웨어 에이시디시(ACDSee)의 등록번호를 만드는 프로그램, 통칭 키제너레이터를 완성했다. 새벽 세시. 그의 서명 '와일드구즈'를 포함하여 '프로일라인'으로 보냈다. 국내의 가장 활발한 피투피 사이트에도 올렸다. 준성은 다시 한 번 누군가가 돈을 버는 일을 방해했다. 기민한 사용자들은 한두 시간 뒤면 벌써 새 버전의 에이시디시 셰어웨어를 구해 준성이 만든 크랙을 이용하여 각기 자신의 이름으로 라이센스를 획득, 아무런 제한 없이 사용하기 시작할 것이다.

에이시디시는 그림이나 사진 파일을 열어보는 데에 사용하는 프로그램이었다. 세계적으로 가장 널리 사용되는, 가장 잘 알려진 소프트웨어 중 하나였다. 준성 역시 오래전부터 그 소프트웨어를 사용하고 있었다.

'프로일라인'의 대표 '2레프트'는 즉시 감사 메일을 보내왔다. 이 버전의 경우 아마 세계 최초의 크랙일 것이라고 그녀는 말했다. 아마 그럴 것이다. 새 버전의 에이시디시가 나온 것이 불과 이틀 전이었으니까.

다음으로 그가 만져보고 싶은 소프트웨어는 카스퍼스키 인터넷 시큐리티, 상당히 많이 쓰이는 보안 프로그램이었다. 이 분야에서는 세계 최고의 프로그램이라 평가되는 유틸리티였다. 국적은 러시아, 보안 열쇠를 통해 작동하는데, 본사에서 끊임없이 전 세계 사용자들의 열쇠가 진짜인지 가짜인지를 검색하여 가짜 열쇠로 드러나는 경우에는 자료의 업데이트를 금지시켰다. 보안 프로그램의 경우, 당연히 바이러스 자료들이 꾸준히 업데이트되어야 비로소 온전한 기능을 발휘할 수 있었다. 자료를 업데이트할 수 없다면 그 순간부터 보안 기능은 반 이상 무력화되고 마는 것이다. 이제까지 무수한 해커들이 카스퍼스키 본사의 열쇠 진위 검색 기능을 무력화시키기 위해 무수히 많은 가짜 열쇠를 만들어내고, 키제너레이터를 궁리해냈지만, 얼마간의 시일이 지나면 어김없이 카스퍼스키사의 진위 검색에 걸려 못 쓰게 되고 말았다. 본사가 열쇠의 진위 여부를 알아내는 데에 사용하는 알고리즘을 무력화시킬 수 있는 크랙을 만들어내는 것은 그리하여 전 세계 해커들의 중요한 목표 가운데 하나가 되었다.

진이는 어제저녁 스튜디오에 일을 하러 나갔다. 또 다른 속옷 론칭 촬영이라고 했다. 살루트라는 상표라고 했던가. 돌아올 시간이 지난 지 오래였다. 친구들과 클럽에라도 간 것일까. 벽에 진이와 준성의 사진이 붙어 있었다. 준성은 진이의 앨범에서 뽑은 옛날 사진을 스캔하고, 자신의 옛 사진과 조합한 다음, 청와대 앞뜰을 배경으로 한 전혀 새로운 사진을 만들어내어 그녀에게 보여준 적이 있었다. 에이시디시로는 불가능했기 때문에 그때는 포토샵을 사용해야 했다. 준성은 그 사진이 유쾌한 야유가 되기를 바랐다. 그러나 진이는 그 사진을 별로 좋아하지 않았다. 그보다는 진이와 준성 두 사람을 마이클 잭슨의 백댄서, 혹은 미국 대통령 부시 부부로 만들어보면 어떻겠느냐고 제안했다. 그것도 아니면 그래! 〈프리티 우먼〉 그 영화, 거기 나오는 리처드 기어하고 줄리아 로버츠로 만들면 어때? 훨씬 재밌겠다.

〈프리티 우먼〉이라고? 준성은 별로 내키지 않았다. 그 영화는 신데렐라 신드롬에 기반한 전형적인 할리우드 로맨스 영화였다. 젊은 백만장자가 예쁜 창녀를 만나 사랑에 빠지고, 그녀의 신분에도 불구하고 그녀에게 청혼을 했던가, 뭐 그런 영화였다. 준성이 물었다. 그 영화가 그렇게 재밌던가? 진이는 그렇다고 대답했다. 특히 리처드 기어가 신용카드를 내주고, 줄리아 로버츠가 그 카드를 들고 나가 세상의 온갖 명품들을 쇼핑하고 돌아다니는 장면은 정말 신나고 흥미진진했다.

준성은 어렵지 않게 그녀가 원하는 석 장의 사진을 만들어냈다. 그녀는 낄낄거리며 그녀가 마이클 잭슨으로, 준성이 그녀의 백댄서 중 한 사람으로 둔갑한 사진을 거울 옆에 붙여두었다. 배경은 역시 청와대였다. 별로 보기 편한 사진이 아니었다. 양쪽 어깨를 비틀어 올리고 한쪽 다리는 굽히고 다른 쪽 다리로는 허공을 걷어차며 격렬히 회전하는 마이클 잭슨과 백댄서의 몸뚱이에 맨송맨송할 뿐인 진이와 준성의 얼굴을 결합시키자 그 두 사람은 사람이라기보다는 시체, 또는 프랑켄슈타인에 가까운 몰골이 되었다. 두 마리의 프랑켄슈타인이 춤을 추다가 한순간 숨이 멎어, 혹은 고장이 나서 굳어버린 꼴로 거기 붙어 있었다. 진이는 그것을 재미있다 생각하는 것 같았으나 준성에게는 괴기스러웠다. 그러나 무해 무익한 사진일 뿐이었다.

그는 잠자는 것을 포기하고 인터넷에 접속하여 조간신문을 찾아봤다. 미국은 이번에는 이란을 침공하기 위해 그 나라 주변에 군사력을 증강시키고 있었다. 몇 년 전 공격하여 점령한 이라크를 포함하여 쿠웨이트와 그 주변 국가에 배치된 미국 지상군이 이미 이십만을 넘어선다는 보도가 있었다. 그러나 미국은 거기 그치지 않고 수많은 전세기를 동원하여 제3 기계화 보병 사단 소속 3개 연대를 이라크로 보냈다. 그들 병력은 이미 이란 국경에 전진 배치된 같은 사단 소속의 기갑여단과 합류했다. 독일에 주둔 중이던 5군단 병력도 이란 접경 지역으로 이동해 배치가 완료되었다. 미국이 체코슬로바키아에 요청한 생화학무기 처리부대도 이미 근처에 도착해 있었다. 이미 수십 대의 전투기를 요르단 지역에 전진 배치한 영국은 독일에 주둔 중인 제4, 제7 기갑여단 소속 챌린저 III 탱크 수백 대를 걸프 지역에 투입했고, 그 외에도 상당한 규모의 포병부대, 기계화 보병부대를 포함한 선발대가 걸프 모처의 작전 지역으로 이동을 완료했다. 이스라엘 텔아비브 남쪽 외국인 노동자 거주 지역 두 곳에서 일이 분 간격으로 연쇄적인 폭탄 테러가 발생했다. 36명이 죽고 200여 명이 부상당했다. 지난해 7월 29명이 사망한 예루살렘 버스 폭탄 테러 사건 이후 최대 규모의 테러였다. 무장단체 알 아크 순교자 여단은 자신들이 자살 공격을 감행했다고 발표했다. 이스라엘 군은 즉각 보복 공격을 감행하여 가자 지구 팔레스타인 건물에 10기의 미사일을 발사했다. 그 가운데 한 발이 초등학교 운동장에 떨어져 축구 경기를 하던 아이들 십여 명이 사망하고 수십 명이 부상당했다. 미국은 알 아크 순교자 여단이 테러용 폭발물을 감춰둔 곳이 바로 그곳이었다고 주장했다. 파키스탄에서도 자살 테러가 발생했다. 외무부 건물에서 폭탄이 터져 여섯 명의 민간인 외에도 공무원 십여 명이 죽고 시민과 공무원 수십 명이 부상당했다. 미국의 네오콘들은 주한미군의 역할에 대해 재정의할 필요가 있다는 주장을 다시 한 번 제기했다. 북한의 핵이 완전히 검증된 것인지, 핵을 포기할 수 있다는 그들의 공언이 얼마나 진심인지 검증해봐야 한다는 것, 그것이 한 점 의혹도 없이 명백히 검증될 때까지 주한미군은 완전무결한 공격적 준비 태세를 갖추고 있어야 한다는 것이 그들 주장의 요지였다. 북한은 유엔과 각처의 외교관들을 동원하여 기자회견을 개최, 만일 미국이 침략적 망동을 중단하지 않는다면 미국 본토가 불바다가 되고 말 것이라고 위협했다…….

마침내 핵폭탄이 한반도의 머리 위로 오락가락하는 지경에 이른 것인가. 적어도 그들은 당장이라도 핵전쟁을 벌일 수 있다는 기세로 설전을 주고받는 중이었다.

북한이 미국 영토에 핵미사일을 발사한다면 어찌 될 것인지 준성은 생각해보았다. 미국 역시 핵미사일로 북한을 공격할 것은 자명했다. 수백만이, 천만 명 이상이 죽고 다칠 것이다. 그렇다 하여 그것으로 끝이 아니었다. 더 큰 재앙의 시작일 뿐이었다. 북한은 남한으로 밀고 내려올 것인가? 혹은 그 이전에 벌써 남한에 주둔 중인 미군 전투기들이 평양에, 북한 군사기지에, 핵기지에 폭격을 시작하고, 미군 병력은 휴전선을 넘어 평양으로 진격할 것인가? 이 경우 주한미군 사령관은 한국군에게도 진격 명령을 내릴 것 아닌가. 한국군에 대한 전시 작전 지휘권은 아직까지도 온전히 한국에 양도되지 않아, 한국군과 미군의 통합사령부에 있으니까. 그것은 허울뿐일까. 일종의 실패안전 장치에 불과한 것 아닐까. 한국군은 미군 사령관의 명령에 복종해야 할 것인가? 만일 복종하지 않는다면 그다음 사태는 어떻게 진전될 것인가? 복종하건 않건 이때는 한반도는 이미 전쟁의 불길에 휩싸이고 말 것이다. 미군이 진격하는데 북한이 가만 기다리고 있을 리 없었다. 그들 역시 남한으로 밀고 내려올 것이요, 그렇게 되면 한국군 역시 그들을 저지하고 방어하지 않을 도리가 없을 것이다.

예비역 병장인 준성에게도 동원 명령이 떨어질 것이다. 그리하여 서울 이북 어딘가, 갈비를 먹으러, 보신탕을 먹으러 가끔 들른 적이 있는 1번 국도 통일로변 어떤 음식점 근처의 야산 참호에 배치되어 북한군에게 총을 겨누고 있다가 수류탄 공격에 몸뚱이가 갈가리 찢어져 허공에 흩어질지도 모른다. 아니면 화생방 공격으로 붉고 푸른 커다란 물집 덩어리가 되어 나뒹굴게 될지도 모르지.

그런 생각을 해야 한다는 것이 무서웠다. 핵미사일이라니, 전쟁이라니, 피난이라니. 그런 생각에 내일 제출해야 하는 숙제처럼 골몰하고 있어야 하다니.

동원 명령이 떨어진다 할지라도 준성은 이번에는 결단코 이놈의 세상에 동원되지 않을 작정이었다. 그는 석유 따위를 놓고 벌어지는 이권 싸움, 또는 핵무기가 있네 없네, 만드네 못 만드네 따위를 놓고 벌어지는 한심하고 잔인하고 지저분한 불장난에 목숨을 내놓고 동원될 생각이란 생쥐 털끝만큼도 없었다.

나이 스물 때는 준성은 세상이 어떤 곳인지 아직 잘 알지 못하여 이놈의 세상이 하라는 대로 군대에 들어가 2년 반 동안이나 착실히 사람을 죽이는 갖가지 방법을 훈련받았지만, 이젠 결코 그런 짓은 하지 않을 작정이었다.

동원되기를 거부한다 할지라도 그가 선택할 수 있는 길은 별로 많지 않을 것이다. 기껏해야 여기저기 피난이나 다니게 될 것이다. 게다가 징병기피자로 낙인찍혀 당국의 추적에 쫓겨야 할 것이다. 전시(戰時)에 병역기피 행위는 중형에 처해진다고 들은 기억이 났다. 불안하고 기분 나쁜 연상이 그의 머릿속을 시궁창 물처럼 흘러갔다. 텔레비전의 다큐멘터리에서 본 어지러운 피난길이 생각났다. 손수레와 우마차와 자전거와 지게와 보따리와……. 아니, 이번 전쟁에서는 피난을 떠날 여유 따위는 없을지도 모른다. 미사일과 장거리 대포들, 폭격기와 화생방 무기들이 피난 갈 수 있는 여지를 남겨놓지 않을 것이다. 한반도 이 비좁은 땅덩이, 피난 갈 곳이 어디 남아나기나 할 것인가.

어째서 세상은 겨우 이 지경으로밖에는 굴러가지 못하는 것인가? 이런 일이 벌어질 때마다 준성은 늘 생각했다. 일찍이 세상에 개입하지 않고 살기로 작정한 것은 얼마나 현명한 선택이었는가. 그 때문에 첫사랑 유선과 헤어져야 했고, 직장에서도 뛰쳐나와야 했지만, 그는 후회하지 않았다. 이놈의 세상을 위하여 유익한 일이라고는 그는 종잇장 하나 옮기는 것도 싫었다. 언제부터 이 지경이 된 것인지는 모르지만, 그는 이놈의 세상이 전혀 마음에 들지 않았다. 아무튼 그것은 그의 탓은 아니었다. 진이 말대로 이놈의 세상을 만든 것은 그가 아니었다. 얼마나 다행스러운 일인가.

진이는 어떤가? 그녀가 하는 일은 욕망을 만들어내고, 사람들의 욕망을 자극하고, 이런 거 너 없지, 하고 약 올리는 일이었다. 이미 치달리는 자동차의 가속기를 마구 짓밟아대는 일. 어떤 독일 시인의 은유를 빌리자면, 세상의 원동기에 기름을 들이붓는 일. 벌거숭이 몸으로 그녀는 이놈의 세상에 물거품 같은, 흙탕물 같은 욕망을 만들어 보태고, 스스로 그 욕망의 물거품 속으로 뛰어드는 것이다. 그 흙탕물에 홀린 어리석은 여자들은 언젠가 리처드 기어 같은 멋진 남자가 그 속옷을 벗겨주는 날이 오리라는 환상에 빠져 한 달의 임금을 지불하고 와코루를, 살루트를, 오루화를 사들이는 것이다.

진이에게 그 일을 그만두라고 말해야 할까? 글쎄, 당연한 일이지만 준성이 그런 생각을 전혀 해본 적이 없는 것은 아니었다. 그러나 그는 결국 그렇게 하지 않기로 했다. 그가 사는 방식이 남들에게 추천할 만한 대단한 것이 아니라는 사실을 그는 잘 알고 있었다. 혁명이라면 또 모르지만, 그저 소프트웨어의 키제너레이터나 크랙을 만들어 배포하는 일 따위는 그저 장난으로 할 만한 일에 지나지 않았다. 장난이나 치며 사는 주제에 뭐가 대단하여 남에게 이래라 저래라 한단 말인가.

깜빡 잠이 들었던 것일까. 욕실에서 물 쏟아지는 소리가 들려왔다. 준성은 소파에서 일어났다. 마루에 진이의 핸드백과 옷가지들, 그리고 어김없이 쇼핑백 두엇이 흩어져 있었다. 언제 돌아온 것일까. 새벽 네시가 지난 시각이었다. 욕실 문이 열려 있었고, 거기 진이가 변기 앞에 엎어져 요란하게 구역질을 해대고 있었다. 이 개새끼들, 구더기 같은 새끼들……. 구역질을 하면서도 그녀는 큰 소리로 욕설을 내뱉었다. 브라와 팬티만을 걸친 그녀의 앙상한 몸은 구역질을 할 때마다 꺾일 듯 위태롭게 휘어졌다. 저렇게 몸이 가늘었던가. 그녀의 몸피가 너무 작고 가는 것에 준성은 충격을 받았다. 그녀를 껴안을 때는 전혀 알아채지 못했다는 것 또한 놀라웠다. 요즘 모델들이 살인적으로 다이어트를 감행한다는 소식을 신문이나 텔레비전에서 본 기억이 났다. 기형이구나. 문득 준성은 생각했다. 무엇이 그런 기형을 강제하는 것인가? 무엇이 그런 기형을 받아들이고 동경하게 하는 것인가?

그녀는 비척거리며 일어나더니 브라와 팬티를 벗어 떨어뜨리고 욕조 안으로 들어갔다. 거품 비누를 반병쯤 짜 물에 떨어뜨렸다, 잠깐 사이에 그녀의 머리까지 물속으로 들어가 버렸나. 술 취한 채로 목욕을 하면 자칫 목숨이 위태로울 수도 있다는 얘기를 들은 것이 어디에서였는지 준성은 잠깐 생각해보았다. 그가 욕실 안으로 들어서려는 순간 푸, 하는 소리와 함께 그녀의 머리가 물속에서 튀어나오더니, 그녀는 이내 몸을 벌떡 일으켰다. 욕조에서 거품이 뭉클뭉클 피어올랐다. 준성은 얼른 문 뒤로 몸을 감췄다. 왠지 그래야 할 것 같았다. 그녀는 선반에서 도끼처럼 생긴 빗과 손거울을 챙겨들더니 다시 욕조 안으로 텀벙 가라앉았다. 준성은 여전히 욕실 안으로 들어갈까 말까 망설이고 있었다. 들어가면 그녀가 민망스러울 것 같았다. 그 자신도 민망스러울 것 같았다. 그러나 바로 욕실 문 뒤에 숨어 그녀를 훔쳐보는 것 역시 민망스러운 노릇이기는 마찬가지였다.

그는 성큼 욕실 안으로 들어섰다. 진이는 여전히 그를 보지 못했다. 열중하여 거울 속을 들여다보고 있었다. 준성은 잠시 우두커니 서 있었다. 으으으……. 그녀가 울기 시작했다. 준성은 욕실로 들어선 것을 후회했다. 그녀는 울며 소리쳤다. 그래, 이 새끼야, 내가 이제 스물다섯 고개도 넘어섰다. 그래서 뭐? 나이 먹는 데 니가 뭐 도와준 거 있냐, 이 새끼들아. 스물다섯 넘으면 사람도 아니라더냐, 이 개새끼들아? 으으으, 흐느끼며 그녀는 도끼빗으로 젖은 머리칼을 거칠게 빗어 내렸다. 여전히 준성이 거기 선 것을 알지 못했다.

더 이상 구경만 하고 있을 수가 없었다. 그는 성큼 욕조 쪽으로 다가서며 물었다. 왜 그래? 무슨 일 있었어? 그것이 신호라도 된 듯했다. 그녀의 흐느낌은 통곡이 되었다. 욕실 안이 쩌렁쩌렁 울렸다. 준성은 그녀의 등을 쓸고 머리를 쓸고 뺨을 어루만지고 어깨를 쓸어주었다. 그 이상 뭘 해야 할지 알 수 없었다. 무슨 말로든 위로를 하고 싶었으나, 무슨 말을 해야 하는 것인지 그는 알지 못했다. 아무 말도 생각이 나지 않았다. 그저 속이 상하고 더럽고 슬프고 안타깝고…… 그랬다. 괜찮아, 괜찮아. 그렇게 말하고 싶었으나 그녀가 왜 우는지도 모르는 채 그런 말을 하는 것도 우스운 짓이었다. 고만, 고만. 그는 말했다. 으으, 그녀는 그의 목을 안고 자꾸 끌어당겼다. 그 힘이 너무 강해 자칫 균형을 잃고 욕조 안으로 빠지게 될 것 같았다. 준성은 말했다. 하기 싫으면 하지 마. 나 너 먹여 살릴 수 있어. 그러나 그것은 진이의 새로운 통곡을 자극했을 뿐이었다. 그녀는 울며 말했다. 사람이 먹기만 하고 살면 되는 거야? 정말 그런 거야? 정말? 나한테 그렇게 살라는 거야? 그녀는 준성의 얼굴을 빤히 쳐다보며 눈물을 줄줄 흘렸다. 아, 그렇지는 않았다. 그런 뜻은 아니었다. 당신도 내가 바보 같아? 그녀가 물었다.

"그 새끼들은 다 날 바보로 알아."

하더니 그녀는 다시 통곡을 내놓았다. 그 새끼들이 바보야, 하고 준성이 말하자 그녀는 진지하게 고개를 저어댔다.

"바보 아니야."

영화감독 A에, 연극 연출가 B에, 뮤지컬 극단 대표 C에, 영화배우 D에, 광고회사 중역 E에…… 모두가 내로라하는 자들이었다.

"그럼 니가 바보다."

준성이 말했다. 그녀가 그의 목에 감았던 팔을 내리고 빤히 그를 쳐다보았다. 그 눈에 원망과 의구심이 깃들었다. 그는 얼른 덧붙였다.

"나도 바보고. 이놈의 세상 이 꼴로 만든 게 누군데? 다 그 똑똑하다는 놈들이야."

"안아줘."

진이가 말했다. 준성은 그녀를 가슴 깊이 끌어안았다. 목에 감긴 그녀의 팔에서 비누 냄새, 그보다 짙은 살냄새가 향기로웠다. 당신 냄새 참 좋아, 하고 그녀가 말했다. 울음이 잦아들기 시작했다.

"진이 냄새도."

"우린 냄새 좋은 바보들이야."

하고 그녀가 웃었다. 준성은 그녀를 안고 침대로 갔다. 그녀는 빈 종이상자처럼 가벼웠다. 그 때문에 그는 또 가슴이 아팠고, 그 똑똑한 것들에 대해 화가 났다.

준성은 그녀를 위해 커피를 끓였다. 커피를 마시며 진이는 훌쩍거렸다. 물론 그녀는 어느새 거울 앞에 앉아 있었다. 흐느끼며 그녀는 말했다. 나 돈 많이 벌면 호텔을 지을 거야. 건물 구석구석이 거울에 장식된 호텔. 방바다 벽마다 거울이 가득한 호텔을 지을 거야. 세상엔 온갖 거울이 다 있어. 최고의 설계사를 동원하여 지으면 거울이면서도 별로 어색하지 않은, 아름다운 호텔을 지을 수 있을 거야. 울고 싶은 사람에게는 특별 할인 가격으로 객실을 내줄 거야…….

얘기가 그친 것 같아 돌아보았더니, 진이는 어느새 잠들어 있었다. 준성은 잠이 오지 않았다. 오늘은 또 무슨 짓을 당했을까, 진이는. 도대체 이 여자는 왜 그 모든 모욕을 감수하며 그들을 만나고 다녀야 하는 것인가? 이토록 고통스러워하면서 그녀는 어째서 그들을 악착같이 찾아다니며 이 온갖 썩은 달걀 같은 치욕을 그들이 아무 때나 불쑥불쑥 내미는 대로 꾸역꾸역 받아 삼키는 것인가?

그러나 그것은 준성이 오래전부터 스스로에게 해온 질문이기도 했다. 그 자신 아직 답을 찾지 못한 질문이었다. 그는 진이와 크게 다르지 않았다.

쌀쌀한 바람이 골목을 휘몰아쳤다. 첫 추위가 사흘 동안 계속될 예정이라고 일기예보는 말하고 있었다. 날이 밝아 가로등 불빛은 푸른 빛을 띠며 희미해졌다. 새벽까지 내린 비로 길에는 살얼음이 깔려 있었다. 젖은 가로등 기둥에서 '신년 트렌드 의류 대방출'이라는 세일 광고지가 떨어져 흘러내렸다. 그 앞으로 교복을 입은 학생들이 어깨를 움츠리고 띄엄띄엄 지나갔다. 골목을 빠져나가 오른쪽으로 오 분쯤을 걸으면 높다란 아파트 건물들 사이에 중학교와 고등학교가 옹색하게 자리 잡고 있었다. 전철역을 향해 종종걸음을 떼놓는 남자, 또 여자, 그 뒤를 승용차가 바짝 뒤따랐다. 피자집 앞에는 1톤 트럭이 서 있었고, 안으로 밀가루와 치즈를 실어 나르는 배달부의 입에서 허연 입김이 밀려 나와 흩어졌다. 편의점 안에서는 밤을 새운 아르바이트 소년이 그날로 유통기한을 넘긴 삼각김밥을 역시 그날로 유통기한을 넘긴 컵라면 국물과 함께 우물우물 씹어 삼켰다. 생맥줏집 입구 귀퉁이에는 비에도 불구하고 간밤의 토사물이 어선히 낭자하게 흩어져 얼어가는 중이었고, 온몸이 새까만 털로 뒤덮인 길고양이 한 마리가 쓰레기봉투 뒤에서 주둥이에 시뻘건 양념을 묻힌 채로 쓰레기를 포식하고 있었다. 슈퍼 주인 윤 씨가 이놈의 고양이 먹고양이, 하고 소리를 지르며 콘크리트 조각을 집어 던지자 고양이는 재빨리 튀어나와 길을 가로질러 옛 명선아파트 건물 안으로 사라졌다.

그 고양이는 알고 있었다. 명선아파트 골조 덩어리 안에서는 다섯 마리의 고양이가 둥지를 틀고 있었다. 일층과 이층, 그곳이 고양이의 영역이었다. 다른 한 마리, 흰색 털 사이에 갈색 줄무늬 털이 있는 고양이는 십일층과 십이층을 차지하고 있었고, 또 한 마리의 검정 얼룩무늬 암컷은 사층을 제 영역으로 하여 두 마리의 새끼 고양이를 키우는 중이었다.

콧수염에 붉은 양념을 묻힌 고양이는 우유갑과 담배꽁초와 플라스틱 라이터와 신문지와 깨어진 벽돌 사이를 날렵하게 치달아 계단을 기어올랐다. 마감이 되지 않아 거친 콘크리트 단면이 노출된 계단을 기어오르다가 그는 고개를 꺾어 위쪽을 쳐다보았다. 이 냄새, 이것은 암컷의 젖 냄새였다. 그 암컷은 한 달쯤 전 이곳으로 침입했다. 당연히 그는 암컷을 쫓아내기 위해 목을 곤두세우고 발톱을 휘둘러 위협했다. 그러나 그 암컷은 물러설 기미를 보이지 않았다. 사납게 소리를 지르며 그에게 맞섰다. 오히려 그가 귀와 눈가에 상처를 입었다. 암컷은 거만하게 계단을 올라가 자리를 잡았다. 알고 보니 그 암컷은 임신을 하고 있었다. 그는 너그럽게 그녀를 용서하기로 했다. 임신한 암컷들은 무척이나 사나워 조심하지 않을 수가 없었다.

이층에 이른 그는 복도를 따라 느리고 신중하게 발을 떼어놓았다. 1호 문을 지나고, 2호 문을 지나, 3호 문에 이르렀을 때에 시야에 낯선 물체가 눈에 들어왔다. 사람이, 여자 하나가 구석에 기다랗게 다리를 뻗고, 머리를 울퉁불퉁한 콘크리트 벽에 처박고 쓰러져 있었다. 자는 것인가. 그는 긴장하여 그 여자를 주시했다. 그녀는 움직이지 않았다. 창문으로 밤내 빗줄기가 흘러들어 빗물이 흥건히 여자의 엉덩이

밑에 고여 있었으나, 그 사람은 알지 못하는 것 같았다. 고양이는 신중하게 한 발, 여자를 향해 접근했다. 여자는 움직이지 않았다. 눈을 뜨지도 않았다. 그는 한 발을 더 접근했다. 여자는 여전히 꼼짝도 하지 않았다. 이번에는 두 발 더 접근했다. 그제야 그는 알았다. 죽었다, 이 여자는. 움직임이 없었다. 숨도 쉬지 않았다. 코를 길게 빼내어 냄새를 맡아보았다. 음, 이것은 생명의 냄새가 아니었다. 사물의 냄새, 생명이 떠나 무의미한 사물이 되어버린 것의 냄새였다.

그의 후각에 위험한 냄새가 감지되었다. 코가 따가웠다. 그는 본능적으로 훌쩍 허공으로 튀어 올랐다. 여자의 옆에 갈색 병이 하나 쓰러져 있었다. 냄새만으로도 벌써 속이 뒤집히는 것 같았다. 조심스럽게 그는 병 앞으로 다가갔다. 병의 주둥이 쪽을 피하여 밑바닥 쪽으로 접근하여 발끝으로 툭 건드렸다. 병은 묵직했으나 또그르르 구르다가 멎었다. 병 옆구리에 붙은 상표가 드러났다. 고양이는 마치 읽듯이 신중하게 그 상표를 오래오래 들여다보았다. '신풍농약'이라는 조잡한 글씨가 인쇄되어 있었다.

위험한 냄새, 그것은 그의 동료를 죽음에 빠뜨린 적이 있는 물질이었다. 소량만 섭취체도 오래지 않아 거품을 토하며 쓰러져 금세 몸이 뻣뻣이 굳었다. 거리에서 먹이를 취해야 하는 그에게는 항상 그런 위험이 따라다녔다. 현명하고 신중해야 했다. 아무리 배가 고파도 허겁지겁 먹을 것에 덤벼들면 안 된다. 인간들이란 온갖 기이한 물질들을 얼마든지 쓴다는 사실을 잊지 말아야 하는 것이다.

여자는 거무스레한 모자를 쓰고, 헐렁한 바지와 스웨터를 입고 있었다. 모자 밑으로 흘러내린 머리칼이 희끗희끗했다. 그는 여자의 발치로 다가가 냄새를 맡았다. 죽음의 냄새는 짙고 강렬했다.

죽었다, 이 여자는. 그는 죽은 고양이를 여러 번 본 적이 있었다. 그러나 죽은 사람을 본 것은 처음이었다. 사람도 죽는다. 그는 처음 깨달았다. 별거 아니구나, 사람이라는 것. 저 고약한 냄새가 나는 것을 먹으면 인간도 우리와 마찬가지로 죽고, 죽고 나면 죽은 고양이와 다를 것 없는 고약한 냄새를 뿌린다.

골목으로 10톤 트럭 한 대가 들어와 멎었다. 이어 건장한 남자들이 우르르 뛰어내렸다. 고양이는 그 소리를 듣고 얼른 창가로 뛰어올라 골목길을 내려다보았다. 명선아파트 골조 덩어리 앞에 트럭이 서 있었다. 사람들이 벽돌과 시멘트, 모래를 부려놓고, 전선줄과 스티로폼, 목재 들을 끌어내려 현관 앞에 쌓았다. 예닐곱 사람들이 등짐을 지고 건물 안으로 들어섰다. 고양이는 계단으로 내려가 모퉁이에 숨어 인간들이 무슨 짓을 벌이자는 것인지 가만히 살펴보았다. 그들은 청소를 시작했다. 들것에 질통에 빗자루와 삽을 이용하여 쓰레기들을 쓸어 담았다. 한 사람이 소리를 쳤다. 양 씨네는 십오층에서부터 시작해서 내려와. 우리는 여기서 시작할 테니까. 금세 흙먼지가 날아올라 텅 비어 있던 공간을 가득 채웠다. 콜록콜록, 인간들은 기침을 해댔다. 또 다른 사람들이 대여섯 명, 요란스레 발을 구르며 이층으로 올라갔다. 그들은 중구난방으로 떠들어대며 청소를 시작했다. 골조는 다 끝났네. 실내 공사만 마무리하면 되겠어. 뭔 소리여. 날이 추워지는데. 콘크리트 칠 일도 없는데, 날 추운 게 무슨 상관이여. 꼭대기에 일이 많을걸, 아직. 슬라브에 물통에……. 여기저기 손볼 데가 많을 거야. 하다 만 공사라서. 이거 봐. 콘크리트 부서져 내리잖아. 녹슬었어, 벌써. 이 지경이 되면 이건 뭐……. 그들은 큰 소리로 떠들어대며 이층 1호에서부터 청소를 시작했다.

고양이는 기다렸다. 삼십 분쯤이 지났다. 한 남자가 떠밀린 듯 복도로 뛰쳐나왔다. 사람, 사람이 죽었어. 시체가 있어……. 부들부들 떨며 그는 부르짖었다.

작업은 중단되었다. 노동자들은 건물에서 빠져나와 골목 여기저기 쪼그리고 앉거나 골목을 위아래로 서성거렸다. 한 사람이 잡목 부스러기를 긁어모아 불을 피우자 그들은 불 곁으로 모여들었다. 순찰차가 도착하고 경찰과 형사 들이 우르르 건물 안으로 몰려 들어갔다. 죽은 사람의 신분은 곧 드러났다. 손가방에서 여자의 주민등록증이 발견되었다. 신성분, 바로 이곳 명선아파트에서 살던 주민이었다. 슈퍼 주인 윤 씨는 형사에게 말했다. 내가 알아요. 바로 여기 203호에서 살았거든요. 내가 거기 배달 많이 다녔거든. 거기 살다가 세를 주고 이사를 갔는데…….

전날 저녁 신성분은 뜬금없이 슈퍼에 들렀다. 이사를 간 지 한 칠팔 년 되었을라나……. 윤 씨는 고개를 갸웃거렸다. 그녀의 얼굴에는 수심이 가득했다. 왜 얼굴이 그리됐어요? 뭔 걱정거리 있어요? 윤 씨가 묻자 신 씨는 말했다. 저놈의 아파트 때문에 내가 못 살아요. 영감이 저놈만 믿고 돈을 빌려 가게를 시작했는데, 가게는 안 되지, 집은 저 꼴로 나자빠져 있으니……. 은행 이자에 장사는 적자만 계속되고 영감은 속상하다고 술만 퍼먹고 자빠졌고…… 공사를 언제 시작한다는 건지 당최 소식도 없고……. 윤 씨는 덩달아 말했다. 나도 장사가 안 돼 못 해먹겠어요, 이놈의 거. 저놈의 게 완공이 되어야 주민들이 들어오고 그래야 좀 나아질 텐데, 말도 말아요. 망할 놈의 재건축인지 지랄인지 생각만 해도 속이 뒤집혀서……. 그런 이야기를 주고받았다.

키가 작달막한 공사 현장감독이 끼어들었다. 공사…… 시작해도 되겠습니까? 형사는 버럭 고함을 질렀다. 사람이 죽어서 난린데 무슨……. 좀 있어봐요. 아, 예. 현장감독은 큰 죄라도 지은 듯 굽실거리며 물러났다.

이튿날 아침 일찍 공사는 다시 시작되었다. 노동자들이 몰려들어 청소를 하고, 창틀, 문틀, 널빤지와 각목 따위 자재를 끌어올렸다. 오후부터는 미장공들이 콘크리트를 개어 벽을 다듬었다.

하루를 더 못 참고 죽다니, 하고 윤 씨는 한탄했다. 복덕방 방 노인은 범인 못 잡았어, 하고 물었다. 윤 씨는 어리둥절하여 그를 쳐다보았다. 무슨 범인요? 아, 신 씨 죽었잖아. 윤 씨는 웃음이 났다. 범인은 무슨. 자살인데. 방 노인은 고개를 주억거렸다. 아, 그런가.

그러나 이튿날 골목에서 마주치자 방 노인은 또 윤 씨에게 물었다. 범인은 어찌 됐어? 못 잡나? 윤 씨는 같은 말을 반복했다. 자살인데 범인이 어디 있어요? 방 노인은 아, 그렇네, 하더니 멀어져 갔다. 윤 씨는 방 노인을 돌아보며 고개를 갸웃거렸다. 저 영감이 아무래도 치매가 생긴 거 아닌가…….

　공사가 시작된 지 일주일이 지난 새벽, 명선아파트 앞 골목에서는 패싸움이 벌어졌다. 공사를 하는 노동자들과 공사를 막으려는 또 다른 한 무리의 젊은이들이 맞붙어 뒹굴었다.

　아직 이른 아침, 뿌연 햇살 아래 그들의 싸움은, 그들이 주고받는 욕지거리는 선지피처럼 적나라했다. 출근길에 나선 사람들이, 학교에 가던 어린아이들이 멀찌감치 떨어져 그 꼴을 구경했다. 니가 뭔데 못 들어가게 해, 이 개놈의 종자들아? 집주인이 들어가지 말라는데 니가 왜 들어가, 이 죽일 놈들아? 집주인이 공사하라는 거야, 이놈들아. 그 집주인은 가짜야. 남의 땅에다 누구 멋대로 공사야? 첩년의 새끼들은 다 그러는 거냐? 뭔 소리야, 그게? 누가 첩년의 새끼야? 어서 꺼져, 이 좆만 한 놈들아. 공사는 못 해. 그래, 칠래? 치라면 못 치냐? 쳐라. 너 돈 좀 있냐? 이런 어린놈의 새끼들이……. 주먹이 오가고 각목이 날았다. 피가 튀고 비명이 터져 나왔다. 어디선가 알루미늄 야구방망이를 쥔 젊은이들이 고함을 지르며 튀어나오더니 방망이를 아무 데나 대고 함부로 휘둘렀다. 순식간에 노동자들은 밀려났다. 야구방망이들은 명선아파트 골조 덩어리의 현관에 비터 섰다. 한 남자가 계단 위에 서서 부르짖었다. 썩 꺼져, 이 상년의 종자 새끼들아. 그의 태도나 어조는 자못 험악하고 특별히 상스러워 감히 대거리를 하고 나서는 사람이 없었다.

　그날의 싸움은 그렇게 끝났다.

　공사는 다시 중단되었다. 운반되었던 모래와 시멘트, 널빤지 따위 건축자재들은 마당에, 현관에, 일층 계단 옆에 방치된 채 바람이 불고

비가 내리고 눈이 내리면 흩어지거나 젖었다 얼고, 더러는 부서지거나 흩어졌다. 고양이를 위해서는 다행스러운 일이었다. 그는 보금자리를 빼앗기지 않았다. 일층 계단 옆에 거창하게 쌓인 모래 더미는 고양이의 화장실로 이용되었다.

슈퍼 주인 윤 씨는 화투장을 들여다보며 말했다. 아, 형제가 싸워도 어찌 이리 모질게 싸워. 사이좋게 생각 맞춰가며 의논껏 하면 될 텐데. 똥에, 비에, 쌍피가 널렸다. 이번에는 피바가지를 씌워 본전을 해볼 수 있으려나. 윤 씨는 방 노인을 흘끔 넘겨다보았다. 행운부동산 사무실의 커다란 유리창 너머 명선아파트 골조 덩어리가 내다보였다. 흉물스러웠다. 공사가 빨리 시작되어야 할 텐데. 그래야 손님으로 북적거릴 텐데. 한 층에 다섯 가구씩만 계산해도 십오층이면 칠십오 가구요, 칠십오 가구가 두부 한 모씩만 산다 해도 그게 어딘가. 초코파이 하나씩만 사도 그게 또 어딘가.

방 노인은 혀를 찼다. 그 형제가 말만 형제지 배가 다른 형제여. 그는 똥을 잘라먹었다. 어라, 윤 씨는 쥐고 있던 똥피에서 슬그머니 손을 뗐다. 저 영감이 똥을 두 장을 들고 있었나……. 먹을 것이라고는 이제 열 끗짜리 멍텅구리들뿐이었다. 방 노인은 피를 가지런히 정리하며 얘기를 계속했다. 여기서 채소 농사 짓던 집이여, 그 집이. 여기 살던 사람들은 다 알어. 여기가 다 야산에 콩밭에 옥수수밭에…… 황무지도 있었고. 땅값 오르니까 야금야금 팔아먹으면서 집도 새로 짓고 차도 새로 사고…… 하는 김에 마누라까지 새로 들였지. 킬킬킬, 윤 씨가 웃어댔다. 그 노인이 아들을 다섯을 두었는데, 셋을 첫째 마누라가 낳고, 둘을 둘째 마누라가 낳았어. 저 건물 때문에 싸우는 당사자들은 그중에 제일 막내라는 거여. 이 마누라 저 마누라 번갈아가며 새끼를 쳐서 나이 차이도 얼마 안 된다지, 아마. 연년생이라던가…….

말끝에 방 노인은 다시 물었다. 그래, 범인은 아직도 못 잡았대? 윤씨는 고개를 외로 꼬고 큰 소리로 대답했다. 못 잡았대요. 못 잡는대요. 완전범죄래요. 방 노인은 혀를 찼다. 그것 참, 집을 지으면 그런 일 안 생길 것을.

14

가을은 고장 난 오토바이처럼 불안하게 지나갔다. 늘 무슨 일인가가 벌어질 듯 아슬아슬했다. 아니, 벌써 무슨 일인가 벌어지고 있는 듯 불안감에 사로잡혀 그는 밤늦게 돌아오지 않는 진이를 초조히 기다려야 했다. 언제 무슨 일이 벌어지든 각오하고 있지 않으면 안 된다고 스스로 다짐하며 사는 꼴이었다.

'화이트아웃'의 모임이 예정된 날이었다. 회원 가운데 한 사람, 문인철이 마침내 카스퍼스키의 키제너레이터를 완성했다는 소식을 들은 것이 이틀 전이었다. 카스퍼스키 본사의 라이선스 진위 판독 알고리즘을 무력화시킬 수 있는 길을 찾아냈다고 그는 말했다. 전 세계 해커들의 숙제 가운데 하나를 푼 셈이었다. 그런데 문인철이? 준성은 쉽게 믿어지지 않았다. 그는 해킹에 학구적으로 진지하게 열중하기보다는 잔꾀를 부려 바이러스나 만들어 유포하거나 이런저런 기관에 침투하여 장난질을 하는 것을 재미로 여겼다.

인철은 작은 보안회사를 운영했다. 이곳저곳 컴퓨터 보안 문제에 시달리는 회사에 자문을 해주고 방화벽을 설치해주는 것으로 제법 적지 않은 돈을 벌었다. 준성은 가끔 그 일을 도와주고 생활비를 벌어 썼다. 그때마다 뭔가 석연치 않은 기분이었다. 그는 해커인가 장사꾼인가? 해커를 막는 일로 돈을 버는 해커, 란 해커인가? 일종의 이중간첩 아닌가? 영규는 그에게 충고했다. 인철이가 돈을 좀 좋아하는 것은 사실이지. 하지만 돈 좋아한다 하여 해커가 아니라고? 돈 싫어하는 놈 있냐, 어디?

문을 잠그고 그는 집을 나섰다. 진이는 아침 일찍 갑자기 고향에 다녀오겠다고 가방을 챙겨 집을 나섰다. 그것은 오늘 그녀가 집에 돌아오지 않으리라는 것을 뜻했다. 한 달에 한 번쯤 그녀는 부산에 다녀왔는데, 무슨 일로 누구를 만나는 것인지 그는 알지 못했다. 늘 일박이일의 일정이었다.

'원더앤원더'에는 회원들 넷이 나와 있었다. 김영규 선배까지 일찌감치 나와 앉아 와인을 홀짝거리고 있었다. 준성은 인철에게 손을 내밀었다. 줘봐. 뭘? 툴(tool). 인철은 빙글빙글 웃기만 했다. 회원들이 대신 대답해주었다. 안 가져왔대. 어째서? 버그가 발견되었대. 그러나 인철은 완성했다고 말하지 않았던가? 인철이 나섰다. 내가 좀 성급했나 봐. 그렇다면 오늘의 모임은? 버그지. 그들은 왁자하게 웃어댔다.

와인과 맥주가 몇 잔 오갔다. 카스퍼스키의 알고리즘을 무력화시키기 위해서는 그 알고리즘을 이해해야 했다. 그것을 이해하려면 일단 자료를 구해야 했다. 인철은 어디에서 그 자료를 구했는가? 이번에도 인철은 웃는 것으로 대답을 대신했다. 또 버그냐? 준성이 추궁하자 며칠만 기다리라니까, 하고 그는 회피했다.

영규는 와인을 치우고 맥주에 양주를 타서 성급히 마시기 시작했다. 그것이 그의 술버릇이었다. 맥주만으로는 성에 차지 않는다는 것이었다. 양주가 없을 때는 소주를 탔다. 주태는 무선통신망을 이 회사 저 회사 가릴 것 없이 아무거나 끌어다 쓸 수 있는 툴을 하나 만들었다. 무선통신업체에 전혀 가입하지 않고서도 무선모뎀을 하나 마련하기만 하면 허공에 오가는 전파를 아무 때나 아무거나 잡아채어 얼마든지 인터넷을 사용할 수 있게 해주는 툴이었다. 그거 실속 있네. 다른 나라에도 배포해라. 그는 소스가 정리되는 대로 공개할 작정이었다. 그건 버그 아니냐? 인철이 물었고, 주태는 천만에요, 하고 두 손을 내저었다.

전파를 소유한다는 게 말이 돼요? 안 돼요. 그렇죠? 난 그걸 재산이라고 보지도 않지만, 만일 재산이라고 해도 그건 공공재지 사유재가 아니에요. 그런 걸 어떤 놈이 내 꺼다, 돈 내라, 하고 나서는 꼴 보기 싫거든요. 주태는 한껏 기분이 좋아져 맥주를 벌컥벌컥 들이켰다. 영규가 그의 잔에 맥주를 가득 따르고 양주까지 쏟아부었다. 인철이 반박했다. 하지만 그 회사에서는 자본을 투자해서 그런 기술을 개발

한 건데. 주태는 지지 않았다. 투자한 만큼은 벌어 쓰시라고 해요. 하지만 늘 초과 이익을 취하는 게 문제지요. 늘 공공재를 사유재로 만들어 폭리를 취하는 게 자본가들이 하는 짓이잖아요. 그 때문에 우리 같은 사람들은 앉아서 사기당하는 꼴이 되어버리고. 그의 열변은 젊고 젊은 만큼 좌충우돌이었다.

주태는 스물여섯 살, 군대에서 갓 제대한 대학생이었다. 중학교 시절에 이미 해킹에 취미를 붙여 엉뚱한 길로 들어서서 포르노를 섭렵하고 배포하는 것으로 보람을 삼았다. 전 세계의 포르노 사이트를 드나들면서 해킹으로 무수한 포르노를 내려 받아 시디에 구워 팔기도 하고, 사이트를 만들어 유료 회원제로 운영하여 돈을 벌기도 했다. 그러다 보니 기껏 해봐야 소프트웨어 장사나 웹하드 장사 같은 것에 빠질 뻔했으나, '화이트아웃'을 만나면서 진정한 해킹의 경지가 무엇인지를 터득해가는 중이었다.

쭈꾸미집으로 자리를 옮겨 그들은 이번에는 술을 소주와 막걸리로 바꿨다. 영규는 공깃밥을 주문하여 쭈꾸미 양념에 비벼 먹었다. 그는 공깃밥 두 그릇을 비우고 엉뚱하게 삼겹살을 또 주문했다. 인철은 휴대전화에 대한 불만을 늘어놓았다. 지난달 전화 요금이 이십육만 원이 나왔다는 것이었다. 왜 이리 비싸? 이거 폭리 아냐? 우리 집 식구들 휴대전화 요금 다 합하면 아마 사오십만 원 될걸. 나, 마누라, 누이동생…….

휴대전화에 대해서는 회원들 모두가 불만이 많아 화제가 끊이지 않았다. 어째서 무선망을 개방하지 않는 것인가? 언제까지 그렇게 패쇄적으로 운영할 작정인가? 당장의 작은 이익 때문에 세계시장의 조류에서 숨어 지내기를 언제까지 할 작정인가? 이 나라 소비자 등골 빼먹는 재미에 취해 세계시장은 보이지도 않는 것인가? 작은 이익이라니? 그놈들 이익이 천문학적 액수라는 거 모르는가? 정통부가 하는 일이 뭔가, 그런 거 바로잡아야 하는 것 아닌가? 어째서 업자들하고 짝짜꿍이 되어 질펀거리는가? 그놈들 봉급은 우리 세금으로 받아 처먹으면서 어째서 늘 업자들 편만 드는가? 그것들한테 아직 뭘 기대한단 말인가? 낙전 떼어먹는 것은 또 어떻고? 어째서 십 초 단위로 요금을 계산하는 거야? 그게 어느 나라 산수야? 그런 산수는 그 밖에도 많아요. 하는 짓이 도둑질이나 한가지야. 그러니까 주태가 만든 툴 같은 게 필요한 거야. 도둑도 좀도둑이지. 동네 구멍가게도 그런 식으로 장사하지 않아.

그렇게 하여 마침내 문인철의 입에서 휴대전화 업체 공격, 이라는 제안이 나왔다. 밥 찌끄러기가 불판에서 타고 있었고, 인철의 이빨 사이에는 고춧가루가 끼어 있었으며, 그는 흥분하여 공공재와 사유재에 관하여 떠들어대다가 술을 쏟아 축축해진 바지 때문에 휴지로 사타구니를 문지르고 있었고, 주태는 그의 애기에 귀를 기울이다가 휴대전화 업체 공격, 이라는 말에 귀가 번쩍 뜨여 이 사람 저 사람의 반응을 살폈다.

회원들은 각기 생각에 잠겼다. 침묵하는 그들의 머릿속으로 공격의 방법, 필요한 소프트웨어, 목표, 구체적 공격 대상, 공격자들의 위치, 위장 방법…… 같은 생각들이 오가고, 벌써 해도 좋은 일, 해서는 안 되는 일, 시민들에게 호응을 받을 수 있는 일, 없는 일, 같은 것들의 경계가 만들어졌다. 물론 그들의 생각이 다 일치하지는 않았다. 그러나 그 오래지 않은 사이에 그들은 상당히 비슷한 결론에 이르러 있었다.

신중하게, 한 것은 영규였다. 영규 형은 빠지고, 한 것은 준성이었다.

"알량한 변호사 자격증 박탈당하면 어찌 먹고살려고."

주태가 나섰다. 피시방을 이용하는 게 제일 낫지요. 그 말을 시작으로 각기의 생각이 봇물처럼 밀려 나왔다. 사용할 툴은 누가 만들 것인가? 만들기는. 이미 있는 걸 쓰지. 얼마든지 좋은 툴 많은데. 나중에 들통이 나도 책임도 가벼워질 거고. 목적이 무엇인지 저것들한테 알리는 방법은 있어야 할 거 아냐? 메일 하나 날리면 되지, 뭐. 왜 그걸 꼭 알려야 해? 공격 목표는 뭐야? 휴대전화 통신망 자체는 건드리지 말고. 사용자들한테 욕먹을 필요 없잖아. 목표는 회사 내부 통신망. 겨우 그것? 방법? 디도스? 준비 기간이 좀 걸릴걸. 별로 안 걸릴지도 몰라. 기본적인 준비는 각기 웬만큼 돼 있는 거 아냐? 메일, 배치파일. 충분해. 그것들 서버 허점투성이야. 무슨 대단한 툴 같은 것 필요도 없어. 경고 수준으로 끝낼 거 아냐? 잠깐이라도 못 쓰게 만들 거야? 망 자체는 내비 두자고? 그거 싱거워서 어디 할 맛 나겠어?

영규가 나섰다. 벌써 하기로 결론이 난 거야? 아니었다. 만일 한다면 어떤 수단이 있는지 궁리를 해보는 정도였다. 목적은? 경고. 경고? 우리가 무슨 홍길동이냐 로빈훗이냐. 그냥 해커일 뿐이야. 일단 명분은 충분했다. 그들 업체들은 정당하지 못했다. 당국의 힘을 업고 소비자의 권리를 제약하고 폭리를 취하면서 뻔뻔하게도 서비스의 개선에는 소극적이었다. 와이파이를 무작정 막아서 무선통신의 발전을 가로막고 있었다. 탐욕스러웠다. 엉뚱한 방법으로 도둑질까지 서슴지 않았다. 신청하지 않은 서비스에 대해 몇 달 몇 년 요금을 훔쳐 가는가 하면 그런 사실을 알아낸 소비자가 항의해도 부당하게 청구한 요금을 돌려주지 않기 위해 이 핑계 저 핑계로 차일피일 미루거나 복잡한 절차를 밟기를 요구했다.

공격을 실행에 옮길 것인지에 대해서는 좀더 신중히 생각해보기로 하고 논의는 거기에서 끝났다. 카스퍼스키 키제너레이터는 언제쯤 공개할 예정인가? 인철은 눈동자를 굴리며 곧, 이라고 대답할 뿐이었다. 그는 사용한 자료에 대해서도 자료의 출처에 대해서도 언급하려 하지 않았다. 자료가 있으면 공개하여 같이 연구하는 것이 좋지 않은가? 인철은 귀찮다는 듯 대답했다. 조금만 기다려봐. 다 돼가니까.

그들과 헤어져 돌아오는 길에 영규는 택시를 기다리다 말고 준성에게 말했다. 니 집 근처에 가서 오서진이랑 한잔 더 할까? 쥰성이 진이는 부산에 내려갔다고 밀하사 영규는 그를 끌고 포장 술집으로 들어섰다. 찬바람으로 뺨이 따가웠다. 어묵과 잔치국수를 안주로 하여 그들은 소주를 두어 잔 마셨다. 불쑥 영규가 물었다.

"오서진이 뭐 하느라고 자꾸 돈을 빌리냐?"

준성은 가슴이 철렁 내려앉았다. 진이가? 돈을 빌려? 누구에게서?

"우리 마누라가 몇 번이나 빌려줬다고 하더라."

큰돈이 아니었다. 이십만 원, 삼십만 원, 오십만 원, 그런 식이었다. 준성은 창피하기도 하고 불안하기도 했다. 도대체 그런 푼돈을 어째서 나에게 달라고 하지 않고 남에게서 빌린 것일까? 몇 번이나, 얼마나 빌렸다는 것인가?

"한두 번이 아니라니까. 한 열댓 번은 빌려준 모양이던데."

불과 대여섯 달 사이에? 빌릴 때마다 아주 급하게, 아주 절박하게 진이는 애걸했다. 나리로서는 빌려주지 않을 수가 없었다. 갚은 적은? 한 번도 없었다. 영규는 아내에게 도대체 그 여자를 어찌 믿고 돈을 빌려주는지를 물었다. 나리의 대답은 어쩌면 당연했다. 준성 씨 보고 빌려주는 거지, 뭐. 만일 준성이 알지 못한다면? 영규는 준성이 이런 사실을 알고 있을 리가 없다고 생각했으나 나리는 모를 리가 없다고 생각했다.

준성은 아무 말도 할 수 없었다. 속이 떨려오기 시작했다. 그가 막연히 불안해하던 무엇인가가 이미 벌어지고 있었던 것일까. 그것이 무슨 일인지 그는 짐작조차 못 하고 있었다. 젠장, 짐작조차 못 했다고? 이미 오래전부터 무엇인가가 무서운 기세로 다가오는 것을 뻔히 보고 있지 않았는가? 그러나…… 왜 진이는 나에게 말을 하지 않는 것인가? 그의 속이 떨려오는 것은 추위 때문만은 아니었다.

"너 오서진을 어떻게 생각하나?"

준성은 대답하지 않았다. 대답할 말이 없었다. 그는 알지 못했다.

"결혼할 거냐?"

준성은 급히 소주를 퍼마셨다. 도대체 이십만 원, 삼십만 원씩 빌린 돈으로 진이는 무엇을 한 것일까? 그녀는 준성에게서도 꾸준히 돈을 타갔다. 그녀가 속옷 모델을 하여 버는 돈이 얼마나 되는지 준성은 알지도 못했다. 진이가 그에게 선물을 한 적이 있기는 했다. 스웨터 하나, 그리고 양복 한 벌. 그로서는 결코 탐을 내본 적이 없는 명품 스웨터에 명품 양복이었다. 아직 한 번 입어본 적도 없었다. 입을 일이 없었다. 양복이란 그에게는 군복이나 교복과 다름없는 제복이었으니까. 그러나 별문제 없었다. 두 사람의 생활비라면 적어도 준성이 아직까지는 마련해낼 수 있었다.

"너 감당할 수 있겠냐?"

목적어가 생략된 질문이었다. 누군가가 묻고 있었다. 괄호 안의 목적어로 바른 답은 무엇일까요? 돈? 결혼? 사랑? 오서진? 모델? 괴물? 세상? 오 초 남았습니다. 답을 못 맞히면 기회는 다음 선수에게 넘어갑니다.

준성은 알아들었다. 그러나 대답할 말은 여전히 찾을 수 없었다. 그는 알고 있었다. 진이는 결혼할 준비가 되어 있지 않았다. 준비라니. 진이가 좋아하는 옷으로 비유하자면, 그녀가 지금 입은 옷에는 결혼이라는 단추는 존재하지 않았다. 단춧구멍 비슷한 것도 없었다. 다른 단추는 무수했다. 세상의 모든 단추가 다 있다고 해도 좋았다. 모델이라는 단추, 배우라는 단추, 탤런트라는 단추, 어쩌면 가수라는 단추, 세상의 모든 명품 구두와 백과 옷과…… 그런 것들의 단추…….

그러나 그 때문에 진이를 비난할 수는 없었다. 준성 역시 다르지 않았다. 결혼은커녕 그는 늘 각오하고 있었다. 진이는 떠날 것이다. 머지않아 이 피난처에서 가볍게 날아올라 사라질 것이다. 현란한 조명과 붉은 카펫이 깔린 런웨이와 관객들의 박수갈채가 있는 호사스런 세상으로. 준성은 진이의 그 호사스런 세상을 위하여 행운을 빌어줄 수 있었다. 그것이 진이의 세상이라면. 그녀가 원하는 세상이라면. 준성 역시 그렇게 가볍게 사라지는 그녀를 가볍게 바라봐야 할 것이다. 가볍게, 그녀가 애용하는 입은 듯 만 듯한 와코루 팬티처럼 가볍게, 크리넥스 휴지처럼 가볍게, 그렇게.

"정말? 너 그렇게 믿는 거냐?"

도대체 나에게 무엇을 바라는 것인가, 이 사람은? 준성은 멍한 눈으로 영규를 쳐다보다가 고개를 꺾어 구정물과 국수 가닥과 단무지 조각과 담배꽁초가 질척거리는 발밑을 내려다보며 씨발, 하고 내뱉었다. 내가 갚으면 될 거 아냐, 그 돈. 어쩌라는 거야, 도대체. 몇 푼되지도 않는 걸 가지고. 영규는 멍하니 그를 쳐다보다가 흐으, 웃으며 투덜거렸다. 다행이다, 씨발. 떼이는 줄 알았는데.

"처음에는 오서진이 너무 어린 것 같아서 난 그 여자가 다칠까 걱정이 됐어. 이젠 니가 걱정이 된다, 이 씨발놈아."

준성은 두 손을 바지 주머니에 쑤셔 넣은 채 턱을 앙가슴에 처박았다. 아무 생각도 하고 싶지 않았다. 술 먹어, 먹어. 영규가 소주를 따라 내밀었다. 준성은 술을 마시고 국수를 한 젓가락 떠먹고 물을 한 모금 마시고, 다시 고개를 꺾어 턱을 가슴팍에 처박았다. 어디 갔을까, 이 여자는? 부산이라고? 부산에 가면 뭘 하는 것일까? 케이티엑

스가 있는데 어째서 꼭 일박이일이 걸리는 것일까? 그 여자의 부산
은 어딜까? 한호섭의 품 안일까, 청담동의 룸살롱일까? 이 따위 생
각이나 하는 나는 한심하고 구차하고 비열하고……. 그는 소주를 꿀
꺽 삼켰다.

"술 참 좋지 않냐, 씨발."

영규가 말했다. 술 참 좋지, 씨발. 준성이 받았다. 여기 한 병 더!
영규가 소리쳤다. 그 외침이 준성의 어두운 시야 안에서 불꽃놀이처
럼 번쩍이며 사방팔방 터져 나갔다.

15

그 경이로운 날에 관하여 진이가 한 얘기는 모두가 사실만은 아니
었다. 아니, 그보다는 그녀가 일부 사실들을 고의적으로 누락시켰다
고 해야 할 것이다. 이를테면 진이가 그날 밤, 육정수의 연락을 받고
억지로 청담동의 룸살롱으로 간 것은 사실이었다. 그러나 그 이전, 몸
살에 걸려서 나갈 수가 없었다는 것은 사실이 아니었다.

나중에야 준성은 그날의 진실을 알게 되었다.

진이에게는 무수한 프랭클린 플래너 묶음이 있었다. 여러 해 동안
사용한 묶음들이었다. 그녀는 그것들을 부주의하게 옷상자에, 혹은
구두상자에 함부로 보관했는데, 우연히 준성은 그것들을 뒤적거리게
되었다. 그 무수한 백지들, 기록된 페이지는 몇 장 되지 않았다. 거의

빈 페이지들이었다. 누구를 만나 뭘 먹었다, 뭘 마셨다는 간단한 메모로부터 누군가에 대한 원망이나 질투가 기록되어 있기도 하고 가난한 처지에 대한 울분이 토로되어 있는 날도 있었다. 육정수에 대한 분노가 조심스레 적혀 있기도 했다. 필요한 물건들이 꼼꼼히 적혀 있기도 했고, 명품 핸드백이나 구두, 외투 따위, 그런 것들을 싸게 구입할 수 있는 방법이나 상점, 중고품을 구입할 수 있는 가게, 짝퉁을 살 수 있다는 이태원의 가게와 전화번호, 약도 같은 것들이 기록되어 있었다.

종종 일 년에 서너 번쯤, 그 가운데에는 일기라고 해도 좋을 정도로 긴 기록도 있었다. 그런 기록들을 통하여 준성은 문제의 저 경이로운 날, 진이가 몸살에 걸렸던 것이 아니라는 사실을 알게 되었다. 진이가 몸살에 걸렸다고 주장한 바로 그날 그녀는 낙태수술을 받았다. 두번째 낙태수술이었다. 첫번째 임신을 했을 때는 그녀는 육정수에게 이야기를 했고, 그리하여 그와 함께 병원에 갔다. 두번째는 그에게 얘기도 하지 않았다. 치사하기도 하고 치욕스럽기도 해서였다. 진이는 혼자 가서 혼자 수술을 받았다. 지쳐서 집에 돌아와 혼자 우유를 한 잔 마셨다. 기운이 빠져 아무것도 할 수 없었다. 열이 나고 식은땀이 흘렀다. 찔끔 눈물도 났다.

그 와중에 육정수로부터 나오라는 전화를 받았고, 그 이후의 이야기들은 비교적 사실과 가까운 것 같았다.

하지만, 또 하나 그녀가 감춘 사실이 있었다. 청담동 룸살롱의 마담은 진이에게 명함을 주며 말했다. 뭐든 도와줄 테니까 아무 때나 연락하라. 명함에는 그녀의 이름이 '제니'라고 쓰여 있었다. 진이는 돈이 필요할 때 제니에게 전화를 했다. 제니는 호들갑스럽게 돈을 줄 테니 가게로 오라고, 어서 오라고 했고, 진이는 기꺼운 마음으로 가게로 달려갔다. 제니는 돈을 주지 않았다. 가게에서 일을 하기를 권했다. 가게? 무슨 가게? 무슨 일? 진이가 묻자 제니는 너무 당연한 것을 묻는다는 듯 화까지 내며 말했다. 이런 데 무슨 일이 있겠어? 당신이 기운이 좋아 술 상자를 나르겠어, 기술이 있어 요리를 하겠어? 뻔하잖아. 수입 좋아. 대한민국 최고의 신사들이 오는 데야. 최고의 신사들이 아니면 올 수도 없어. 그런 남자들하고 놀면서, 사람대접 받고, 돈도 벌고…… 절대로 손해 보는 일 아니야.

진이는 기겁을 하여 뛰쳐나왔다. 그날의 기록에는 이런 구절이 있었다.

나는 유혹을 느꼈다. 내가 그처럼 깜짝 놀라, 그렇게 화를 내며 뛰쳐나온 것은 내가 유혹을, 참으로 강하게 그 유혹을 느꼈기 때문이었는지도 모른다. 이 도시는 정말…… 나를 어디로 밀어가는 것인가……. 내가 얼마나 버텨낼 수 있을까.

또 하나, 그날의 일에 관하여 그녀가 준성에게 사실대로 얘기하지 않은 대목이 있었다. 룸살롱에서 술을 마시다가 진이는 육정수에게 집에 가겠다고 한다. 육정수는 그녀에게 먼저 호텔 객실에 올라가 있으라 권하면서, 자리를 정리하고 곧 따라 올라가겠다고 말한다. 진이

는 호텔 객실에 들어간다. 쓰러져 잠든다. 잠시 후 깨어났을 때에 그
녀는 그 객실 안에 남자들, 그리고 여자들이 모두 몰려 들어와 수선스
레 떠들어대며 술을 마시고 있다는 것을 깨닫는다. 할 수 없이 그녀가
일어나 앉자 누군가가 그녀에게 맥주를 권하고 그녀는 마지못해 그
잔을 받아 마신다. 머지않아 그녀는 다시 쓰러져 잠들고 만다. 그녀가
다시 정신을 차린 것은 이튿날 정오를 훨씬 넘긴 시각이었다.

그사이 무슨 일이 있었던 것일까. 전혀 생각이 나지 않는다. 무섭
고 소름이 끼칠 뿐이다. 혹시 호텔 방에서 내가 마지막 마신 술잔에
는 술만이 아니라 다른 무엇인가가 섞여 있었던 것은 아닐까. 나는
술에 취해, 또는 잠에 취해 쓰러진 것이 아니라 다른 무엇인가에 취
해, 아니면 중독되어 정신을 잃었던 것은 아닐까…….

준성은 몇 번이나 그 대목을 읽었다. 진이는 정말 모르는 것일까?
아니면 모르는 척 스스로를 속이고 있는 것일까? 무슨 일이 있었던
것일까? 육정수라는 자는 진이에게 도대체 무슨 짓까지 저지를 작정
이었던 것일까? 만일 준성이 상상하는 그런 최악의 일이 벌어진 것
이라면, 만일 그렇다면, 아아, 감독 육정수와 모델 오서진의 관계는
도대체 무엇이라고 해야 하는 것일까?

준성은 궁금했으나 차마 진이에게 물어볼 수가 없었다. 진이가 그
에게 그런 사실들을 감춘 것은 당연한 일이었다. 진이 스스로 이야기
하기에는 그것은 너무나 참혹하고 끔찍스러운 일이었다. 그들의 관

계는 인간이라는 것이 얼마나 잔인하고 무자비한 존재인지 보여주는 것 같았다.

그날 준성이 그녀에게서 맡은 기이한 냄새, 그것의 정체가 무엇인지도 깨달았다. 그것은 피비린내, 그리고 공포의 냄새였다. 공포에 질린 짐승이 오줌을 지리듯, 그녀의 몸에서도 틀림없이 무엇인가가, 피비린내 같은 것이 분비되고 있었을 것이다.

16

준성은 간밤에 영규와 헤어져 어떻게 집에 돌아왔는지 기억이 나지 않았다. 마지막 기억은 영규와 둘이서 포장술집에 앉아서 술 좋다, 정말 좋다, 씨발, 하고 투덜거렸을 때, 그 암담하고 절망스러운 기분이었다. 아침에 깨어나자마자 그는 진이, 돈, 이런 생각에 사로잡혔다. 눈을 뜨자마자 그런 생각이 떠오른다는 것이 염증이 나고 혐오스러웠다. 그는 도망가고 싶었다. 무엇으로부터? 진이가 나리에게서 돈을 빌렸다는 사실로부터. 그녀가 돈을 빌릴 수밖에 없었던 이유로부터. 그가 해결할 수 있는 문제가 아닐 것이라는 예감이 그를 압도했다. 모르는 척하는 것이 최선이라고, 아니, 모르는 것이 최선이라고 그의 마음속에 자리 잡은 또 하나의 준성이 충고했다.

온종일 그 생각에서 헤어날 수가 없었다. 책을 읽어도, 인터넷을 뒤적거리고 다녀도 그 생각은 그의 뒤꼭지에 악착같이 매달려 있다가 틈만 나면 머리를 잡아챘다. 시나리오가 제대로 진전이 되지 않는 이유를 그는 알 것 같았다. 그가 상상해낸 괴물에 적대할 자신감마저 그는 지니고 있지 못했다. 스스로가 만든 시나리오 안에서도 그 괴물은 준성을 압도하고 있었다. 시나리오 안에서도 준성 나부랭이는 그 괴물에게는 피라미에 지나지 않았다. 그놈이 기침만 해도 준성은 지레 겁을 먹고 달아나기 바쁜 하잘것없는 존재였다.

진이는 아홉시 무렵 돌아왔다. 지친 기색이 역력했다. 저녁 먹었어, 우리 해커 아저씨? 명랑한 어조가 얼마나 힘겨운 위장인지 준성은 짐작했다. 진이는 쓰러져 자고 싶을 뿐이다, 하고 그는 생각했다. 진이는 저녁을 먹기 전이었다. 준성은 물었다. 나가서 먹을까? 진이는 반색했다. 뭘 먹을까? 그녀는 재빨리 세수를 하고 옷을 갈아입고 준성을 따라나섰다.

준성은 될 수 있는 한 가볍게, 유쾌하게 얘기를 꺼내야 한다고 생각했다. 추궁해서는 안 된다고 생각했다. 물을 뿐이다. 아니, 묻는 것도 아니다. 그저 얘기를 할 뿐이다. 그러나 얘기를 해야 하는 것인가? 하지 않고 넘어가는 방법은 없는가?

부산에서 재밌었어? 늘 그렇지 뭐. 회도 먹고? 난 회 좋아하지 않아. 진이는 그의 팔에 매달려 노래 부르듯 쾌활하게 말했다. 하이힐이 바닥을 두들기는 소리와 그녀의 말소리가 박자를 맞추듯 명랑했다. 그보다는 석쇠에 구워 먹는 걸 더 좋아해. 그것은 준성과 비슷했다. 뭘 먹지? 음, 오래 앉아서 먹을 수 있는 데로 갈까? 한정식 같은 데? 저기, 연쇄점 뒤에 한정식집 하나 생겼더라. 거기 장사 끝났을걸. 엉덩이 따끈따끈하게 붙이고 앉아서 천천히 먹으면서, 술도 한잔하고, 그럴 수 있는 데 없을까? 음? 진이의 눈은 금세 활활 타오르듯 생기에 차 있었다. 피로는 어디론지 사라져 보이지 않았다. 크고 두툼한 풀오버에 작은 몸이 완벽하게 감싸인 진이는 인형 같았다. 그 인형의 가슴속에 저 깊고 슬픈 사연들이 숨어 있다는 것이 믿어지지 않았다.

내가 꼭 알아야 하는가? 그의 문제가 아니었다. 진이의 문제였다. 그러니까 알아야 하는 것인가. 그러니까 결국은 돈 얘기를 꺼내야 하는 것인가. 참혹한 기분이었다. 날씨가 추워져 목이 시렸다. 주머니에 손을 쑤셔 넣고 준성은 궁리를 거듭했다. 장난처럼, 농담처럼 해치워버릴까. 집에서 얘기를 시작하면 자칫 진지해지거나 다툼이 되어 울고불고하는 일이 벌어질지도 모른다.

그들이 찾은 곳은 청국장집이었다. 그들은 강된장으로 밥을 비벼 먹고, 고기도 좀 넣고 두부도 많이 넣어 되직하게 끓인 안주용 청국장을 주문하여 소주를 마셨다. 두어 잔에 벌써 얼굴이 발그레해진 진이는 여기저기에서 얻어들은 배우나 가수 들의 뒷소문 얘기를 쉼 없이 재잘재잘 늘어놓았다. 그런 소문을 많이 아는 것을 큰 특권이라 생각하는 것 같았다. 준성은 그런 얘기가 지루하고 어색했다.

"영규 형 아내한테서 돈 빌린 적 있어?"

하고 그가 갑자기 물은 것은 영영 질문할 기회가 오지 않을 것 같아서였다. 이대로 집으로 돌아가게 될 것 같아서였다. 진이의 눈이, 눈꺼풀이 파르르, 떨리는 듯했다.

그 눈, 그녀의 눈을 어떻게 말해야 할까. 그 눈, 그 맑게 반짝이는 눈. 그녀의 눈은 물론 푸르지 않았으나 생각해보면 늘 푸르게 빛나는 것 같았다. 그 맑고 푸른 눈이 그를 바라볼 때마다 그는 잠시 황홀경에 빠졌다. 그 눈이 오직 그를 바라보기 위해 이쪽저쪽으로 약동할 때면 준성은 감동스러웠다. 그 눈에 빛나는 활력은 살아 있는 존재가 지닌 아름다움이 어디에서 비롯되는 것인지를 깨닫게 해주는 것 같았다. 그 눈은 생명으로 가득한 우주였다. 생명의 기운으로 순간마다 파동했다. 그 눈은 작지만……, 아니, 작지 않았다. 어찌 그 눈을, 순간마다 생명의 파동으로 반짝이는 그 눈을 작다 하겠는가.

그 푸른 눈이 두려움에 질린 듯 준성을 쳐다보고 있었다. 눈치를 보며 할 말을 궁리하고 있었다. 준성은 그만 아무 말도 하고 싶지 않았다. 말을 꺼낸 것을 후회했다. 그러나 어찌할 것인가. 준성은 가능한 한 외면하고 대답을 기다렸다. 그러나 그녀는 대답하지 않았다. 여전히 질린 낯으로 그를 쳐다보고 있었다. 농담처럼, 가볍게 얘기를 꺼내리라는 그의 계획이 무너지려 하고 있었다. 그녀가 대답을 하지 않았으므로 준성은 다시 말해야 했다.

"돈이 필요하면 나에게 말하지 그랬어."

진이가 한참 있다가 내놓은 말은 이런 것이었다.

"밥 엎히겠어."

그녀의 푸른 눈이 활짝 열려 준성을 쳐다보았다. 그 눈을 보고 있기가 고통스러웠다. 준성은 외면하는 수밖에 없었다.

"돈이 좀 필요해서 빌렸어. 그러면 안 되는 거야?"

사뭇 도전적인 어조였다. 준성은 더 이상 말하기가 싫었다. 뭐라 할 것인가? 안 된다 할 것인가? 어디에 썼느냐 물을 것인가? 그녀가 어디에 돈을 쓰는지 그가 일일이 알아야 한단 말인가? 그렇지 않았다. 준성은 가장 우려했던 방식으로 이야기가 진행되는 것을 막기위해 또다시 심상한 어조로 말했다.

"걱정이 돼서."

그러나 진이는 가벼워지지 않았다.

"걱정 마, 준성 씨. 내가 다 알아서 할 거야."

더 이상 준성은 할 말이 생각나지 않았다. 진이는 그의 아내가 아니었고, 그의 딸도 아니었다. 그녀는 독자적 성인, 독자적 경제활동 개체였다. 돈을 빌리건 갚건 자신의 판단에 따라 할 수 있었다. 그것은 이놈의 자본주의사회가 각 개인에게 허용한, 나아가서는 장려하는 불가침의 권리였다. 그 권리를 어찌 준성 나부랭이가 제약하거나 추궁할 수 있으랴. 그러나 그 권리는 때로 스스로를 무덤 속에 파묻을 수 있는 권리가 될 수도 있었다. 얼마 전 굳이 이 동네를 찾아와 이 사람 저 사람 일도 없이 만나고 다니다가 명선아파트로 스며들어 스스로 농약을 삼킨 신성분처럼.

권리라니, 헛소리였다. 오늘날 인간에게는 빚을 질 권리/의무가 있고, 빚을 갚을 의무/권리가 있었다. 무엇이 의무고 권리인지 점점 애매해졌다. 일할 권리, 소비할 권리, 일할 의무, 소비할 의무. 그 권리/의무에 개미처럼 성실히 매진하는 개미처럼 무수한 인간들이 없이는 이 세계는 온전히 유지될 수 없었다. 그래서 모든 인간에게 평등이라는 명분 아래 골고루, 그 권리/의무가 분배되었다. 인간들은 지갑 속에 크레디트 카드처럼 그 권리/의무를 소중히 간직하고 권리/의무로 뒤얽힌 이 세상 속으로 뛰어들어 허겁지겁 빚을 지고 허덕허덕 빚을 갚았다. 그사이에 누군가는 이자를 챙기고 돈을 벌었다.

예수는 다섯 개의 전병과 한 마리의 생선밖에 없었으나 수천 명을 나눠 먹였다. 오늘날에는 다섯 개의 전병이나 한 마리 생선 따위는 아무도 돌아보지 않는다. 교회에서도 환영받지 못할 것이다. 공장에서는 빵이 넘쳐나고 양식장에서는 생선이 썩어나가니까. 가격을 유지하기 위해 버리고 묻고 갈아 없애고 태워 없애야 할 지경이니까. 그 많은 것을 나눠 먹을 필요가 어디 있단 말인가? 하물며 나눠 먹어서는 이익이 생기지 않는다는 것을 잊어서는 안 된다. 인간이란 모름지기 즐겁게 돈을 벌고 즐겁게 소비하고 즐겁게 빚을 지고 즐겁게 빚을 갚아야 하는 것이다. 혹은 즐겁게 농약을 마시거나 목을 매다는 것이다……. 즐겁지 않다고? 상관없다. 세상에는 언제나 낙오자가 있게 마련이니까. 그들과는 상관없이 세상은 생산과 소비의 무한궤도를 신나게 굴리고 또 굴리지 않는가. 어디를 향하여? 아무도 모른다. 아무도 상관치 않는다. 그저 즐겁게 굴리면 그만이고, 그사이 이익이 생기기만 하면 그만이다.

진이의 아름다운 눈이 그를 불안하게 쳐다보는 가운데 준성은 어쩔 수 없이 걱정이 되는 바를 얘기해야 했다. 돈을 그렇게 자주, 그렇게 거의 규칙적으로 빌렸다는 것은 무슨 뜻인가? 뭔가 긴급히 쓸 데가 매번 생겼다는 뜻인가? 긴급한 일이 규칙적으로 생길 수도 있는 것인가? 그렇다면 그 긴급한 일이라는 것이 무엇이었는가? 그런 돈이 필요했다면 어째서 가장 가까이에 있는 준성에게 상의하지 않았는가? 나리를 알게 된 지 불과 이 주일 뒤부터 돈을 빌리기 시작했다는데, 준성보다 나리가 더 믿을 만했는가? 벌써 여러 달 동안 갚지는 않고 빌리기만 하는 것을 보면 그 긴급한 사연이라는 것이 여러 달째 계속되고 있다는 뜻인데, 그것이 무엇인지 말해줄 수 없겠는가……?

독자적 경제생활의 개체 오서진은 듣다 말고 갑자기 신경질적으로 웃어댔다.

"그거 다 내가 대답해야 하는 거야? 나 지금 심문받는 중이야?"

준성은 멍하니 그녀를 쳐다보았다. 그의 표정은 별로 보기 좋은 꼴은 아니었다. 부조화하게 큰 그의 코가 잠시 벌렁거렸다. 진이는 그 코 때문에 또 웃음이 났다. 준성은 그녀가 대답을 하는 것이 아니라 질문을 하는 바람에, 게다가 웃기까지 하는 바람에 혼란에 빠졌다.

"그냥 돈이 필요했어. 그래서 빌렸어. 돈 생기면 갚을 거야. 나 명품 하나만 안 사도 그 돈 금방 다 갚아."

그러나 그녀는 돈을 갚기는커녕 계속 빌리고 있지 않은가. 그러면서도 명품은 계속 사들이고 있지 않은가.

"자꾸 살 물건이 생기는 걸 어떻게 해?"

명품을 꼭 사야 하는 것인가? 빚이 있으면 사고 싶은 물건이 있어도 먼저 빚부터 갚아야 하는 것 아닌가? 빚을 갚기 위해서는 절약하고 아껴야 하는 것 아닌가? 물으려다가 준성은 참았다. 하나 마나 한 질문이었다. 그는 자신에게 화가 났다. 그가 하는 얘기들이 자본주의적 질서를 이용하여 배를 불리며 살아가는 자들의 근검절약을 강조하는 설교와 비슷하다는 것이 놀랍고 역겨웠다.

"그렇게 사는 사람도 있고 저렇게 사는 사람도 있어. 나한테 사는 방법 가르치려 하지 마. 내가 당신 학생이야?"

서진이 화를 내며 물었다. 준성은 할 말이 없었다. 뭔가, 어디선가 잘못되었다. 그는 안간힘으로 몇 마디를 보탰다. 걱정이 되어 말하는 것뿐이다. 상의하자는 것이다. 상의해보면 무슨 해결책이 생길 수도 있지 않겠는가. 당신이 돈 빌리러 다닌다는 것을 남을 통해 알게 되는 일이 없었으면 좋겠다. 말하는 동안 하나 마나 한 소리라는 생각이 들어 그는 점점 자신이 없어졌다. 그런 소리를 해야 한다는 것에 그는 무력감을 느꼈다. 더구나 그것은 그가 듣기에도 별로 신통치 않은 소리들이었다. 그런 자신의 처지에 그는 염증이 났다.

"방법은 무슨 방법. 돈 외에는 방법 없어."

진이가 단언했다. 준성의 말문을 결정적으로 막아버리기에 부족함이 없는 대꾸였다. 그러나 그는 안간힘처럼 한마디 하지 않을 수 없었다. 돈이 없다 하여 모든 사람들이 다 돈을 빌리러 다니지는 않아. 진이는 신경질적으로 대꾸했다. 난 빌려. 됐어?

생생히 반짝이던 그녀의 눈은 짙은 피로와 불안과 긴장감으로 어둡고 사나워졌다. 그런데도 그 눈빛만은 푸르고 선명했다. 그 푸른 눈이 준성을 향해 적의를 쏟아내고 있었다.

집으로 돌아가는 길에 준성은 조심스럽게 물었다.

"내가 갚아줘?"

그는 더 하고 싶은 한마디는 삼켰다. '그러면 더는 돈 빌리지 않을 수 있겠어?' 진이는 한껏 냉정한 낯으로 그를 쏘아보았다.

"그럴 필요 없어. 내가 갚아."

"어떻게?"

"내가 알아서 한다니까."

더 이상 얘기를 꺼낼 수가 없을 만큼 차갑게 그녀는 쏘아붙였다.

기온이 갑자기 떨어지는 것 같았다. 대기에는 매연과 습기가 가득했다. 준성은 가능한 한 멀쩡한 얼굴로 와인 한잔 더 하겠느냐고 물었다. 그는 진이가 와인바를 좋아한다는 것을 알고 있었다. 그녀는 풀오버 안에 목을 파묻고 종종걸음으로 골목으로 뛰어들었다. 피곤해. 그냥 가요.

명선아파트 앞에서 그들은 시커먼 고양이와 마주쳤다. 그놈은 마치 그들을 잘 안다는 듯 꼼짝 않고 앉아서 냉정히 그들을 쳐다보았다. 진이가 문득 말했다. 고양이 기르고 싶어. 가로등이 그녀의 그림자를 문질러 얼어붙은 땅바닥에 떨어뜨렸다.

진이가 휴대전화를 꺼내 귀로 가져갔다. 휴대전화 고리에서 반짝 작은 거울이 빛났다. 손톱만 한 액자 속에 손톱만 한 거울이 들어 있는 장식이 그 고리에 달려 대롱거리며 반짝, 가로등 빛을 반사했다. 네, 내일요? 몇 시요? 그녀의 걸음이 준성을 의식하여 분주히 밀어졌다. 그는 걸음을 충분히 느리게 하여 그 뒤를 쫓았다. 내일의 약속, 내일의 모욕, 그리고 내일의 눈물을 그녀는 약속하고 있었다. 어쩌면 내일의 부채도. 그것을 준성은 무력하게 지켜보고 있었다. 그럼요. 좋지요, 뭐. 그녀가 모퉁이를 돌아 보이지 않게 되었다. 깔깔, 그녀의 웃음

소리가 모퉁이를 넘어 준성에게 건너왔다.

갑자기 준성은 다 내던지고 도망을 가버리고 싶은 충동에 사로잡혔다. 그는 맞서고 싶지 않았다. 그가 맞서야 할 괴물이 무엇인지 그는 짐작하고 있었다. 이겨낼 수 있을 리 없었다. 마술은 있으나 그것을 풀어낼 주문은 없었다. 열려라 깨, 라는 주문이 통하지 않는 동굴에 갇힌 셈이었다.

그는 괴물과 마주치지 않고 사는 방법을 터득했다고 생각했다. 그런데 진이는 그를 가차 없이 괴물의 면전으로 끌어가고 있었다.

17

잠에서 깨어난 준성은 무심코 옆자리를 더듬었다. 진이가 누워 있어야 할 자리가 비어 있었다. 저 쏴아, 하는 소리는 바람 소리인가. 옆에 진이가 없다는 것을 날카롭게 의식하면서도 몽롱한 잠결에서 깨어나는 데에는 다소 시간이 걸렸다. 어둠에 눈이 익숙해지면서 그는 전등을 켜지 않고도 침대에서 일어나 마루로 나설 수 있었다. 화장실의 전등은 꺼져 있었다. 거실도 어둠에 잠겨 있었다. 그러나 진이가 창가에 쪼그리고 앉아 있는 것이 보였다. 벽시계가 세시를 쳤다.

눈이 쏟아지고 있었다. 눈송이는 아득한 허공을 날아와 유리창에 부딪고 다시 허공으로 날아올랐다. 거울들, 수많은 거울들이 밖에서 희미하게 스며드는 빛과 어둠을 이쪽저쪽으로 들쭉날쭉 반사했다.

잠시 그는 만화경 속에 들어와 있는 것 같은 기분이었다. 그 만화경 속 한 귀퉁이에 창문이 보였고, 창문이 반쯤 열려 있는 것이 보였다. 찬바람이 거칠게 밀려들었으나 시원했다. 준성은 진이 옆에 다가가 앉았다. 이 밤에, 언제부터 깨어나 있었을까? 그녀는 조금 전, 이라고 말했다. 그녀가 두 팔을 벌렸다. 이제 화해를 할 차례였다. 준성은 그녀를 마주 안았다. 아직 잠에서 덜 깬 살냄새가 달콤했다. 미안해. 그녀가 말했다. 뭐가? 아까. 함부로 굴어서. 준성은 콧소리로 흠, 하고 웃었다. 그녀가 소주잔을 들어 입으로 가져갔다. 안주도 없이? 그녀는 물잔을 들어 한 모금 마셨다.

"저 건물, 아까부터 날 쳐다보고 있어."

그녀는 맞은편 명선아파트 골조 덩어리를 가리켰다. 준성은 놀라지 않았다. 그 역시 그렇게 생각한 적이 있었다. 혼자, 밤에, 술 마실 때, 혹은 술 취하여 집에 돌아와 창밖을 내다보면 그것은 두 건물 사이의 텅 빈 허공을 건너오기라도 할 듯 이쪽으로 몸뚱이를 기울이고 집 안을 들여다보았다. 수많은 눈들이 다 이곳을 들여다보는 것처럼 여겨졌다.

준성은 안다. 이곳에 쪼그리고 앉아 술을 마시며 날밤을 새운 날들이 하루 이틀이던가. 저 내부가 텅 빈 건물은 어둠 속에 비바람 속에 우두커니 서서 그를 쳐다보는 것만으로도 그를 위로했다. 이제 그 위로는 준성에게 필요치 않았다. 이제 진이에게 그것이 필요해진 것일까.

잠이 안 와. 그녀가 머리를 흔들어댔다. 눈송이가 굵어지고 바람은 거칠어졌다. 나무들이 온몸을 뒤흔들며 바람에 저항했다. 창문이 덜컹거리고 눈송이가 깨뜨릴 듯 유리창으로 덤벼들었다. 우우, 조금 열린 창틈으로 바람 소리가 소란스러웠다. 준성은 그녀의 뺨을, 목을, 눈을 쓰다듬었다. 그녀가 물었다. 나 미워? 아니라고 그는 대답했다. 아까 나 미워했잖아. 아니라고 그는 거듭 말했다. 정말? 준성은 그녀의 따뜻한 숨소리를 들으면 자신이 한없이 착해지는 것 같았다. 누구라도 무엇이라도 용서할 수 있을 것 같았고, 대책 없이 너그러워지는 것 같았다. 지금도 그랬다. 그는 언제나 그럴 수 있다는 듯 말했다. 나에게 무슨 말을 해도 좋아. 무슨 짓을 해도 좋아. 상관없어. 어떻게 내가 진이를 미워할 수 있겠어? 그런 일은 벌어지지 않을 거야. 진이가 훌쩍이기 시작했으므로 그는 얼른 말을 그쳤다. 진이가 말했다. 그 말, 다시 해줘. 듣고 싶어. 그녀는 준성의 품 안으로 몸을 던졌다. 난 어떤 일이 벌어져도 널 미워할 수 없을 거야. 걱정하지 마. 아무리 슬프고 화가 나고 고통스럽다 할지라도 진이를 미워하는 일 같은 것은 없을 거야.

눈은 끈질기게 쏟아졌다. 끈질기게 진이는 소주를 마셨다. 그녀는 천천히 취해갔고 눈보라와 오늘 벌어진 일들과 얼마 전 벌어진 일들이 준 고통과 충격과 슬픔에 빠져들었다. 우린 헤어지게 될 거야. 당신이 날 지겨워하게 될 거야. 그녀는 말했다. 준성은 부정했다. 그가 내미는 손을 진이는 뿌리쳤다. 난 모자라는 게 너무 많아. 어느 날 조용히 내가 사라져버리기를 당신은 바라지? 그렇게 될 거라고 생각하지, 해커 아저씨? 그녀는 때로 잔인했다. 사랑을 확인하기 위하여 그녀는 가혹한 질문을 던지기를 주저하지 않았다. 준성은 그렇지 않다고 말하며 또 손을 내밀었으나 그녀는 이번에도 뿌리쳤다. 그렇게 될 거야.

준성은 들어가서 자자고 권했다. 술 남았어. 진이는 움직이지 않았다. 취해가면서 그녀는 말이 많아졌다. 잠 안 와. 왜 자야 하는데? 자고 싶음 혼자 들어가서 자. 당신 언젠가 그랬잖아. 일찍 자고 일찍 일어나는 식으로 생활하지 않는 것이 당신 같은 사람들 특권이라고. 자고 싶을 땐 이틀이라도 자고, 마시고 싶을 땐 아침이건 낮이건 가리지 않고 마시고. 그게 이놈의 세상에서 탈출하는 방법 중 하나라면서? 그러니까 진이는 지금 세상 질서에서 탈출하는 중인가? 진이는 음, 하고 대답했다. 같이 탈출하기를 바라는가? 진이는 마음대로, 하고 말했다. 준성은 그녀 옆에 앉았다. 좋아. 그는 소주잔을 가득 채워 입 안에 털어 넣었다. 쓰고 화끈했다. 빈속에 식도를 타고 흘러내리는 액체가 고스란히 느껴졌다. 부르르, 몸서리를 치고 그는 물을 한 모금 마셨다.

"거봐. 난 좋은 여자가 아니잖아."

진이가 말했다. 그게 무슨 소린가?

"꼭두새벽부터 당신 술 마시게 만들잖아."

준성은 어이가 없었다. 별난 생각을 다 하네. 꼭두새벽이건 뭐건 신경 안 쓰는 게 나 같은 날건달의 특권이라니까. 시간 속에 질서가 있고 그 질서 속에 이놈의 세상의 이데올로기도 강제도 다 들어 있어. 그가 말했으나 그녀는 또다시 혼자 비애에 젖어들었다. 난 이렇게 늙고 말 거야. 암것도 못하고. 봐, 여기 주름 생긴 거. 그녀가 눈가를, 입 주위를 가리켰다. 준성은 거기 입술을 가져갔다.

잠시 그들은 거침없이 쏟아지는 눈을 내다보고 앉아 있었다. 번쩍 번개가 내리꽂히고 집 안의 모든 거울들이 번개를 반사하여 거실 안이 푸른빛의 조각들로 잠시 술렁거리고, 진이의 눈에서도 잠시 푸른 빛이 번득이고, 우레 소리가 우르르, 밀려들고, 눈보라는 더욱 거칠게 휘몰아쳤다.

진이는 갑자기 아, 그 재수 없는 기집애들, 하고 중얼거렸다. 누구? 내가 훨씬 더 예쁜데. 그 기집애들은 뭐든 다 하고 있고 뭐든 다 가지고 있어. 다 꾸민 것뿐인데, 그 기집애들은. 난 하나도 꾸민 게 없는데. 그런데 사람들은 그 기집애들이 더 예쁘다는 거야. 억울해서 못 살겠어. 눈뜬장님들이야, 남자들은. 그 기집애들, 척 보니까 벌써 눈 코 입 턱, 다 만든 거던데. 한 기집애는 가슴까지 만든 게 분명하고.

준성은 그런 얘기가 두려웠다. 이런 얘기 끝에 진이는 울음을 내놓기 일쑤였다.

어때? 나 어디 손질해야 할 것 같아? 그 기집애들 예쁘지도 않은 것들이 잘난 척하는 꼴 정말 봐주기 힘들어. 난 어딜 손질해야 하지? 응? 준성은 그럴 필요 없다고 말해주었다. 정말이지? 나 이대로 예쁘지? 아아, 근데 왜 그 기집애들은 다 가진 걸 난 못 가지는 거지? 그 기집애들 다 하는 걸 왜 난 못 하는 거야? 음? 뭐가 잘못된 거야? 응? 내가 뭐 잘못됐어? 그녀는 눈물을 흘리기 시작했다.

준성은 오래전부터 언젠가는 한번 해야 하리라고 마음먹고 있었던 얘기를 꺼냈다.

"왜 오디션 같은 건 볼 생각 않는 거야?"

그녀는 대답하지 않았다.

"어째서 꼭 아는 사람을 통해, 유명한 감독을 통해 단번에 모든 것을 이루어내려는 거야? 멀리 보고, 차근차근 과정을 밟아가면 안 되는 거야?"

준성이 보기에는 그녀가 자청하여 이 온갖 치욕 속에 뒹구는 까닭은 바로 그것, 한꺼번에 정상에 오르겠다는 욕심 때문이었다.

"그러다 늙어 죽겠다."

"홍정우가 작품 때문에 오디션 한다던데."

"당신 시나리오? 다 썼어?"

다 쓰기는. 봄쯤 홍정우 자신이 쓴 시나리오로 촬영에 들어갈 예정이었다. 진이는 다소 기대에 차서 물었다. 나, 써준대? 정우는 그런 말 한 적이 없었다. 준성이 부탁을 한 적도 없었다. 진이가 기대하는 그런 식의 부탁이 통할 리도 없었다. 진이는 고개를 저었다. 그렇겐 안 돼. 너무…… 멀어. 난 숨이 차, 벌써. 난 항상 숨이 가빠. 후우, 후우, 때로는 숨을 제대로 쉴 수가 없어. 그녀의 가슴속에는 크고 무거운 불안감이 자리 잡고 있었고, 그 시한폭탄 같은 불안감이 째깍거리는 소리는 잠시도 멎지 않았다. 난 말야, 준성 씨……. 그녀는 머뭇거렸다.

"준성 씨, 날 안다고 생각해?"

"진이가 말해준 만큼은. 진이가 표현하는 만큼은. 그보다 약간 더.

내 추리력과 상상력을 동원하여."

"내가 얼마나 먼 길을 걸어왔는지 알아?"

"짐작만."

"우린 너무나 다른 것 같아. 그 때문에 난 가끔 의심스러워져. 절망하기도 하고."

그녀는 무엇이 의심스러운지 말하지 않았으나 준성은 짐작했다.

"진이가 모르는 거야. 우린 뜻밖에 참 많이 비슷해."

진이는 그를 돌아보며 정말 그렇게 생각하느냐고 물었다.

"우린 둘 다 날건달이잖아."

준성은 웃었다. 진이는 웃지 않았다. 준성은 농담만이 아니었으나 진이는 농담일 뿐이라고 생각하는 것 같았다. 춤추자, 하고 진이가 일어나서 두 손을 내밀었다. 준성은 춤을 출 줄 몰랐다. 그러나 어떠랴. 경우에 따라서는 서로 붙안고 박자에 따라 음악에 따라 기분에 따라 흐느적이면 그것으로 족할 수도 있을 것이다.

진이가 오디오를 켜고 단추를 이리저리 돌렸다. 트럼펫이 흘러나왔다. 아, 이게 블루스라는 건가. 준성은 진이에게 몸을 맡기고 그녀가 이끄는 대로 흐느적이며 따라다녔다. 그녀의 따뜻한 몸을 안고 흐느적이는 것은 전혀 나쁜 기분이 아니었다. 흐뭇하고 육감적이었다. 점점 더 그는 힘을 주어 진이를 끌어안았다. 그녀는 준성을 밀어냈다. 살이 뜨거워지고 움직임은 느려졌다. 그러나 진이는 그를 다시 밀어냈다.

"당신이 궁금해하는 거 얘기해줄게, 해커. 다 듣고 나서 날 버려도

좋아. 나…… 난 고향으로 내려가 버릴까? 그게 나을 것 같아. 여기
선…… 더 이상 견디지 못할 것 같아. 내가 말라비틀어진 무말랭이가
되어버리는 것 같아."

준성이 놀라 멈춰 서자 진이는 그를 다시 춤으로 이끌었다.

"나, 부산에 갔다 온 거 아니야."

준성은 기다렸다. 최악의 짐작이 맞아들어 가는 것일까. 그는 불안
했다. 진이는 여전히 박자에 따라 그를 앞으로 뒤로 이끌었고 준성은
조금씩 어지럼증을 느꼈다. 그녀의 얘기를 듣기가 두려웠다.

"아버지한테 갔다 왔어."

아버지? 그녀가 가족 얘기를 하는 것은 처음이었다. 준성이 물었
다. 부산에 간다고 할 때마다 늘 아버지에게 다녀온 것인가? 그랬다.
아버지는 어디에 계시는가? 청송에. 청송? 청송이라고 하면 준성에
게 제일 먼저 떠오르는 것은 교도소였다. 전두환 장군이 피칠갑을 하
고서 장악한 정권을 유지하기 위해 만든 시설 가운데 하나, 산골짜기
깊은 곳에 세운 철갑을 두른 교도소라는 곳, 지금은 최악의 범죄자들
을 수용하는 시설이 되었다는 소문을 들은 기억이 났다.

"거기 양로원이 있어. 요양원이기도 하고."

준성은 교도소가 아니라는 것에 한숨을 놓았다. 어째서 진이는 그
런 사실을 감춰야 했을까?

"고등학교를 졸업한 그해에 아버지한테서 도망쳐서 서울로 왔어.
내가 서울로 온 지 몇 달 뒤에 아버진 그 양로원에 들어갔고."

아버지는, 하고 말하다 말고 그녀는 갑자기 준성의 손을 놓고 창

쪽으로 돌아섰다. 그녀의 뺨에서 돌연 굵은 눈물이 주르르 흘러내리는 것을 준성은 보았다. 그 눈물은 그의 마음속으로 무겁게 그리고 깊게, 오래오래 떨어져 내렸다. 그 파문을 따라 그의 마음속에도 슬픔이 미열처럼 온몸으로 나른하게 퍼져 나갔다.

18

진이는 어릴 때 어머니를 잃었다. 어머니에 대한 그녀의 기억은 머리에 수건을 쓰고 뭔가를 꿰매는 모습이다. 그 외에는 별로 기억이 나는 것이 없다. 어머니는 늘 뭔가를 꿰매고 있었다. 양말이라거나 옷, 이불 그런 것들. 어머니가 암으로 갑자기 죽었을 때 진이는 여섯 살, 아직 초등학교에 입학하기도 전이었다. 진이의 언니 서영은 초등학교 3학년이었다.

그들의 아버지 오태수는 서면에서 노점을 하여 식구를 먹여 살렸다. 철 따라 딸기와 토마토에서부터 복숭아, 사과, 포도, 배 따위를 팔았다. 평생 노점을 하여 그는 딸자식 둘을 고등학교까지 공부시켰다. 그러나 그의 운은 거기까지였다. 진이가 고등학교 3학년이 되던 해 여름, 도시 기초질서 확립이라는 기치를 내건 시청에서 대대적으로 노점들을 철거하기 시작했다. 태수는 별로 놀라지 않았다. 한두 번 단속하다가 며칠 지나면 흐지부지하는 것이 그놈의 노점 단속이라는 것을 그는 알고 있었다. 그러나 이번에는 흐지부지할 기미가 보이지 않았다. 매일 구청 단속 차량과 경찰이 번갈아 출동했다. 수레를 끌어가고 벌금 고지서가 나오고 경찰 수사과에서 소환장이 날아들었다. 가스통을 내놓고 저항하던 옆 가게 장 씨가 경찰에 구속되는 것을 보고 태수는 이번엔 그냥 넘어가기 힘들겠다는 것을 느꼈다.

그 거리 일대의 노점이 모조리 철거되고, 곳곳에 '노점상 금지 구역'이라는 표지판이 설치되었다. 시청에게는 수백 개 노점 가운데 하나, 치워야 할 쓰레기에 다름없었을지 모르나, 태수에게는 이십 년 일터였다. 시장 언저리에 납작한 일이층 건물뿐, 띄엄띄엄 차들이 오가던 시절부터 태수네 가족의 생계였다.

처음 먹고살 길 막막하여 아내와 함께 리어카 하나 장만하여 시장 귀퉁이에 나섰을 때부터 근처에 가게 하나 마련하는 것이 부부의 꿈이었다. 딸 둘을 낳고 아내는 덜컥 간암에 걸려 세상을 떠났다. 그 후로 서영과 서진 남매를 혼자 키우느라 정신없이 살았다. 돈을 웬만큼 모아 가게 자리를 알아보았다. 한두 해 더 돈을 모으면 될 것 같았다. 한두 해 악착같이 돈을 모아 다시 알아보았다. 가게 보증금은 저만큼 달아나 있었다. 한두 해가 아니라 서너 해를 더 모아야 할 것 같았다. 서너 해 뒤에 또 알아보니 가게 보증금은 더 멀리 달아나 있었다. 그의 마라톤에는 끝이 없었다. 왜냐하면 결승점이 자꾸만 멀리 달아나니까.

그사이 허허벌판이나 다름없던 시장 귀퉁이에는 높직한 건물들이 들어서고 건물마다 온갖 상점들이 자리 잡았으며, 그의 리어카는 시장 거리에서 점점 더 멀리 밀려났다. 상점 주인들은 앞에 노점이 서 있는 꼴을 보려 하지 않았으니까.

　노점들이 철거된 후 그 길목 모퉁이에 대형 마트가 문을 열었다. 개업기념 행사를 한다고 천 조각으로 젖통과 엉덩이만 가린 새파란 젊은 여자애들이 길바닥에 나서서 춤을 추고 노래를 부르고 단돈 천 원, 하고 부르짖기를 며칠을 계속했고, 그곳에서 뭘 나눠주는지는 모르지만, 부산 시내 사람들이 떼로 몰려들어 한 보따리씩 두 보따리씩 물건들을 싸 짊어지고 손수레로 차로 실어 날랐다.

　도대체 무엇들을 팔기에 저 많은 사람들이 끊임없이 드나들고 끊임없이 실어 날라도 끊임없이 물건들이 생겨나는 것일까. 태수는 진정 알 수가 없어 대형 마트 안으로 들어가 구경을 해보기로 했다. 사과를 한 보따리 포장해놓고 '3,980'원에 팔았다. 이것이 뭔 일일까. 태수로서는 도저히 엄두를 낼 수가 없는 가격이었다. 딸기를 냉동시켜 두꺼운 비닐로 포장을 해놓고 3킬로그램에 '7,980'원에 팔았다. 태수가 도매상에서 사오는 가격의 반이었다. 더구나 냉동까지 시켰다. 경쟁은 애초부터 불가능했다. 도대체 누가 어디에서 이렇게 싼 물건을 파는 것인가? 그는 냉동 딸기 포장을 이리저리 훑어보았다. 거기, '원산지 : 베트남'이라고 쓰인 쪽지가 붙어 있었다. 뭐라? 베트남이라니? 옛날 국군이 파병되어 베트콩과 전투를 벌였던 저 베트남? 그 머나먼 곳에서, 이 딸기가, 바다를 건너 날아왔단 말인가? 그는 진정 믿을 수가 없었다. 어째서 그래야 하는 것인가? 그 뱃삯에 비행기 삯에…… 그런데도 이렇게 싸단 말인가? 그는 이해가 되지 않았다.

그는 사천 원을 냈다. 판매원이 이십 원을 거슬러줬다. 그는 한 손에는 사과를 쥐고, 다른 한 손에는 그 동전을 쥐고 매장을 나왔다. 그 동전을 주물럭거리며 그는 걷기 시작했다. 이 이십 원의 의미가 무엇인지, 그는 알고 싶었다. 왜 그들은 4000이라고 쓰면 되는 것을 굳이 3980이라 썼을까. 동전 거슬러주지 않아도 될 것을 왜 거슬러주는 것일까. 알 수 없는 일들이었다. 아무리 생각해봐도 알 수 없었다. 그는 이십 원, 아무리 가난하다 해도, 없어도 살았다. 손님 한 사람 앞에 이십 원이라면 손님이 천 사람이면 이만 원이었다. 그걸 왜 굳이, 3980이라 쓰고, 이십 원을 거슬러주는 수고를 하는 것인가?

태수는 무릎이 꺾이는 것을 느꼈다. 그가 모르는 사이 세상이 바뀌었다. 장사도 바뀌고 사람도 바뀌었다. 그가 바퀴 두 개 달린 작은 리어카 하나 놓고 그 위에 딸기나 사과를 늘어놓고 손님들 쳐다보고 사는 사이, 딸년 둘이 번갈아 고등학교를 들어가고 졸업하는 사이, 세상이 바뀌었다. 그로서는 결코 짐작도 할 수 없는 규모로, 꿈도 꿀 수 없는 꼴로 세상이 변했다. 베트남에서 온 딸기라니! 칠레, 아이고, 칠레가 도대체 이놈의 세상 어디에 붙어 있는 곳일까?

한동안 태수는 여기저기 장사를 할 만한 다른 자리를 알아보러 다녔다. 노점 철거는 시 전역에서 벌어지고 있었고, 그리하여 수레 세울 자리 하나 찾기가 하늘의 별 따기였다. 자리를 마련한다 해도 철거반이 언제 들이닥칠지 불안하기 짝이 없었다. 그는 다시 가게 자리를 찾아보았다. 혼자 힘으로는 불가능했다. 그리하여 길모퉁이에 그와 나란히 수레를 놓고 땅콩을 팔던 천 씨와 함께 가게를 알아보기로 했다.

가게 자리 함께 얻어, 평생 하던 대로 태수는 과일을 팔고, 천 씨는 쥐 포나 땅콩을 팔면 될 것 같았다. 보증금은 천 씨가 삼분의 이를, 태수 가 나머지를 대기로 했다. 우체국 앞에 그를 세워놓고 가게 주인 모셔 오겠다고 떠난 천 씨는 종내 돌아오지 않았다. 갔다 올게, 하고 그를 돌아보던 천 씨의 눈이 자꾸 생각났다. 그 번들거리던, 눈 귀퉁이가 짓무른, 어딘지 슬프고 애처로운 그 눈. 꾀를 내느라, 태수를 속이느 라, 발각이 날까 봐 두려워 애를 태우던 그 눈. 그에게 삼천만 원의 돈 을 맡긴 지 나흘 만의 일이었다.

그 뒤로도 태수는 취직이라도 하기 위해 숨이 턱에 닿도록 여기저 기 쫓아다녔다. 아파트 경비라거나 시장 경비라거나……. 그러나 그 런 일자리도 만만치 않았다. 경험이 없다는 것이 가장 중대한 결격 사 유였다. 그렇다면 노점 경력의 그를 써줄 수 있는 데는 도대체 어디일 까? 아마도 그가 과일을 팔던 자리에 괴물의 자지처럼 거창하게 곤 두선 대형 마트 같은 데에서 써줘야 할 것 같았다. 그러나 그런 곳에 서는 태수 따위를 거들떠보지도 않았다.

천 씨를 찾아 헤매고 다니다 집으로 돌아오는 길에 그는 문득 갈증 을 느꼈다. 술 생각이 났다. 그는 골목 저편 구멍가게를 향해 걸어가 다가 아니지, 하고 돌아섰다. 그놈의 대형 마트에 한번 가보자는 생각 이 들어서였다. 한참을 걸어야 하는 거리였으나 그는 굳이 대형 마트 를 찾아갔다. 소주는 구멍가게에서 파는 가격보다 한 병에 78원이 더 쌌다. '특별행사 기간', '1+1'이라는 쪽지가 붙어 있었다. 두 병을 사 면 163원이 더 쌌다. 그는 당연히 '1+1'을 사 들었다.

물건들이 잔뜩 쌓인 수레를 이리저리 밀고 다니는 손님들 사이를 뚫고 계산대를 빠져나오면서 그는 깨달았다. 만일 시청이 노점을 철거하지 않았다 할지라도 그는 장사를 계속할 수 없었을 것이다.

집은 텅 비어 있었다. 큰년은 편의점에 아르바이트하러 갔을 것이요, 작은년은 아직 학교에서 돌아오지 않은 것 같았다. 그는 혼자 방바닥에 주저앉아 '1+1' 소주를 퍼마시기 시작했다.

그 자리에 고스란히 앉은 채 한 달 동안 소주를 퍼마셨다. 두 달 동안 퍼마셨다. 석 달을 퍼마셨다. 처음 한 달 사이에는 가끔 동네 구멍가게에 드나들었다. 소주를 사기 위해서였다. 두 달째부터 그는 구멍가게에도 나가지 않았다. 아예 아무 데도 나가지를 않았다. 딸년들에게 소주 심부름을 시켰다. 넉 달을 퍼마셨다. 생계는 어느새 조용히 큰딸 서영이의 몫으로 넘어가 있었다. 그녀가 편의점에서 벌어 오는 몇 푼의 돈, 그리고 동사무소에서 나오는 몇 푼, 그것을 가지고 서영은 알뜰살뜰 큰 구멍 나지 않게 살림을 감당했다. 영이야, 하고 태수가 부르면 얼른 뛰어나가 소주를 사 왔다. 다섯 달을 퍼마시고 여섯 달을 퍼마셨다.

술 좀 고만 마셔요. 서영이 만류하면 물끄러미 앉아 있다가 이년들이, 하고 소리치며 밥상을 뒤엎거나 주먹으로 유리창을 깨뜨려 피칠갑을 했다. 밥통을 걷어차고 머리로 벽을 들이받았다. 술에서 깨어날 겨를이 없이 명정(酩酊)의 지경에서 헤매었으므로 그는 대부분 자신이 무슨 짓을 했는지 기억하지 못했다. 가끔 아주 짤막한 순간 무슨 그림처럼, 또는 영화의 한 장면처럼 자신이 한 짓들이 기억날 때도 있었으나, 그때마다 후회로 가슴이 아팠으나, 그런 순간은 곧 지나가고, 지나가면 잊혀졌으며, 다시 갈증이 목구멍을 찢으며 덤벼들었고, 그러면 그는 다시 술을 찾았다.

잠에서 깨어나 보니, 아내가 보이지 않았다. 진이가 머리칼에서 물을 뚝뚝 떨어뜨리며 화장실에서 나오는 것이 보였다. 저년이 작은 년인가? 언제 저렇게 커버렸을까. 그는 진이에게 물었다. 니 에미 어디 갔냐? 진이는 놀라 우뚝 멈춰 서서 아버지를 쳐다보았다. 영이가 방에서 나왔다. 그는 다시 물었다. 니 에미 어디 갔어? 영이는 갑자기 울기 시작했다. 이년이 왜 이래? 니 에미 어디 갔냐고? 영이는 말했다. 죽었어요. 엄마는 죽었다구요. 갑자기 태수는 그녀가 죽던 날이 떠올랐다. 그의 몸속에서 통곡이 쏟아져 나왔다.

진이 자매에게 그가 나쁜 아버지였던가? 그렇지 않았다. 무뚝뚝하기는 했으나 결코 나쁜 아비라고 할 수는 없었다. 딸들이 귀엽게 굴면 아 이년 봐라, 하고 얼굴을 구기며 웃던 아버지였다. 비록 풍족했다 할 수는 없으나 그럭저럭 세 식구 살림살이를 묵묵히 뒷받침해주었다. 그런 아버지가 술병을 끼고 산 지 몇 달 사이에 무참히 망가지고 말았다. 가장 큰 변화는 그의 얼굴에 나타났다. 얼굴이 반쪽이 되었다. 뼈와 껍질만 남았다. 눈이 초점이 없이 퀭해지고 눈 언저리가 깊게 파였다. 낮과 밤 따위 시간 구분이 없어졌다. 낮에 자고 밤에 일어나 술을 퍼마시는가 하면 한밤에 갑자기 일어나 청소를 하고 밥을 지었다.

그해 겨울, 서영은 자다 말고 뭔가 불편한 기분에 잠에서 깨어났다. 태수가 그녀의 곁에 누워 있었다. 깜짝 놀라 그녀는 벌떡 일어나 앉았다. 코 고는 소리가 고장 난 모터 돌아가는 소리처럼 요란했고, 술 냄새가 코를 찔렀다. 태수는 서영 옆에 온몸을 새우처럼 구부리고 누워 있었다. 언제 아버지가 여기 들어온 것일까? 아버지, 아버지. 그녀가 불렀으나 태수는 꿈쩍도 하지 않았다. 그녀는 태수를 마구 흔들어댔다. 그가 한쪽 눈만을 가까스로 조금 뜨고 고개를 들어 그녀를 쳐다보았다. 영이 엄마, 왜 안 자? 그는 천연덕스레 묻고는 다시 고개를 이부자리에 처박았다. 서영은 기겁을 했다.

연립주택 반지하 셋집이기는 했으나 방은 두 칸이 있었다. 한 칸은 태수가 쓰고, 한 칸은 진이 자매가 썼다. 진이는 그날 저녁 친구 집에서 자고 오겠다 하고 나갔다. 그러니까 집 안에는 서영과 태수 둘뿐이었다. 무섬증에 사로잡힌 서영은 황급히 일어나 방에서 나왔다. 태수는 다시 잠에 곯아떨어졌다.

서영은 마루에 나와 앉아 밤을 꼬박 새웠다. 이틀 뒤 그녀는 진이를 집 밖으로 불러내어 말했다. 난 집을 나가야 해. 진이는 왜냐고 물었으나 서영은 대답을 하지 않았다. 집을 나가야 한다는 말을 반복할 뿐이었다. 나 혼자 아버지를 어떻게 해? 진이가 항변했으나 서영은 요지부동이었다. 어디 가서 살 건데? 서영은 고시원에 방을 하나 마련했다고 대답했다. 그녀는 조심스럽게 물었다. 너도 같이 갈래? 진이는 어이가 없었다. 아버지는 어떻게 하고?

"아버지는…… 아버지는……."

서영은 무슨 말인가를 할 듯하다가 그만두었다. 눈물을 흘리며 그

녀는 잠시만 참으라고, 방을 하나 구하여 같이 살 수 있도록 애써보겠
다고 말했다. 진이는 무슨 영문인지 알 수가 없었다. 언니가 야속할
따름이었다.

태수는 여전히 온종일 소주를 퍼마셨다. 서영이 어디 갔는지 묻지
도 않았다. 그녀가 사라진 것을 알지도 못하는 것 같았다. 진이가 학
교 수업을 마치고 집으로 돌아가면 그는 소주병을 끼고 우두커니 앉
아 있다가 밑도 끝도 없이 물었다. 니 에미는 어디 갔냐? 서영이 에
미 어디 갔어? 그는 결코 서영에 대해서는 묻지 않았다.

겨울방학이었다. 진이는 방학이 시작되자마자 아르바이트를 두 군
데 구했다. 편의점, 그리고 커피전문점이었다. 일을 마치고 귀가하면
자정이었다. 피곤하기는 했으나 집에 남아 있는 시간을 줄일 수 있어
서 좋았다. 이월이면 졸업장을 받게 될 예정이었다. 여기저기 이력서
를 보내는 중이었다. 담임선생님도 일자리를 알아봐 주겠다고 약속
했다. 취직이 되기만 하면 모델 에이전시에 등록하고 본격적으로 일
을 찾아 나설 생각이었다. 결국은 서울로 가야 할 테지만 그러기 위해
서는 일단 돈을 모아야 했다. 모델 에이전시에 등록할 최소한의 돈도,
서울로 가기 위해 필요한 최소한의 돈도 그녀에게는 아직 없었다.

서영에게 손을 내밀 수도 없었다. 그녀가 사는 고시원에 가본 진이
는 딱 기가 질렸다. 다닥다닥 붙은 문과 방들, 옆방의 숨 쉬는 소리까
지 고스란히 넘어오는 그 좁고 옹색한 방, 숨이 막히는 공간, 거기 사
는 언니에게 돈을 내놓으라 하는 것은 잔인한 짓이었다. 그렇다 하여
아버지에게? 그는 근래 전세 보증금을 헐어 소주를 마시는 중이었다.

내가 벌면 된다, 하고 진이는 생각했다. 몇 푼만 있으면 된다. 몇 푼만. 두 군데 세 군데 아르바이트를 하며 몇 달만 모으면 될 것 같았다.

그날 진이는 태수가 전화 통화를 하는 소리를 우연히 듣게 되었다. 얼마라꼬? 이런 제미럴. 말이 어제 다르고 오늘 다르믄 뭘 믿나? 사람 우습게 보고 덤빌 기가? 내가 서면 길바닥서 노점으로만 이삼십 년을 굴러먹은 놈이다. 이백만 원은 확실하나? 처음엔 사백만 원이라고 하지 않았나? 다방이라고? 아, 고등학교는 졸업했제. 그놈의 데가 뭐, 졸업증명서라도 떼어다 줘야 하는 것도 아닐 거고. 봉급은 얼마나 준다 하드나? 뭐? 그것도 또 말이 달라지네. 진이는 처음에는 아버지가 어딘가 취직을 하기로 한 것일까, 생각했다. 그러나 대화의 내용이 어딘가 수상쩍었다. 다방이니 봉급이니 하는 말이 나오면서 진이는 온몸이 귀가 되어 그의 통화에 귀를 기울였다. 들으면 들을수록 온몸이 부들부들 떨려왔다. 태수는 음성을 낮추거나 조심하려는 기미조차 없었다. 진이는 믿을 수가 없었다. 자신이 상상하는 바로 그런 일일 거라고는 차마 믿고 싶지가 않았다. 그러나 무섭고 소름 끼쳤다.

문득 며칠 전의 일이 생각났다. 샤워를 마치고 옷을 갈아입던 진이는 기이한 느낌 때문에 돌아섰다. 문틈으로 태수가 그녀의 벗은 몸을 쳐다보고 있었다. 술에 젖은 눈, 비쩍 마른 낯에 듬성듬성 자라난 수염, 곧 얼굴에서 분리될 듯 맥없이 열린 턱, 반쯤 넋이 나간 멍한 표정으로 물끄러미 딸을 쳐다보던 그는 진이가 비명을 꽥 지르는데도 전혀 듣지 못하는 것 같았다. 그저 천천히 돌아설 따름이었다.

그것은 딸을 바라보는 눈이 아니었다. 살아 있는 존재를 대하는 눈이 아니었다. 진이는 소름이 끼쳤다. 그 눈이 드러내는 철저한 거리, 아버지의 눈에서 느껴진 무심함 때문이었다. 사람이 아니라 짐승의 눈 같았다. 자신이 무엇을 보고 있는지조차 의식하지 못하는 것 같았다.

아버지의 통화가 끝난 뒤에도 진이는 방 안에서 숨을 죽이고 부들부들 떨었다. 무슨 일이 벌어지려는 것인가. 아버지가 나에게 무슨 짓을 하려는 것인가.

서진아, 소주 한 병 가져와라. 마루에서 그가 소리쳤다. 진이는 소주가 떨어졌다는 핑계로 집을 나섰다. 소주를 사다 줘야 하는 것일까. 그녀는 언니에게 전화를 했다. 서영은 그녀의 얘기를 미처 다 듣기도 전에 성급히 말했다. 여기로 와, 서진아. 집에 들어가면 안 돼.

보증금 없이 월세로만 십오만 원. 바로 그날 진이는 서영이 사는 고시원 같은 층에 방을 얻었다. 짐은 다음 날 서영이와 같이 찾아가 가져왔다. 태수는 두 딸을 보고서도 오직 덤덤할 뿐이었다. 그저 한번 쳐다보고는 고개를 꺾어 술병을 집어 들었다. 어디 갔다 왔는지 어디에서 잤는지 궁금하지도 않은 것 같았다. 이미 아무것도 기억하지 못하는 것 같았다. 짐을 나눠 들고 골목을 걸어 내려오다가 진이는 발을 멈췄다. 왜 그러느냐고 서영이 물었다.

"아버지, 저렇게 술만 마시다가 죽어버리면……."

서영은 아우의 등을 떠밀었다.

"우선 니가 살아야 해. 우선 우리가 살아야 해. 거기 있다가는 아무도 못 살아남아."

고시원 생활 다섯 달 만에 진이는 서울로 올라왔다. 한동안 부산에는 소식조차 전하지 않았다. 서울살이가 정신없이 바쁘기도 했고 부산이, 그곳의 삶과 사람들이 두렵기도 했다. 서영 역시 진이에게 소식을 전하지 않았다. 진이는 언니의 마음을 알 것도 같고 모를 것도 같았다.

한두 해가 지난 뒤에야 그녀는 두려움을 무릅쓰고 부산에 내려갔고, 그제야 서영의 자취가 감쪽같이 사라졌다는 것을 알게 되었다. 휴대전화 번호도 바뀌어 알아볼 방법이 없었다. 오태수가 청송의 요양원에 들어갔다는 것은 동사무소의 복지사가 알려주었다. 같은 동네에 살던 고등학교 선배가 복지사가 되어 동사무소에 앉아 있었다. 커다란 몸집의 그녀는 새된 목소리로 말했다. 몸에 뼈밖에 안 남아갖고 술 달라고, 술 없냐고……. 참 기가 맥히드라. 하지만 너무 걱정 마라. 건강도 회복되는 중이라고 하드라. 그때 동네에서도 느그 자매들 불쌍타고 을매나 말이 많았는지 모르제? 아무도 느그 욕하는 사람들 없다. 걱정 마라. 너는 모델이라꼬? 돈 많이 버나?

진이는 복지사 선배와 헤어져 시외버스 터미널로 갔다. 진보까지 가서, 다시 청송으로 가는 버스를 갈아타야 했다. 버스 터미널 대합실은 우중충하고 을씨년스러웠다. 이런 곳에서 여행을 출발해야 하는 사람들은 모두 다 예외 없이 불행할 것이다. 막연히 진이는 그렇게 생각했다. 무작정 아버지를 찾아가 봐야 한다는 생각에 이곳까지 찾아온 자신이 원망스러웠다. 텔레비전 같은 데서 그런 곳에 가 있는 노인들이 목이 빠지게 가족들이 찾아오기를 기다린다는 보도를 너무 많이 본 탓일 것이다. 아버지는 진이를 기다릴 것인가? 아아, 다 잊었을지도 모른다. 차라리 그게 속 편할 것이다. 진이는 발이 쉽게 떨어지지 않았다. 무서웠다. 아직 그녀는 아버지가, 그리고 그가 전화통에 대고 이백만 원이니 사백만 원이니 하고 흥정하던 날이 무섭고 소름 끼쳤다. 그녀의 길지 않은 생애에서 지워버리고 싶은 날이었다. 어쩌면 서영이 언니가 가보지 않았을까. 그것으로 충분하지 않을까.

버스는 도착하고 출발하고, 대합실에는 사람들이 쏟아져 들어왔다가 빠져나가고, 마중 나온 사람들과 배웅 나온 사람들이 만나고 헤어졌으며, 진이는 그런 것들을 바라보며 고향이라고 찾아왔지만 그녀에게는 마중을 오는 사람도 배웅을 오는 사람도 없다는 것을 생각했고, 부산에 온 것을 후회했으며, 유명해지기 전에는, 아니, 유명해진 다음에도 절대로 부산에 내려오지 않겠다고 마음먹었다.

청송에 가는 것을 포기한 뒤에도 그녀는 쉽게 대합실을 떠날 수 없었다. 그녀는 대합실의 딱딱한 나무의자에 앉아 오래오래 시간표를 쳐다보고 있었다. 길을 떠났으나 목적지가 묘연해졌다. 진이는 목적지를 찾아내야 했다. 아무리 들여다봐도 목적지는 버스 터미널의 시간표와 요금표에는 없었다.

열아홉 나이에 부산을 떠나 서울로 향했을 때 그녀의 목적지는 어디였던가? 기억조차 나지 않았다.

19

진이는 준성을 돌아보며 물었다. 나도 엄마처럼 바느질이나 하며 살 수 있을까?

날이 밝아오고 있었다. 진이는 창을 향해 쪼그리고 앉아 있었고, 준성은 소파에 느른히 기대어 앉아 있었다. 갈증 때문에 꾸준히 술을 따라 마시는 사이 그는 서서히 취해갔다. 눈은 멎고 검푸른 어둠 너머 우중충한 구름으로 뒤덮인 하늘이 조금씩 모습을 드러냈다. 맞은편 명선아파트 골조 덩어리도 비에 젖어가고 있었다. 술을 마시며 밤을 새운 아침의 날씨치고는 나쁘지 않았다. 술에 취했을 때 가장 견디기 힘든 것은 쇳소리를 내며 이마에 부딪쳐오는 햇빛이었다.

준성은 평생 물건을 사고팔며 살아온 한 남자를 떠올리려 애를 썼다. 사고파는 것으로 그는 이익을 남겨 자식들을 기르고 가르쳤다. 그런데 돌연 더 이상 사고팔 것이 없어지고 말았다. 돈도 떨어지고 노점 수레는 깨어지고 기력도 떨어졌다. 그때 갑자기 사고팔 것이 하나 눈에 띄었다. 자신의 딸이었다……. 끔찍스런 상상이었다.

"서울 와서 한 번도 아버지에게 간 적 없었어. 당신 만난 뒤로 처음 갔어. 한번 갔다 오니까 자꾸 가고 싶어지는 거야. 당신이 날 착하게 만든 것 아닌지 몰라."

그녀는 신경질적으로 웃어댔다. 그녀의 위악이나 웃음은 일종의 방패였다. 더 이상 상처받지 않기 위해 만든 방패. 아니면 자신의 상처와 슬픔, 고통과 누추함을 가리기 위한 장식. 스스로가 적나라하게 드러나는 것을 두려워하는 모든 인간에게 필요한 속옷 같은 것.

준성은 망설이다가 입을 열었다. 무슨 얘기라도 떠벌이고 있어야 할 것 같았고…… 답답했다.

"이놈의 세상은 말야, 우리들에게 순간마다 소비하라고 강요해. 쓰라 이거야. 돈 써. 물건 사. 사서 바로 다음 순간 쓰레기통에 던지더라도 일단 사. 그렇게 요구해. 사지 않으면 넌 실패자야. 그렇게 협박해."

진이가 웃으며 말했다.

"너무 욕하지 마. 난 그렇게 협박하는 직업을 가진 사람이야."

그런 셈이었다. 사람은 갖가지다. 다소 의심스럽기는 하지만, 원한다면 그렇게 믿어도 좋다. 그러나 이 세상이 사람들에게 요구하는 삶의 방식은 두 가지로 수렴된다. 일, 그리고 소비. 삶이라고? 천만에. 삶 따위는 없어진 지 오래다. 삶이 아니라 소비다. 일 않고 소비 않으면 그는 실패자다. 무용지물이다. 그게 이 세상이 인간들에게 꾸준히 지시하는 관점이다. 대학교에서 선생을 하건 주유소에서 총잡이를 하건 상관없다. 일하여 돈 벌지 않으면 살아남을 수 없다. 일이 뭐냐고? 자아성취? 자기실현? 헛소리다. 상품이 되는 것, 그것이 일의 정의다. 다른 사람들이 구매하고 소비할 수 있는 상품이 되는 것. 요약하자면 소비당하고 소비하는 것, 그것이 오늘날 인간의 거의 유일한 삶의 방식, 존재의 방식이다. 실존이라고? 먼지 나는 백과사전을 들춰내도 아무 소용 없다. 상식과 실제가 다른 경우는 적지 않지만, 이 경우에도 알려진 바와는 달리, 일을 하면서 자신의 존재를 확인하고 과시하기는 어렵다. 왜? 다시 한 번, 일이란 자신이 소모되는 과정이니까. 소비하기 위하여 소비되는 과정일 따름이다. 주유소 총잡이가 이산화질소를 퍼마시면서, 아황산가스를 퍼마시면서 일할 때 자신의 존재를, 의미를 확인할 수 있으리라 믿는가? 천만에. 그의 존재는 소비를 할 때 비로소 작으나마 확인된다. 때로는 과시할 수도 있다. 일 끝내고 싸구려 소시지 씹으며 싸구려 맥주라도 퍼마실 때. 손님들 시중에 얼이 빠진 종업원에게 적당히 취하여 여기 맥주 한 잔 더, 하고 호기롭게 외칠 때. 그래서 인간들은 소비에 매달린다. 소비로 과시하는 것이다. 자기표현? 자아성취? 헛소리다. 패션, 또는 패션쇼일 뿐이다.

"패션쇼!"

진이는 두 팔을 허공으로 뻗어 올리며 부르짖었다. 모든 거울들 속에서 그녀의 두 팔이 그 외침을 반사했다.

"그러니까 사람들이 도둑질해서 쓰고 강도질해서 쓰는 거야. 소비라는 그 찬란하고 호사스런 런웨이에 올라가기 위해서."

"런웨이!"

진이가 다시 외쳤다. 준성은 그 패션쇼를, 그 런웨이를 좋아하지 않았다. 거기에서 벗어나 살고 싶었다. 그는 비약을 감행하기로 했다.

"말해버려. 빚이 얼만지. 생각난 김에 갚아버리자."

얼핏 진이는 굳은 낯으로 그를 쳐다보았다. 망설이는 것 같았다. 말해버릴까, 하고 생각하는 것 같기도 했다. 그 얼굴이 몹시 슬퍼 보여 준성은 놀랐다. 그러나 다음 순간 그녀는 술잔을 든 두 손을 허공으로 뻗어 올리며 부르짖었다. 패션쇼! 런웨이!

20

저녁 무렵이었다. 초인종이 울리자 준성은 인터폰의 모니터를 들여다보았다. 낯선 남자들 둘이 서 있었다. 여기 오서진 씨 댁이지요? 준성은 그렇다고 대답했다. 계십니까? 준성은 외출 중이라고 대답했다. 분명히 용건이 있는 듯 보였으므로 준성은 문을 열어주었다.

모니터에서는 양복을 단정히 차려입은 공무원 차림의 두 남자로 보였지만 집 안에 들어선 순간 그들의 모습은 딴판이 되었다. 두 남자 모두 목자(目眥)가 불량스러웠다. 한 남자는 몸집이 그들먹했고 형광빛이 은은히 깔린 누런 터틀넥을 입은 다른 한 남자는 깡말랐다. 몸집이 그들먹한 남자는 앙증맞은 검정 손가방을 들고 있었는데, 그 손가방이 작은 지갑처럼 보일 정도로 그의 손아귀는 크고 우람했다. 그는 주머니에서 명함을 꺼내 탁자에 올려놓았다.

명함에는 '캐쉬앤조이', 김두만 부장, 이라고 쓰여 있었다. 준성은 그 캐쉬앤조이, 라는 상호를 어디에서 본 적이 있다는 생각이 들었다. 어디에서 보았던가. 뭘 하는 곳이던가. 깡마른 남자는 명함 같은 것을 줄 생각은 전혀 하지 않았다. 그는 입을 열 생각이란 전혀 없으니 알아서 하라는 낯으로 멀끔히 준성을 쳐다볼 따름이었다. 김두만 부장이 물었다.

"오서진 씨와는 어떻게 되십니까?"

난처한 질문이었다. 한마디로 명쾌하게 대답할 말을 준성은 찾을 수 없었다. 친구라고 해야 할까. 여자친구라고 해야 할까. 김두만 부장은 내처 물었다.

"오서진 씨가 여기 사는 것 맞습니까?"

준성은 그렇다고 대답했다. 바로 그 순간 '캐쉬앤조이'라는 상호를 어디서 보았는지가 생각났다. 전철 객차 내부의 광고판이었다. 캐쉬앤조이, 그렇다, 그것은 사금융 회사, 사채 회사였다. 얼마 전부터 전철 벽면을 광고로 도배를 하고, 근래에는 텔레비전에까지 넌덜머리가 날 지경으로 무수히 광고를 해대는 사금융 회사들, 그런 회사들 가운데 하나였다. 불현듯 준성은 이들이 찾아온 목적을 짐작했다. 진이가 이런 곳에서 돈을 빌린 것이 분명했다……. 진이는 도대체 얼마나 깊은 함정에 빠진 것일까. 자신도 모르는 사이 진저리가 났다. 그런 준성을 깡마른 몸집의 사내는 여전히 눈길 한 번 돌리지 않고 쳐다보고 있었다.

김 부장은 정중하게 차근차근 용건을 얘기했다. 오서진이 캐쉬앤조이에서 돈을 빌렸다, 얼마 전까지 이자는 그럭저럭 꼬박꼬박 들어왔다, 그런데 석 달 전부터 이자가 들어오지 않았나, 휴대건회로 전화를 해봤으나 오서진은 받지 않았다, 문자메시지에 응답도 보내지 않았다…….

"이 여자가 어째서 이자도 안 내고 돈도 안 갚는지 혹시 아십니까?"

김 부장이 물었다. 준성은 대답할 말이 생각나지 않았다. 누군가가 커다란 망치로 그의 머리를 마구 두들겨대고 있는 것 같았다. 그때마다 그의 머리에서는 땡땡땡, 종소리가 터져 나왔다. 아무 생각도 나지 않았다. 오직 한 가지 생각만이 왕왕거렸다. 진이는 빚이 도대체 얼마나 되는 것일까? 그녀가 나리에게 돈을 빌릴 때마다 그토록 화급했던 이유가 무엇이었는지 비로소 짐작할 수 있을 것 같았다. 그녀는 이자에, 바로 이 김두만 부장 같은 자들에게 쫓기고 있었다……

"전혀 모르셨군요, 이런 사실을."

김 부장은 안됐다는 낯을 지어 준성을 넘겨다보았다. 준성은 고개를 끄덕였다.

"놀라셨죠?"

그동안 내내 깡마른 남자는 전혀 무표정한 낯이었다. 그런 낯으로 준성에게서 시선을 떼지 않았다. 그 얼굴에는 적의도 분노도 없었다. 백지 같은 얼굴이었으나, 단순히 백지라고는 할 수 없는 것이 무표정한데도 불구하고 그 얼굴은, 그 무표정은 사나웠다.

"오서진 씨가 돌아오면 내가 김 부장 말씀을 전해드리고 조만간에 그쪽에 연락을 하도록 하겠습니다."

준성이 말했다. 이제 나가달라는 뜻이었다. 김 부장은 잠시 복잡한 얼굴로 그를 넘겨다보았다. 준성은 물었다. 다른 용건이 있으십니까? 김 부장은 생각을 해보는 듯하다가 그 육중한 몸을 일으켰다. 깡마른 남자도 따라 일어섰다.

"이자라도 꼭 넣으라고 전해줘요. 그 전에 전화 한번 하라고 하구요. 이자가 밀리면 계산이 달라지거든요."

그럴 것이다. 이들은 그러니까 깡패일지 몰라도 자본주의의 교육을 받은 깡패들이었다. 하루하루 매 시간마다 변화무쌍한 것이 시장이었다. 그리고 시장은 힘이 셌다. 따라서 이자가 밀리면 이율이 달라지는 것은 당연한 일이었다. 어쩌면 시장의 동향만이 아니라 날씨의 변화에 따라서도, 풍향의 변화에 따라서도 이자율은 달라지고 또 달라질 것이다. 자본주의는 깡패도 날씨도 자본주의자로 만드는 법이니까.

그들은 현관으로 가서 구두를 신었다. 그때였다. 깡마른 남자가 갑자기 한쪽 다리를 쭉 뻗어 올렸다. 준비 동작도 표정의 변화도 없었다. 구두를 신고 허리를 펴더니, 준성의 눈을 찾아 지그시 쳐다보며 갑자기 오른쪽 다리를 허공으로 쭉 뻗는 것이었다. 발끝이 칼날처럼 날카롭게 허공을 갈랐다. 준성은 깜짝 놀라 이놈들이 마침내 본색을 드러내는구나, 하고 생각했다. 그러나 깡마른 남자는 다리로 허공을 찌른 채 한 이삼 초, 여전히 무표정한 낯으로, 눈으로는 준성을 주시하고, 모든 동작을 정지하고, 기둥처럼 꼼짝 않고 서 있다가 후우, 숨을 내쉬더니 머리보다 더 높은 곳에 치솟아 있던 다리를 천천히 끌어내렸다.

김 부장이 그 커다란 손으로 깡마른 남자의 목덜미를 투덕투덕 두들겼다. 김 부장, 뭐하러 쓸데없이…… 그 또한 김 부장이었다. 준성은 다소 마음을 놓았다. 그러나 다음 순간 김두만이 하는 말을 듣고 다시 한 번 기겁을 했다. 뭔 개씹을 할 일이 있다고 니가 다리를 들었다 났다 하냐. 전혀 아무렇지도 않게 내뱉는 그 무지막지한 욕설 때문에 준성의 등골로 소름이 으스스 치달았다.

그들이 현관문을 나서자 준성은 문을 잠그고 인터폰 모니터로 복도를 내다보았다. 그들은 사이좋게 얘기를 주고받으며 승강기를 향해 걸어가고 있었다.

준성은 잠시 아무 생각도 할 수가 없었다. 캐쉬앤조이, 사채, 이자, 이런 생각들이 돌개바람처럼 어지럽게 머릿속에서 휘몰아쳤다. 진이는 도대체 빚을 얼마나 지고 있는 것일까. 저런 곳에서마저 빚을 냈다면 그 빚의 총액은 그가 짐작하는 수준을 넘어선 것인지도 모른다. 그는 탁자 위에서 김 부장의 명함을 찾아 쥐자 거기에서 답을 찾을 수 있으리라 믿는 듯 한 글자 한 글자를 꼼꼼히 들여다보았다. 캐쉬앤조이, 김두만 부장, 주소, 웹페이지 주소, 이메일, 전화번호와 휴대전화 번호…….

준성은 부리나케 휴대전화를 찾아 쥐고 집을 뛰쳐나갔다. 그는 먼저 승강기의 단추를 누르고 김두만 부장의 휴대전화 번호를 눌렀다. 전화벨이 세 번이 채 울리기 전에 김두만의 무겁고 정중한 음성이 흘러나왔다. 캐쉬앤조이 김두만 부장입니다. 무엇을 도와드릴까요? 준성은 어디 있느냐고 물었다.

"여기 무슨 짓다 만 아파트 같은 것이 하나 있는데, 그 앞에……."

명선아파트 골조 덩이 앞이었다. 준성은 거기서 잠깐만 기다려달라고 부탁했다.

명선아파트는 시커먼 몸뚱이를 을씨년스러운 겨울바람에 맡기고

서 있었고, 덩치 큰 김 부장과 깡마른 김 부장은 담배 연기를 뭉게뭉게 피워내며 그 앞에 서 있었다. 준성이 다가가자 김두만이 물었다. 왜요? 맥주라도 한잔 사주시게요, 사장님? 준성은 얼결에 그러지요, 하고 대답했다. 그들은 바로 앞의 생맥줏집으로 들어갔다.

의자에 앉자 김두만은 큰 소리로 말했다. 여기 생맥주 석 잔하고 이 집에서 제일 큰 닭 한 마리 얼른 잡아서 잘 튀겨서 갖고 와보쇼. 웃자고 하는 소리였다. 그는 흘끔 준성의 눈치를 보았다. 준성은 흘끔 깡마른 김 부장의 눈치를 보았다. 깡마른 김 부장은 여전히 무표정이었다. 다행히 그는 더 이상 준성의 얼굴을 뚫어져라 쳐다보지 않았다. 김두만은 다시 소리쳤다. 맥주부터 먼저 갖고 오쇼.

맥주를 마시며 김두만은 슬금슬금 애기를 늘어놓았다. 어떻게 애기를 꺼낼지 알 수가 없는 준성으로서는 다행스러운 일이었다. 사람 만나러 다니는 일이 제일 힘들어요. 생각을 해봐요, 사장님. 사람 만나러 다니는 것만도 힘든데, 사람 만나 돈까지 받아내야 하는 일이 어떻겠습니까. 정말 할 짓이 아니지요. 속이 뒤집어지는 일이 한두 번이 아니라니까요. 우리가 아침에 출근할 때 간도 창자도 다 꺼내서 빨랫줄에 널어놓고 나온다니까요. 너구나 우리한테 돈을 빌린 사람들이 돈이 넉넉해서 달라고 하면 턱턱 내놓는 사람들인가요, 어디. 지지리 궁상에 금방 쓰러지게 생긴 사람들이 하나둘이 아니라니까요. 하지만 쓰러지건 고꾸라지건 남한테 돈을 빌렸으면 갚을 생각을 해야 할 거 아닙니까. 갚을 생각을 하지 않아요. 그런 사람들 정말 많아요. 배째라, 이거지요. 그런 사람들한테 돈을…… 좋은 말로 해서 받는다고

하는 것이지, 빼앗다시피 해야 하는 일도 벌어지지 않는다고는 말 못
하지요, 솔직히. 우리가 돈 있다 싶은 손님들한테는 이렇게 찾아다니
지도 않아요. 우리야 돈 빌려주고 이자 받아먹는 게 직업 아닙니까.
원금 찾아오고 나면 그날부터 장사가 안 되는 거잖아요. 이자가 들어
와야 장사지요. 이자만 또박또박 들어오면 우리가 뭐하러 돈을 받으
러 다녀요? 안 그렇습니까, 사장님? 우리가 이렇게 사람 찾으러 다닐
때는 그 사람은 악성 채무자예요.

악성 채무자라는 말에 준성은 정신이 번쩍 났다. 닭이 나오자 김
부장과 김 부장은 옷소매를 걷어 올리고 열심히 뜯어 먹기 시작했다.
맥주를 한 모금 마시고, 닭을 뜯어 먹고, 트림을 하고, 다시 맥주를 마
시고…… . 그것은 세상에 오직 닭 뜯어 먹는 일 외에는 아무런 관심
도 없다는 듯 태평스럽고, 어찌 보면 천진해 보이는 모습이었다. 이
사람들이 나이는 얼마나 되었을까. 준성은 생각해보았다. 스물일곱?
많아야 스물아홉 정도였다.

준성은 기회를 봐서 오서진의 부채가 총액이 얼마인지를 물었다.
잠시 김두만은 망설이는 것 같았다. 그러나 곧 그는 두 손에 묻은 기
름을 휴지로 정성들여 닦은 다음 손가방을 열었다. 담배와 서류 뭉치
와 몇 권 수첩 같은 것이 뒤엉켜 있었다. 지갑처럼 조그만 가방 안을
한참 동안이나 뒤적거린 끝에 그는 작은 수첩을 하나 꺼냈다. 준성은
초조히 기다렸다. 그의 두툼한 손아귀 속에서 수첩은 감쪽같이 사라
져버렸다. 페이지를 뒤적이고 또 뒤적이기를 반복한 끝에 그는 대답
했다. 한 천육백 되겠네요.

준성은 천육백이라는 말에 한편으로는 마음이 놓였다. 그는 그 이상을 우려하고 있었으니까. 그러나 다음 순간 그것만이 아니라는 것을 곧 깨달았다. 그녀가 나리에게 빌린 돈이 있지 않은가. 수백만 원 정도는 될 것이 분명했다. 합하면 이천만 원이 넘는 돈이었다. 준성으로서는 감당할 수 없는 액수였다. 그만한 돈을 마련할 재간이 그에게는 없었다. 어찌해야 할 것인가? 그런 걱정으로 준성은 김두만이 어딘지 더 하고 싶은 말이 있는 낯이라는 것을 미처 보지 못했다.

김 부장과 김 부장의 잔이 빈 것을 보고 준성은 맥주를 더 주문했다. 닭은 아직 두어 조각이 남아 있었다. 그는 김두만에게 권했다. 닭도 더 드시지요? 김두만은 손을 내저었다. 아닙니다. 많이 먹었습니다. 혼자 다 먹었네요. 이 집 닭이 아주 맛이 좋네요. 내가 다이어트를 해야 하는데……. 그는 깡마른 부장에게 물었다. 너 닭 더 먹을래? 준성은 그때 처음으로 깡마른 남자의 목소리를 들었다. 아니야. 됐어. 그러나 여전히 그는 무표정했다. 김두만이 말했다. 뭐 하냐, 너? 명함이라도 한 장 드려라, 사장님한테. 깡마른 남자가 지갑에서 명함을 꺼내 준성에게 내밀었다. 그의 이름은 김삼만이었다. 김두만, 김삼만. 이름만으로는 그들은 형제 같았다. 김두만이 웃으며 말했다. 사무실에는 김사만 김오만도 있습니다. 김구만까지 있어요. 그는 혼자 흐으흥, 웃어댔다. 백만이 형은 잊어먹었냐? 김삼만 부장이 불쑥 말했다.

그렇다. 준성은 이들이 본명을 명함에 넣어 다닐 리가 없다는 것을 깨달았다. 모두 가짜 이름이었다. 이들의 태도 역시 거짓일 것이다. 그러니까 준성 역시 거짓말을 하는 데 거리낄 필요가 없을 것이다. 일단 그렇게 생각하자 다소 마음이 편해졌다. 그러나 무슨 거짓말을? 그는 알고 싶었을 뿐이었다. 오서진의 부채 총액은 얼마인가? 준성은 맥주를 또 주문하고 닭도 주문했다. 닭튀김이 오자 김두만과 김삼만은 다시 부지런히 뜯어 먹었다.

"어떻게 아는 사이세요?"

하고 물은 것은 김삼만이었다. 그는 막상 말을 할 때는 준성을 쳐다보지 않았다. 닭튀김을 주물럭거리며 누구에게 하는 말인지 알 수가 없을 지경으로 불분명하게 말을 꺼냈다. 준성은 뭐라 대답해야 할지를 생각해보았다. 김삼만이 다시 물었다.

"마누라는 아니지요?"

준성은 아니라고 말했다.

"내가 저런 여자들 많이 압니다. 안 그래?"

김삼만이 묻고,

"많이 알지요, 우리가. 숱해요. 숱하고말고요. 지 팔자 망치고 남의 팔자까지 망치는 것들."

김두만이 맞받았다.

"마누라 아닌 게 얼마나 다행입니까, 사장님?"

"그럼요. 마누라라면 내쫓을 수도 없을 거고, 참 골치 아프지요."

"지금 천육백이지요? 이거 오천 되고 일억 되는 거 순식간입니다. 감당 못해요. 이병철이도 감당 못할걸요."

김두만은 흐으, 웃었으나 김삼만은 웃지 않았다. 준성은 가슴이 내려앉았다. 오천이라니, 일억이라니. 그의 표정을 살피다가 김두만이

다시 말했다. 이대로 가다가는 내일모레면 오천이에요. 이거 헛소리 아닙니다.

준성은 이들이 하는 말이 어디까지 사실이고 어디까지 거짓인지 알 수가 없었다. 아니면…… 허풍일까? 어찌하여 오늘 천육백이 내일모레 오천이 된단 말인가? 김두만이 흐으, 웃었다.

"그런 건 영업 비밀이고."

"나도 캐쉬앤조이 들어와서 알았어요. 이자 무서운 걸."

삼만이 말하자 두만이 받았다.

"이런 돈 쓰는 년놈들 미친 것들이에요. 아무도 못 갚아요. 갚을 수가 없어요."

준성은 생각했다. 이들이 나를 협박하는 중인가? 그리하여 내가 대신 빚을 갚게 하려는 수작인가?

"내가 한마디만 더 할까요?"

삼만이 말했다. 이런 얘기 우리가 한 거 우리 사장이 알게 되면 우리 두 사람 다리몽댕이가 남아나질 않겠지만, 아저씨가 나잇새도 우리랑 비슷한 거 같고, 정말 순진하신 거 같아서 내가 얘기해드리는 겁니다. 우리가 어떻게 보여요? 돈병철이 같아요? 우리 차도 없어요. 버스나 전철 타고 다녀요. 우리도 봉급살이 하는 겁니다. 우리라 하여 돈 필요한 일 없겠어요? 돈 쓸 데 없겠어요, 다 같은 서민인데? 서민이라는 말에 준성은 잠시 기가 막혔다. 삼만은 얘기를 계속했다. 있어요. 그런 때 우리가 캐쉬앤조이 같은 데서 돈 빌릴 거 같아요? 안 빌려요. 절대로 안 빌리죠. 한번 빌리면 못 갚아요. 이자가, 여기 이자가, 한마디로 핵폭탄이에요, 핵폭탄. 두만이 맥주잔을 내려놓으며 꽝, 하고 말했다. 한번 맞으면 끝이에요. 두만이 쩝쩝 손가락을 핥으며 웃었다. 핵폭탄, 좋다, 그거. 회사 이름 바꿔야겠다. 캐쉬앤핵폭탄으로. 그거 대단한데.

준성은 진이가 그동안 사들인 온갖 물건들을 떠올렸다. 핸드백과 외투와 구두와 목걸이와 귀걸이와 반지와 시계와……. 그는 진이가 개런티를 받아 그 돈을 쓰는 것이리라 생각했다. 그러나 만일 그것이 모두 빚이었다면? 설마 그렇지는 않을 것이다. 하지만 만일 그렇다면 그녀의 부채는 틀림없이 준성의 짐작을 훨씬 넘어설 것이다…….

조심스럽게 준성이 물었다. 혹시 오서진의 부채가 그거 외에 또 있는지 알 수는 없습니까? 천육백 외에. 김두만이 웃으며 대답했다. 우리야 알 수 없죠. 우리 회사 채권이야 알지만. 그때 김삼만이 두만으로부터 수첩을 빼앗아 쥐고 뒤적거리기 시작했다. 그는 한참 동안을 들여다보다가 수첩에 고개를 들이박은 채 입을 열었다.

"오서진이 부채 총액이 말이죠, 이 회사 저 회사 거 다 합해서……."

김두만이 그의 팔을 잡아채며 막으려 했지만 김삼만은 그 팔을 뿌리쳤다.

"세 개 회사에서 각 천씩, 삼천입니다, 삼천. 원금만. 우리가 다 조사합니다. 업계끼리 정보 주고받는 수가 있어요. 서로 위험부담을 줄이기 위해서죠."

삼천만 원이라니! 준성은 믿을 수가 없었다. 그 어린 진이가 어쩌다 그 큰 빚을 지었단 말인가? 자신도 모르는 사이에 그의 얼굴이 붉게 달아올랐다. 그는 무서웠다. 그것은 인간이 알 수 없는 사물에 대해 느끼는 본능적 공포에 가까웠다. 이 경우 그 알 수 없는 사물이 단순히 부채인지 아니면 오서진인지 잘 알 수가 없었다.

"시골에서는 집 한 채 값이에요."

"그게 전부가 아닐지도 몰라요."

"이자가 얼마나 밀렸는지는 모르겠고."

"암튼 우리가 파악해낸 것은 그게 전붑니다. 또 있을지 없을지는…… 귀신도 모르지요."

낄낄, 김두만은 웃어댔다. 김삼만은 무표정한 낯으로 멀뚱멀뚱 준성을 쳐다보고 있었다. 문득 포기하는 수밖에 없다, 하는 생각이 준성의 뇌리를 스쳐갔다. 다른 수가 없지 않은가. 그는 자신을 위해 맥주를 한 잔 더 주문했다. 벌컥벌컥 반 잔을 단숨에 마셨다. 포기하는 수밖에 없었다.

맥줏집을 나서며 김두만은 말했다. 어서 갚으라고 해요. 잘못하면 씹창이 나는 수가 있으니까. 그는 낄낄거리며 골목을 빠져나갔다.

21

허기에 쫓겨 전철역에서 빠져나와 집으로 통하는 골목으로 부지런히 들어서던 서진은 깜짝 놀라 멈춰 섰다. 골목 안쪽 생맥줏집 앞에 준성과 깍두기 머리를 한 두 남자가 마주 보고 서 있었다. 깍두기 머리의 남자들은 바로…… 캐쉬앤조이의 직원들이었다.

서진은 순간적으로 뒤로 물러나 재빨리 모퉁이를 돌아 몸을 숨겼다. 가슴이 두근거렸다. 찔끔, 알 수 없이 눈물이 솟았다. 그녀는 손가락 끝으로 눈물을 찍어내며 고개를 내밀어 골목 안을 살폈다. 준성은 집 쪽으로 멀어져 가고 있었다. 깍두기 머리들은 팔자걸음에 두 팔을 휘저으며 이쪽으로 다가오고 있었다.

서진은 약국 건물 안으로 들어섰다. 본능적으로 그녀는 휴대전화를 꺼내 들었다. 그러나 어디로 연락을 할 것인가? 누구에게 연락을 할 것인가? 그녀의 손가락이 무의미하게 휴대전화의 단추를 만지작거렸다.

깍두기 머리들은 전철 쪽으로 걸어가고 있었다. 언젠가는 이런 날이 올지도 모른다고 그녀는 걱정하고 있었다. 그러나 이렇게 빨리 올 줄은 알지 못했다. 하기야 이자를 못 보낸 것이 석 달이었다. 다른 사금융 회사에 이자를 보내느라고 미처 캐쉬앤조이에는 신경을 쓸 겨를이 없었다. 나리에게 돈을 빌릴 수 있었을 때는 그나마 이자가 밀리는 일은 없었으나, 이제는 나리에게 돈을 빌릴 수가 없게 되고 말았다.

언제나 돈이 생기는 대로 거의 모두를 이자를 갚는 데 써야 했다. 아무리 돈을 벌어도 차비가 빠듯할 정도였다. 준성이 한 달에 두 번 정도 주는 생활비마저 이자로 송금한 적이 한두 번이 아니었다. 각기 다른 회사에 한 달에 한 번씩, 그러니까 세 회사에 세 번, 이자를 보내야 하는 날은 무서운 속도로 닥쳐왔다. 여기 이자 보내고 한숨 돌리고 보면 그다음 회사에 이자를 보내야 할 날짜가 이마를 들이받았다. 늘 숨이 가빴다. 언제나 아슬아슬했다. 이자, 돈, 날짜, 이런 생각에서 잠시도 벗어날 수가 없었다. 이자 보낼 날짜가 다가오는데 돈 생길 구멍이 보이지 않으면 가슴이 벌컥거려 아무 일도 손에 잡히지 않았고, 잠을 이룰 수도 없었다. 하루라도 날짜를 어기면 득달같이 문자가 날아왔다. 줄타기도 이런 줄타기가 없었다. 그렇게 살아온 것이 벌써 몇 년인가.

언제까지 이렇게 살 수 있을 것인가. 서진은 점점 자신이 없어져가고 있었다. 나이 스물여섯에 이토록 기력이 다 떨어지다니. 때로는 될 대로 되라, 하는 심정이 되기도 했다. 그러나 언제나 날짜는 추상같았고, 그녀는 달아날 수가 없었다. 여기저기서 돈을 빌리는 수밖에 없었다. 그렇게 하여 이자를 송금했다. 그 돈들, 거의 갚지 못했다. 갚지 못하면서 또 빌려야 했다. 친구도 후배도 멀어져 갔다. 그녀에 관한 좋지 않은 소문이 퍼졌다. 도박을 한다는 소문에 마약을 한다는 소문까지. 모르는 척하며 견뎌야 했다. 그들의 눈총을 받아넘기며, 얼굴에 철판을 깔고, 모르는 척할 수 있을 때까지 버텨야 했다.

깍두기 머리들이 사라지는 것을 보고 서진은 약국 건물에서 나왔다. 무심코 골목으로 들어섰으나 그녀는 곧 멈춰 섰다. 갈 곳이 없다는 것을 그녀는 깨달았다. 준성 앞에 마주 설 낯이 없었다. 두려웠다. 어디로 갈 것인가? 그녀를 좋아하는 친구들은 이제 없었다. 거의 모든 친구들에게서 그녀는 돈을 빌렸다. 그 친구들은 더 이상 그녀를 친구라 생각하지 않았다. 그녀를 피했다. 마주치면 노골적으로 혐오감을 드러내는 친구들도 적지 않았다.

어디로 갈 것인가? 그녀는 시간을 확인했다. 아홉시 이십분. 배가 고팠다. 점심때 스튜디오에서 황급히 김밥을 먹은 이후 아무것도 먹은 것이 없었다. 허기를 잊을 정도로 질겁한 자신이 불쌍했다. 그녀는 시장 골목으로 부지런히 발걸음을 옮겼다. 거기, 아주 값싸고 맛있는 국숫집이 하나 있었다. 옹색한 의자에 앉아 국수를 기다렸다. 시장 사람들이 반찬 접시나 국 쟁반을 들고 드나들었다. 잔치국수가 나오자 서진은 허겁지겁 먹어치우고 국물까지 깨끗이 비웠다.

국숫집에서 나왔으나 여전히 그녀에게는 갈 곳이 없었다. 결국 준성을, 그의 힐난을 직면해야 하리라는 것을 알면서도 그녀는 그 시간을 될 수 있는 한 미루고 싶었다. 달아날 수 있다면. 옷을 벗어 던지듯이 모든 것으로부터 헤어날 수 있다면.

그러나 이제 그녀는 안다. 옷을 벗듯 벗을 수 없다는 것을. 그녀의 오늘 역시 내일은 무겁고 혹독한 짐이 될 것이다. 아무리 무겁고 혹독해도 결코 벗어던질 수 없을 것이다. 오늘은 항상 내일의 짐이 되었다. 그녀는 그것을 너무 늦게 알게 되었다.

어쨌단 말인가? 그녀는 시장 골목을 느릿느릿 걷기 시작했다. 갚건 갚지 못하건 내가 감당할 것이다. 죽건 살건 내가 감당하는 것이다. 누가 감당해줄 것인가? 그런 것 기대한 적 없었다. 그런 것을 기대할 수 없다는 것을 그녀는 잘 알고 있었다. 아무것도 기대해서는 안 된다, 이놈의 세상에선, 이놈의 인간들에게는. 준성 역시 마찬가지였다. 그는 진이에게 실망할 것이다. 화를 낼 것이다. 그리고 지칠 것이다. 헤어지자고 요구할 것이다. 어디로 갈 것인가?

한호섭에게 갈 수는 있을 것이다. 그는 말했다. 언제든 오라고. 그는 아마 오피스텔이나 원룸 하나쯤은 얻어줄 것이다. 그다음 그는 원하는 때 아무렇게나 드나들 수 있는 권리를 얻었다고 확신할 것이다. 세상의 그 무엇도 그런 확신을 뒤흔들지는 못할 것이다. 남자들이란 그런 자들이었다. 단순하고 오만하고 어리석고 유치하다. 그들과 어울리기 위해서는 따라서 단순하고 오만하고 어리석고 유치해지는 수밖에 없었다.

그런 생활이 무엇을 뜻하는지 서진은 이제 속속들이 알고 있었다. 다시 그 구덩이로 돌아가고 싶지는 않았다. 그러나 어쩌랴. 최악의 경우에는, 준성이 지쳐 나가떨어지고 나면, 그때까지 그녀에게 다른 선택의 길이 보이지 않으면…….

이럴 때는 냉소적이 되는 수밖에 없었다. 어때? 아, 갈 데가 생각났다. 아버지에게 가서 얼굴이나 들여다보고 올까. 그러나 지금으로서는 그것도 불가능했다. 차비, 여관비, 그리고 하다못해 케이크라도 하나 사들고 가야 할 것 아닌가. 그런 돈이 지금 그녀에게는 없었다. 만 원짜리 두어 장이 지갑에 남아 있을 뿐이었다.

생선 가게, 과일 가게, 싸전, 엉뚱하게 골동품 가게, 그리고 튀김집, 채소전, 반찬 가게, 양품점, 그리고 떡볶이집 앞을 지났다. 모든 것이 돈이 거래되는 장소였다. 그 옆이 문방구 도매상이었고, 골목은 거기서 끝났다. 골목을 나서는 수밖에 없었다.

거리로 나서자 카페가 눈에 들어왔다. 우선 커피를 마시자. 아니면 칵테일을 한잔할까. 우아하게. 조용하게.

우아하게 그녀는 카페로 들어섰다. 웨이터가 깜짝 놀란 눈빛으로 그녀를 쳐다보았다. 그녀의 미모에 잠시 정신이 나간 것이 분명했다. 종종 그녀와 마주친 남자들의 얼굴에서 그런 표정을 발견할 때마다 그녀는 쾌감을 느꼈다. 우아하게 그녀는 에스프레소를 주문했다. 아, 이 집에는 솔로도, 룽고도, 더블도 있다. 더블은 그녀가 감당하기 힘들 것이다. 그녀는 우아하게 룽고를 주문했다. 젊고 잘생긴 웨이터는 사십오 도 허리를 꺾어 인사를 하고 물러났다.

날씨가 많이 풀렸다. 코트를 벗으면서 비로소 그녀는 땀을 흘리고 있었다는 것을 깨달았다. 코트의 목덜미 부근이 젖어 있었다. 이 꼴로 돌아다니다니. 그녀는 잠시 모멸감에 빠졌다. 개처럼 땀을 흘렸구나, 하고 그녀는 생각했다. 물론 개는 땀을 흘리지 않는다는 것을 그녀는 안다. 하지만 개처럼 땀을 흘렸다, 고 하면 뭔가 더 참혹한 것 같지 않은가. 뭔가 더 비장한 것 같지 않은가. 고양이처럼 땀을 흘렸다, 하는 것하고는 다르지 않은가. 병아리처럼 땀을 흘렸다, 고 하는 것과는 다르지 않은가. 그렇다. 그녀는 개처럼 땀을 흘리며, 그런 것도 의식하지 못한 채 싸구려 국수를 먹고, 머릿속으로는 어디로 가야 하는지를 초조히 궁리하며, 빚과 이자와 깍두기 머리에 쫓기며, 아아, 아직 마주치지도 않은 준성의 원망과 비난에 쫓기며 시장 바닥을 헤매고 다녔던 것이다. 그러니 그녀의 꼬락서니가 지금 어떤가. 꼭 개 같지 않은가.

그러나 룽고 에스프레소가 나오자 그녀는 우아하게 커피를 마셨다. 한 모금 마시는 순간 그녀는 칵테일을 주문하지 않은 것을 후회했다. 차라리 그게 나았을 것이다. 이런 개 같은 기분일 때는. 뭐 어때? 커피 마신 다음 칵테일을 주문하면 될 것이다. 아직 칵테일 한 잔 마실 돈은 남아 있으니까.

에스프레소는 두 모금쯤으로 마시는 것이 좋다. 한 모금, 그리고 잠시 후 또 한 모금. 양은 적다. 하지만 그 짙고 묵직한 맛은 시원하고 강렬하다.

한호섭은 기회가 오면 놓치지 않고 더블 에스프레소를 마셨다. 독약처럼 짙고 쓴 그 커피를 단숨에 꿀꺽 삼키고 음, 한동안 그 맛을 음미했다. 그 거대한 몸집이 그런 순간에는 그럭저럭 봐줄 만했다.

어디로 갈 것인가?

그녀는 프랭클린 플래너를 꺼냈다. 체크 표시가 먼저 눈에 들어왔다. 이자를 내야 하는 날짜들이었다. 그런 것은 보고 싶지 않았다. 적어도 지금은. 그녀는 워터맨 에드슨 펜을 꺼냈다. 작고 우아한 상자 안에 만년필과 볼펜이 늘씬한 몸매로 나란히 누워 있었다. 그것들은 침대에 누운 연인들 같았다. 만년필은 남자, 볼펜은 여자 같았다. 어떤가 하면, 아주 섹시했다. 그녀는 섹시한 볼펜을 우아하게 꺼내 깨알 같은 글자로 써 내려갔다.

룽고 에스프레소, 남자의 몸처럼 묵직한 맛. 또 섹스처럼 강렬한 맛.

나는 얼마든지 우아해질 수 있다.

여기 준성과 함께 앉아 있다면 얼마나 좋을까. 그러나 이제 그런 기회는 영영 오지 않을 것 같다. 그는 내 정체를 알게 된 것 같다. 지금쯤 내가 신데렐라가 아니라 신데렐라의 언니였다고 생각할지도 모른다.

늦봄 무렵에, 아직 믿어야 할지 어떨지는 모르지만, 한호섭은 홍콩 촬영을 계획 중이다. 스케줄을 세심하게 조정하면 시에프와 사진, 두 작업을 동시에 진행할 수 있을 것이라고 그는 말했다. 그것이 작업 시간을 줄이고, 따라서 경비를 줄일 수 있는 길이라는 것이 그의 생각이었다.

물론 나에게 배당된 작업은 사진 작업일 것이다. 그가 말하지 않아도 나는 안다. 어쩌면 이번에는 가게 될지도 모르지. 그러나 그때까지 나는 안전할까.

이런 모든 근심을 단번에 날려버리는 방법을 그녀는 알고 있었다. 또 빚을 얻으면 된다. 천만 원쯤 빚을 얻어 밀린 이자들을 죽 갚아버리면 그만이다. 그러나 바로 며칠 뒤부터 그녀는 삼천만 원에 대한 이자가 아니라 사천만 원에 대한 이자를 지불하기 위해 똥줄이 빠질 것이다……. 그것이 승산 없는 싸움이라는 것을 그녀는 알았다. 그것을 깨닫기 위해 비싼 수업료를 낸 셈이었다. 알면서도 유혹을 뿌리치기는 힘들었다. 전화만 하면, 한두 마디만 주고받으면 금세 그녀의 통장에 천만 원이 입금되리라는 것을 알기 때문에 그것은 더욱 유혹적이었다. 그녀는 워터맨 에드슨을 입술에 물고 궁리했다. 홍콩 작업을 위해서, 마지막으로 한 번만, 꼭 한 번만…… 빌려보기로 할까.

결국 한호섭에게 가는 길밖에 없는 것인가. 서진은 고개를 흔들었다. 싫었다. 생각만으로도 혐오감이 치솟았다. 기형적으로 두툼한 그의 몸집은 룽가 에스프레소처럼 묵직한 것이 아니라 썩은 고깃덩이처럼 무겁고 진저리날 것이다.

다시는 그런 생각을 할 수 없게 되고 말았다.

준성 때문이다. 그가 나를 바라보는 눈빛은…… 이제껏 어느 누구도 나를 그렇게 바라본 적이 없었다. 그 시선 앞에서 나는 가장 고귀하고 가장 순결한 여자가, 아니, 여자도 아니고, 하나의 존재가 된다. 영원히 그 시선 가운데 살 수 있다면 나는 모델도 영화배우도 미련 없이 다 버릴 수 있다.

그러나 그는 영원히 나를 바라보지는 않을 것이다. 나는 영원히 그의 시선 안에서만 살 수 없을 것이다.

그 시선, 때로 그 시선 앞에 서면 온 세상이 적막에 잠긴다. 나와 그의 눈만이 존재하는 듯하다. 적막, 나와 그, 그 외의 모든 것들은 하찮다. 그와 나만의 오롯한 실체가 별처럼 또렷해진다. 그의 시선 아래 나의 모든 것이 두루마리처럼 낱낱이 펼쳐지고, 그의 시선은 나의 몸과 마음 구석구석을 샅샅이 애무한다……

준성의 눈, 때로 그 눈이 나를 지켜보고 있으면 온몸이 간질간질해지기 시작한다. 절로 웃음이 난다. 기분이 뭐라 할 수 없을 만큼 좋아진다. 어린 시절, 양지쪽에 나란히 누워 엄마가 장난삼아 내 몸을 간질일 때와 비슷한, 그런 기분.

이제 나는 그 시선을, 그 시선 앞에서 내가 어찌 되는지를 알아버렸다. 그런 눈으로 나를 바라보는 남자가 아니면 나는 외로워질 것이다. 만족할 수 없을 것이다. 만일 그런 눈으로 나를 바라보지 않는 남자와 함께 잠자리에 누우면 나는 창녀가 된 기분이 되고 말 것 같다
…….

그러나 지금은 그가 너무 두렵다. 세상에서 가장 무섭다. 그래, 알겠다. 준성이니까 이다지 두려운 것이다.

돈이 없었으므로 그녀는 더 이상 우아해지기를 포기하고 맥주를 주문했다. 맥주나 마시고 취한 척 집으로 돌아가 아무 말도 하지 않고 쓰러져버릴 생각이었다. 준성은 궁금증을 해결하는 일을 내일로 미룰 수밖에 없을 것이다. 서진의 기분을 알았는지, 웨이터가 맥주와 함께 가져온 잔은 커다란 샴페인잔이었다. 샴페인잔에 맥주를 따르자 적어도 모양만은 샴페인과 비슷해졌고, 그리하여 서진은 우아하지는 못하지만, 우아한 흉내는 낼 수 있을 것 같았다.

맥주를 마시고 서진은 현금으로 돈을 지불했다. 천 원짜리 지폐 서너 장이 겨우 남았다. 그녀는 코트를 입고 머플러를 하고 핸드백을 들고 천천히 계단을 내려와 거리로 나섰다. 집으로 돌아가는 수밖에 없지 않은가. 그녀는 집으로 가고 싶었고, 가기가 두려웠다. 어느새 자정이 가까워오고 있었다.

골목으로 들어서자 그녀의 발걸음은 현저히 느려졌다. 실망한 준성의 눈빛이 떠올랐다. 아아, 슬픔과 원망으로 어두워진 그의 눈이 생각났다. 그는 헤어지자고 할지도 모른다. 헤어지면 어째야 하지? 어디로 가야 하지? 안 돼.

서진은 돌아섰다. 그러나 갈 곳이 없었다. 골목에 우두커니 서 있을 수도 없었다. 그녀는 명선아파트 골조 덩이 속으로 들어섰다. 잠시, 잠시만, 용기가 날 때까지만 기다렸다가 집으로 가면 될 것이라고 그녀는 생각했다.

캄캄했다. 구두에 뭔가가 부딪쳤다. 힐이 울퉁불퉁한 바닥에 닿아 균형을 잃어 쓰러질 뻔했다. 그녀는 엉거주춤 멈춰 서서 기다렸다. 차츰 눈이 암순응(暗順應)되자 비로소 여기저기 쌓인 물건들이 보이고 계단이 보이고 허공을 향해 뚫린 창구멍들이 보였다. 희미하게 불빛들이 스며들어 어둠 속에도 빛과 그림자가 나뉘었다. 젖은 빨래 같은 냄새가 떠돌았고…… 그 냄새는 고교 시절 살던 집이 생각나게 했다. 아버지는 늘 소주병 옆에서 쓰러져 잠들었다. 술 냄새, 땀 냄새, 가난의 냄새, 슬픔과 절망의 냄새, 닫혀버린 미래의 냄새……. 생각만 해도 그녀는 두려워졌다. 그녀가 세상에서 가장 두려워하는 것, 바로 그런 것이었다.

서진은 계단을 올라갔다. 준성의 집 창문이 보이는 곳으로 가고 싶었다. 어쩌면 그의 집을 지켜보다가 준성이 잠든 다음, 집 안의 모든 불이 꺼진 다음 살며시 열쇠로 문을 열고 들어가면 될지도 모른다는 생각이 들었다. 조심조심 계단을 올라가고 또 올라갔다. 풍경은 점점 더 멀어졌다. 날이 다시 차가워지는 것일까. 소매 틈으로 외투의 깃 틈으로 찬 기운이 파고들었다.

사층 난간에 기대서서 서진은 대정아파트 쪽을 넘겨다보며 층수를 헤아렸다. 마침내 준성의 집을 찾아냈다. 불이 켜져 있었다. 그러나 이쪽은 너무 낮고 그쪽은 너무 높았다. 그녀는 다시 계단을 올라갔다. 바쁠 것은 없었다. 시간은 얼마든지 있지 않은가. 오층 난간에 서서 그의 집을 찾았다. 여전히 그쪽이 너무 높았다. 서진은 한 층을 더 올라가고, 또 한 층을 더 올라갔다. 비로소 준성의 집 베란다가, 창문이 비슷한 높이에 떠 있었다. 정말 서진이 선 건물은 준성의 집을 향해 기우뚱 몸 전체를 기울여 안을 들여다보는 듯 여겨졌다.

거실에 전등이 켜져 있었다. 커튼이 드리워져 집 안은 보이지 않았다. 준성이 일하는 방의 전등도 켜져 있었다. 어디에 있을까, 그는. 무엇을 하고 있을까. 그렇다. 진이를 기다리고 있을 것이다. 화가 났을까. 슬퍼하고 있을까.

전화를 해볼까. 서진은 휴대전화를 꺼냈다. 희미한 형광빛이 다른 세계를 향해 열린 창문처럼 어둠 속에 떠올랐다. 단축번호 1번, 그것을 길게 누르면 단번에 준성과 연결이 될 것이다. 갑자기 그의 목소리가 듣고 싶어 목이 메었다. 지금 당장 그에게 달려갈 수 없게 되고 만 그녀 자신의 처지가 너무나 한스러웠다.

아무것도 없는 이곳과 저곳 사이의 허공에 사실은 수많은 장애가 설치되어 있었다. 누가 만든 장애인가? 그녀 자신이 만들었다. 정말? 내가? 서진은 억울했다. 준성이 만든 장애는 없는가? 아니면 준성의 말버릇대로, 이놈의 세상이 만든 장애는?

갑자기 준성의 거실 창에 드리워진 커튼이 열렸다. 안에서 불빛이 흘러나오고 그 불빛 속에서 그의 그림자가 나타나 이쪽을 넘겨다보았다. 서진은 놀라 얼른 난간 밑으로 몸을 감췄다. 그러나 곧 그쪽에서는 이쪽이 보이지 않을 것이라는 생각이 들었다. 조심스럽게 그녀는 고개를 내밀었다. 준성의 그림자는 여전히 거기 서 있었다. 얼굴을 알아볼 수는 없었으나 분명히 준성이었다. 낯익은 몸피, 몸짓, 어쩌면 표정까지도 알 수 있을 듯했다. 그가 무엇인가를 입으로 가져가는 것이 보였다. 아, 그는 술을 마시고 있었다.

서진의 눈에서 돌연 눈물이 주르르 흘러내렸다. 아무리 참으려 애를 써도 눈물은 그치지 않았다. 욱욱, 흐느낌이 목을 넘어왔다. 그녀는 깨달았다. 우리는 헤어지게 될 것이다……. 젖은 시야에서 흔들리는 그의 모습을 바라보며 서진은 소리를 죽여 흐느꼈다.

그녀는 준성에게 어울리지 않았다. 한참 부족했다. 그는 얼마나 똑똑하고 착하고 순진한가. 얼마나 좋은 사람인가. 그에 비하면 서진은 얼마나 모자란 여자인가. 착하지도 못하고 순진하지도 못했다. 게다가 여기저기 빚이나 지고 다니고 거짓말이나 하고 다녔다.

그는 나를 버릴 것이다. 종소리처럼 확실하게 그녀는 깨달았다. 이제껏 그녀는 결국은 자신이 준성을 떠나게 될 것이라고 생각했다. 왠지 알 수 없었지만 그것은 의문의 여지가 없는 확신 같은 것이었다. 이제 생각해보니 별 근거도 없었다. 그러나 바로 이 순간 그녀는 분명히 깨달았다. 준성이 그의 진이를 버릴 것이다. 그녀는 전혀 원망할 수도 없을 것이다.

그 돌이킬 수 없는 깨달음이 눈물이 되어 거침없이 뺨을 타고 흘러내렸다. 온몸이 눈물이 되어 녹아내리는 듯했다. 슬픔으로 허리가 끊어지는 듯 아팠다. 오래오래 그녀의 가슴을, 배를, 어깨와 등을 쓸고 또 쓸던 그의 손길이 생각났다. 그 따뜻하고 포근하고 기껍고 편안하고…… 그런 것을 다시는 맛볼 수 없을 것이다. 아아, 그의 무구(無垢)한 욕망, 욕망이 그처럼 무구할 수 있다는 것을 서진은 처음 알았다. 욕망은 어딘가 음험하고 유치하고…… 배설처럼 불결한 것이라고 그녀는 믿었다. 준성에게는 그렇지 않았다. 그의 욕망은 햇빛처럼 자명했다. 그를 따라 진이의 욕망도 그처럼 무구해지는 듯했다. 그 무구한 욕망이 그녀의 몸을 채울 때 보름달처럼 그들먹해지는 충일감, 일체감, 그런 것을 다시는 맛볼 수 없을 것이다…….

지금 당장 그를 보고 싶었다. 그를 안고 싶었다. 그의 앞에 앉아 그가 지금 기울이는 저 술잔을 같이 주고받기 위해서라면, 그에게 지금 당장 안기기 위해서라면 무엇이라도 다 내버릴 수 있을 것 같았다. 그러나 서진은 알았다. 그녀가 무엇을 버린다 할지라도 그들은 헤어지게 될 것이다…….

서진은 그에게 결코 완전히 솔직해질 수 없을 것이다……. 서진의 어깨가 울먹임으로 경련했다. 어찌 솔직해질 수 있으랴. 홍콩 촬영을 약속받기 위해서 그녀가 한 짓을 어떻게 준성에게 말하겠는가. 그녀는 생각했다. 나는 너무나 뻔뻔하다……. 그녀의 매일매일은 매번 벗을 수 없는 짐이 되어버렸고, 그런 짐은 너무나 많아 그녀는 짐과 그녀 자신을 구별도 할 수 없었다. 죽지 않는 한 그 짐에서 헤어날 수는 없을 것이다. 그러니까…….

그는 나를 버릴 것이다. 나는 그를 원망할 수도 없을 것이다…….
캄캄한 허공 너머 우두커니 서 있는 준성을 바라보며 그녀는 뇌고 또 뇌었다.

복도 끝 캄캄한 계단 모서리에서 시커먼 고양이가 그녀를 주의 깊게 지켜보고 있었다.

22

나에게 무한히 긴 지렛대와 지렛목이 있다면 지구를 움직일 것이다. 아르키메데스는 말했다. 그는 과학자였지만 그 발언은 과학이 아니었다. 상상이었다. 그에게 왜 상상이 필요했을까. 아니, 희망이라 해야 하는 것일까. 그 시절에는 과학과 상상 사이에 그다지 엄격한 구분이 존재하지 않았던 것일까.

나에게는 지렛대기 없다. 무한히 긴 지렛대. 나에게는 돈이 없다. 진이의 빚을 갚을 돈. 나에게는 아르키메데스의 상상력도 없다. 준성은 거실에 쪼그리고 앉아 술을 마셨다. 이렇게 술을 마시다가 진이의 아버지처럼, 그렇게 한 달, 두 달, 석 달…… 계속해서 술을 퍼마시다가…… 그렇게 살 수도 있을 것이다. 포기하면 되는 것이다. 이놈의 세상, 지워버리면 되는 일이었다. 부르르, 몸서리가 났다. 그는 자신이 진이를 포기하려 하고 있다는 것을 깨달았다. 무한히 긴 지렛대, 지금 그런 생각이 왜 난단 말인가.

진이는 돌아오지 않았다. 자정을 넘긴 지 오래였다. 전화를 해볼까, 망설였으나 그는 참았다. 언젠가 밤이 깊도록 돌아오지 않는 진이에게 전화를 한 적이 있었다. 진이는 그를 무섭게 비난했다. 왜 전화했어? 의처증이야? 왜 그래, 해커 아저씨? 뭐하러 쓸데없이 전화를 해? 그 이후 준성은 그녀의 귀가가 아무리 늦어도 전화를 하지 않기로 했다.

텔레비전을 켰다. 그가 리모컨의 단추를 누를 때마다 케이블 텔레비전 채널이 무수히 넘어갔다. 마침내 나타났다. 진이, 검은색 팬티와 브라를 입은 그녀는 쾌활한 낯으로 스튜디오를 활보했다. 카메라는 엉덩이와 허리와 가슴을 자극적으로 강조하며 그 뒤를 쫓았고, 거실의 모든 거울들이 분주히 그 화면을 반사하여 진이의 파편들이 방 안 이곳저곳에서 번쩍거렸다. 조각난 그녀의 엉덩이와 허리와 가슴이 사방에서 만화경처럼 부서지고 또 부서졌다. 그녀는 진이 같지 않았다. 진이인가 아닌가, 저 텔레비전 속의 여자는? 저 거울 속의 파편들은?

다른 모델이 그 뒤를 이어 나타났고, 얼굴이 주먹만 한 러시아 모델이 그 뒤를 이었으며, 갈비뼈가 고스란히 드러날 정도로 몸이 마른 또 다른 모델이 춤추며 나타나 화면을 가득 채우고 반벌거숭이 몸을 흔들어댔다. 몸의 향연, 희고 붉고 누런 몸뚱이들의 향연이었다. 저 화면 어딘가 보이지 않는 곳에 두 손에 포크와 나이프를 쥐고 식욕으로 입맛을 다시며 어떤 소스가 적당할까, 궁리를 하는 인간들이 얼마나 될 것인가. 그러니까 인간이 식인종이 아니라는 것은 분명히 오해라 하지 않으면 안 된다, 하고 그는 생각했다.

남녀 한 쌍의 쇼 호스트가 외쳤다. 아, 벌써 오천 매를 돌파했습니다. 구입하신 모든 분들께 선물로 휴대폰 고리를 발송해드릴 수 있게 되었습니다. 축하합니다! 고맙습니다! 이번에는 일만 매 선물이 고객 여러분을 기다리고 있습니다. 일만 매가 돌파되면 지갑, 여기 보이시죠? 정말 예뻐요. 이 카드 지갑, 따로 사려고 하면 백화점에서 만 원은 줘야 할 거예요. 일만 매가 넘어가면 구매하시는 모든 고객님께 이 지갑까지 발송해드립니다. 보세요, 오늘 란제리 제품, 하나하나 정말 멋지고 섹시해요. 스키니 면바지를 입어도 절대로 자국이 도드라지지 않아요. 타이트스커트를 입어도 절대로 보이지 않아요. 이것 보세요! 여자가 팬티를 한 손으로 들어 올리며 부르짖었다. 정말로 시크해요. 감촉이 말로 표현할 수 없을 만큼 부드러워요. 뭐랄까, 비누거품을 만지는 것 같아요. 남자가 말했다. 나도 한번 만져봐도 돼요? 그래도 될까 모르겠네요. 여자가 마치 제 속살이라도 내주는 듯한 표정으로 팬티를 넘겨주었다. 남자가 감탄했다. 아, 이건 정말, 손안에서 슬며시 사라져버릴 것만 같군요. 아, 느낌이 정말 깨끗하고 아슬아슬합니다. 다시 진이가 나타났다. 이번에는 그녀는 붉은색 팬티와 브라를 걸치고 있었다. 거의 다 드러낸 엉덩이를 그녀는 과시적으로 좌우로 흔들며 준성 앞으로 다가왔다. 웃음이라도 터뜨릴 듯 환한 낯으로 다가오는 그녀를 지켜보는 동안 준성은 분노가 뱃속에서, 뱀 대가리처럼, 서서히 치미는 것을 느꼈다.

진이는 저기 있다. 여기에 없다. 진이는 저기 있다. 여기에 없다. 진이가 있을 자리는 저기다. 여기가 아니다……. 준성은 머리에 들이붓는 기분으로 술잔을 들어 목구멍에 털어 넣었다. 진이는 결코 저기를 떠나지 않을 것이다. 여기는 무엇인가? 그녀에게 나는 무엇인가? 텔레비전 속에서 진이의 걸음이 활발할수록 그녀의 웃음이 환할수록 그의 분노는 뜨겁고 또한 차가워졌다. 그 분노는 낯설었다. 그는 놀라 자신의 분노를 가만히 살펴보았다. 이 분노의 정체는 무엇일까? 그녀가 빚을 지었다 하여 그의 이런 분노를 정당화시킬 수 있는 것일까? 아아, 이게 무슨 꼴이란 말인가.

그는 바닥을 차고 일어섰다. 도대체 어디에 있을까, 진이는? 그는 휴대전화를 꺼내 들여다보았다. 그가 못 받은 전화는 없었다. 그가 못 받은 문자도 없었다.

그는 바닥을 걷어차며 걸어가 진이의 방문을 열었다. 그녀가 옷방으로 쓰는 곳이었다. 아아, 물건들, 물건들……. 무수한 쇼핑백과 상자 들이 쌓여 있었다. 무수한 옷과 가방과 구두와 화장품 들이 쌓여 있었다. 저것들을 사기 위해 그 엄청난 돈을 빌린 셈이었다. 도대체 어찌 갚을 생각인가? 그녀는 또 말할 것인가? 내가 알아서 할 거야. 어떻게? 당신 상관하지 마. 그러나 어떻게?

부채를 청산하기 위해서는 준성이나 진이가 버는 수준의 푼돈이 아니라 목돈이 필요했다. 케이블 텔레비전의 속옷 모델 외에 그녀가 지난 몇 달 동안 한 일이라고는 두 차례 잡지 광고를 찍은 것이 전부였다. 한 번은 믹서, 또 한 번은 전골냄비였다. 그 몇 달 사이에 그녀의 부채는 이 지경이 되고 말았다…….

그사이 매일 그녀는 무모한 선택을 계속했다. 이백만 원짜리 원피스에 백만 원짜리 구두에 이백만 원짜리 핸드백을 샀다. 두어 번 걸치고 나갔다 들어오면 방구석에 팽개쳤다. 얼마 후에는 그런 것이 있다는 것도 잊었다. 늘 옷방에서 나올 때면 입을 옷이 없어, 하고 투덜거렸다.

직장을 그만둔 이후 준성은 늘 푼돈을 벌어 살았다. 가끔 문인철을 도와 기업체의 통신 보안 문제를 처리해주는 일 외에도 게임 시나리오를 쓰는 작업에 참여하기도 하고, 완성된 시나리오를 보완하거나 평가하는 일을 한 적도 있었다. 게임 매뉴얼을 만드는 일도 했다. 잠깐 일본 만화를 번역해본 적도 있었다. 수입은 불규칙했다. 푼돈에 지나지 않았다. 그러나 그것으로 족했다.

최소한의 일, 최소한의 생계, 최소한의 삶, 그런 것이 준성이 생각한 최선의 삶이었다. 돈을 벌고자 했다면 그는 회사를 그만두지 않았을 것이다. 대학을 졸업하자마자 그는 굴지의 통신회사에 입사했다. 입사한 지 십 년 반에 그는 회사에 사표를 냈다. 유선과 동거를 시작한 지 일 년 반이 지났을 때였다.

유선은 충격을 받았다. 난 이놈의 세상에서 유용한 인간이 되고 싶지 않아. 그가 대학 다니던 시절부터 유선에게 무수히 되풀이한 말이었다. 준성의 그런 말이 둘 사이에 문제가 되었던 적은 없었다. 유선은 여러 차례 공감을 표했다. 그러나 준성이 그 말을 실천에 옮기자

문제가 되었다. 유선은 그에게 애걸했다. 제발, 다시 한 번만 더 생각해봐. 직장을 다니면서 해커를 하면 안 되는 거야? 직장 다니면서 게임 시나리오 쓰면 안 돼? 그녀는 중요한 것을 잊거나 잊은 척했다. 준성은 해킹을 하기 위해 직장을 그만둔 것이 아니었다. 이 세상에 유익한 일을 하지 않기 위해 직장을 그만둔 것이요, 세상의 톱니바퀴에 모래를 뿌리는 방법이 해킹이었다. 그녀와 헤어지면서 준성은 이놈의 세상이 그의 태업 행위에 대해 복수를 하고 있다는 것을 깨달았다.

이제 세상이 다시 그에게 복수를 계획하고 있었다. 이번에는 진이가 떠나가고 있었다. 유선이 떠날 때와는 전혀 다른 방식이었고, 그것은 더욱 치명적인 복수가 되리라는 예감으로 준성은 몸이 떨렸다.

어찌할 것인가? 삼천만 원이라. 아니, 진이가 나리에게 빌린 돈까지 합하면 사천만 원이라고 계산해야 할 것 같았다. 그가 갚아야 할 것인가? 그러나 그에게는 그런 돈이 없었다. 만일 그에게 그런 큰돈이 있다 해도 그가 그 부채를 갚는 것을 진이가 허락할 것인가? 만일 그에게 돈이 있다 해도, 또 만일 진이가 허락하여 그가 그 빚을 갚았다고 할지라도 그다음은? 진이가 또다시 돈을 빌리지 않으리라고 믿을 수 있는가?

만일이 너무 많았다. 그에게는 아르키메데스의 길고 긴 지렛대가 필요했다. 세상에 존재하지 않는 지렛대, 상상할 수 있을 뿐인 만일, 만일, 만일……. 지구를 들어 올릴 수 있을 만큼 길고 긴 만일…….

진이는 돌아오지 않았다. 이런 밤이면 그녀의 거울들이 그를 쳐다보기 시작했다. 어디로 숨어도 거울의 시선에서 벗어날 길이 없었다.

거울의 시선은 냉담하고 무표정했다. 그 거울 속에는 지금 진이는 없었으나 그녀의 꿈과 욕망이, 기억이 있었다. 그 기억은 간혹 그를 따뜻하게 만들었으나 지금은 그렇지 않았다. 거울이 눈에 띌 때마다 그는 점점 더 불안하고 초조해졌다. 돈, 삼천만 원, 사천만 원……, 아무런 해결책도 없이 그런 생각을 거듭해야 하는 자신이 혐오스러웠다. 거울은 사방에, 곳곳에 버티고 서서 그를 재촉했다. 어떻게 할 건데? 안 갚을 거야? 갚을 거야? 버릴 거지? 아니야?

헤어지는 길밖에 없는 것일까? 진이를 감당해낼 수 있을까? 동어 반복이었다. 감당할 수 없다는 것이 이미 입증되고 있지 않은가.

시간이 흐르고 술이 취하기 시작하자 그는 의구심에 빠져들었다. 어리석은 짓이 아닌가. 언젠가 진이가 떠나고 말리라는 것을 그는 늘 각오하고 있었다. 무엇을 더 기대할 수 있단 말인가? 무엇에 더 연연하는가? 떠나게 할 따름이다…….

그는 다시 평온해질 것이다. 평온하고…… 외로워질 것이다. 거울이 그를 빤히 쳐다보며 추궁했다. 다만 평온하고 외로워질 뿐인가? 아니었다. 그는 빼앗기는 것이다. 저 괴물에게, 저 괴물의 마술에, 진이를, 빼앗기는 것. 그의 저항을 비웃으며, 수천만 개의 거대한 황금 톱니바퀴를 굴리며, 그를 짓밟고, 진이를 짓밟고, 그들의 사랑을 짓밟고, 괴물은 코카콜라 송이라도 신나게 불러젖히며 치달려갈 것이다.

준성은 그 거울을 등지고 돌아섰다. 어쩔 수 없지 않은가. 그의 삶은 남을 것이다. 그가 돌아서자 또 하나의 거울이 그를 막아섰다. 진이뿐인가, 그가 빼앗기는 것이? 삶이라고? 진이와 더불어 그에게 가장 귀중한 무엇인가를 빼앗기는 것은 아닌가? 무엇을? 다름 아닌 삶을, 삶의 정수를 박탈당하고 마는 것이다. 그때 그에게 남은 것을 삶이라 할 수 있을 것인가? 그것은 연명(延命)에 불과할 것이다…….

준성은 다시 돌아서 문 쪽으로 움직였다. 어쩔 수 없다. 삶에는 또다른 위안이 있을 것이다. 술, 음악, 그리고 책과 영화와…… 살다보면 또 다른 여자를 만날 수도 있지 않겠는가. 또 하나의 거울이 그의 시야를 가로막았다. 그것뿐인가? 그는 패배하는 것이다. 저 괴물에게. 명백한 패배였다. 준성은 되돌아서서 걸음을 떼어놓았다. 이미 패배한 지 오래였다. 어쩌면 패배는 이미 오래전에 예정되어 있었다. 그의 저항은 승리하기 위한 저항이 아니었다. 투항하지 않기 위한 저항이었다. 베란다로 통하는 창이 그를 막아섰다. 커튼이 드리워져 있었다. 그는 커튼을 젖혔다.

그는 자신이 끊임없이 돈을 생각하고 있다는 것을 깨달았다. 돈, 삼천만 원, 사천만 원, 그것을 어찌 갚을 것인가? 갚아야 하는 것인가? 진이와 헤어질지도 모르는데? 모르는 척해버리는 것이 낫지 않을까? 부채가 그의 것인가? 제기랄, 그는 머리로 벽을 들이받아 버리고 싶었다. 벽이 아니라 자신의 얼굴을 깨어버리고 싶었다. 알지 못하는 사이에 그는 자본가들처럼, 그들에게 배운 방식대로 생각하고 있었다. 그 자신이 괴물이었다.

눈앞에 또 하나의 거울이 서 있는 것을 그는 보았다. 창문 자체가 거대한 거울이 되어 그를 쳐다보고 있었다. 그는 급히 창을 열어젖혔다. 찬바람이 밀려들고 커튼이 돛처럼 커다랗게 부풀었다가 서서히 가라앉았다. 거울은 사라졌다. 더불어 거울의 추궁도 사라졌다. 어둠이 펼쳐져 있을 뿐이었다. 그는 한숨을 길게 내쉬었다. 문득 진이가 울 때마다 거울을 들여다보던 모습이 생각났다. 그러니까 저 무수한 거울에는 진이의 눈물이 담겨 있는 셈이었다. 다시금 무력감이 칼날처럼 날카롭게, 깊이, 길게 가슴을 저며 들었다. 통증을 감추기 위해 그는 술잔을 입으로 가져갔다.

어두운 허공 저편에 명선아파트 골조 덩어리가 물끄러미 그를 넘겨다보고 있었다. 유선이 떠난 뒤에도 그랬다. 밤마다 술잔을 놓고 캄캄한 허공을 내다보면 언제나 명선아파트 골조 덩어리도 그 무수한 눈으로 그를 마주 바라보았다. 무슨 중요한 얘기라도 하려는 듯 그 모습은 무척 진지하여 한번 바라보기 시작하면 눈을 옮길 수가 없었다. 지금도 무의미한 허공과 쓰레기들로 가득한 그 거대한 골조 덩어리는 무슨 말이라도 건네고 싶은 듯 기우뚱 이쪽으로 몸뚱이를 기울이고 있었다.

다시 그 질퍽한 외로움 속으로, 밤의 술과 낮의 술이 유일한 위안이던 그 어둡고 지루한 평온함으로 되돌아가게 될 것이다……. 그는 술병을 기울여 잔을 채웠다. 그가 다시 고개를 들었을 때 명선아파트 골조 덩어리 중간 어디선가 뭔가가 반짝, 하고 작게 빛났다. 알 수 없는 일이었다. 그 순간 그의 가슴이 쿵 내려앉았다. 무엇일까. 저 골조 덩어리가 그에게 무슨 신호라도 보내는 것일까. 신호라면 무슨 뜻일까. 준성은 뚫어져라 어둠 저편을 쳐다보았다. 보이는 것은 어둠뿐이었다. 멍청하게 큰 골조 덩어리의 윤곽, 그리고 중간 중간, 이따금 허공뿐인 창문 자리가 시커멓게 보일 뿐이었다. 저곳에서 소녀가 강간을 당하고 사람이 자살을 하고……. 도깨비불 같은 것이 번쩍인다 해도 놀랄 일은 아닐 것이다.

진이는 어디에서 무엇을 하는 것일까. 왜 아직 돌아오지 않는가. 준성은 답답하고 야속했다. 어찌 이리 무심할 수 있는 것인가, 이 여자는? 어찌 이리 무모할 수가 있는가, 이 여자는?

어디선가 우우, 우는 소리가 들리는 듯했다. 준성은 놀라 돌아섰다. 텅 빈 거실, 그리고 무수한 거울들의 눈총이 그를 맞았다. 그것들은 차고 무심하게 그를 쳐다보고 있었다. 거울 속에서…… 들린 것인가, 이 울음소리는? 그 소리는 가뭇 사라졌다. 귀 기울여도 더 이상 들리지 않았다. 대신 이명(耳鳴)이 귓속을 파고들었다. 진이가 무수히 거울 속으로 흘려보낸 울음소리가 이제 밖으로 흘러나오는 것인가. 진이는 저 속에 갇혔는가. 내가 저 속으로 들어가야 진이를 구해낼 수 있을 것인가…….

거울 앞에 주저앉아 으으으, 흐느끼던 진이의 모습이 눈앞에 고스란히 떠올랐다. 준성은 슬픔으로 숨이 막히는 것 같았다. 눈이 뜨거워지며 눈물이 한 방울 기우뚱 흘러내렸다. 그녀는 그를 떠날 것이다. 이미 떠나버렸는지도 모른다. 내일쯤 짐꾼들이 나타나 그녀의 짐들을, 저 무수한 거울들도 싣고 사라져버릴지 모른다……. 그는 진이의 거울 속을 들여다보았다. 거기, 거울 너머 진이가 그를 마주보고 있는 것 같았다. 그는 간곡히 그녀를 불렀다.

"진이."

거울은 대답하지 않았다. 무엇인가가 거울에게 침묵을 강요하고 있었다. 거울은 목소리를 잃었다. 인어공주가 마술로 목소리를 잃었듯이. 목숨과 바꿔야 비로소 목소리를 되찾을 수 있을 것이다. 준성은 혼자 낄낄 웃었다. 다시 그는 거울에 대고 그녀를 불렀다. 진이. 대답은 없었다. 진이는 사라졌다. 저 괴물이 그녀를 사로잡아 어딘가에 감금했다. 마술이 풀려야만 비로소 그녀는 그곳에서 걸어 나올 수 있을 것이다. 누가 그 마술을 풀 수 있을 것인가? 준성이? 아무것도 기대하지 말라고 그는 자신에게 깨우쳐줘야 했다. 그는 무력했다.

그는 창밖의 어둠을 노려보았다. 거기 괴물이 그를 구경하고 있다는 것을 그는 알고 있었다. 아니, 집 안에서도 그를 구경하고 있었다. 텔레비전 속에서도, 그의 마음속에서도 숨어 키들거리며 그를, 그의 곤경과 외로움과 분노를 구경하고 있었다. 준성은 그 괴물에게 쏘아붙였다. 돈이라고? 돈? 좋다. 돈으로 하는 장난이라면 준성은 얼마든지 상대해줄 자신이 있었다.

때가 되면 그는 미국과 유럽과 일본과 중국, 러시아의 모든 외환시장과 주식시장에 침입할 것이다. 혼자서라도 좋고 영규 선배와 같이라면 더 좋다. '화이트아웃' 히인들과 함께라면 더 이상 바랄 것이 없을 것이다. 돈이 넘쳐나는 곳, 하루 스물네 시간, 일 년 삼백육십오 일 돈이 넘쳐나는 곳, 이익을 찾아 바다를 건너고 산맥을 넘어 국경과 국경을 여권도 비자도 없이 얼마든지 자유롭게 넘고 또 넘어 돈이 흘러 다니는 곳으로, 이익이 되기만 한다면 전염병이라도, 전쟁이라도, 쿠데타와 내란과 유전자 조작과 마약 거래와 장기(臟器) 매매라도 마다 하지 않는 돈이 몰려드는 곳으로 대번에 밀고 들어갈 것이다.

방법은 한두 가지가 아니었다. 준성이 요즘 궁리하고 있는 방법 중에 하나가 전 세계의 위성항법장치(GPS)에 침입하는 일이었다. 크게 어려운 일이 아니었다. 인터넷에서는 이미 그런 용도로 사용할 수 있는 온갖 장비들이 얼마든지 합법적으로 거래되고 있었다. 위성항법장치는 미국 국방성의 미사일 발사 시스템부터 걸프에 버티고 앉은 항공모함의 운항 프로그램에 이르기까지, 인도 뭄바이 거리에 자리 잡은 알파 슈퍼마켓 창고에 쌓인 스니커즈 초콜릿 재고 계산까지, 영국 국가 기간 통신망의 유지부터 뱅크 오브 제네바의 현금자동지급기는 물론이요 페테르부르크의 핀란드 역 앞 거리의 신호등에 이르기까지, 머나먼 극동 아시아 한국의 수도 서울의 강동구 둔촌동 네거리를 분주히 달려가는 우체국 택배 차량에 이르기까지, 그 뒤를 따르는 택시에 붙은 내비게이션에 이르기까지 쓰이지 않는 곳이 없다 해도 지나친 말이 아니었다. 미국의 'US GPS' 시스템이나 유럽의 '갈릴레오' 시스템에 침입, 네트워크가 주고받는 시간과 위치 정보에 약간의, 아주 약간의 장난, 또는 오차(誤差)를 끼워 넣기만 하면 어떤 일이 벌어질 것인지는 어느 누구도 예측할 수 없을 것이다. 그 혼란을 틈타 준성은 느긋하게 하고 싶은 일을 저지를 수 있을 것이다.

돈을 훔치지는 않을 것이다. 그런 짓은 자본가들, 그들의 새끼들이나 하는 짓이었다. 삼천만 원? 천만에. 수천억 달러를 주물러댈 것이다. 그는 이를테면 미국의 달러를 팔아 아프가니스탄의 나귀를 살 것이요, 일본의 엔을 팔아 예멘의 진흙 비스킷을 사들일 것이다. 독일과 프랑스의 유로를 팔아 파키스탄의 깔개와 태평양의 계절풍을 사들이고, 중국의 위안을 팔아서는 티베트의 만다라를 있는 대로 사들일 것이다. 소니의 주식을 팔아 드라바이 호수의 소금을 사들이고, 마이크로소프트의 주식을 팔아 영변의 약산 진달래를 사들일 것이다. 보잉의 주식을 팔아 보츠와나의 코끼리를 사들일 것이요, 록히드마틴의 주식을 팔아서는 태국의 원숭이를 사 전투기 조립 공장에 풀어놓을 것이다. 쉘과 브리티시 페트롤륨의 석유를 팔아 비아프라의 벽돌과 고비사막의 모래를 사들이고, 카길의 옥수수를 팔아 아제르바이잔의 말린 소똥을 사들일 것이다. 모건 스탠리와 제너럴 아토믹스의 주식을 팔아서는 인도의 강가 강물과 그 근처에서 거래되는 장작을 사들여 사이좋게 나눠줄 것이다. 애플의 주식을 팔아 폴란드의 사과를 사들일 것이요, 인텔의 주식을 팔아 아마존 밀림의 거미줄에 맺힌 빗방울을 살 것이다. 21세기 폭스의 스튜디오를 팔아 중강진의 고드름을 사들일 것이요, 필립 모리스와 맥도널드의 주식을 팔아 필리핀 메이욘 화산의 용암 덩이를, 우기의 우간다 거리에 쏟아지는 소나기를 사들일 것이다.

준섭은 언젠가, 언젠가는 이 나라의 국방부와 육군본부와 청와대와 국정원에 침입할 것이다. 평양의 인민무력부와 국방위원회를 포함하여 비슷한 역할을 하는 기관들에도 침입할 것이다. 미국의 CIA, NSC, 펜타곤, FBI에도 침입할 것이다. 독일과 영국과 프랑스에도 침입할 것이다. 힘깨나 쓰는 모든 나라의 모든 비슷한 기관들에 침입할 것이다. 그리하여 그들의 모든 컴퓨터와 네트워크를 파괴하고 뒤엎어놓을 것이다. 그들의 모든 작전 명령을 새로운 배치 파일로 뒤바꾸어 세상의 모든 장군들이 엄숙하고 비장하게 기계화 사단에게 공격을 명령하면 전 병력에게 휴가가, 미사일 발사를 지시하면 해체가, 전투기 발진을 명령하면 조종사 해고 명령이 발송되도록 만들 것이다. 그들의 모든 레이더에는 수많은 이상 비행체들이 나타나 미친 듯이 상하좌우로 요동할 것이요, 레이더를 가진 모든 나라마다, 그리하여 모든 그 이웃 나라들마다, 마침내 전 세계에 비상경계령이 발동되어 어느 나라가 어느 나라를 적대할 것인지, 어느 나라와 연합할 것인지 종잡을 수 없게 되겠지만, 막상 그들이 적을 발견하여 미사일을 발사하면 슬픈 듯 경쾌하고 경쾌한 듯 슬픈 모차르트의 40번 교향곡, 아니면 박동진의 〈수궁가〉가 유장하게 울려 퍼지는 가운데 미사일들은 하늘로, 우주로 끝없이 하염없이 날아올라 태양계의 차갑게 식은 별들만이 볼 수 있는 불꽃놀이를 선사하는 것에 그칠 것이다.

준성은 알고 있었다. 그 모든 해킹에 성공한다 할지라도 저 괴물의 마술에 걸린 진이를 되돌려놓을 수는 없을지 모른다. 그는 알고 있었다. 진이가 삼천만 원짜리 드레스를 입고 오천만 원짜리 보석을 걸치고 일억 원짜리 핸드백을 들고 한호섭에게 간다 할지라도 그녀는 실직했다는 것을 알지 못하는 실직 모델, 신용불량자, 파산자, 이 세상의 모든 무모한 혹은 과감한 실패자들 가운데 하나에 그칠 것이다.

성공이나 실패가 오늘날처럼 징그럽고 구역질 나게, 슬프고 고통스럽게 과장되는 때는 이제껏 없었을 것이다. 아직까지도 그것을 알지 못하는 사람들이 무수하다는 것은 진정 경이롭고 징그러운 일이었다. 다행히도 실패한 자와 성공한 자 사이에 큰 차이가 없다는 것을 준성은 알고 있었다. 차이라면 축적한 돈과 축적하지 못한 돈, 성취한 욕망과 성취하지 못한 욕망, 그런 차이가 있을 뿐이었다. 준성에게 그런 것은 사소한, 오직 무의미한 차이에 지나지 않았다.

준성은 기꺼이 실패를 택할 것이다. 실패는 적어도 윤리적이었다. 한 사람이 실패하면 그가 실패한 그만큼 이 세계는 더 사악해지는 데 실패할 것이다.

3부

23

　차창으로 따가운 늦봄의 햇살이 쏟아져 들어왔다. 정우는 색안경을 꺼내 썼다. 차창 밖으로는 시퍼런 동해 바다가 곧 방파제를 넘어올 듯 위협적으로 꾸물거렸다. 차 뒷자리에 느른히 눕듯 기대어 시나리오를 뒤적거리던 영규가 하품을 베어 물며 입을 열었다.

　"그런데 꼭 안개가 필요한 거냐?"

　정우는 안개가 어때서, 하고 물었다. 그는 내비게이션의 지시에 따라 벌써 세 시간째 운전을 하고 있었다. 심영규와 유서진은 수사 당국의 추적에 쫓겨 바닷가로 숨어드는데 안개가 자욱하다. 안개는 바다에서 산에서 바다에서 뭉클뭉클 피어올라 바로 옆에 선 서로의 모습마저 감춰버리고 만다……. 시나리오 속의 얘기였다.

안개, 그게 말이다, 너무 상투적인 거 아냐? 그럼 어떻게 해? 소나기? 눈보라? 한여름에 무슨 눈보라. 뭔가 창조적인 거 없어? 이 상황에 딱 맞는 거. 황사? 오존? 안개라, 뭐, 이놈 저놈이 너무 많이 써먹었잖아. 영화에서, 소설에서……. 그러니까 뭐가 좋겠냐고. 그걸 니들이 알아내야지 왜 나한테 물어? 내가 감독이냐 작가냐? 지진이라도 들이대? 진도를 한…… 9.7로 해서? 노트북을 들여다보며 준성이 말하자 정우가 킬킬거리며 웃어댔다.

"또 심사위원이 자살을 해야겠어? 심사위원장이 자살을 하면 어때? 그 흔해빠진 심사위원 가운데 한 사람이 아니라. 심사위원, 암것도 아니잖아. 중요한 건 심사위원도 심사위원장도 아니고 사실은 용왕대제 준비위원회의 위원장이야."

정우도 준성도 대답하지 않았다. 그들은 생각에 잠겼다. 심사위원의 자살이 아니라 심사위원장의 자살, 그것은 썩 나쁘지 않은 발상인 것 같았다. 아마 충격이 좀더 클 것이다. 그러나 그뿐이었다. 이야기의 전개, 흐름엔 큰 영향은 없었다. 심사위원장이 자살하고 새로운 심사위원장이 부임하는데, 그자는 더 강경하고 더 날카롭고 더 괴물 같은 자라는 것이 드러나고……. 아니다. 아예 용왕대제 준비위원회 위원장이 자살하면 어떨까. 준성의 머릿속으로 그 뒤를 이을 이야기들이 책장처럼 파르락 넘어가며 전개되었다. 정우가 말했다.

"좀더 중요한 제안을 해봐. 지엽 말단에 매달리지 말고."

갑자기 영규가 원고를 덮어버리고 아이스박스에서 깡통맥주를 꺼냈다. 난 이 영규란 놈이 도대체 마음에 안 든다. 어째 나 같지가 않

아. 나라면 이놈의 신문사 당장 때려치우지 재주도로 꺼떡꺼떡 내려
가겠냐? 깡통맥주 따는 소리가 경쾌했다. 형 아니야. 준성이 말했고,
이름 바꾸는 건 문제도 아니야, 하고 정우가 말했다. 뭘로 바꿔줘? 준
성이 물었다. 영규는 그의 말은 들은 척도 않고 맥주를 욕심스럽게 벌
컥거리고 나서 중얼거렸다.

"용의 실체가 말이다, 용의 실체가⋯⋯."

시나리오에서 용의 실체는 끝까지 드러나지 않았다. 영규와 서진
이 적들에게 쫓기다 못해 용왕대굴로 숨어 들어가서 발견하는 것은
용이 아니었다.

"너무 모호한 것 아닌가?"

그렇지 않다고 준성은 생각했다. 시나리오가 전개되는 동안 용의
실체는 충분히 드러났다. 용왕대제가 이루어지는 과정을 통하여, 그
리고 그들이 '살룡전선'을 추적하고 조사하고 처벌하는 방식을 통하
여. 더 이상의 설명은 필요치 않다는 것이 그의 생각이었다.

정우는 대꾸하지 않았다. 어쩌면 그 역시 그 부분에 불만을 품고
있을까. 다만 아직 대안이 없기 때문에 입을 다물고 있는 것은 아닐
까. 시나리오는 초고일 따름이었다. 준성은 얼마든지 고쳐 쓸 각오를
하고 있었다.

차가 속초 시내로 들어섰다. 그들은 시나리오 초고를 가지고 이박
삼일 동안 브레인스토밍을 할 작정이었다. 태양영화사 사장 태영재
는 전국에 아파트와 오피스텔, 빌라를 이십 여 채 가지고 있었다. 대
부분 세를 주었으나 비어 있는 것도 적지 않았다. 지금도 여전히 그는

돈이 생기면 전국을 돌아다니며 아파트를 사고 땅을 샀다. 땅은 좁고 인구는 많다. 전쟁이 벌어져도 혁명이 일어나도 불이 나도 큰물이 져도 땅은 사라지지 않는다. 그것이 그의 지론이었다. 그 아저씨가 혁명을 잘못 이해하고 있네그려, 하고 영규가 투덜거렸다. 정우가 반박했다. 요즘 러시아나 중국 꼬라지 보면 뭐, 크게 잘못 이해하는 것 같지 않은데.

아파트는 바다와 모래사장 바로 앞에 우뚝 버티고 서 있었다. 태영재의 저 무수한 부동산 가운데 하나였다. 영규는 투덜거렸다. 이런 데다가 이런 높은 아파트를 지으라고 허가를 내주다니. 도둑놈들. 바다를 독점하라고 아예 면허장을 써준 셈이야. 준성이 말했다. 내가 안 그랬어. 나한테 그러지 마. 영규가 그를 슬쩍 흘겨보고 나서 흐흐, 웃으며 대꾸했다. 알아, 괴물이 그랬지. 그것은 단순하지 않은 웃음이었다. 야유이기도 했다. 준성은 알아들었다. 세상에 벌어지는 온갖 더러운 일이 다 괴물 탓이냐? 이런 뜻이리라. 정우가 아파트 승강기의 단추를 누르며 투덜거렸다. 이박삼일 만만치 않겠네. 벌써 치고받고 난리도 아니네.

아파트의 구층, 실내로 들어서자 커다란 창을 통해 동해바다와 짙푸른 하늘이 한눈에 들어왔다. 멀리 둥글게 부풀어 오른 수평선은 가물가물했고, 그 수평선에 입을 댄 하늘이 바다를 포옹하고 있었다. 잠시 그들은 말을 잃고 그 바다와 하늘을 바라보았다. 좋다. 영규가 말했고 좋네, 하고 준성이 받았으며, 정우는 묵묵히 고개를 끄덕였다. 나가자. 그들은 일제히 돌아서서 아파트를 나섰다.

바다가 싱싱한 파도 소리로 그들을 맞았다. 발이 푹푹 빠지는 모래밭을 건너 그들은 파도 앞에 멈춰 섰다. 왼쪽 멀리 떨어진 방파제에 파도들이 허옇게 덤벼들고 그 파도를 타고 거침없이 달려온 바람이 그들의 머리칼을 흩날리고 옷깃을 잡아 흔들었다. 바람은 싱그러웠다. 그들은 가슴 깊이 그 바람을 들이마셨다. 알 수 없는 쾌감과 포만감으로 그들은 시나리오도 잊고 시름도 잊었다. 아무 생각도 나지 않았다. 바다와 바람과 하늘, 더 이상 다툴 것도 걱정할 것도 없는 완벽한 세계에 그들은 들어와 있었다. 준성은 벌거벗고 그 세계로 뛰어들고 싶었다. 옷 벗어 던지고 싶지 않아? 그가 묻자 영규와 정우가 웃어댔다. 안 말려. 어서 해. 그들은 한마디씩 내놓고 모래밭에 주저앉았다. 아직 바닷물은 찰 것이다. 그러나 저기 뛰어들면 얼마나 시원할까. 준성은 바람이 왜 부는지 알 것 같았다. 그들이 묻혀 온 비린내를 날려버리기 위해서였다.

그러나 누군가 한 사람은 잠시 돌아갔다 와야 할걸. 영규가 말했다. 준성은 알아들었다. 그에게도 필요한 것이 있었으니까. 그는 옷자락을 붙들고 놓아주지 않는 바람을 뿌리치고 돌아서서 비린내 나는 세상으로 들어갔다. 상점을 찾기 위해서였다. 이 완벽한 바다 앞에서도 그들은 술을 찾는 자들이었다. 비린내는 중독성이 강했다. 가게를 찾아가 맥주를 사는 잠시 동안이 준성은 지루했다. 그가 깡통맥주를 사들고 바다로 돌아가자 두 중독자가 환호하며 한 중독자를 맞았다.

저녁을 먹고 아파트로 돌아와 그들은 난상토론을 벌였다. 정우가 엄중하게 술을 금지시켰으므로 영규마저 술병을 딸 수 없었다. 심영규라는 인물이 모호하다는 지적이 나왔다. 신문기자, 비록 재주도로 좌천되었다고는 하지만 신분이 보장되어 있다. 왜 '살룡전선'에 뛰어드는가? 단순히 유서진이 마음에 들어서? 영규는 투덜거렸다. 너무 낭만적인 동기 아냐? 이게 무슨 연애 영화도 아니고. 꼭 '맨발로 뛰어라' 같잖아. 연애가 단순히 낭만적인 짓이라는 데 나는 동의할 수 없어. 연애, 때로 목숨을 걸고 하는 거야. 누가 목숨을 걸어? 로미오와 줄리엣. 그건 연애 이야기야. 목숨 걸고 싸우잖아, 사랑을 성취하기 위해서. 이거 연애 얘기야? 동기 부족, 여전해. 영규의 연인이, 아니면 누이동생이 용왕의 신부로 뽑혀서 용왕굴로 끌려 들어갔다, 고 설정하면 어때?

준성이 쓴 이야기들은 한 조각 한 조각 분해되었다. 인물도, 그들의 움직임도 하나하나 그 타당성이 추궁되었다. 연애가 필요한가, 이 영화에? 영규와 서진이 꼭 사랑에 빠질 필요가 있는가? 영화의 통속적 재미를 위하여 만들어낸 설정 아닌가? '살룡전선' 조직원들이 수사 당국에게 쫓기고 도피하고 싸우는 부분, 이다지 길어야 하는가? 스릴러 영화나 액션 영화도 아닌데. 영규와 서진이 수사관들에게 쫓겨 용왕대굴로 들어간다는 설정은 얼마나 타당한가? 어째서 하필 용왕대굴인가? 배를 타고 뭍으로 탈출할 수도 있지 않을까? 이야기가 꼭 재주도에서만 벌어져야 하는가?

용왕대제 준비 과정, 용왕대제 지역대회와 전국대회 과정에서 인간들이 벌이는 무자비한 경쟁, 가혹한 훈련, 다툼, 질시, 편법 같은 이야기들은 재미있었다. 다만 군데군데 반복되는 느낌이 없지 않았다.

심사위원들 사이의 암투, 뇌물을 주고받고, 그 와중에 심사 과정이 엉망이 되고, 나아가서는 심사 결과를 왜곡하는 과정, 그것이 발각이 나고 수사가 시작되고, 심사위원이 자살을 하는 이야기들 역시 재미있었다. 그들은 나이 어린 후보들의 목숨을 돈 몇 푼으로 거래하고 있었고, 그들의 거래에 따라 후보들의 삶과 죽음이 뒤바뀌는 것이 냉정하고 차분하게 묘사된 것은 마음에 들었다.

플롯은 크게 보면 용왕대제와 '살룡전선' 두 부분으로 나뉘어 있었다. 그 자체를 비판할 수는 없었다. 그러나 문제는 준성이 별로 힘들이지 않고 써 내려간 용왕대제 쪽 이야기들은 그럭저럭 재미가 있는데, 온갖 정성을 다 기울인 '살룡전선' 부분은 재미도 없고 긴장감도 떨어진다는 점이었다. 그렇다면 전반적으로 플롯도 인물 관계도 바꿔야 하는 것 아닌가? 용왕대제 쪽에 좀더 비중 있는 인물들을 배치하고, '살룡전선'은 아예 이야기의 배경으로 밀어내는 편이 낫지 않을까?

영규가 나섰다. 그러면 내 역할 없어지는 거야? 내 역은 그쪽이잖아. 정우가 발끈했다. 그런 사심 버리고 객관적으로 진지하게 토론에 임할 수 없어, 형? 자꾸 그러면 당장 서울로 쫓아버린다. 아니, 아직 '살룡전선'을 포기할 때는 아니었다. 대안을 찾아야 했다. '살룡전선'을 포기하는 문제는 대안을 찾을 수 없는 경우에 다시 고려해볼 사항이었다.

각오를 하기는 했으나 준성은 영규와 정우의 추궁이 고통스러웠다. 화도 났다. 시나리오고 뭐고 다 때려치우고 싶은 생각까지 들었다. 젠장, 니들이 써라, 하고 서울로 돌아가 버리고 싶은 생각까지 들었다. 그러나 그는 참고 견뎠다. 왜냐하면 많은 경우 그들의 추궁이 타당했으니까. 시나리오는 아직 초고일 따름이라는 것을 그는 거듭 스스로에게 상기시켰다. 그저 시놉시스에 약간 살을 붙인 정도에 불과했다. 브레인스토밍을 요구한 것은 그 자신이었다. 준성과 정우가 그런 계획을 세우고 있다는 것을 우연히 알게 된 영규가 덩달아 따라나섰고, 반갑지는 않았으나 그들은 영규의 고집을 꺾을 수 없었다.

밤이 깊어지자 정우는 휴식을 제안했다. 준성은 한숨을 내쉬며 말했다. 아무래도 플롯부터 다시 시작해야 할 것 같네. 정우가 그를 격려했다. 이 초고가 있었으니까 이런 얘기가 나올 수 있었던 거야. 이게 없었으면 이런 얘기가 어떻게 나오겠냐?

바다는 게으르게 뒤척이고 있었고, 달빛이 바닷속 깊은 곳까지 자맥질해 들어가 푸르고 흰 빛이 물속에서 조각조각 부서졌다. 초저녁부터 바닷가 모래사장을 뛰다 걷고, 걷다 뛰며 폭죽을 쏘아 올리고 소리를 지르고 사진을 찍던 젊은 아이들은 사라졌다. 바다는 진양조의 민요라도 부르듯 한가롭고 평화롭게 출렁거렸다. 바다를 바라보는 동안 그들은 또다시 조용해졌다. 그들 사이에 오간 온갖 이야기들이 아직 방 안에 메아리처럼 떠돌고 있었으나 창을 열자 파도 소리에 그 메아리마저 씻겨 나갔다. 그 역시 비린내에 지나지 않았다.

정우는 비로소 술과 회를 꺼내놓았다. 옳지, 술이 있어야지. 영규가 환호했다. 제주도로 갈걸 그랬나? 영규는 술을 따르며 중얼거렸다. 제주도에서의 그 밤, 준성과 정우는 스스로의 이야기에 도취하여 날밤을 꼬박 새웠다. 온갖 생각과 상상으로 그들은 괴물을 구체화할 수 있었다. 적어도 그 밤에 그 괴물은 그들의 눈앞에 참으로 생생했다. 그게 벌써 몇 년 전이냐? 정우가 물었다. 영규는 회를 입안 가득 우물거리며 말했다. 무슨 소리냐. 여기도 훌륭하다. 정우는 고개를 갸웃거렸다. 김녕사굴에 또 한 번 가보면 어떨까, 하는 생각이 들어서……. 그렇다. 그곳이 원천이었다.

막걸리를 한 잔 단숨에 비우고 영규가 부르짖었다. 달다. 준성은 술맛이 어떤지 알 수 없었다. 입맛이 썼다. 시나리오를 쓰기로 하고 계약금을 받은 날이 저주스러웠다. 그는 묵묵히 막걸리를 비우고 회를 씹었다. 겨우 천만 원에 이리 코가 꿰이다니.

영규가 밑도 끝도 없이 얘기를 꺼냈다. '고양이'라는 공장이 있다. 유리병을 만든다. 김 아무개라는 사람이 사장이다. 노동자 백 명이 일한다. 김 사장의 아내를 박 아무개라 하자. 박 아무개가 어느 날 인력 파견회사 '쥐'를 만든다. 김 사장은 노동자들을 전원 해고하고 이제부터 '쥐'사를 통하여 노동자를 고용하겠다고 선언한다. 할 수 없이 직원들은 '쥐'사에 입사원서를 내고 '쥐'사는 그 노동자들을 '고양이' 공장에 파견 보낸다. 노동자들은 봉급의 십 퍼센트를 '쥐'사에 수수료로 내야 한다. 같은 노동자들이 같은 공장에서 같은 일을 하는데, 임금만 십 퍼센트 깎인 셈이다. 노동조합도 더불어 박살났다. 김 사장 부부는 훨씬 쉽게 노동자들을 관리하면서 돈도 더 많이 벌 수 있게 되었다. 뭔가 부당하지 않나?

"이런 일이 곳곳에서 벌어지고 있어, 지금. 대명천지에. 그런 일을 국가권력이 법적으로 보장해주고 있어. 그런 게 괴물 아니냐?"

술을 주고받으며 그들은 띄엄띄엄 애기를 계속했다. 그렇다고도 할 수 있겠지. 그렇다면 바로 그 공장 이야기를 영화로 만들어야지. 무슨 용왕대제가 필요한가? 꼭 그렇지는 않다. 단순히 한 공장에 그치지 않는다. 그런 일이 합법의 탈을 쓰고 벌어지는 세상의 생김생김, 그것을 합법으로 만들어내고야 마는 이놈의 세상 시스템, 그것이 괴물이다. '고양이' 공장, '쥐'사에서 벌어지는 일이 지난한 노력으로 극복되었다고 하자. 이 괴물이, 그 탐욕이, 그 탐욕의 제도가 살아 있는 한 또 다른 방식으로, 더 극악무도한 방식으로 그런 행위는 계속될 것이다. 그 괴물은 단순히 저 바깥에 있는 것일까? 우리 내면에도 있지 않은가? 우리는 사실 괴물의 새끼들이라 해도 무방하지 않은가? 왜? 우리가 그 괴물의 교육을 열심히 받았으니까. 잘했다고 표창장도 받고 장학금도 받고 하면서 어른이 되었으니까. 우리의 사고와 인식에는 그 괴물이 깊숙이 뿌리내리고 있다. 어디 인식뿐인가. 무의식까지도 지배를 받고 있으니 탈이지. 괴물의 새끼가 괴물을 죽이는 하극상의 싸움이 바로 괴물과의 싸움이 아닐까.

다른 말로 하면 혁명이 아닌가. 혁명이라는 괴물, 전 세계가 넌덜머리 나게 보지 않았던가? 괴물과 싸우기 위해서는 괴물이 필요한가? 꼭 그런 혁명이 아닐 수도 있을 것이다. 보다 부드럽고 보다 평화적인 혁명, 그런 것 상상해볼 수 있지 않을까? 그런 것도 혁명인가?

돌연 바다 왼쪽 어둠 속에서 나타난 탐색등(探索燈)이 캄캄한 바다를 새하얗게 가로질렀다. 탐색등 불빛은 바다를 샅샅이 훑은 다음 하늘을 구석구석 칼질하다가 사라졌다. 그 날카로운 불빛 앞에서 그들은 입을 다물었다. 그 탐색등이 상기시키는 것은 명백했다. 저 어둠 속 어딘가에 살의를 품고 적을 찾는 총포들이 은밀히 감춰져 있었다는 것을 그들은 깨달았다. 그곳은 단순한 바다가 아니었고 단순한 하늘도 아니었다. 그것은 단순한 어둠이 아니었다. 비린내는 여기에도 있었다. 그들이 앉은 곳에서 북쪽으로 사십여 킬로미터, 차로 삼십여 분만 달리면 이내 세계에서 가장 치열하게 적과 적이 대치한 휴전선이 자리 잡고 있었고, 그럼에도 불구하고, 진정 수수께끼 같은 일이지만, 그렇게 살의를 품고 대치한 그 적과 적은 오직 장사를 하기 위해서만 가끔, 아주 잠시 그 휴전선을 열고 사람과 돈을 주고받았다.

"한국이 전 세계 3위 무기 수입국이라더라. 1위가 중국, 2위가 인도. 1위, 3위 국가가 국경을 맞대고 있고, 그 사이에는 세상에서 가장 이상한 나라 북한이 끼어 있다."

정우가 말했다. 잠시 아무도 대꾸하지 않았다. 세계 무기 수입국 3위라는 통계가 내포하는 살벌한 의미가 그들의 뇌리에서 한동안 파동했다.

"그것도 괴물이다."

영규가 중얼거렸다. 여기도 괴물, 저기도 괴물. 괴물은 무불능통(無不能通)하고 무소부재(無所不在)한가? 새로운 신인가? 하지만 바로 그 괴물 속에 암처럼, 그 괴물을 죽일 수 있는 씨앗이 감춰져 있지 않을

230

까. 그 괴물의 살을 먹으며 동충하초처럼, 새로운 싹이 터 나오지 않을까. 역사라는 게 항상 그렇지 않은가. 부정되고 부정되고 또 부정되는 것.

정우가 웃고 준성이 따라 웃고 이내 머뭇거리다가 영규마저 웃음을 터트렸다.

정말? 아직도 그런 걸 믿는 거야? 믿는다, 이놈들아. 미신처럼? 이 비관주의자, 이 패배주의자들아. 비관주의가 아니라 좀더 신중하다 해야 하는 것 아닌가? 형이 철없는 알코올중독성 낙관주의자 아닌가? 부정된다, 라는 말, 애매하지 않아? 부정하는 주체는 누구야? 도대체 누가 부정하는 건데?

다시 창 너머 어두운 바다를 탐색등이 시퍼렇게 가르며 지나갔다.

24

차가 천호동 교차로를 지날 무렵 준성은 서진에게 미리 전화를 했다. 영규와 정우는 천호동 근처에 차를 세우고 어디 들어가 마지막으로 한잔 더 하자고 권했으나 준성은 거절했다. 생맥주 한잔하면서 마지막으로 정리하고 헤어지자니까. 영규가 그를 붙잡았으나 준성은 뿌리쳤다. 정리 충분히 했잖아. 그는 알고 있었다. 생맥주 한 잔이 오래지 않아 만취가 되고 말 것이다. 결국 영규와 정우는 준성네 아파트로 들어가는 골목에서 그를 내려주고 돌아가야 했다.

준성이 부지런히 아파트 광장을 건너가는 사이에 전화가 왔다. 정우였다. 그는 말했다. 서진 씨에게 전해줘. 촬영 다시 한 번 있을 거야. 촬영은 끝났다고 하지 않았던가? 보충 촬영이야. 시나리오를 좀 바꿨어. 한 달쯤 뒤에 연락해줄게. 서진이 홍정우 감독의 다음 영화 〈우물 속에서〉의 오디션을 본 것이 한 달 전이었다. 그는 서진을 단역으로 캐스팅했다. 보름 전 한 시퀀스, 세 개의 신을 촬영했다. 그것으로 서진의 몫은 끝이었다. 홍 감독의 말을 전하면 그녀가 기뻐할지 걱정을 할지 준성은 알 수가 없었다.

그는 승강기에서 내려 집으로 들어섰다. 초인종을 눌렀다. 서진이 문을 열었다. 두 사람은 현관에 마주 섰다. 서진은 잠시 그를 위아래로 살피며 뭔가 망설이는 듯하더니, 이내 온몸으로 부딪듯 격하게 다가와 그의 품으로 뛰어들었다. 그녀의 온몸이 뜨거웠다. 그녀의 입술이 그의 입술을 찾았다. 두 사람의 혀가 뜨겁게 얽히고 그의 팔이 그녀의 허리에 굳게 감겼다. 그녀의 살에서는 촉촉한 땀 냄새가 났고 그의 살에서는 비린 소금내가 났으며, 적어도 그 순간에는 지금 한데 얽혀 녹아내리는 그들의 혀처럼 두 사람 사이를 가로막을 수 있는 것은 아무것도 없을 것 같았다. 그의 손이 서진의 맨살을 탐하기 위해 허겁지겁 원피스 자락을 파고드는 순간, 초인종이 울렸다.

작은 초인종 소리가 마치 천둥이라도 울리는 것 같았다. 그렇게 그들은 놀랐다. 눈이 커다랗게 열리며 서진이 기겁을 했다. 누구지? 비명처럼 그녀가 부르짖었다. 준성은 그녀가 애처로웠다. 이렇게 공포에 질릴 필요가 더 이상 없지 않은가. 그는 서진을 다독거리고 모니터를 들여다보았다. 낯선 남자가 둘 서 있었다. 그 순간 준성도 깜짝 놀랐다. 얼마 전 바로 그 자리에 서 있던 깍두기 머리들이 생각났기 때문이었다. 그러나 다시 보니 그들은 김두만 김삼만이 아니었다. 준성이 누군지 물었다. 서에서 나왔습니다. 서? 그것이 무슨 뜻인지 준성은 잠시 헤아려보아야 했다. 서? 무슨 서? 강남경찰서에서 나왔습니다. 서진이 다시 겁에 질려 몇 걸음 뒤로 물러났다.

그 순간 준성은 나락으로 굴러떨어지는 듯한 공포에 사로잡혔다. 아아, 이 여자가 저지른 또 다른 짓이 있는 것은 아닐까. 내가 전혀 상상도 할 수 없는 또 다른 일로 이제 경찰이 그녀를 체포하기 위해 나타난 것은 아닐까. 아직까지 이 여자가 나에게 말하지 않은 어떤 비밀이 있는 것일까. 그의 눈에 원망스러운 기색이 스쳐갔고, 서진은 준성의 표정을 통하여 그의 모든 우려를 다 짐작했다. 그녀의 눈에 눈물이 맺혔다. 준성은 돌연 현관문 앞에 나타난 국가 공권력 앞에 고분고분 문을 열어줘야 했다.

두 사람의 형사가 들어섰다. 무슨 일인지 그가 묻기도 전에 형사가 먼저 물었다. 이준성 씨죠? 그렇다고 준성은 대답했다.

"서로 동행해주셔야겠습니다."

무슨 일인데요? 준성은 영문을 알 수 없었다. 일단 그들이 찾는 사람이 오서진은 아니라는 것에 그는 안심했다. 그 자신? 그는 별로 두려울 것이 없었다. 서진은 아직도 겁에 질린 낯으로 저만큼 떨어져 식탁 의자를 붙들고 서서 두 눈을 찢어질 듯 커다랗게 뜨고 이쪽을 쳐다보고 있었다. 그녀가 부들부들 떨고 있다는 것을 준성은 그제야 알았다. 실내에 떠도는 된장찌개 냄새도 그제야 맡았다. 문득 눈시울이 뜨거워졌다. 진이는 그의 전화를 받고 된장찌개를 끓이기 시작했을 것이다…… 붉은 티셔츠를 입은 형사가 물었다.

"문인철이라고 알지?"

그런 사람 모른다, 하고 준성은 말할 뻔했다. 그러나 곧 문인철이 '화이트아웃' 회원이라는 것이 생각났다. 기이하게도 그 생각이 무척 낯설었다. 그를 본 것이 언제였던가. 잘 기억이 나지 않았다.

"그 사람이 왜요?"

"가서 얘기합시다."

그 말과 함께 두 남자는 양쪽에서 준성의 팔을 붙들었다. 그는 버텼다. 무슨 일인지 말하기 전에는 안 갑니다. 해킹이야, 해킹. 화이트아웃인지 뭔지, 당신 그 회원이지? 대머리 형사가 말했다. 화이트아웃 회원이면 붙잡아 가는 겁니까? 붙잡아 가기는. 수사에 협조 좀 해달라는 거지. 대머리가 말하자, 붉은 티셔츠가 덧붙였다. 아니면 수색영장이랑 구인장이랑 받아와? 받아올 수도 있어. 이런 경우 어떻게 대처해야 하는 것인지 준성은 잘 알지 못했다. 안 가겠다고 버틴다 하여 될 일이 아닌 것 같았다.

해킹? 그들이 잠깐 계획한 통신사 해킹은 실현되지 않았다. 한두 번 문인철이 더 얘기를 꺼내기는 했으나 흥분이 가라앉으면서 회원들은 회의적이 되었다. 무엇보다 목표가 모호하고 효과가 시원치 않으리라는 점 때문이었다. 그러니까 그 문제 때문은 아닐 것이다.

잠깐만 기다려요. 나 옷 좀 갈아입고…… 완강하게 두 형사는 그를 잡아끌 뿐 팔을 놓아주지 않았다. 이거 좀 놔요. 도망 안 가요. 준성이 뿌리쳤으나 그들은 불문곡직 문을 열더니 당장 복도로 그를 끌어낼 기세였다. 서진이 뒤에서 어떻게, 어떻게 해…… 하고 울먹였다. 준성은 다시 한 번 버럭 소리쳤다. 놔요, 이거! 구속영장도 없다면서? 그제야 대머리가 팔을 놓아주었고, 그러자 붉은 티셔츠도 물러났다.

준성은 서진에게 다가갔다. 걱정 말라고 그는 말했다. 아무 일도 아니야. 곧 돌아올 거야. 서진은 울먹이며 그의 팔을 붙들었다. 안 돼, 안 돼, 안 돼……. 그녀는 다른 말은 생각나지 않는 듯 반복했다. 안 돼, 안 돼……. 그녀의 눈에 공포와 원망이 가득했다. 준성은 그녀의 어깨를 두 손으로 꼭 붙잡고 말했다. 날 믿어야 해. 아무 걱정도 하지 마. 편안히 기다려. 불안해하지 마. 준성은 그 자신보다 서진이 더 걱정스러웠다. 하필 이런 때에 이런 일이 벌어지는 것이 원망스러웠다. 문인철이라는 자는 도대체 무슨 짓을 저지른 것일까?

어서 갑시다. 형사가 재촉했다. 그러나 서진을 혼자 두고 떠날 수가 없었다. 발이 떨어지지를 않았다. 어서 가자고, 이 양반아! 준성은 돌아서서 현관으로 갔다. 서진이 다시 울먹이고 있었다. 안 돼, 안 돼……. 그가 돌아보려 했으나 형사들이 그를 떠밀었다. 으으으, 현관문이 닫히는 순간 준성은 그녀의 울음소리를 들었다.

경찰차가 한참 동안을 달리도록 그는 마음을 진정시킬 수가 없었다. 그 자신이 아니라 서진이 때문이었다. 속히 되돌아가지 않으면 그녀가 무슨 짓을 저지를 것만 같았다. 불안감을 뿌리치려 해봤으나 심장은 더욱 심하게 두근거렸다. 그는 휴대전화를 꺼내 서진에게 전화를 했다. 붉은 티셔츠가 그를 쏘아보았으나 막지는 않았다. 서진은 여전히 울먹이고 있었다. 그는 걱정 말라고, 울지 말라고, 불안할 것 없다고 말했다. 서진은 우느라 말을 하지 못했다. 무, 무슨…… 왜…… 언제…… 난…… 혼자……. 준성은 날 믿으라고, 믿어야 한다고, 안심하라고 말하는 수밖에 없었다. 서진은 믿는 것 같지 않았다. 준성은 오늘 밤이 지나도록 그가 돌아오지 않으면 김영규 선배에게 연락을 하라고 부탁하고 싶었다. 그러나 그녀가 더 깊은 불안감에 빠질 것 같아 그 말을 할 수가 없었다. 대신 그는 말했다. 그 된장찌개, 이따 돌아와서 먹을게. 그때 그만 꺼, 하고 붉은 티셔츠가 쏘아붙였다.

"된장찌개 좋아하네, 이 새끼 이거."

그는 금방 주먹질이라도 할 듯 눈을 부라렸다. 어느 사이 '이 양반'이 '이 새끼'가 되어 있었다.

국가권력이란 잔인하고 무도했다. 말단이나 최상층이나 마찬가지였다. 말단이 덜 잔인하다거나 최상층이 더 잔인하다고 생각한다면, 또는 그 역이라고 생각한다 해도, 그것은 착각이었다. 말단은 말단의 영역에서, 최상층은 광범위한 영역에서 기회만 생기면 언제든 최악의 잔인성을 발휘할 기회를 늘 엿보고 있었다. 기회가 생기면 결코 놓치지 않았다. 그들이 어마어마한 조직과 무기를 준비하고 훈련하는 것은 그것을 위해서였다. 그 조직과 무기는 물론 그들이 표방하는 대로 적에 대해서 사용되는 경우도 있었다. 그러나 늘 그런 것이라고 생각한다면 그 역시 어리석고 무서운 착각이었다. 스탈린이 지휘한 수

천만에 대한 숙청, 크메르루주의 킬링필드, 지난 칠팔십 년대 남미 여러 나라들의 정부가 저지른 잔인하고 '더러운 전쟁' 같은 것은 결코 적국에 대해 벌인 살육이 아니었다.

준성은 과거에도 그 국가권력의 말단과 부딪친 적이 있었다. 그가 대학에 다니던 시절 국가권력의 말단에는 백골단이라는 조직이 있었다. 그들은 하이에나처럼 떼로 몰려다니면서 기다란 쇠몽둥이를 휘둘러 대학생과 노동자 들을 때려잡았다. 몇몇 대학생, 노동자가 그 쇠몽둥이에 맞아 목숨을 잃은 적도 있었다. 준성은 목숨을 잃지는 않았다. 머리가 깨어져 피를 흘리는 그를 친구들이 병원으로 떠메어 갔다. 그는 머리에서 붉은 피가 쏟아져 길바닥에 흥건히 흐르는 것을 보며 자신이 무엇인지 적나라하게 깨달았다. 그는 짐승에 불과했다. 사냥당한 짐승은 머리를 열네 바늘 꿰맸다. 그때 유선은 울먹이다 신경질을 내고 그러다가는 또 흐느꼈다. 데모하지 말라고 그랬지? 니가 뭐가 잘나서 데모야?

지금도 마찬가지였다. 준성은 사냥당한 짐승이었다. 기회만 생기면 저들은 잔인성을 발휘할 것이다. 그런 기회를 주지 말아야 했다. 기회를 주지 않는 유일한 방법은 싸우는 것이었다. 그는 마찬가지로 눈을 부라리며 쏘아붙였다. 욕하지 마쇼. 나 당신 새끼 아니오. 어, 이 새끼 봐라. 다시 붉은 티셔츠가 눈을 부라렸다. 준성은 더 크게 눈을 부라렸다. 당신 새끼 아니라니까. 당신이 나한테 밥 한 번 사줬어, 양말 한 켤레 사줬어? 싸우는 것은 귀찮고 지루하고 권태로웠다. 그래도 싸우는 수밖에 없었다. 수탉이 보잘것없는 털이라도 있는 대로 부풀리듯이, 개가 으르르, 짖어대듯이. 사자는 무리 가운데 가장 병약하고 어린 가젤을 목표 삼아 사냥하는 법이었다. 그가 유순하게 대한다 하여 이들도 그를 유순하게 대우하리라고 생각한다면 그것은 위험천만한 착각이었다. 만만히 보이면 죽을 뿐이었다. 그것이 권력이었다. 권력은 폭력과 구별되지 않는 경우가 허다했다. 준성은 개처럼 으르릉거렸다. 씨발, 어디 대고 함부로 새끼야? 아무한테나 새끼야? 당신 몇 살이야?

준성은 권태롭고 귀찮고 혐오스러웠다.

25

눈앞에서 준성이 형사들에게 끌려 나가자 서진의 몸은 걷잡을 수 없이 떨려오기 시작했다. 한기가 그녀의 내장까지 한꺼번에 얼어붙이는 것 같았다. 그녀는 식탁 의자에 앉은 채 한참 동안이나 떨리는 두 손을 번갈아 주물러댔다. 아무것도 생각할 수가 없었다. 찌개가 새카맣게 타들어가 연기가 피어오르기 시작한 다음에야 그녀는 비로소 정신을 차리고 가스레인지의 불을 껐다. 저녁을 준비할 때 그녀는 벌써 시장기를 느끼고 있었다. 지금은 전혀 식욕을 느낄 수 없었다.

도대체 무슨 일일까? 준성이 무슨 일을 저질렀기에 형사들이 집에까지 찾아와 그를 체포해 가는 것인가? 그녀는 자신이 아는 모든 범죄들을 나열해보았다. 사기, 절도, 살인, 강도, 강간……. 그런 짓을 저지를 사람이 아니었다. 그렇다면 왜? 무엇 때문에? 사람에게는 누구나 비밀이 있을 것이다. 그에게는 어떤 비밀이 있었을까?

준성이 무슨 짓을 저질렀는지 궁금하기는 했으나, 사실상 그녀에게 문제가 되지는 않았다. 그가 붙잡혀 갔다는 것, 그가 여기 없다는 것이 문제였다. 이제 그는 없다. 언제 돌아올지도 알 수 없다. 그녀는 혼자 남겨졌다.

혼자 남았다는 것, 그것이 서진에게는 공포였다. 언젠가 바로 이렇게 되고 말리라는 예감에 그녀는 늘 시달렸다. 아무도 없이, 가진 것도 없이 혼자 남겨지게 되리라는 것. 아버지가 이백만 원이네 사백만 원이네 하고 전화를 할 때 그녀가 느낀 것도 바로 이런 공포였다. 혼자라는 것, 그녀를 보호해줄 사람도 도와줄 사람도 없다는 것, 일시에 전혀 알지 못하는 어떤 곳으로, 알지 못할 구렁텅이로 처박히고 말리라는 것, 그에 대해 항의할 수도 없고 저항할 수도 없게 되고 말리라는 것, 그런 것이 그녀에게는 가장 큰 공포의 원천이었다.

이제 마침내 그렇게 되고 말았다.

서진은 방마다 돌아다니며 전등을 모두 켰다. 방문도 다 열어두었다. 화장실의 전등도 켜고 그 문도 열어두었다. 거울들이 사방에서 오가는 그녀의 모습을 비췄다. 거울이 눈에 띌 때마다 그녀는 일부러 외면했다. 거울을 보면 틀림없이 눈물이 쏟아지기 시작할 것 같았다. 그래서는 견딜 수 없을 것이다. 준성이 언제 돌아올지 알 수 없는데, 그런데 울기 시작했다가는……. 그녀는 절대로 울지 말아야 한다고 생각했다. 그것은 위험했다. 눈물이 비죽비죽 흘러나왔으나 이를 악물고 참았다.

 이 공포와 불안으로부터 벗어나기 위해서 무엇을 해야 하는지를 그녀는 알지 못했다. 그러나 그녀의 본능은 알았다. 비싼 옷을 입고 나가 비싼 쇼핑을 해야 했다. 비싼 거리를 활보하거나 비싼 카페나 술집에 앉아 비싼 사람들이 그녀를 값비싼 흠모의 눈길로 쳐다보는 것을 무시하는 한편 즐겨야 했다. 그것으로 그녀는 적어도 공포와 불안감을 잊을 수 있을 것이다. 외출을 할까, 하고 그녀는 생각했다. 옷방에 걸린 값비싼 옷들이 그녀의 머릿속에서 파르락 넘어갔다. 어느 옷을 입을까. 어떤 핸드백을 들까. 어떤 구두를 신을까. 검정 원피스와 타미힐피거의 카디건, 샤넬 핸드백, 그리고 샤넬의 구두를 신으면 그녀는 어떤 모습일까. 외출을 생각하는 사이 공포와 불안감의 파고가 조금은 낮아지는 것 같았다.

 그러나 어디를 갈 수 있을까? 갈 곳이 마땅치 않았다. 곧 한호섭이 생각났다. 그녀는 머리를 저었다. 그것은 어리석은 짓이었다. 그것이 어리석은 짓이라는 것을 그녀는 너무나 잘 알고 있었다. 그를 통하여 얻을 수 있는 것이 없다는 것을 서진은 이미, 오래전부터 알고 있었다. 그런데 왜 그에게 매달렸던가?

 아니, 그녀는 준성을 생각해야 했다. 그의 강직한 시선을, 따뜻한 시선을 생각해야 했다. 그런데 그는 형사들에게 문을 열어주기 전에 도대체 어째서 그런 이상한 눈빛으로 서진을 쳐다본 것일까? 그 낯설고 차가운 눈빛은 무엇을 의미하는 것일까?

 다시 불안감의 파고가 높아지기 시작했다. 그녀는 냉장고에서 맥주를 꺼냈다. 차디찬 맥주가 목줄기를 타 넘어가자 진저리가 났다.

지난 두 달 남짓, 봄빛이 무르익는 동안 서진은 처음으로 고요한 행복을 맛보았다. 그녀가 늘 꿈꾼 호사스러운 생활은 결코 아니었다. 그런 것과는 거리가 멀었으나 그녀는 차분하고 소박한 일상의 행복이 어떤 것인지, 한가로움이나 편안함이라는 것이 무엇인지를 처음 알았다. 그런 편안함이 존재한다는 것을 그녀는 처음 알았다. 그녀는 자신이 준성을 지나치다 할 만큼 믿고 있다는 것을 깨닫고 가끔 놀랐다.

그가 부채를 갚아주었기 때문인가? 아니, 단순히 그것만이 아니었다. 돈이라니. 그녀는 돈이 사람을 어떻게 만드는지 잘 알고 있었다. 그가 돈을 갚아주겠다고 했을 때 서진은 놀랐다. 그에게 그런 돈이 없다는 것을 서진은 잘 알고 있었다.

그녀는 지쳐가고 있었고, 한 번만, 꼭 한 번만 큰 계약이 생기면 그런 돈 따위는 아무렇지도 않게 갚아버릴 수 있으리라는 자신감도 무너져가고 있었다. 그런 기회는 오지 않을 것이다. 게다가 그녀는 늙어가는 중이었다.

준성은 돈이 있다고 말했다. 어디에? 어딘가 돈을 감춰두고 그다지 지지리 궁상을 떨었단 말인가? 아니었다. 그는 은행에서 대출을 받겠다고 했다. 은행에서 돈을 아무한테나 빌려주는 줄 아는가? 준성은 아파트를 담보로 하면 빌릴 수 있다고 말했다. 이 사람이 지금 농담을 하는 것인가? 서진은 믿을 수가 없었다. 어째서? 어째서 나 같은 것의 빚을 갚아주기 위해 아파트를 담보로 잡는단 말인가? 준성은 말했다.

"미안해, 진이."

이건 또 무슨 소린가? 서진은 영문을 알 수 없었다. 그러나 준성은 진지하게 그녀를 쳐다보고 있었다. 아아, 그 눈, 서진을 사로잡은 바로 그 눈이었다.

"너와 헤어지는 수밖에 없겠다는 생각을 했어. 겨우 돈 때문에 헤어질 생각을 하다니. 난 못난 놈이야. 괴물 어쩌고 하면서 나 자신이 바로 괴물이 되어가는 것을 몰랐어."

그가 진심이라는 것을 알게 되자 서진은 더 믿을 수가 없었다. 그 눈, 조용하고 담백한 눈으로 그녀를 바라보며 그는 계속해서 말했다. 언젠가 우리는 헤어지게 될지도 모른다. 그렇게 되기를 바라는 것은 아니지만, 사람 일이란 알 수 없지 않으냐. 하지만 돈 때문에 우리가 헤어지는 일은 벌어지지 않을 거다. 이 돈같이 더러운 세상, 돈 때문에 헤어지다니, 얼마나 참혹하고 못난 짓이냐.

다음 날 준성은 서진과 함께 은행으로 가서 대출 서류를 제출했고, 나흘 뒤에 그의 통장으로 오천만 원이 입금되자 그녀가 돈을 빌린 사금융 회사에 일일이 전화를 하여, 원금과 이자를 확인하고, 그 자리에서 송금했다. 나리에게도 전화를 하여 원금에 은행 이자를 덧붙여 부채를 청산했다. 부채 총액은 놀랍게도 사천삼백삼십만 원이었다. 그녀가 짐작하고 있었던 금액에서 사오백만 원 정도를 상회하는 금액이었다. 서진은 부끄럽고 미안했다. 고맙고…… 또한 부담스러웠다. 그 돈으로 하여 서진과 준성의 관계가 혹시 변하지나 않을까 걱정스러웠다. 돈이 무슨 요망한 짓을 할 수 있는지 그녀는 알고 있었으니까.

그날 저녁 그들은 와인바에 갔다. 사티의 피아노가 온화하고 조용하게 흘러나왔고, 준성은 꿈처럼 편안한 얼굴로 천천히 와인을 마셨다. 그의 얼굴은 맑고 고요했다. 그러나 서진은 그의 오천만 원이 목을 졸라매는 것 같았다. 이 부담으로 하여 준성에게 더 고분고분해지는 일이 결코 생기지 않으리라는 것을 그녀는 잘 알고 있었다. 그녀는 더 엇나갈지도 모른다. 자신이 고분고분해지려는 기색이 느껴지면 오히려 의식적으로 더 뻣뻣해지려고 할 것이다. 그녀의 얼굴은 어두웠다. 빚이라는 것이 쉽게 청산되지 않는다는 것을 그녀는 알고 있었다.

"한두 가지만 부탁해도 돼?"

준성이 말했을 때 서진은 그러면 그렇지, 하고 생각했다. 마침내 그의 조건들이, 새로운 부채의 내용이 쏟아져 나올 것이다. 그녀는 실망하면서도 한편으로는 마음이 편했다. 이것이 거래라면 차라리 마음이 홀가분해질 것이다. 갚거나 갚지 않으면 그만이다.

"다 잊어버려, 이제. 돈 같은 것, 부채 같은 것."

이것도 조건인가? 요구인가? 그런 것 같지 않았다. 나머지 한 가지는 무엇일까? 서진은 말똥말똥 그를 쳐다보았다.

"홍정우 영화 오디션, 한번 가보지 않을래?"

홍정우 감독에게 무슨 약속이라도 받은 것일까? 그렇지는 않았다. 오디션을 통과할지 못할지, 그는 전혀 알지 못했다. 정우는 서진이 오디션에 온 것을 보면 놀랄 것이다. 준성은 그녀에게 원하는 것을 얻기 위한 정상적이고 상식적인 절차를 한번 밟아보라고 권하는 것이었다.

이런 것도 조건일까? 요구일까? 또 무슨 요구가 나올까? 서진은 기다렸다. 그러나 준성은 더 이상 말을 하려 들지 않았다. 서진은 말끔히 그를 쳐다보고 있었다. 이것으로 끝인가? 그녀가 예상한 것과는 달리 그것으로 끝이었다.

갑자기 서진의 뺨으로 눈물이 주르르 흘러내렸다. 준성이 당황하여 의자에서 일어나 그녀 옆으로 오려다 그녀가 손을 내젓자 얼른 다시 앉았다. 서진은 고개를 숙이고 크리넥스를 꺼내 눈물을 훔쳤다. 준성은 그녀의 잔에 와인을 따라주었다.

"나에게서 뭘 원해?"

서진이 묻자 그는 다시 저 담백한 눈으로 그녀를 바라보았다. 너, 하고 그는 말했다. 이미 가졌잖아. 그녀가 말했다. 그는 고개를 끄덕였다. 널 잃고 싶지 않아. 저 괴물에게 널 빼앗기고 싶지 않아. 저 괴물이라니? 그녀가 물었으나 준성은 이미 다음 얘기를 시작하고 있었다. 또 서진이 진정 원하는 것을 성취하는 것을 보고 싶어. 그게 뭔데? 서진이 묻자 그는 입을 다물었다. 그러나 표정으로 서진은 그에게 뭔가 하고 싶은 말이 더 있다는 것을 알 수 있었다. 내가 진정 원하는 게 뭔데? 그녀가 다시 물었다. 음, 뭔데? 그녀는 준성이 하고 싶은 말을 마저 듣고 싶었다. 망설이다가 그는 입을 열었다.

"한 번만 생각해볼래? 진이가 지금 원한다고 믿는 것, 그러니까 명품들, 유명한 모델, 텔레비전 배우나 영화배우가 되는 것, 그거 정말 진이가 원하는 건가? 그게 아니라 뭔가 다른 것을 얻기 위한 수단에 불과한 것은 아닌가? 만일 수단일 뿐이라면 꼭 그런 수단뿐인지, 다른 방법도 있는 것은 아닌지, 한 번만, 조금만이라도 생각해보았으면 좋겠어. 생각해보면 다른 방법이 얼마든지 있을 수도 있으니까."

"그게 뭔데?"

서진이 다시 물었다. 다른 것이 뭐란 말인가? 준성은 말했다. 내가 진정 원하는 게 뭐라고 생각하는데, 해커 아저씨? 사람들이 누구나 원하는 것. 행복, 즐거움, 자신감, 안정감, 편안함, 그런 것. 그것이 준성의 대답이었다. 싱겁고 애매했다. 준성은 고개를 저었다. 세상 모든 사람이 원하는 것은 바로 그것이라고 그는 주장했다. 돈도 사랑도 자기 성취도…… 모두 바로 그것, 행복과 안정, 자신감, 그런 것을 얻기 위해 필요한 것일 따름이다.

서진은 눈물을 닦고 와인을 마셨다. 그가 원하는 게 그런 것이라면 얼마든지 해볼 것이다. 그게 결코 가능할 것 같지는 않았으나, 다 잊어버리는 것은 그녀가 원하는 바였다. 홍 감독의 오디션에 가보는 것, 자존심이 상하기는 하지만, 어렵지 않은 일이었다. 동료 모델들 가운데 텔레비전 배우 시험을 보거나 뮤지컬의 오디션을 보러 다니는 이들이 있다는 것을 그녀는 알고 있었다. 생각해보라는 것 역시 어렵지 않은 일이었다.

그녀는 용기를 내어 하기 어려운 얘기를 꺼냈다. 그러면 날 용서할 거야? 준성은 눈을 커다랗게 뜨고 고개를 흔들었다. 뭘 용서한다는 것인가? 그가 용서할 것이란 없다. 그녀가 준성에게 용서를 구할 이유도 없다. 그는 곤경에 처한 친구를 도와준 것뿐이다. 준성이 곤경에 처하면 진이는 도와주지 않을 것인가?

집으로 돌아온 두 사람은 거실에서 긴 시간 몸을 섞었다. 준성은 서진의 머리칼에서부터 발가락까지를 천천히 정성을 다해 어루만지고 쓰다듬고 쥐고 입 맞췄다. 그의 손과 입은 서진의 젖가슴과 배와 허리에서 영원히 떠날 줄 몰랐고, 그녀의 팔과 다리는 내내 그의 몸에 감겨 있었으며, 거실의 크고 작은 거울 속에서 흘러나온 그녀의 팔과 다리 들이, 수십 개의 팔과 수십 개의 다리 들이 더불어 준성의 몸에 감기고 또 감겨 풀리지 않았다. 준성의 욕망은 어느 때보다 강하고 저돌적이었으며, 그를 받아들이는 서진의 몸은 물보다 순하고 흙보다 부드럽고 불보다 뜨거웠다. 그들은 비둘기처럼 사랑했고 누에처럼 사랑했다. 민들레처럼 사랑했고 감나무처럼 사랑했으며, 바람과 보리밭처럼 사랑했고, 비와 흙처럼 사랑했다. 표범처럼 사랑했고 잉어처럼 사랑했다.

준성은 집 안이 그들의 사랑으로 가득 차 돛처럼 팽팽히 부푸는 것을 보았다. 서진은 그들의 뜨거운 호흡이 실처럼 흘러나와 집 안 구석구석에 형형색색의 찬란한 무늬들을 수놓는 것을 보았다.

준성은 그날 여자들의 값비싼 명품 속옷이 무엇을 지향하는지를 알게 되었다. 서진의 속옷은 그녀의 살결과 참으로 흡사했다. 흡사했으나 그녀의 살이 지닌 온기와 부드러움에는 훨씬 미치지 못했다. 속옷을 만들어 파는 장사꾼들은 바로 그것, 젊은 여자의 매혹적인 살결,

늙지 않는 피부에 가까운 모조품을 만들어내기 위해 무한히 애쓰고 있었고, 그런 살결을 지니지 못한 여자들, 혹은 나이가 들어 그런 살결을 잃은 여자들은 값을 따지지 않고 그 모방된 살결을 사들였다. 장사꾼들은 그 아름다운 살결에 주둥이를 박고 모방된 살, 모방된 매혹, 가짜를 만들어내면서 이익을 빨아들이는 셈이었다.

준성은 말했다. 서진에게는 이런 것 필요치 않아. 이보다 훨씬 매혹적인 것을 이미 가지고 있으니까. 그녀는 깔깔거렸다. 그가 다시 말했다. 이건 복제품에 불과해. 불량 복제품. 그녀는 값비싼 복제품, 하고 말했다. 값이 얼마건 불량 복제품이야.

어째서 진이는 명품에 그다지 집착하는가? 명품 없이도 넌 정말 아름답다. 한겨울에 여자들이 오들오들 떨면서까지 악착같이 미니스커트를 입으려 하는 것은 어째선가? 젊고 아름다운 여자들이 꼭 화장을 하고 집을 나서는 것은 또 뭔가? 모방된 아름다움, 가짜로써 진짜를 장식하는 여자들, 그 틈에 이익을 취하는 장사꾼들, 뭔가 농간의 냄새가 나지 않는가? 요즘은 중고등학생들도, 남자아이들도 화장을 하고 다니지 않는가? 농간의 냄새가 나지 않는가? 서진은 말했다. 아름다워지고자 하는 것은 모든 여성의 본질적 욕구다. 준성은 반박했다. 그러나 남들이 본다 하여 아름답지 않은 것이 아름다워지는 것도 아니고, 남들이 보지 않는다 하여 아름다운 것이 덜 아름다워지는 것도 아니다. 누가 보건 보지 않건 아름다운 것은 아름답고 추한 것은 추하다. 언제부턴가 사람들은 아름다움과 주목받는 것을 동일시하게 된 것은 아닐까? 혹시 그것은 광고되는 것, 포장되는 것, 그리하여 매매되는 것에 대한 선호와 관련이 있는 것은 아닌가? 이미 충분히 아름다운 여자들이 성형수술을 받기 위해 적금을 들고 곗돈을 붓고 하는 것도 비슷한 것 아닌가? 오늘날 사람들은 아름다움 자체보다 주목받는 것, 혹은 매매되는 것을 더 선호하는 경향이 있는 것 같은 데? 나아가서는 아름다운 것과 매매되는 것을 혼동하거나 동일시하는 것 같지 않은가?

며칠 후 준성은 아침 일찍 서진을 재촉하여 집을 나섰다. 그는 그냥 봄나들이라고만 말했다. 날씨 좋잖아. 어디? 어디든. 오랜만에 준성이 운전하는 차를 타고 그들은 서울을 벗어나 고속도로에 들어서 남쪽으로 달리고 또 달렸다. 휴게소에서 김밥과 만두, 라면으로 아침 겸 점심을 먹었다. 서진은 아이스크림을 핥았다. 아이스크림에 명품이 없다는 것은 얼마나 다행인가. 그녀는 깔깔거리며 말했다. 명품 있어. 그러나 칠백 원짜리 브라보콘에도 그녀는 만족할 줄 알았다. 고속도로를 벗어난 그들의 차는 한적한 국도를 한가롭게 달렸다. 햇빛은 찬란했고 봄물 오른 나무들은 모든 가지를 흔들며 환호했다.

낯익은 풍경들이 나타나기 시작하자 서진은 이것이 단순히 봄나들이가 아니라는 것을 깨달았다. 우리, 지금 가는 곳이⋯⋯. 준성은 말했다. 나늘이 나선 심에. 신이 여기 온 시노 쌔 뇐 섯 샽고.

길 한번 물어보지 않고 준성은 청송요양원에 이르렀다. 오후 두시 무렵이었다. 미리 지도를 찾아보고 도로를 기억해둔 덕이었다. 그는 차의 트렁크에서 미리 챙겨둔 케이크를 꺼냈다. 서진은 차에서 내릴 수 없었다. 눈물이 났다. 준성이 다시 차에 올랐다. 혼자 갔다 오려면 그렇게 해. 난 여기서 기다릴 테니까. 서진은 대답할 수 없었다. 그녀는 잠시 그의 뺨에 뺨을 대고 눈물을 삼켰다. 그에게서는 봄 냄새가 나고 햇볕 냄새가 나고 노릿한 담배 냄새가 나고…… 황홀했다. 알 수 없는 일이지만 그의 손끝이 그녀의 몸 어딘가에 닿기만 해도 그만 오르가슴에 이르게 될 것 같았다.

혼자 갈 필요는 없었다. 그녀의 아버지 오태수는 이미 아무도 알아보지 못하는 치매였으니까. 요양원 복도로 들어서자 봄은 사라졌다. 퀴퀴한 거름 냄새와 소독약 냄새가 기묘한 비율로 뒤섞여 어디에서도 경험한 적 없는 야릇한 것이 되어 그들의 후각에 달라붙었다. 후각은 곧 마비되어 그들은 침침한 복도 깊이 걸어 들어가면서도 더 이상 그 냄새를 맡을 수 없었다. 서진은 어느새 걸음을 빨리하여 앞장서서 복도를 걸어가고 있었다.

사인용 병실, 창 밑 침대에 그가 누워 있었다. 준성은 한눈에 그를 알아보았다. 서진과 얼굴 윤곽, 눈과 코의 선명한 선이 비슷했다. 서진이 침대 앞으로 다가갔으나 오태수는 멀뚱멀뚱 그녀를 쳐다볼 뿐이었다. 준성이 그녀의 옆에 섰다. 이번에는 오태수는 준성을 물끄러미 쳐다보았다. 준성은 고개를 숙여 인사를 했다. 안녕하세요? 오태수가 손을 들어 준성을 가리켰다. 준성은 기다렸다. 그는 한동안 말이 없었다. 비쩍 마른 누런 손가락을 들어 준성을 가리키는 오태수의 두 눈은 오직 깨끗할 따름이었다. 욕망도 슬픔도 고통이나 의지도 아무것도 찾아볼 수 없었다. 단추처럼 희미하게 반짝일 뿐, 그 눈은 무의미한 작은 구멍 같았다. 마침내 그가 입을 열었다.

"그거…… 얼만교?"

준성은 당황했다. 아, 이, 이거요? 그가 입은 상의는 사파리라 불리는, 오래전에 대형 마트에서 구입한 물건이었다. 얼마였는지 전혀 기억이 나지 않았다. 그가 우물쭈물하자 서진이 재빨리 대답했다. 육십구만 원이야, 아버지. 오태수가 투덜거렸다. 디지게 비싸데이. 서진이 케이크를 내려놓았다. 그는 다시 물었다. 이건 얼마고? 이번에는 준성이 대답했다. 삼만오천 원입니다. 그건 괜찮은 가격이데이. 물건도 좋나? 진지하게 그는 케이크 상자를 쓰다듬었다. 서진이 말했다. 맛도 좋아요. 웃으며 말하는 그녀의 눈에 눈물이 맺힌 것을 준성은 보았다. 뭉클, 그의 눈에도 눈물이 맺힐 것 같았다. 그는 케이크 상자를 열었다. 서진이 케이크를 잘라 종이접시에 올려놓았다. 오태수는 손으로 케이크를 집어 입으로 가져갔다. 오물오물, 그의 턱이 저작을 시작하자 마치 자동 장치가 작동된 듯 그의 단추 같은 눈에서 눈물이 흘러내렸다. 이내 콧물도 흘러내렸다. 서진은 케이크를 종이접시에 담아 병실 안의 다른 노인들에게 가져다주느라 바빴다. 준성은 그녀가 메고 온 배낭에서 물휴지를 꺼내 오태수의 눈물 콧물을 닦아주었다. 그가 다시 물었다. 그건 얼마고? 준성은 머뭇거리다가 대답했다. 이천원쯤 할 겁니다. 그거는 싸데이. 좋네. 뭐에 쓰는 기고? 이렇게 닦을 때 쓰는 겁니다. 닦아? 와? 물로 안 닦노, 요새 아아들은?

서진이 돌아와 침대 위에 앉았다. 그녀의 코끝이 빨갰다. 눈이 젖어 있었다. 준성은 그녀의 어깨에 손을 놓았다. 그녀가 고개를 옆으로 기울여 그의 손등에 뺨을 잠시 얹어놓았다. 그사이 체온이 오가고 슬픔과 위안이 오았다. 창가에 참새가 한 마리 날아와 잠깐 우짖더니 재빨리 사라졌다.

천천히 드세요, 아버지. 서진이 말했다. 갑자기 오태수가 눈을 치떴다. 이노무 가스나 아무한테나 아부지란다. 미쳤나. 쥑이쁜다. 서진은 웃으며 또 한 조각의 케이크를 접시에 담아 그에게 내밀었다. 메마른 손으로 그가 케이크 접시를 받았다. 이건 얼마고? 그가 다시 물었고, 준성은 다시 대답했다. 삼만오천 원입니다. 오태수가 말했다. 벌써 그래 올랐나? 도둑놈들이데이.

차 안으로 돌아오자 서진은 흐느끼기 시작했다. 준성은 아무 말도 할 수 없었다. 그녀의 등을, 어깨를, 머리를 쓰다듬어주는 것이 그가 할 수 있는 최선이었다. 그녀의 슬픔에 대해 아무것도 할 수 없다는 것이 안타까웠다. 흐느끼던 그녀가 갑자기 준성의 목에 매달렸다. 그는 서진을 마주 안았다. 그녀의 눈물이 그의 얼굴을 적셨다. 그녀의 목을, 몸을 타고 흐르는 울먹임이 그의 몸으로 전해졌다.

이 사이에는 아무것도 없다, 하고 그는 생각했다. 그녀의 뺨과 내 뺨, 그녀의 슬픔과 나의 슬픔 사이를 가로막는 것은 아무것도 없다. 한 혈관으로 이어진 듯 그는 고스란히 서진의 슬픔과 울먹임을 느끼고 있었다. 영원히 이 사이에 아무것도 들어설 수 없기를, 하고 그는 바랐다. 아무것도 들어설 수 없게 하겠다고 마음먹었다. 차창 밖으로 바람이 버드나무 사이를 빠져나가 어느새 석양이 물드는 찬란한 하늘로 내달았고, 그 너머에서 개밥바라기가 반짝 빛났다.

그날 이후 서진의 무엇인가가 변했다. 과거에, 그렇다, 그것은 과거였다, 그녀는 얕은 물 속에 던져진 물고기 같았다. 늘 숨이 가빴다. 그녀의 가슴속에서 쉬지 않고 째깍거리던 불안감도 차츰 희미해졌다. 그녀는 더 이상 불안과 조급증으로 시달리지 않게 되었다. 수시로 휴대전화의 문자를 확인하던 버릇도 서서히 사라졌다. 하루라도 빨리, 한시바삐 뭔가가 되기 위해서 그녀가 최선이라 믿은 방법들을 다 버린 것이라 할 수는 없을지 모르나, 그에 대해서도 어느 정도 거리를 두고 생각할 수 있게 되었다. 무엇보다도 한호섭이 진정 그녀를 데뷔시킬 능력이 있는지, 데뷔시킬 의지는 있는지 의구심을 품고 살펴보게 되었다. 이제껏 그녀는 두려움 때문에 그런 의구심도 품어보려 한 적이 없었다. 그 의구심은 단순히 그에 대한 의구심에 그치는 것이 아니라 그녀 자신의 가능성에 대한 의구심이었고, 그 한 발 너머에는 나락이, 저 캄캄한 감천동의 구렁텅이가 놓여 있었으니까.

그녀가 홍정우 감독의 두번째 작품 〈우물 속에서〉의 오디션에 나가보겠다고 마음먹을 수 있었던 것도 그 때문이었다. 휑한 사무실, 홍 감독과 다른 세 낯선 남자들이 긴 책상 너머에 나란히 앉아 있었고, 그들 옆에는 장난감처럼 작은 카메라 하나가 가느다란 삼각대 위에 놓여 있었다. 그녀가 상상한 오디션과는 거리가 한참 멀었다. 그 앞에서 서진은 한 장짜리 시나리오의 대사를 읽고 연기를 했다.

"이제 평화롭게 살고 싶어. 내가 만난 남자들은 다 적이었어. 사랑하는 사람일수록 더 큰 적이 되어버렸어. 지쳤어. 이제 싸우지 않고 살고 싶어."

기나긴 줄 끝에 서서 세 시간을 기다려 사오 분 만에 오디션은 장난처럼 끝났다. 그녀가 받은 유일한 대접은 홍정우가 그녀를 복도까지 따라 나와 인사를 했다는 것이었다. 그는 준성에게 안부 전해달라고 말했다. 그뿐이었다. 오디션 결과에 대해서는 전혀 아무런 언질도 주지 않았다.

서진은 내쫓긴 기분이 되어 집으로 돌아오며 오디션을 본 것을 후회했다. 이런 방법으로는 천 년이 걸려도 스타가 될 수 없을 것이다. 이틀 뒤에 그녀는 홍정우로부터 전화를 받았다. 캐스팅이 되었다, 단역이다, 주인공의 언니다, 시나리오를 보내겠으니 주소를 알려달라는 내용이었다. 단역이라고? 그러나 그녀는 기뻤다. 시나리오가 도착하자 그녀는 단숨에 읽어 내려갔다. 무슨 이야기인지 다소 이해하기가 힘들었다. 그러나 문제는 그것이 아니었다. 그녀의 배역이 꼭 한 시퀀스, 세 신에 등장하는 것으로 끝이라는 것, 게다가 직업이 패밀리 레스토랑 종업원이라는 것이 문제였다. 대사가 없는 신이 두엇 더 있는 것 같기는 했으나, 대사가 없다는 것은 그녀에게는 전혀 무의미하다는 뜻이었다.

비록 알려지지 않은 모델이라고는 하지만, 서진은 일단 무대에 서면, 카메라 앞에 서면 늘 주인공이었다. 모든 조명과 카메라는 언제나 그녀를 쫓아다녔고, 그녀는 항상 카메라 앵글의 중심이었다. 그런데 이건 뭔가? 백 분짜리 영화에 그녀는 겨우 십 분 남짓 등장하게 될 것이다. 그나마 편집 과정에서 잘려 나갈지도 모른다. 이 짓을 해야 할까? 이 짓을 하는 게 그녀에게 도움이 될 것인가?

망설이는 그녀에게 준성은 말했다. 한 걸음이 중요해. 그 한 걸음이 없으면 스타도 없어. 날짜가 다가오자 서진은 오직 약속을 지키기 위하여 촬영 현장으로 갔다. 카메라와 조명과 빗물 뿌리는 장비와…… 그런 것들이 설치되는 동안 하염없이 군중들 속에 앉아 기다렸다. 그동안 주인공 여자배우와 남자배우는 감독 뒤쪽에 놓인 벤치에 앉아 커피를 마시고 찧고 까불고 장난을 하고, 서진은 보지 않는 척하면서 그 모든 것을 지켜보았다.

마침내 촬영이 시작되었다. 같은 대사를 반복하고, 홍 감독이 컷, 하고 소리치고, 모니터를 들여다보고, 카메라 감독하고 뭔가 상의를 하고, 한 번 더, 하고 외치고, 그러면 다시 빗줄기가 쏟아지기 시작하고, 조감독이 카메라를 가로막고 클리퍼보드를 치며 씬 79, 하고 외치고 재빨리 사라지고, 서진은 당신이 꼭 지금처럼 살고 싶어서 그렇게 사는 게 아니라는 거 나 알아, 하고 말하고 텔레비전에서 가끔 본 적이 있는 별 매력 없는 남자배우는 고맙다, 하고 대꾸하고, 서진은 난 어때, 나라 해서 꼭 이렇게 살고 싶은 건 줄 알아, 하고 묻고, 그렇게 주고받으며 골목을 걸어 올라가고, 컷, 하는 홍 감독의 외침이 들리고, 그는 모니터를 들여다보고, 카메라 감독과 함께 뭐라고 뭐라고 중얼거리고, 홍 감독이 다시, 하고 소리 지르고, 그러면 또다시 같은 일이 반복되고……. 물로, 땀으로 온몸이 축축해져서 정말 더러운 기분이 되었다. 그녀는 자신이 한없이 초라해지는 것 같았다.

가장 기가 막힌 것은 홍정우가 그녀에게 한 말이었다. 서진 씨, 연기하려고 하지 말아요. 그냥 서진 씨의 평소 말씨 그대로, 움직임 그대로 말하고 움직이면 됩니다. 대사할 때도 노래 부르는 것처럼 뜸들이지 말구요.

서진은 영문을 알 수 없었다. 도대체 그게 무슨 소린가? 그녀는 연기를 하려고 여기에 온 것이 아닌가? 그런데 연기를 하지 말라니? 어쩌라는 것인가?

예닐곱 번이나 엔지가 이어지자 서진은 지쳤다. 화가 나고 주눅이 들고 말도 제대로 나오지를 않았다. 따뜻한 봄 날씨라고는 해도 물에 계속 노출되자 입술까지 새파래졌다. 지친 나머지 아무렇게나 해치우자는 심사로 함부로 말하고 맥없이 움직이자 오케이 사인이 났다. 어처구니없는 노릇이었다.

이박삼일 동안 인천의 차이나타운에서 먹고 자며 촬영을 하는 사이 그녀는 자신도 모르는 사이 천천히 변해갔다. 이들은 무뚝뚝하고 사무적이었다. 검소하고…… 아니, 거의 궁상맞았다. 감독이나 배우나 모두가 오천 원짜리 싸구려 백반을 먹었다. 톱스타가 카메라 기사, 단역배우와 한 상에 마주 앉아 김치찌개 냄비에 다 같이 숟가락을 넣었다 뺐다 하며 밥을 먹는 꼴을 보면서 서진은 충격을 받았다. 광고의 세계와는 무척이나 달랐다.

카메라도 달랐다. 이곳의 카메라는 가만히 서 있었다. 선 채 그녀를 지켜보았다. 꼭 사람 같았다. 우뚝 서서 세상을 구경하는 낯선 사람. 광고의 카메라는 악착같이 그녀를 따라다녔다. 왱왱거리고 쫓아다니며 결코 떠나가지 않는 모기 같았다.

이곳에는 뭔가가 있었다. 그것이 무엇인지 서진으로서는 아직 짐작이 가지 않았으나 광고의 세계에서는 볼 수 없었던 무엇인가가 거기 있다는 것, 그것이 무척 진지하고 치열하다는 것, 감독만이 아니라 그곳에 있는 모든 사람들이 그것을 무척 귀중히 여긴다는 것을 그녀는 알 수 있었다. 그것이 무엇인지 궁금했다.

대사도 없이 주인공 남녀 배우가 밥을 먹는 것을 훔쳐보고, 섹스하는 것을 훔쳐보는 광경, 레스토랑에서 일하는 광경, 혼자 밥을 먹는 광경 따위를 마저 촬영하고 현장을 떠나면서 서진은 발이 떨어지려 하지 않는 것을 느꼈다. 그녀는 택시를 타지 않았다. 전철을 탔다. 길고 지루한 귀가가 되리라 짐작하고 있었으므로 미리 전철역 근처에서 잡지를 한 권 샀다. 그러나 그녀는 잡지를 읽을 수 없었다. 공상 때문이었다. 촬영 현장에서 무슨 일이 벌어지고 있을지 궁금했다. 그녀는 현장으로 되돌아가고 싶었다. 사흘 전만 해도 그토록 염증 나고 지긋지긋하던 그곳으로. 벌써 그녀는 영화가 개봉되는 날이 기다려졌다. 겨우 십 분 나오는 단역배우 주제에. 배우라니, 하고 중얼거리자 웃음이 나와 그녀는 얼른 잡지로 얼굴을 가렸다. 왜 웃음이 나오는 것인지 그녀 자신 알 수가 없었다.

그녀는 비로소 뭔가를 짐작할 것 같았다. 그곳에서는 뭔가가 이루어지고 있었다. 뭔가 만들어지고 있었다. 광고와는 전혀 다른 방식으로, 전혀 나른 목표를 가진 무엇인가가. 광고의 세계는 오직 상품과 돈, 그것만이 목표였다. 그것을 위해서라면 무슨 짓이라도 해야만 했다. 이곳은 달랐다. 그들의 목표는 돈이 아닌 것일까. 화려하지는 못했으나, 그녀에게는 낯선 무엇인가가 그 지루한 한편 진지하고 끈질긴 고투 끝에 만들어지고 있었다. 서진은 만일 누군가가 단 한 신을 위해 그녀를 다시 부른다 할지라도 기꺼이 달려가게 되리라는 것을 알았다.

준성이 물었을 때 그녀는 시무룩한 낯으로 피곤해, 하고 말했다. 그들은 밖에 나가서 청국장백반을 먹었다. 인천이랑 부산이랑 많이 비슷해. 골목도 비슷하고, 냄새도 비슷해. 서진이 말했을 때 그는 짐작했다. 인천 나들이가 나쁘지는 않았구나. 식당에서 나오면서 서진은 피곤하기는커녕 점점 더 기분이 좋아지는 것 같았다. 두 사람은 노래방에 가서 고래고래 한 시간 동안 노래를 불러제꼈다.

사흘 뒤 한호섭이 전화를 하여 이런 감독 저런 배우와 한잔하자고 권하자 서진은 유쾌하고 짤막하게 거절했다. 바빠서 안 돼요.

준성이 형사들에게 끌려가는 것을 본 순간 지난 한두 달 사이 조금씩 그녀의 내면에서 이루어진 변화가 한꺼번에 무너져 내렸다. 그를 의지 삼아 서진이 난생처음 가까스로 만들어냈다고 믿은 작은 신세계는 물거품이었다. 아니, 처음부터 그런 것은 없었다. 준성은 무력했다. 그 점에서는 그녀 자신과 크게 다르지 않은 것 같았다. 그녀가 서울에서 만난 그 어떤 남자보다 더 무력했다. 더 가난했다. 하는 일도 시원치 않았다. 어째서 그런 그를 그다지 믿게 되었을까? 바보 같은 짓이었다. 그렇다. 그는 서진의 막대한 부채를 갚아주었다. 고마운 일이었다. 그러나…… 그렇다 하여 그를 이다지 믿고 의지하게 되다니.

그녀는 준성을 사랑했다. 그렇다 하더라도 그는 무력했다. 그의 곁에서는 안전한 삶은 보장되지 않을 것이다. 이다지 갑작스럽게 경찰에 끌려가 버리지 않는가. 결국 그녀는 아무런 대책 없이 혼자 남겨지지 않았는가…….

영화라니, 영화배우라니, 그따위를 믿다니. 기껏 이박삼일 세 컷을 찍은 주제에. 서진은 자신이 한심스러웠다. 그녀가 잠깐 믿은 작은 신세계는 한심스러웠다. 인천에서 보낸 그 사흘은 좋은 경험이었다. 영화판이 얼마나 지지리 궁상인지 알게 되었으니까. 그러니 어찌해야 하는 것일까? 아아, 화려하지만 험악한 구렁텅이에 지나지 않는다는 것을 그녀가 이미 너무도 잘 아는 저 광고와 패션과 환락과 탕진의 세계로 돌아가야 하는 것인가?

그녀는 잠을 잘 수 없었고, 먹을 수도 없었다. 먹으면 불쾌했다. 잠들었다가 이내 가슴이 두근거리는 바람에 깨어났다. 불안하고 무섭고 외로웠다. 영규와 함께 그를 면회하고 돌아왔으나 달라지는 것은 없었다. 준성은 오지 않았다. 그녀는 여전히 혼자 버려져 있었다. 갑자기 들이닥친 형사들이 수색영장을 내밀고 집 안을 뒤엎기 시작하자 그녀는 다리가 떨려 서 있을 수가 없었다. 진정 준성이 원망스러웠다. 이곳에서 그만 사라져버리고 싶었다.

준성이 붙잡혀 간 지 사흘이 되었으나 언제 그가 돌아오게 될지는 짐작도 할 수 없었다. 영규는 금방 나온다고 하지만 믿을 수 없었다. 그녀는 외롭고 불안했다. 눈을 감으면 유치장에서 끌려 나오던 준성의 지저분한 몰골이 떠오르고…… 숨이 막혔다. 복도에서 발소리만 들려도, 승강기가 멎는 방울 소리만 들려도 또 형사들인가, 싶어 가슴이 벌컥거렸다. 가슴속에서 시한폭탄이 다시 째깍거리기 시작했다.

오후 네시, 전화가 왔다. 준성이다, 하고 생각하며 그녀는 전화를 받았다. 이제 나오게 된 것일까. 그러나 한호섭이었다. 그는 특유의 무사태평한 어조로 말했다. 나와라. 저녁 같이 먹자. 술도 한잔하고. 서진은 더 이상 유쾌하게 거절할 수 없었다. 그녀는 망설이며 묻고 있었다. 어디로요? 청담동 렉스. 홍콩 로케이션 상의할 일도 있고. 여섯시까지 나와. 너 여권은 있지? 네, 하고 서진은 대답했다. 여권이 있다는 것인지 나가겠다는 것인지 그녀로서도 모호한 대답이었다.

다섯시, 그녀는 샤워를 하고 화장을 했다. 거울을 보며, 이리저리 걸으며, 옷맵시를 살피며, 옷을 입었다 벗어 던지기를 반복했다. 아아, 입을 옷이 없었다. 그러나 아직 꼭 나가기로 마음먹은 것은 아니었다. 아직도 그녀는 망설이고 있었다. 옷을 갈아입고 거울 앞을 오락가락하면서도 그녀는 전화가 오기를, 준성으로부터 연락이 오기를 기다렸다. 전화는 오지 않았다. 그녀는 옷을 모조리 벗어 던지고 속옷부터 다른 옷으로 갈아입고 거울 앞에 섰다. 다섯시 반이 되었다. 그녀는 시계를, 거울을, 시계를, 현관을, 시계를, 창밖의 명선아파트 골조 덩어리를 번갈아 쳐다보았다. 그곳 캄캄한 어둠 속에서 이곳을 쳐다보며 울던 밤을 생각했다. 다섯시 사십분이 되었다.

서진은 프라다 핸드백을 움켜쥐자 바람처럼 집을 나섰다.

26

붉은 티셔츠를 입은 사람은 장 형사, 대머리는 윤 형사였다. 그 두 사람이 준성을 번갈아가며, 잠시도 틈도 주지 않고 집요하게 심문했다. 준성은 이름, 주소, 주민등록번호를 이야기했을 뿐, 나머지 질문에 대해서는 악착같이 침묵으로 일관했다. 침묵하는 사이 그가 어째서 끌려오게 된 것인지를 바로 형사들의 질문을 통해서 짐작할 수 있었다. 짐작하면서도 그는 여전히 침묵했다. 장 형사는 이따금 욕설을 퍼부으며 주먹을 불끈 들어 그를 칠 듯이 위협했으나 준성은 대꾸하지도 않고 피하지도 않았다. 묵묵히 그의 시선을 맞받아주었다.

일관되게 묵비권을 행사하면서도 그는 문인철이라는 자에 대한 염증과 혐오로 이빨 사이에 쓰디쓴 침이 고이는 것을 느꼈다. 그자는 주변의 모든 사람들에게 재난을 초래하는 자였다.

이튿날 새벽에 영규가 찾아왔고, 그를 통해 구체적으로 그의 혐의가 무엇인지, 무슨 일이 벌어진 것인지를 알 수 있었다. 문인철은 A통신사에 침입했다. 다행히 아직까지는 혼자 한 짓이라고 진술하고 있었다. 고객 정보를, 주소, 전화번호, 신용카드 정보 따위를 있는 대로 뽑아냈다. 그것을 일인당 이십 원씩을 받고 중국 헤커에게 팔아치웠다. 그렇게 하여 그가 취한 돈이 사억이었다. 도대체 왜 그런 짓을 했을까? 회사가 부채에 시달리고 있다는 것이 인철이 영규에게 말한 이유였다. 그 외중에도 영규는 그가 카스퍼스키 인터넷 시큐리티의 키제너레이터를 만들었다는 것이 사실인지를 물었다. 문인철의 대답

은 이러했다. 만들었어. 나가면 공개할 거야. 만들긴 쥐뿔. 그 와중에
도 거짓말이라니. 영규는 혀를 찼다.

그날 오후에 영규는 서진과 함께 다시 찾아왔다. 그녀가 졸라대는
바람에 어쩔 수 없었다고 그는 말했다. 조사실로 들어서는 서진을 보
고 준성은 깜짝 놀랐다. 바로 저 경이로운 날 그가 목격한 그녀의 모
습과 무척 흡사했다. 그녀는 흐느끼며 준성의 손을 쥐고 놓아주지 않
았다. 말을 하지 못했다. 무서워, 어떻게 해, 무서워……. 그런 말을
반복할 뿐이었다. 준성이 울지 말라고 달래고, 영규가 걱정 말라고,
아무 일도 아니라고 거듭 얘기해도 소용이 없었다. 그녀가 곧 조사실
바닥에 쓰러져버릴 것만 같아 준성은 조마조마했다.

간신히 달래서 그녀를 돌려보내면서 준성은 비로소 홍 감독이 재
촬영 일정을 연락할 것이라고 알려주었다. 서진은 말했다. 당신이 나
오기 전까지는 난 암것도 안 할 거야. 그녀가 다시 눈물을 쏟아내는
바람에 준성은 더 이상 아무 말도 할 수가 없었다.

영규는 웃으며 말했다. 잠이나 자고 있어. 오늘 밤이면 나올 수 있
을 거다. 문인철이 저지른 짓은 텔레비전 뉴스에서 어마어마한 사건
으로 포장되어 거듭 방영되었다. 해커들이 통신사에 침입, 고객들의
정보를 훔쳐내어 돈을 받고 중국 해커들에게 팔아치웠다, 그 정보로
하여 보이스피싱 사기 사건이 만연하고 있다, 작년 피싱 사건 피해 총
액이 팔백억에 이른다, 대개 중국에 거점을 두고 피싱이 시도되기 때
문에 범인을 색출해내기도 힘들고 뿌리 뽑기도 힘들다, 이런 해커들
을 뿌리 뽑아야 그런 사건을 예방할 수 있을 것이다……. 뉴스에서

문인철은 점퍼를 머리 위까지 뒤집어쓰고 마이크를 들이대는 기자에게 말했다. 돈이 필요해서 그랬어요. 미안합니다. 반성하고 있습니다.

"일이 꼬인다."

영규가 그다음 날 와서 한 말이었다. 준성은 가슴이 내려앉았다. 왜? 준성이 A 통신사에 다닌 경력 때문이었다. 준성은 곧 알아들었다. 준성이 A 통신사에 다닌 적이 있다는 사실 때문에 경찰은 그가 공범이 분명하다고 단정하고 있었다. 심문이 집요했던 이유가 바로 그것이었다는 것을 준성은 깨달았다.

'화이트아웃' 모임에서 휴대전화 통신사에 침입하는 문제가 거론된 것은 사실이었다. 그러나 그들은 아무것도 결정하지 않았다. 한두 번, 문인철이 그 이야기를 다시 꺼냈으나 동의하는 사람은 없었다. 철없는 주태만이 까불댔다. 기왕에 침입할 거면 회선을 한 스물네 시간쯤 내려앉히는 정도는 해야죠. 그 새끼들 그 정도는 맞아봐야 정신 차릴 테니까. 하지 말아야 하는 근본적 이유는 뭐예요? 거기까지 해치울 거 아니면 무슨 재미로 해요? 영규가 웃어댔다. 이놈 이거 극단적이네. 그것으로 휴대전화 통신사에 침입하자는 제안은 거부된 셈이었다.

하루 이틀이 지났을 뿐인데 순성은 서신이 끓이는 뢴장국과 뢴장찌개가 그리웠다. 영규가 설렁탕을 시켜주겠다고 했으나 그는 먹지 않았다. 유치장에는 두 사람의 피의자가 더 있었다. 둘 다 절도 피의자였다. 그들은 날아갈 듯한 밥알에 단무지 서너 조각과 고추장이 전부인 유치장 도시락을 끼니때마다 순식간에 비우고 준성의 도시락을

흘끗거렸다. 그들 앞에서 설렁탕을 먹는 것은 뻔뻔스럽거나 잔인한
짓이었다.

그날 준성의 집에 수색영장을 든 형사들이 들이닥쳤다. 서진이 안
절부절 거실을 서성거리는 사이에 준성의 노트북과 데스크톱, 그리
고 책상과 책장의 책과 공책 들을 싣고 형사들은 사라졌다.

형사들이 자신의 컴퓨터와 노트북, 그리고 서진의 노트북을 책상
위에 늘어놓는 것을 목격한 준성은 가슴이 철렁 내려앉았다. 그가 만
든 몇몇 소프트웨어 해킹툴을 그들이 찾아낸다면 최소한 저작권법
위반 사건으로 기소될 것이 분명했다. 영규도 그것을 우려했다. 이제
껏 본 적이 없는 낯선 젊은 남자 한 사람이 준성의 컴퓨터를 주물럭거
리기 시작했다.

준성이 구금된 지 사십오 시간이 지나 오후 다섯시 무렵이 되었을
때 영규가 조사실로 떠들썩하게 들이닥쳤다. 당신들, 뭐 하는 짓이
야? 혐의도 없이 사람을 사흘째 감금해도 되는 거야? 영장도 뭣도
없이? 언제 대한민국이 그런 나라가 됐어? 아직 사십팔 시간이 지나
지 않았다는 것을 알면서도 그는 수사 상황을 엿보기 위해, 형사들의
반응을 살피기 위해 미리 찾아와 설쳐야 한다고 생각했다.

준성의 컴퓨터를 주물럭거리던 남자가 유치장 앞으로 다가왔다.
키가 작고 비쩍 마른 남자였다. 그는 커피를 마시면서 준성에게 속삭
였다. 해킹툴 좀 있던데, 지워버려요, 내버려둬요? 준성은 그게 무슨
소린지 알 수가 없었다. 함정일까? 준성이 조심스럽게 살펴보자 슬
금슬금 창살에서 멀어져가더니 그는 또 한 잔의 커피를 뽑아와 준성

에게 건네며 속삭였다. 필요하다면 그냥 둘게요. 그런데 그게 애네들 한테는 좋은 시빗거리가 될 수도 있을 것 같아서……. 야, 너 거기서 뭐해? 장 형사가 소리쳤다. 이놈의 데선 커피도 못 먹어요? 그가 투덜거리고 나서 준성을 향해 속삭였다. 나 경찰 아닙니다. 컴 조사하는 데 도와달라고 해서 왔어요. 나도 해커예요. 준성은 그 말을 믿기로 하고 짧게 속삭였다. 지워요. 그사이에도 영규는 내 의뢰인 어떻게 할 거야, 하고 형사들에게 떠들어대고 있었다.

오후 여덟시, 정확히 사십팔 시간 만에 준성은 강남경찰서에서 풀려났다. 구속영장이 없는 상태에서 경찰이 시민을 구금할 수 있는 한계 시간이었다. 영규는 마지막으로 큰소리를 쳤다. 당신들 말야, 사람 함부로 잡아 처넣는 게 장땡 아니야. 지금이 무슨 전두환 시댄 줄 알아? 장 형사는 묵묵히 준성과 영규를 쏘아보았다. 밥상 위에 오른 맛좋은 고기반찬을 빼앗긴 낯이었다.

몸에서 나는 땀 냄새와 구질구질해진 몰골을 준성은 경찰서 정문을 나서면서 비로소 의식했다. 탈진한 듯 다리가 후들거렸다. 그런데도 맥주 생각이 간절했다. 맥주 한잔합시다, 형. 그가 말하자 영규는 장 형사처럼 눈을 부라렸다. 어서 집에 가, 임마. 니 마누라 지금 무슨 꼴인지 아나? 마누라는 무슨, 하면서도, 준성은 사실은 맥주보다 서진이 더 그리웠다.

영규는 운전을 하는 동안 사십팔 시간 사이 벌어진 일을 얘기해주었다. 니 마누라……. 불쌍해서 못 보겠더라. 너 복 받았어, 이놈아. 알고 있어, 하고 준성은 유쾌하게 말했다. 영규는 그 큰 배를 흔들어대며 웃어제꼈다.

경찰이 가장 집요하게 파고든 것은 A 통신사와 준성의 관계였다. 분명히 뭔가가 있는데 찾지 못하는 것이라고 장 형사는 확신했다. 그의 추리에 따르면 준성은 그 회사를 그만두게 된 것에 대해 원한을 품었고, 그리하여 기회를 엿보다가 해커들을 규합, 회사 네트워크에 침입한 것이 분명했다. 장 형사는 그 단순 명료한 추리를 입증하기 위해 직접 A 휴대전화 통신사에 드나들며 조사를 했다. 준성의 입사 동기 한 사람은 이렇게 말했다. 평범한 직원이었으나 갑자기 사표를 냈다. 파면당한 것이 아니고? 아니다. 불미스러운 일 같은 것은 전혀 없었다. 장 형사가 알아낸 것은 그것뿐이었다. 뿐만 아니라 A 통신사 홍보실 직원은 장 형사를 갈빗집으로 데리고 가서 저녁을 대접하면서 신속히 사건을 정리해달라고 부탁했다. 왜? 뻔하지. 시끄러워지면 지들 돈벌이에 지장이 생기니까 그런 거지.

영규에게는 할 말이 많았다. 니 마누라 도대체 왜 밥을 안 먹냐? 금방 길바닥에 쓰러질 것 같은 지경인데도 먹지를 않아. 어제 경찰서에 같이 왔다가 나갈 때 보니 너무나 탈진을 한 것 같아 설렁탕집으로 데려갔어. 설렁탕으로 유명한 식당이 근처에 하나 있거든. 밥을 먹으라고 하는데도 먹질 않아. 의자에 오두카니 앉아서 꼼짝을 안 해. 소주를 한 잔 달라고 해서 할 수 없이 시켜줬더니 국물 떠먹으면서 소주 반병쯤을 비우고는 또 그만이야. 그냥 암말도 않고, 아무것도 쳐다보지도 않고, 그냥 앉아 있어. 참 기가 차고 불쌍하더라. 아무리 모델이라 해도 그렇지, 어떻게 그렇게 먹지를 않고 사나? 내가 문인철이 그 새끼 마누라도 만났다. 왜? 내가 왜 만나겠냐, 그놈 마누라를? 너 때문에 만난 거야, 임마. 명품으로 휘두르고 있더라, 그 마누라도.

대정아파트 입구에서 준성이 택시에서 내릴 때 영규는 말했다. 해킹, 정말 신나지 않냐? 아파트로 들어가면서 준성은 생각했다. 신나고말고.

구수한 된장찌개를 생각하며 현관문을 열고 집 안으로 들어선 그가 발견한 것은 텅 빈 집의 적요(寂寥), 그 적요를 난반사하는 거울들, 그리고 소파 위에 흩어진 서진의 옷가지들이었다.

27

무제(無題) / 시놉시스-2

용왕대굴 안으로 들어서자 뭔가가 썩어가는 듯 시큼한 냄새가 끼쳐왔다. 눈이 따가울 정도로 그 냄새는 지독했다. 그들이 지닌 작은 전등의 불빛 아래 동굴의 축축한 외벽이 드러났다. 울퉁불퉁한 석회질의 벽이 펼쳐져 있었다. 그뿐이었다. 거대한 공간은 텅 비어 있었고, 어둠만이 빽빽했다. 해마다 이곳으로 끌려 들어온 소녀들은 어떻게 되었을까? 정말 용이 다 집어삼키기라도 했단 말인가? 그들은 안쪽으로 걸음을 옮겼다. 그들의 발소리가 굴 안에 메아리쳤다.

삼십여 분, 그들은 굴속을 걸었다. 텅 비어 있었다. 어둠과 공허

266

와…… 끈질기게 그들을 따르는 악취뿐이었다. 영규가 앞장서고, 그 뒤를 준성이, 맨 뒤에 카메라를 든 서진이 따랐다. 그들은 긴장을 풀 수가 없었다. 여전히 가슴은 두근거리고 공포심은 그들의 뒤꼭지를 짓눌렀다. 언제 어디에서 무엇이 튀어나올지 알 수 없었다.

한 시간쯤을 걸었을 때 멀리 희미하게 반짝이는 것이 보였다. 그것이 허공만은 아니라는 것을 알 수 있을 뿐, 아직은 무엇인지 짐작하기 힘들었다. 그들은 조심스럽게, 천천히 발을 옮겼다. 용은 없는가? 없다고 그들은 믿었다. 그렇다면 가슴이 이리도 두근거리는 것은 무엇에 대한 공포심 때문인가?

희미하게 반짝이던 물체에 접근하여 그 정체가 드러나자 그들은 충격에 빠져 한동안 꼼짝도 할 수 없었다. 그것은 거대한 쓰레기였다. 그 거대한 공간이 쓰레기들로 가득 차 있었다. 정말 쓰레기인가? 서진은 렌즈를 줌인하여 보다 세밀하게 살펴보았다. 냉장고가 드러났다. 그 뒤에는 텔레비전, 그 위에 컴퓨터, 그 옆에 자동차, 책상, 시디, 사진첩, 양복, 카메라, 도자기, 볼펜, 보트, 밥그릇, 경운기, 옷장, 칫솔, 안경, 수류탄, 구두, 가방, 필름, 헤드폰, 허리띠, 자전거, 가위, 부엌칼, M16 소총, 사진, 비누, 담배, 접시, 전화기, 활, 경비행기, 선풍기, AK 소총, 송곳, 삽, 엠피스리, 농약, 곡괭이, 책……. 온갖 잡동사니들이 산을 이루고 있었다. 세상에 존재하는 모든 물건들이 거기 모여 있는 것 같았다.

이것이 용의 정체인가? 영규가 물었다. 적들이 지키고자 하는 것이 바로 이것이란 말인가? 이 쓰레기들을 위해 소녀들을 매년 셋씩이나 바쳤단 말인가? 서진은 부지런히 그 쓰레기 더미를 카메라로 훑어나갔다.

이제 됐어. 영규가 소리쳤다. 서진이, 충분히 찍었지? 그녀는 여전히 촬영을 계속하면서 대답했다. 조금만 더.

그때였다. 그 쓰레기 더미 속에서 무엇인가가 꾸물거렸다. 서진이 그쪽으로 카메라를 가져갔다. 손이 떨려 제대로 찍히기나 하는 것인지 알 수가 없었다. 영규와 준성은 각기 칼과 지팡이를 거머쥐고 그쪽으로 신중하게 발걸음을 옮겼다. 그것이 그들이 가진 유일한 무기였다. 책과 선풍기, 접시와 전화기 틈에서 뭔가가 꾸물꾸물 움직이더니, 그 잡동사니들을 헤치고 불쑥 튀어나왔다. 그것은 손가락, 작고 가느다란 손가락이었다. 놀라 서진이 뒤로 물러났다. 준성은 움직이지 않았다. 영규는 칼을 허공에 추켜올렸다. 손가락이, 이어서 손이 빠져나왔다. 그 움직임은 너무나 느리고 미약했다. 두려워할 필요가 없을 것 같았다.

저것은…… 제물로 바쳐진 소녀 가운데 하나가 아닐까. 준성은 그쪽으로 다가갔다. 조심해. 영규가 외쳤다. 준성은 그 손 주위의 잡동사니들을 헤쳐냈다. 활과 안경집과 스프링과 펜치와 빨래집게와 영사기와 필통과 키보드를 밀어내자 마침내 한 소녀의 모습이 드러났고, 그 순간 준성은 얼어붙었다. 소녀의 가슴과 복부가 열려 있었다. 그 열린 가슴에 컴퓨터 부품 같은 것들이 가득 들어차 있었다. 마더보드 같은 기판에 메모리들이, 전선들이, 크고 작은 반도체들이 촘촘히 달라붙어 있었다. 전선줄 끝에 인식표가 붙어 있었다. 1993AT65K.

서진은 부들부들 떨면서도 그 소녀를, 아니, 그 기계를, 아니, 그 기계와 사람의 합성품을 촬영했다.

소녀는 너무나 느리게 일어나 잡동사니 위에 앉았다. 왼쪽 눈은 정상이었으나, 오른쪽 눈이 있어야 할 자리에는 커다란 유리컵이 달라붙어 있었다. 왼쪽 귀는 정상이었으나 오른쪽 귀에는 커다란 깔때기형 스피커가 붙어 있었다. 함부로 자란 머리칼은 뒤꼭지께에 양말짝으로 묶여 있었다. 누더기가 되어버린 원피스를 입고 있었는데, 원래 색깔을 알아볼 수 없을 만큼 더러웠다. 소녀는, 아니, 소녀와 기계의 합성품은 천천히 얼굴을 돌려 영규와 서진과 준성을 쳐다보았다. 준성이 물었다. 너 누구야? 그녀의 뱃속에서 작은 선풍기가 부르르, 돌기 시작했다. 그 선풍기에서 말소리가 새어 나왔다. 서진이. 유서진. 소녀는 입이 아니라 선풍기로 말했다. 서진은 깜짝 놀라 숨이 멎는 것만 같았다. 유서진, 유서진이라니? 그녀는 카메라가 돌고 있다는 것도 잊었다. 영규가 물었다. 언제 여기 왔어? 이번에는 소녀의 스피커에서 말소리가 흘러나왔다. 옛날 옛날 한 옛날. 옛날 언제? 몰라.

그때 부스럭 부스럭 기계가 움직이는 듯한 소리가 들려오기 시작하더니, 잡동사니들 군데군데에서 손가락들이, 발들이, 머리들이 솟아나오기 시작했다. 서진과 영규, 준성은 놀라 몸을 웅크리고 그것을 지켜보았다. 서진에게 영규가 말했다. 카메라, 카메라. 서진이 다시 카메라를 들이댔다. 수십 명의, 아니, 수십 개의, 소녀들이, 아니, 기계들이, 기계 소녀들이 꾸물꾸물 기어 나왔다. 모두가 그들이 처음 본 소녀와 비슷한 몰골이었다. 한쪽 팔이 컴퓨터의 자판으로 대체된 소녀가 있었고, 머리 위에 엘시디 모니터가 붙은 소녀가 있었으며, 엉치에 기다란 유에스비 연결 탭이 붙어 있는 소녀도, 입술에 펜치가 붙은 소녀도 있었다. 양쪽 눈에 M16 소총의 가늠쇠가 붙은 소녀는 두 팔을 허우적거리며 엉거주춤 잡동사니 더미에서 미끄러져 내려왔다. 금세 수십 명의 소녀들이 그들 앞에서 이리저리 밀려다녔다. 소녀들은 웃고, 이야기를 하고, 노래를 하고, 그들을 구경하고, 텔레비전을 보고, 춤을 추고, 그 소리들이 메아리를 만들어 동굴 안이 커다란 음악 홀처럼 웅웅거렸고, 또 다른 소녀들은 줄넘기를 하고 울고 자전거를 타고……. 정신이 없었다. 준성은 누군가의 악몽 속에 잠시 끼어든 기분이었다. 아니, 누군가의 악몽이 아니라 바로 그 자신의 악몽이었다. 악몽이 틀림없었다.

서진이 말했다. 제물로 끌려 들어온 아이들이 분명해. 영규는 멍청히 소녀들을 지켜보다가 어떻게 하지, 하고 물었다. 그들은 용왕대굴을 파괴할 작정이었다. 영규가 멘 커다란 가방에는 휘발유가 가득한 통이 들어 있었다. 서진이 고개를 저었다. 안 돼. 준성도 말했다. 안 돼요. 영규가 꺼림칙한 눈길로 소녀들을 쳐다보았다. 쟤네들 사람 맞아? 사람이 아니면? 기계 아냐? 서진은 단호히 말했다. 사람이야. 어떻게 해, 그럼? 잠시 망설이다가 서진이 말했다. 데리고 나가야지. 데리고 나가서 어쩔 건데? 얘들을 데리고 피해 다녀? 준성도 갑자기 막막해졌다.

그들은 이곳에서 죽을 각오를 하고 뛰어들었다. 그런데 이제 혁명은 그만두고 고아원이라도 차려야 할 것 같았다. 모르겠어, 영규 씨?

이 아이들을 데리고 나가면 이 용왕대굴의 허구성이 드러날 거야. 용왕대제가 얼마나 잔인하고 야비한 속임수인지 밝혀지는 순간 이 권력은 끝장이야. 순진하긴. 영규가 반박했다. 누가 알아주기나 하겠어? 어디 보도되기나 할 것 같아? 언론사들, 다 그놈들하고 한통속이야. 서진은 카메라를 들었다. 이게 있어. 수십 수백 개의 카피를 만들어 전국에 전 세계에 배포할 거야. 유튜브에 올리고 트위터에 돌리고 피투피 사이트에 올리고 포털에 올리고……. 영규는 미심쩍은 낯으로 외면했다. 서진은 카메라를 준성에게 넘기며 말했다. 계속 찍어. 그녀는 소녀들에게 다가갔다. 우리 밖으로 나가자. 한 소녀가 물었다. 밖에? 뭐가 있어? 한 소녀가 대답했다. 사람들, 무서운 사람들. 서진은 말했다. 밖에는 아름다운 바다가 있고 바람이 있고 나무가 있고……. 그녀의 말을 들으며 준성은 생각했다. 바다는 아름다운가? 바람은, 나무는 아름다운가? 이 소녀들이 바깥에서 마지막 본 것은 용왕대제의 요란법석과 그들을 이곳으로 처넣은 살벌한 비밀경찰들일 것이다…….

어서 가자. 서진이 말했다. 두어 명의 소녀가 그녀의 뒤를 따라 비척비척 걸어왔다. 나머지 소녀들은 모두들 제자리에 우뚝 선 채 이쪽을 지켜보고 있었다. 서진과 영규, 준성은 출구를 향해 걸음을 옮겼다. 준성은 혼란스러웠다. 그들은 경찰에 쫓기는 중이었다. 저 밖에 경찰들이 벌써 와서 기다리고 있을지도 모른다. 그런데…… 이 아이들을 데리고 어디로 가야 하는 것일까? 어디로 갈 수 있을까? 그는 뒤를 돌아보았다. 열댓 명의 소녀들이 기우뚱거리며 따라오고 있었다. 아이도 어른도 아니고 사람이기도 하고 기계이기도 한 소녀들 대부분은 잡동사니 더미 옆에서 이쪽을 묵묵히 지켜보고 서 있었다.

먼저 영규가 굴 밖으로 나서고, 그 뒤를 서진이 따랐으며 마지막으로 준성이 나섰다. 그의 뒤를 따라 소녀들이 눈을 가리고, 귀를 가리고, 얼굴을 가리고 주춤주춤 굴에서 빠져나왔다. 적은 아직 보이지 않았다. 빨리, 하고 재촉하며 영규가 제단 옆으로 돌아선 순간, 파도가 출렁이는 바다 속에서 굉음이 터져 나왔다. 준성은 놀라 멈춰 섰다. 그 순간 그는 보았다. 용이었다. 뒤집힌 바다와 하늘과 파도, 몰아치는 빗줄기와 바람을 등지고 선 거대한, 육삼빌딩처럼 거대한 용이 아가리를 쩌억 벌리고 그들을 향해 불을 토해냈다. 준성은 모래밭에 엎어졌다. 화기로 몸이 오그라드는 것 같았다. 바위에 머리를 부딪쳐 정신이 가물가물 멀어졌다. 그는 버둥거리며 불길을 피해 바위틈으로 기어들었다. 그 와중에도 뭔가 잘못되었다는 것을 깨달았다. 어째서 저 용이 굴 밖에 나와 있는 것일까? 그다음 질문이 떠오르자 그는 소름이 끼쳤다. 우리가 지금 굴 밖으로 나온 것인가, 굴 안으로 들어선 것인가?

28

홍콩 영사관에서 준성에게 연락이 온 것은 서진이 홍콩 로케이션을 떠난 지 닷새 뒤였다. 정광석이라고 자신을 소개한 영사관 직원은 무뚝뚝하게 물었다. 오서진 씨와 어떤 관계시지요? 준성은 친구라고 말했다. 부모나 친척은 없습니까? 준성은 자신에게 얘기하면 된다고 말했다. 정광석이 하는 얘기를 듣다 말고 준성은 가슴이 내려앉았다. 오서진이 지금 빅토리아호텔에 연금되어 있다는 것이었다. 연금이라니? 숙박비와 부대 비용을 지불하지 못해 거기 붙들려 있는 거지요. 어쩌실 겁니까?

통화가 끝난 뒤에야 그는 빅토리아호텔의 전화번호를 물어보지 않은 것을 후회했다. 그가 휘갈긴 메모에는 빅토리아호텔 1132호, 라는 글자뿐이었다. 인터넷을 이용하여 여객기 표를 예약하고 호텔의 위치를 찾아보았다. 홍콩 북서쪽, 시내 중심가인 것 같았다.

잠이 오지 않았다. 날이 훤히 밝아올 무렵, 잠깐 잠든 사이에 꿈을 꾸었다. 그는 차를 운전하여 어딘가를 가고 있었다. 고가도로가 나타났다. 그는 고가도로 위로 올라갔다. 한참을 달리는데, 고가도로 아래 지상의 도로에 그의 차가 달리고 있는 것이 보였다. 이게 무슨 일인가? 나는 여기 있는데 내가 운전하는 차는 왜 저 아래에 있는가? 그는 놀라 잠에서 깨어났다.

이튿날 준성은 홍콩으로 날아갔다. 다행히 그에게는 여권이 있었고, 홍콩은 비자 면제 지역이었다. 네 시간의 비행 동안 그는 잠깐 졸았다. 간밤에 거의 잠을 이루지 못했으나 긴장이 되어 깊은 잠은 이룰 수 없었다. 그는 첵랍콕 공항에서 고속전철을 타고 시내로 들어갔다. 하늘을 가리고 우뚝우뚝 곤두선 건물들, 좁은 도로를 뒤덮은 차들, 인도에 빽빽이 밀려다니는 행인들 때문에 그는 기가 질렸다. 복잡하고 심란했다. 소음으로 머리가 지끈거렸다. 찌는 듯한 더위로 금세 잔등이 축축하게 젖어들고 진땀이 목덜미를 적셨다. 택시를 기다리는 잠깐 동안이 고통스러웠다. 도시의 소음은 끈덕지고 요란했다. 하나하나의 차와 전차, 그리고 거리의 상점 들에서 밀려나오는 소리라고는 믿어지지 않았다. 그것은 거대한, 저 마천루처럼 거대하고 육중한 기계, 아니 그 모든 것으로 조립된 하나의 어마어마한 인공 장치가 작동하면서 토해내는 피스톤 소리 같았다.

택시가 서자 그는 뒷자리에 올라타 빅토리아호텔, 하고 또박또박 말했고, 운전기사는 오케이, 하고 차를 출발시켰다. 고층 빌딩과 고가도로와 사방으로 벋어 나간 공중회랑과 육교 들로 뒤엉킨 시가지는 디스토피아를 묘사한 공상과학 영화의 배경을 연상시켰다. 도대체 진이는 이 도시에 어찌하여 혼자 남게 된 것일까.

서진은 마지막 날까지 홍콩행을 망설였다. 어느 날은 가겠다고 했다가 이튿날은 가지 않겠다 하고, 아침에는 가겠다 했다가 저녁이면 그만두겠다고 했다. 그것이 떠나는 날 아침까지 반복되었다. 그녀는 불안해 보였고, 그가 뭔가를 결정해주기를 바라는 것 같았다. 그는 가지 말라는 말이 목구멍을 치받고 올라오는 것을 참아냈다.

호텔까지는 그다지 오래 걸리지 않았다. 호텔 프런트의 여직원을 거쳐, 그녀가 건네는 인터컴으로 서진의 음성을 확인하고, 무슨 일인지는 알 수 없지만 프런트의 여직원이 준성의 여권을 복사하고, 홍콩 총영사의 정광석 사무관에게 전화를 하여 통화를 한 끝에 그는 마침내 서진이 기다리는 1132호 객실로 올라갈 수 있었다. 신경이 바짝 곤두서 있었으므로 이 개새끼들아, 어서 진이를 내놔, 하고 당장이라도 고함을 지르게 될 것 같아 그는 의식적으로 입을 꾹 다물고 기다렸다. 호텔 프런트 앞에 선 지 삼십 분쯤이 지난 뒤에야 그는 마침내 승강기에 오를 수 있었다.

호텔은 크고 깨끗했다. 복도에는 두터운 붉은 카펫이 깔려 있었고 황금빛 금속으로 아로새긴 객실 번호판은 은은히 번쩍거렸으며, 대여섯 걸음마다 양쪽 벽에 붙은 간결한 디자인의 전등은 고즈넉하고 편안히 어둠을 밝혔다.

그가 1132호 객실의 초인종을 누르자마자 문이 벌컥 열리고 서진이 쏟아져 나와 그의 목에 매달렸다. 왜 이리 오래 걸렸어? 아까 전화한 게 언젠데? 무서워서 죽는 줄 알았단 말야. 준성은 아무 말도 할 수 없었다. 프런트에서……, 하고 그가 말을 꺼내려는 순간 서진은 눈물을 쏟기 시작했다. 그는 괜찮다고, 걱정 말라고 말해주는 수밖에 없었다. 피곤하고 짜증이 나고 고통스러웠다. 푸른 목욕 가운을 입은 그녀는 안색이 어두웠고 입술이 말라 껍질이 일어나 있었다. 그녀는 눈치를 보며 미안해, 미안해, 하고 거듭 중얼거렸다.

준성은 어제 영사관으로부터 전화를 받은 순간부터 이제껏 가장 궁금했던 것을 물었다. 어떻게 하여 일행에서 떨어져 혼자 남게 되었는가?

서진은 대답하지 않았다. 대답 대신 그녀는

"오지 말아야 했어."

하고 말했다. 그는 더 이상 묻지 않았다. 쉬고 싶었다. 그녀가 무사하다는 것을 확인하자 팽팽히 당겨졌던 신경줄이 이완되면서 온몸의 맥이 다 풀려버리는 것 같았다. 그는 침대에 몸을 던지고 눈을 감았다. 화가 치밀었으나 누구에 대해선지는 알 수가 없었다. 맥주 하나 줄까? 서진이 물었다. 그는 대꾸하지 않고 일어나 미니바로 갔다. 조니워커 미니어처 뚜껑을 따서 그는 반쯤 꿀꺽 삼켰다. 뱃속이 뜨거워지며 반짝 정신이 들고 기운이 났다. 그러나 잠시뿐일 것이다. 서진이 허겁지겁 옷을 갈아입기 시작하는 것을 그는 우두커니 지켜보았다. 그녀는 어서 이곳에서 나가기를 바라고 있었다. 그는 잠시라도 쉬고 싶었다. 바깥은 소란하고 무더웠다.

그가 세수를 한바탕 하고 객실을 빠져나오기까지 채 이십 분이 걸리지 않았다. 준성은 삼천이백 홍콩달러를 지불하고 호텔을 나왔다.

서진의 커다란 가방을 끌고 그는 아직도 햇볕이 뜨거운 거리로 나섰다. 그녀는 잔뜩 주눅이 들어 준성을 흘끔거렸다. 그는 곧 후회했다. 좀더 쉬고 나왔어야 했다. 햇볕도 더위도 감당할 수가 없었다. 도로 건너편에 맥도널드의 노란 사인이 서 있었다. 그들은 건널목 앞에 장사진을 이루고 신호가 바뀌기를 기다리는 사람들 무리에 끼어들었다. 낯선 거리, 어디에 무엇이 있는지 알 수가 없었고, 곧 들어가 햇볕을 피할 수 있는 곳은 그곳뿐인 것 같았다.

그들은 맥도널드로 들어섰다. 종업원이 낯선 광둥어로 인사를 건넸다. 치즈, 킹사이즈. 그것이 서진의 주문이었다. 준성은 치즈, 킹사이즈 둘을 주문했다. 서진은 허겁지겁 햄버거를 씹어 삼켰다. 준성은 그녀가 며칠 동안 밥도 먹지 못했으리라고 짐작했고, 또다시 화가 치밀었다. 돈이 없어서? 호텔 눈치가 보여서? 아니면 불안해서? 그녀가 측은하기는 했으나 그보다는 짜증이 났다. 준성 역시 배가 고프기는 마찬가지였다. 그는 들큰한 고깃덩이를 코카콜라를 마셔가며 부지런히 씹어 넘겼다. 맥도널드는 대학 다니던 시절 먹어본 것이 마지막이었던 것 같았다. 코카콜라는? 기억조차 없었다. 맛은 예나 이제나 다름없었다. 해산물의 천국이라는 홍콩에 와서 겨우 맥도널드나 먹고 있다니.

그는 망설이고 있었다. 어찌 됐건 어차피 홍콩에 왔으니 하루 이틀쯤 놀다 가는 것이 나을까. 그러나 서진의 심사가 어떨 것인지 궁금했다. 그는 오늘 또 비행기를 타야 한다는 것이 끔찍스러웠다.

"촬영은 했어?"

그가 묻자 서진은 고개를 끄덕이려다 침울하게 고개를 저었다. 촬영을 하기 위해 이곳에 온 것이 아닌가. 준성은 기다렸다. 그러나 서진은 설명할 생각이 없는 것이 분명했다. 그는 더 이상 묻지 않기로 했다. 여기서 자칫 그녀가 눈물 바람을 할지도 모른다는 것이 불안했다. 다음 순간 그는 결정을 내렸다.

서진에게 기다리라고 말하고 그는 횡단보도를 다시 건너 빅토리아 호텔로 돌아갔다. 프런트의 직원에게 서울행 비행기표를 예약해달라고 부탁했다. 어떤 시간? 가장 빠른 시간. 세 시간 뒤에 칼 여객기에 탑승할 수 있다고 그녀는 말했다. 두 장의 표를 예약하고 그는 맥도널드로 돌아왔다. 비행기표 예약했어. 서진은 멍하니 그를 넘겨다보았다. 그 눈에 눈물이 고이더니 이내 뺨을 타고 주르르 흘러내렸다. 준성은 깜짝 놀라 물었다. 왜? 여기 더 있고 싶어? 그녀는 고개를 저었다. 머리칼이 앞으로 드리워져 얼굴이 보이지 않았다. 여전히 우는 것 같았다.

여객기에 오르자마자 서진은 잠들었다. 기내식이 나오자 그 퍽퍽한 음식을 순식간에 먹어치우고는 다시 잠들었다. 준성의 어깨에 얼굴을 묻고, 두 손으로는 그의 팔을 붙들고 깊은 잠에 빠진 그녀의 숨소리는 이상스레 여겨질 정도로 조용하고 평화로웠다. 준성은 스스로에게 되물었다. 언제까지 버틸 수 있을까? 비창(飛窓) 밖으로 먼지 하나 찾을 수 없는 만 미터 상공의 하늘이 투명하게 흘러가고, 그의 마음속에서는 걱정과 분노와 짜증이 뒤엉켰다. 준성은 기나긴 중노동에 시달린 끝에 지쳐 나자빠진 기분이었다. 지독한 피로감이 온몸의 관절을 물어뜯으며 덤벼들었다. 이것이 단순히 잠이 부족해서일까. 그는 그 의문에 답하기가 두려웠다.

29

한호섭의 홍콩 로케이션은 여러모로 처음 계획하고는 많이 달라져 있었다. 광고영화 하나, 그리고 서진을 위한 화보 촬영, 그것이 처음의 계획이었으나, 달력 촬영으로 바뀌면서 크게 축소되었다. 광고 계약은 깨졌다. 모델 여섯, 사진작가 하나, 그리고 촬영보조 넷이 한호섭과 동행했다. 서진을 제외한 다섯 명의 모델은 나름 여기저기 얼굴이 알려져 서진도 사진으로는 본 적이 있는 여자들이었다. 그녀들은 서로 알고 지내는 사이 같았고, 서진은 인천공항에서부터 외톨이가 되었다. 쟨 뭐지, 하는 눈빛으로 그녀들은 서진을 흘낏거리며 저희들끼리 속닥거렸다.

첵랍콕 공항에 도착한 그들을 한국인 코디네이터가 맞았다. 한 사람 더, 전세버스 운전수가 있었으나 홍콩 사람이었다. 그들은 커다란 버스를 타고 센트럴시티호텔로 갔다. 북경오리와 독한 마오타이 술로 떠들썩하게 저녁을 먹었다. 촬영 장소는 빅토리아피크, 홍콩디즈니랜드, 구룡반도, 리펄스베이, 그리고 포린츠 사원이었다. 순서는 사정에 따라 뒤바뀔 수 있었다. 모든 현장에서 모든 모델의 사진을 다 찍어야 하기 때문에 빡빡한 일정이었다. 최종적으로 어느 달에 어느 모델 어느 사진을 쓸 것인지는 현상된 사진을 보고 결정한다는 것이 한호섭의 설명이었다.

"몸 관리들 잘해. 사진 안 좋으면 가차 없이 잘려. 알았어? 여섯 명이 찍지만 막상 달력에 나오는 게 네 사람이 될지 세 사람이 될지는 나도 아직 몰라. 이건 산수가 아니잖아. 다들 알지?"

그는 으름장을 놓으면서도 마구 술잔을 돌렸다.

적어도 이튿날 빅토리아피크 촬영 때까지는 괜찮았다. 한호섭은 친절했고 다른 모델들도 하룻밤 사이 좀 낯이 익어선지 별로 서진을 경원하는 것 같지 않았다. 인사도 건네고 음료수를 권하기도 했다. 관광을 할 틈은 아예 없었다. 피크 트램을 타고 올라가자마자 한호섭은 진땀을 뻘뻘 흘리면서도 사진작가와 모델들을 재촉하여 촬영에 들어갔다. 사진작가는 두 대 세 대의 카메라를 번갈아 움켜쥐고 펑펑 셔터를 눌러댔다. 좀더 이쪽으로, 좋아, 섹시, 섹시, 섹시하게! 좋아, 바다 쪽으로 한 바퀴. 좋아. 아, 황홀한 얼굴, 아, 아, 그래, 매혹적으로! 남자애처럼. 불량소년! 여신처럼, 당당하게! 우아하게! 편아안하게, 자연스럽게, 자유스럽게! 그거야! 사람들이 왁자지껄 몰려들어 구경을 하는 가운데 비키니 차림으로 서서 팔과 다리를 들었다 올렸다를 반복하고, 엉덩이와 가슴을 끌어올리고 밀어내며 얼굴에 환한 미소까지 짓는 일은 쉽지 않았다. 아침 일찍 작업을 시작했는데도 불구하고 일을 마치자 날이 저물었다.

다른 모델들이 카메라에 시달리는 동안 서진은 차양이 커다란 모자에다 얼굴을 거의 다 가리는 짙은 색안경을 쓰고 커피를 마시며 근처를 산책했다. 그다지 높다 할 것도 없는 빅토리아피크에서는 홍콩의 기형적으로 높은 빌딩들이 고스란히 내려다보였다. 항구까지, 화물선이 오가고 여객선이 오가는 바다까지, 그 너머 구룡반도까지가 한눈에 들어왔다. 별로 정이 들지 않는 곳이었다. 그닥 호기심도 느껴지지 않았다. 생경스럽고 이물스러웠다. 같은 항구인데도 부산하고는 너무 달랐다. 부산도 서울도 복잡하지만 이곳에서는 왠지 거의 향보 같은 것이 느껴졌다.

그날 밤, 호텔로 돌아와 막 샤워를 끝냈을 때 한호섭이 서진을 찾아왔다. 그의 육중한 몸에 가운이 감겨 있었다. 한잔 더 할까, 싶어서. 서진은 피곤하다고 말했다. 그것이 대답이 되기를 기대했다. 피곤이라니. 넌 두어 시간 일했지만 난 하루 종일 뛰었어. 이리 와 앉아봐.

그는 미니바에서 와인을 꺼내고 잔을 꺼내 쟁반에 받쳐 들고 침대로 와서 걸터앉았다. 그녀가 술잔을 받아들자 그의 손이 그녀의 어깨에 올라왔다. 정육 덩이처럼 차갑고 축축했다. 서진은 참아야 한다는 것을 알고 있었다. 그는 빚을 받으러 온 빚쟁이였으니까. 그녀는 자신이 이런 것을 잘 참아낼 수 있다고 믿었다. 그러나 도저히 견딜 수가 없었다. 서진은 그 손을 조심스럽게 내려놓고 입을 커다랗게 벌려 억지로 하품을 했다. 그의 손이 이번에는 노골적으로 그녀의 무릎을 덮었다. 이번에도 그녀는 침대에서 일어나는 것으로 그 손을 뿌리쳤다. 그때 뒤에서 한호섭이 그녀를 껴안았다. 서진은 놀라 뿌리쳤다. 그가 침대 위로 나동그라지면서 그의 거대한 엉덩이가 와인병과 잔을 깔아 뭉갰고, 와인병이 쓰러져 붉은 술이 침대 위에 콸콸 쏟아지고 그의 가운에 쏟아지고…… 술잔은 깨어졌다.

한호섭은 벌떡 일어나 자신의 꼴을 내려다보았다. 서진은 얼른 휴지를 뽑아 그의 가운을 닦는다, 손을 닦아준다, 부산을 떨었다. 그는 시뻘건 눈으로 서진을 쏘아보다가 발을 쿵쾅거리며 객실에서 나갔다.

이튿날 아침 그들은 전세버스를 타고 리펄스베이로 갔다. 조용하고 아늑한 바닷가 휴양지였다. 서진은 놀랐다. 이곳도 홍콩인가? 그곳은 속초나 경포대 같은 곳보다 더 한가하고 아늑했다. 풍경은 깨끗하고 아름다웠으나 한호섭과 그녀 사이에는 아름답지 못한 신경전이 벌어지고 있었다. 그 신경전을 눈치 빠른 다른 모델들이 짐작하지 못할 리 없었다. 그들은 서진에 대해 날카로운 경계심을 드러냈다. 한호섭은 서진의 촬영을 맨 마지막으로 미뤘다. 날이 저물 때까지 그녀의 차례는 오지 않았다. 한호섭이 짜증을 내며 사진작가에게 더, 더, 하고 요구한 탓이었다. 결국 서진은 카메라 앞에 서보지도 못한 채 호텔로 돌아와야 했다.

저녁을 먹고 그들은 린 콰이 펑의 한 카페로 갔다. 한호섭은 기분이 좀 풀린 듯 싱거운 농담을 떠들어대며 양주를 퍼마셨다. 서진은 몸을 관리하기 위해 저녁을 조금 먹었을 뿐이었다. 술을 마시기 시작하면 곧 취할 것이요, 그때부터는 절제력을 잃고 계속 마시게 될 것이 두려웠다. 양주 한 잔을 놓고 그녀는 시간과 씨름을 했다. 비쩍 마른 몸매의 두 모델은 걱정도 되지 않는지 한호섭이 권하는 대로 거침없이 술을 마시고 있었다. 서진이 다 걱정스러웠다. 당장 내일 피부가 탄력을 잃어 흙덩이처럼 되고 말 텐데.

모델들은 어느새 서진을 다시 따돌리기 시작했다. 당연한 일이었다. 그들은 한호섭이 서진을 어떻게 취급하는지를 하루 종일 보았으니까. 그녀는 다시 외톨이가 되었다. 아무도 그녀와 눈을 마주치지 않았고, 말을 걸어주지도 않았다.

화장실에 들어가 화장을 고치고 나온 그녀는 일행이 앉아 있던 탁자가 휑하니 빈 것을 발견했다. 믿을 수가 없었다. 그녀가 화장실에 간 것을 모르고 떠난 것일까? 아니면…… 이런 유치한 방식으로 한호섭은 복수를 하려는 것일까? 서진은 빈 탁자에 혼자 앉았다. 기다리면 누구든 오지 않을까. 한호섭은 아니라 해도 누군가 한 사람쯤, 그녀가 없다는 것을 발견하고 돌아와줄 것이라고 그녀는 믿었다. 그녀는 물을 청해 마시며 기다렸다.

나이를 종잡을 수 없는 한 서양 남자가 그녀에게 다가와 옆의 의자를 가리키며 물었다. 두 유 마인드? 서진은 알아듣지 못했다. 그러나 그가 원하는 것이 무엇인지는 알았다. 그의 눈, 그의 표정은 서진에게는 낯익은 것이었다. 남자들이란 동서양을 가릴 필요 없이 욕망을 감출 줄 모르는 것 같았다. 그녀는 냉정하게 턱을 치켜들며 노, 하고 말했다. 그러자 놀랍게도 그 서양 남자는 아주 기쁜 표정으로 옆의 의자에 엉덩이를 내려놓았다. 서진은 다시 노, 노, 노, 하고 되풀이했다. 그제야 그 서양인은 엉거주춤 엉덩이를 들며 반복해서 물었다. 노? 노? 유 민…… 유 돈 원……? 서진은 알아듣지 못했다. 몇 번이고 노, 노, 노, 하고 거듭 말했다. 남자는 고개를 설레설레 저으며 멀어져 갔다.

서진은 갑자기 겁이 났다. 이곳은 서울이 아니었다. 말도 통하지 않았다. 혼자서라도 당장 호텔에 돌아가는 편이 나을 것 같았다. 일찍 쉬면 내일은 기분이 나아질 것이다. 그러나 곧 그것이 불가능하다는 것을 깨달았다. 그녀는 이곳이 어디인지, 호텔이 어디에 있는지도 알지 못했다……. 올 때는 택시를 탔다. 누군가 이곳을 아는 사람이 목적지를 말했을 것이다. 무조건 택시를 잡아타고 센트럴시티호텔, 이라고 말하면 될까. 영어 한마디 하지 못하는 자신의 처지가 한심하고 서글펐다. 중고등학교 시절 배운 영어는 한마디도 머릿속에 남아 있는 것 같지 않았다.

그때였다. 낯익은 남자 한 사람이 카페로 들어왔다. 홍콩 사람인 것 같았다. 저 사람을 어디에서 봤던가? 그렇다. 그들의 전세버스 운전기사였다. 서진은 반가워 미스터 위안, 하고 그를 불렀다. 그가 다가왔다. 그녀는 아는 모든 영어 단어를 동원하여 센트럴시티호텔로 돌아가고 싶다고 말했다. 위안은 커다랗게 부풀어 오른 눈을 껌뻑거리며 아, 오, 예, 오케이, 노 프라블럼, 노 프라블럼, 하고 떠벌렸다.

위안이 택시를 잡았다. 그는 서진을 뒷자리에 태우고 자신은 그 옆에 올라앉았다. 그가 운전기사에게 뭐라고인지 말했다. 센트럴시티호텔이라고 말하는 것 같지는 않았다. 서진이 센트럴시티호텔, 이라고 운전기사에게 말하자 위안이 다시 운전기사에게 빠른 광둥어로 지껄여댔다. 운전기사와 위안 사이에 알아들을 수 없는 말들이 바삐 오갔다. 차는 이미 달리고 있었다. 위안은 서진에게 오케이, 오케이, 하고 거듭했다.

택시가 멎은 곳은 센트럴시티호텔 앞이 아니었다. 아파트 건물들이 시커먼 하늘 높이 곤두선 낯선 곳이었다. 그녀가 여기 아니야, 하고 소리치며 내리지 않으려 하자 위안은 알아들을 수 없는 말들을 한없이 떠들어대며 내리라고 재촉했다. 운전기사까지 그녀를 돌아보며 뭐라 뭐라 떠들어댔다. 서진은 겁이 나고 머리가 아프고 무섭고 가슴이 두근거리고…… 정신을 잃을 것만 같았다. 위안이 화를 내기 시작했고, 운전기사는 더 큰 소리로 서진에게 삿대질을 하며 떠들어댔다. 위안이 그녀의 팔을 붙들어 거칠게 끌어냈다. 그녀가 질질 끌려 택시에서 내리자마자 택시는 요란한 엔진 소리와 함께 후끈한 열기를 뿜어내며 사라져버렸다.

아, 홍콩 영화에서 종종 본 적이 있는 낡고 가난한 아파트, 이를테면 부산으로 치면 달동네 같은 곳이라는 것을 서진은 본능적으로 깨달았다. 가난의 몰골은 비슷했다. 칠이 벗겨지고 낙서가 휘갈겨진 외벽에 덕지덕지 붙은 광고지, 쓰레기가 담긴 비닐봉투들이 쌓인 길목, 가로등도 없는 캄캄한 거리, 오직 높다랗게 하늘로 뻗어 오른 콘크리트 덩이, 작은 창문들, 거기 내걸린 빨래들, 길을 홍건히 적시고 있는 구정물……. 부산, 그녀의 고향 감천동 같은 곳이었다.

위안은 그녀의 팔을 붙들고 건물 안으로 잡아끌었다. 서진은 버둥거렸다. 그는 쉬지 않고 뭐라고인지 떠들어댔다. 센트럴시티호텔, 센트럴시티호텔, 하는 말이 거듭 튀어나왔다. 그의 표정을 통해 짐작하기로는 걱정 말아, 여기 잠깐 올라갔다가 센트럴시티호텔에 데려다줄게, 하고 말하는 것 같았다. 이 도둑놈, 하고 서진은 생각했다. 그런 얄팍한 거짓말에 내가 속아 넘어갈 줄 아는 것인가? 그의 힘에 못 이겨 서진은 건물의 비좁은 현관으로 끌려들어 갔고, 그 순간 절망감으로 숨이 막혔다. 알 수 없는 더러운 냄새, 홍콩 사람들이 잘 먹는다는 기괴한 양념 냄새, 지린내, 행주 같은 것이 썩는 냄새, 그런 것들이 코를 찔렀다. 가슴이 터질 듯 두근거렸다. 그녀는 비명을 지르기 시작했다. 사람 살려, 살려주세요! 그러나 아무도 내다보지 않았다. 어둠침침한 복도는 텅 비어 있었고, 거리는 캄캄했다. 위안이 갑자기 화를 내며 그녀를 떠다밀었다. 서진은 벽에 부딪고 쓰러졌다. 쓰러진 그녀를 짓밟을 듯 발을 들었다 놓았다 반복하며 위안이 한참 동안 또 떠들어댔다. 그의 눈 깊은 곳에서 번들거리는 저것이 무엇을 의미하는 것인지를 서진은 너무나 잘 알았다. 그는 간간이 센트럴시티호텔을 뒤섞어가며 끝도 없이 알아들을 수 없는 말들을 늘어놓았고, 눈을 번들거리며 그녀를 위아래로 훑어보기를 그치지 않았고, 사방팔방에 대고 손짓을 해댔다. 그녀는 절망감과 무력감으로 자신이 자칫 어느 순간 모든 것을 포기해버릴지도 모른다는 것이 두려웠다.

그때 서진은 손가방 안에 담아온 호신용 스프레이가 생각났다. 손가방, 다행히 그것은 그녀의 어깨에 사선으로 걸쳐져 있었다. 그녀는 눈으로는 위안을 쳐다보며 더듬더듬 한 손을 가방에 밀어 넣어 스프레이를 찾았다. 손가락 끝에 시력이 없다는 것이 안타까웠다. 화장품, 껌, 열쇠, 지갑, 수첩, 볼펜…… 그 모든 것들이 만져졌으나 스프레이는 찾을 수 없었다. 위안이 다시 그녀의 팔을 붙잡아 거칠게 일으켜 세웠다. 그 순간 손가방이 뒤흔들리며 스프레이가 손에 닿았다. 그녀는 스프레이를 꽉 움켜쥐었다. 그가 얼굴을 들이밀고 그녀에게 알 수 없는 광둥어를 떠들어대는 순간 서진은 스프레이를 꺼내 그의 얼굴에 대고 힘껏 단추를 눌렀다. 아, 가스가 그의 얼굴이 아니라 엉뚱한 방향으로 분출되기 시작했다. 위안이 놀라 멀뚱하니 그녀를 쳐다보았다. 서진은 재빨리 분출구의 방향을 틀어 다시 한 번 힘껏 단추를 눌렀다. 가스가 위안의 얼굴에 정확히 밀려 나갔다. 으아아, 위안이 두 손으로 얼굴을 가리고 발버둥쳤다. 서진은 한 번 더 가스를 힘껏 쏟아낸 다음, 돌아서서 달리기 시작했다. 뒤에서 위안이 비명을 지르고 고함을 지르고 틀림없이 욕설을 퍼붓는 소리가 그녀의 도주를 재촉했다.

아파트 건물을 빠져나와 거리를 달리며 그녀는 택시를 찾았다. 그곳이 큰길이 아니라 좁은 샛길이라는 것을 그녀는 깨달았다. 사람 하나 보이지 않았다. 멀리 마천루들의 불빛이 울긋불긋 부산스럽게 번쩍이는 것이 보였으나, 이곳에는 어둠과 공포뿐이었다. 차들이 달리는 소리가 들리는 곳을 향해 그녀는 달리고 또 달렸다. 서진 자신의 발소리가, 높다란 아파트 건물에 부딪쳐 되돌아온 메아리가 그녀를 쫓아왔다. 뒤에서 위안이 당장이라도 덮칠 것만 같아 온몸이 부들부들 떨렸다. 그래도 달렸다. 넘어졌으나 곧 일어나 다시 달렸다. 길목에 이르렀으나 큰길은 아니었다. 여전히 비슷한 샛길이었다. 절망하여 울음이 터져 나올 것 같았다. 그녀가 끌려들어 갈 뻔했던 비슷한 아파트 건물들이 거대한 짐승처럼 아가리를 시커멓게 벌리고 늘어서 있었고, 멀리 가게의 불빛이 구정물처럼 길 위에 뿌려져 있었으며, 알 수 없는 나라의 깃발처럼 빨래들이 허공에 나부꼈고, 어디선가 사나운 고함 소리가 터져 나왔으며, 알아들을 수 없는 청승맞은 노랫가락이 지글지글 밀려 나왔고……. 그녀는 달렸다. 어둠이 끈질기게 그녀를 추격했고, 더 큰 공포가 그 뒤를 쫓아왔다. 돌부리에 걸려 넘어질 뻔했으나 가까스로 균형을 되찾아 허겁지겁 달렸다. 어깨에 비스듬히 걸친 손가방이 그녀의 허리께에서 뒤흔들렸고, 채 닫지 못한 그 가방에서 크고 작은 물건들이 떨어져 길바닥에 흩어졌으나 그녀는 알지 못한 채 달리고 또 달렸다. 어둠이 끈끈한 무더위와 함께 그녀의 얼굴에 달라붙고, 먼지가 흩날려 땀에 젖은 이마와 뺨에 엉겼으나 그녀는 알지 못한 채 달렸다. 이미 오래전에 위안의 추격으로부터 벗어났다는 것도 알지 못한 채 정신없이 달리고 또 달렸다.

마침내 큰길에 이르렀다. 차들이 오직 한 방향으로만 달리고 있었다. 택시는 보이지 않았다. 그녀는 계속해서 달렸다. 행인은 별로 보이지 않았다. 만일 행인이 보인다 할지라도 도움이 될지 더 위험스러운 일이 벌어질지 짐작도 할 수 없었다. 숨이 차 가슴이 터질 것 같았으나 그녀는 달리기를 멈추지 않았다. 시간이 얼마나 되었을까? 그녀에게는 시계가 없었다. 휴대전화도 없었다. 그녀는 달렸다. 택시는 오지 않았다.

뒤쪽에서 누군가 고함을 질러댔다. 서진은 돌아보지도 않았다. 기겁을 하여 더욱 안간힘을 다해 달렸다. 누구인지 돌아볼 필요도 없었다. 그것은 위안이었다. 길 건너편에 호텔이 보였다. 위안이 뒤에서 달려오고 있었다. 택시는 보이지 않았다. 그녀는 차들이 치달리는 도로로 뛰어들었다. 차들이 광둥어로 비명을 지르며 그녀를 비난했다. 그녀는 아슬아슬하게 차들을 피하여 아무것도 돌아보지 않고 호텔로 뛰어들었다.

그 호텔이 빅토리아호텔이었다. 호텔에 들어선 다음에야 그녀는 지갑이 사라졌다는 것을 발견했다. 지갑만이 아니었다. 루주도 비비크림도 빗도 사라져 보이지 않았다. 어찌할 것인가? 다시는 저 어둠 속으로 나가고 싶지 않았다.

서진은 프런트로 가서 방을 달라고 요구했다. 그녀가 한국어와 영어를 섞어 가까스로 얘기를 하자 직원 한 사람이 자스트 어 모멘트, 하고는 어디론가 전화를 했다. 그녀가 전화를 바꿔주었다. 전화기 속에서 어눌한 한국어가 들려왔다. 항국 싸라미에요? 서진은 그렇다고 대답했다. 그런 식으로 띄엄띄엄, 한 마디씩 서로가 알아들을 수 있는 말들을 골라내어 의사를 소통한 끝에 간신히 서진은 객실을 얻었다.

비록 수중에 돈은 없었으나, 그녀는 걱정하지 않았다. 내일, 아니면 이따가라도 센트럴시티호텔로 전화를 하여 일행을 찾으면 금방 해결될 것이라고 믿었다.

그러나 그날은 그녀의 모든 생각이 어긋나는 날이었다. 호텔 프런트에 전화를 하여 천신만고 끝에 센트럴시티호텔의 전화번호를 알아내어 전화를 했다. 다행히 한호섭의 객실 번호를 그녀는 기억하고 있었다. 1212호였다. 그러나 그는 전화를 받지 않았다. 어딘가에서 아직 술을 마시는 중일까? 1242호 객실에 전화를 해도 될 것이다. 그 방에는 진영이 있었다. 그러나 서진은 거기 전화를 하고 싶지 않았다. 그녀를 따돌리던 모델이었다. 그녀에게 전화를 하고 도움을 청한다는 것이 자존심이 상했다. 언젠가 한호섭은 돌아올 것이요, 그때 전화를 하면 될 것이라고 서진은 생각했다.

그녀는 먼저 샤워를 하고 싶었다. 온몸이 먼지 구덩이 속에 들어갔다 나온 듯한 기분이었다. 그녀는 욕조에 물을 가득 받아 거품을 한껏 풀어 넣고 목욕을 했다. 팔 여기저기 멍이 들어 있었다. 발뒤꿈치의 피부가 벗겨져 쓰라렸다. 미친 놈, 나쁜 놈, 개새끼……. 서진은 아는 욕설을 모두 쏟아냈다. 내일 한호섭에게 말해서 잘라버려야지.

샤워를 하고 나와 그녀는 다시 센트럴시티호텔로 전화를 했다. 이번에도 한호섭은 받지 않았다. 그녀는 삼십 분 뒤에 다시 전화를 하리라 마음먹었다. 배가 고팠으나 음식을 어디에서 어떻게 주문해야 하는 것인지 그녀는 알지 못했다. 대신 그녀는 냉장고에서 버드와이저를 하나 꺼내 마셨다.

삼십 분 뒤에 그녀는 침대에 엎어져 깊이 잠들어 있었다.

서진이 잠에서 깨어난 것은 이튿날 아침 여덟시였다. 그녀는 화들짝 놀라 센트럴시티호텔에 전화를 했다. 한호섭 일행은 이미 체크아웃한 뒤였다. 란타우 섬으로 떠난 것이 분명했다. 내 가방은, 내 가방은 어찌 되었을까? 서진은 어찌해야 할 것인지 알 수가 없었다. 한호섭이 홍콩에서 대여한 휴대전화를 가지고 다닌다는 것을 알고 있었으나 서진은 그 번호를 알지 못했다. 위안이라는 나쁜 놈을 해고할 수도 없게 되고 말았다.

다시 두려움이 밀려왔다. 돈도 없다. 가방도 없다. 말도 통하지 않는다. 이미 이곳 호텔에 들어와 하룻밤을 자버렸다. 이제 이곳에서 나갈 수도 없게 되고 말았다…….

그로부터 사흘, 서진에게 빅토리아호텔 1132호실은 감방이자 지옥이 되었다. 그녀는 먹을 수도 없었고, 옷을 갈아입을 수도 없었다. 그녀가 먹은 것은 냉장고 안에 들어 있던 주스와 커피, 맥주, 그리고 미니바의 땅콩 부스러기와 비스킷 몇 조각이었다.

죽어버릴까. 장국영이 투신하여 죽은 호텔이 어디였더라. 생각이 나지 않았다. 어쩌면 여기였을지도 모른다. 여배우 오서진 홍콩 빅토리아호텔에서 투신자살. 신문에 그렇게 기사가 날 것이다. 아니, 그러나 그녀는 영화배우가 아니었다.

지배인에게 신고를 한 것은 아마 객실 당번이었을 것이다. 그녀가 먹지도 않고, 나가지도 않고 호텔 방에만 틀어박혀 지낸다는 것을 눈치챘을 테니까. 사흘째 되는 날 호텔 지배인이 찾아와 영어로 이것저것 질문을 시작했다. 서진이 알아듣지 못하자 한국어를 하는 직원이 호출되었다. 그러나 그 여직원은 한국어 실력이 엉성하여 서진의 말을 제대로 알아듣지 못했다. 지배인과 여직원은 영어로, 광둥어로 떠들어댔다. 싸우는 것 같기도 하고 뭔가 상의하는 것 같기도 했다. 직원 두 사람이 더 올라왔다. 이제 서진의 객실은 직원들로 우글거렸다. 그들의 입에서 서진으로서는 무슨 말인지 짐작도 할 수 없는 말들이 쏟아져 나왔다. 그들의 말씨도 표정도 점점 험악해졌다. 여차하면 덤벼들어 그녀를 두들겨 패기라도 할 듯한 기세였다. 지배인이 한 남자 직원에게 호통을 치자 그 직원이 맞고함을 질러댔다. 와글거리고 시끌거리는 광둥어가 사방에서 그녀의 귓전을 울렸다. 서진은 두려움에 사로잡혔다. 이들이 지금 그녀를 어떻게 해코지할 것인지, 그것을 의논하는 것처럼 여겨졌다. 직원 한 사람이 서진에게 삿대질을 하며 눈을 부라리더니 돌연 그녀의 손가방을 집어 던졌다. 가방 안에서 몇 개의 동전과 껌과 손톱깎이와 여권이 튀어나왔다. 서진이 그것을 주워 챙기는데 또 다른 한 직원이 덤벼들어 그녀를 마구 방 밖으로 밀어냈다. 필사적으로 서진은 그를 뿌리쳤다. 그사이 지배인은 서진의 여권을 빼앗아 뒤적거리기 시작했다.

그때 서진이 그 영어 단어를 생각해낸 것은 진정 기적 같은 일이었다. 그녀는 목청껏 부르짖었다. 엠바시! 코리언 엠바시! 엠바시, 엠바시! 잠시 방 안이 조용해졌다. 모두가 입을 다물고 그녀를 쳐다보고 있었다. 그러나 이내 다시 요란한 광둥어가 사방에서 터져 나왔다. 지배인이 고함을 질러 그들을 제지했다. 서진은 엠바시, 엠바시, 플리즈, 하고 반복했다. 지배인은 잠시 멀뚱히 그녀를 쳐다보고 있다가 어딘가에 전화를 하고, 전화번호를 메모하고, 자신이 직접 영사관에 전화를 한 다음, 서진에게 전화기를 넘겨주었다.

영사관에서는 처음에는 귀찮다는 기색이 역력했다. 그래서 어쩌라는 거냐는 투였다. 서진은 낯이 간지러웠으나 자신이 모델이고 영화배우라는 점을 강조하며 사정을 하소연했다. 홍정우의 이름도 들이밀고, 그가 만든 영화 제목도 들이밀었으며, 할 수 없이 그의 다음 작품 〈우물 속에서〉에 출연했다는 얘기도 했다. 그러나 영사관 직원의 어조는 전혀 달라지지 않았다. 돈을 빌려달라는 겁니까? 영사관은 은행이 아닙니다. 서진은 할 수 없이 준성의 전화번호를 일러주었다. 왜 직접 전화를 하지 않는 겁니까? 서진은 돈이 없어서, 라고 대답했다. 가까스로 그 직원으로부터 서울에 전화를 해주겠다는 약속을 받아낸 서진은 이곳 호텔 직원들이 그녀를 위협하고 여권을 빼앗으려 하고 구타하려 한다고 호소했다. 영사관 직원은 나 참, 아니, 도대체 어쩌자고……, 하며 투덜거리다가 기다려요, 하고 전화를 끊었다.

두 시간이 지나 서진이 거의 포기하고 난 뒤에야 영사관 직원은 나타났다. 푸른 여름 양복에 푸른 와이셔츠를 단정하게 입은 젊은 남자였다. 그는 눈이 부신 듯 서진을 위아래로 살펴보았다. 서진은 경황이 없어 그런 것을 전혀 의식하지 못했다. 준성에게 전화를 했는지 그것부터 물었다. 아직 안 했다는 대답이 돌아왔다. 왜요? 그녀는 금세 울듯한 얼굴이 되어 물었다. 내가 상황을 먼저 파악해야지요. 그는 서진에게 명함을 한 장 내밀었다. 정광석 사무관, 이라고 적혀 있었다.

그는 서진의 여권을 앞뒤로 세밀히 살펴본 다음, 사무적으로 질문을 시작했다. 어떻게 여기 오게 되었는가? 서진은 간략하게 그 경위를 설명했다. 그럼 일행을 기다리셔야지요. 서진은 그럴 생각이 전혀 없었다. 그녀는 이곳 홍콩에서 한시바삐 벗어나고 싶을 뿐이었다.

서진이 밥도 옷도 없이 사흘을 지냈다는 것을 알게 된 그는 서진을 위해 샌드위치를 주문해주고, 센트럴시티호텔에 연락을 했다. 삼십 분 뒤에 바퀴가 달린 그녀의 커다란 가방이 객실 안으로 운반되었다. 그 가방을 본 서진은 눈물이 났다. 비로소 조금 마음이 놓였다. 그러나 곧이어 호랑이 같은 호텔 지배인이 들어서는 바람에 그녀는 눈물을 삼켰다. 다시 가슴이 두근거렸다.

정광석과 호텔 지배인은 떠들썩하게 악수를 하고, 영어와 광둥어를 섞어서 인사를 하고, 때로는 웃음을 터뜨려가며, 가끔 서진을 쳐다보며 한참 동안이나 얘기를 주고받았다. 서진은 알아들을 수가 없어 갑갑하고 무서웠다. 지배인이 방에서 나가고 난 뒤 광석은 서울로 전화를 했다. 그가 준성과 하는 말들을 서진은 옆에서 모두 들었다. 저 말들을 듣는 준성의 마음이, 표정이 어떨까를 생각하자 가슴이 무너져 내렸다.

통화를 끝낸 뒤 광석은 의자에서 일어섰다. 내가 이곳 영사관 직원으로서 해줄 수 있는 것은 여기까지다. 나중에 서울에서 마주치면 모르는 체하지나 말아다오. 그는 정중하게 인사를 하고 객실에서 나갔다.

막상 준성이 온다고 하자 서진은 달아나고 싶어졌다. 미안하고…… 부끄럽고…… 슬펐다. 어떻게 그의 얼굴을 본단 말인가. 그는 지금 무슨 생각을 하며 날이 새기를 기다리고 있을까. 이곳까지 오는 동안 무슨 생각을 할까. 여기에서 벌어진 일들을 알게 되면 마침내 나를 어떻게 생각하게 될까. 아아, 차라리 이 홍콩 바닥 어딘가로, 사흘 전 그녀가 혼비백산하여 도망 나온 저 어둠 속으로 혼자 조용히 사라져버리는 게 낫지 않을까.

서진은 홍콩행을 결심한 것이 진정 후회스러웠다. 이곳에서 벌어진 모든 일들이 결코 우연이 아니었다는 것을 그녀는 깨달았다. 싸구려 식당에서 보잘것없는 식탁에 둘러앉아 김치찌개 냄비에 이 사람 저 사람 숟가락을 넣었다 뺐다 하며 밥을 먹던 영화판 사람들이 생각났다. 그들이, 그 김치찌개가 그리웠다.

30

밤이 깊어서야 그들은 인천공항에서 빠져나왔다. 그곳 주차장에 준성의 차가 먼지를 뒤집어쓰고 기다리고 있었다. 아침에 너무 초조하여 차를 몰고 공항으로 온 것이 후회막심이었다. 피곤하여 허리가 꽈배기처럼 배배 꼬이는 것 같았으나 그는 어쩔 수 없이 차를 운전해야 했다.

운전하는 동안 그는 별말이 없었다. 서진은 시무룩한 낯으로 차창을 내다보고 있었다. 가끔 라디오의 채널을 돌려 음악을 찾고, 부스럭부스럭 껌을 꺼내 준성의 입에 넣어주기도 했다. 그녀는 할끔거리며 준성의 눈치를 보았으나 그는 아는 체하지 않았다. 그는 궁금한 것이 많았지만, 추궁하고 싶지는 않았다. 지금은 그저 조용히 아무 생각 없이 앉아 있고 싶었다. 때가 되면 알게 될 것이라고 그는 생각했다. 서진은 벌써 그 얘기를 하고 싶은 것처럼 보이지 않는가.

끝없는 차들의 행렬이 뒤엉키고 또 뒤엉키는 기나긴 올림픽대로를 그들은 하염없이 달렸다. 도로가 교차하거나 합류하는 지점이 가까워지면 어김없이 차들은 긴 행렬을 이루고 정체했다. 추월하기 위해, 추월당하지 않기 위해 차들은 치열하게 다투었다. 다퉈봤자 도로는 열리지 않았다. 서울도 홍콩도 기형적인 도시였다. 그것들은 사람을 위해 건설되지 않았다. 엄청난 인구와 집중을 필요로 하는 거대한 기계 장치 같은 뭔가를 위해 만들어졌다.

만일 그녀가 일행으로부터 따돌림을 당한 것이라면, 만일 한호섭과 그 일행이 서진에게 알리지 않은 채 어디론가 떠나버린 것이라면 그것은 비열하고 무자비한 짓이었다. 그로 하여 비난받을 사람은 서진이 아니었다. 그렇게 생각해야 한다고 스스로 다짐하면서도 준성은 화가 나고 억울하고 답답했다. 왜 서진에게는 이런 이상한 일들이 자주 벌어지는 것인가? 자주라고? 그것은 그의 편견은 아닌가? 이

런 일이라는 것이 무엇인가? 이런 일이 벌어진 것은 처음이었
다…….

명일동의 아파트 근처에 이르렀을 때는 이미 자정을 넘긴 시각이
었다. 서진은 슈퍼마켓에 들렀다. 주인 윤 씨는 준성이 끌고 있는 커
다란 가방을 보고는 반색을 했다. 어디 해외여행이라도 다녀오시나?
좋네, 참 보기 좋아. 그러나 그의 얼굴은 피로와 불만으로 얼룩져 목
화 따는 흑인처럼 시커멨다. 그의 눈이 벌거벗길 듯 서진의 몸을 위아
래로 훑어보았다. 그녀는 참치깡통 두 개와 파를 한 단 샀다. 단순히
준성의 자의식일까. 그는 언제부턴가 그들을 보는 윤 씨의 눈빛이 불
량스럽다는 것을 느끼고 있었다. 이유는? 하나뿐이었다. 케이블채널
홈쇼핑 방송에서 반벌거숭이로 카메라 앞을 오가는 서진을 본 적이
있는 것이 분명했다.

준성이 만류하는데도 서진은 옷을 부지런히 갈아입자마자 김치찌
개를 끓이고 밥을 지었다. 그는 전혀 식욕을 느낄 수 없었다. 아무 데
나 쓰러지면 졸도하듯 잘 수 있을 것 같았다.

그가 샤워를 하고 나왔을 때 서진은 어느새 제법 그럴듯하게 차려
진 식탁 앞에서 의자에 오똑하니 올리앉아 그를 기다리고 있었다. 김
지찌개 냄새에 뜻밖에도 준성의 입안에 침이 돌았다. 그는 식탁 앞에
앉아 숟가락을 들었다. 김치찌개부터 한 숟갈 떠먹었다.

두 사람은 찌개 뚝배기에 숟가락을 번갈아 넣었다 뺐다 하며 밤늦
은 저녁을 먹었다. 김치찌개는 맛있었고 밥은 달았다. 준성이 제대로
된 밥을 먹는 것은 거의 일주일 만이었다. 더구나 오늘 하루 종일 그

가 먹은 것이란 음식이라고 하기에는 늘 뭔가가 부족한 기내식, 그리고 햄버거뿐이었다. 준성이 맛있게 먹는 것을 서진은 흐뭇한 얼굴로 지켜봤다.

밥그릇이 거의 다 비어가는데, 준성은 뭔가 서운하다는 생각이 들었다. 아, 술이었다. 그는 막걸리를 땄다. 서진도 반갑게 잔을 내밀었다. 그들은 남은 김치찌개를 안주로 막걸리를 마셨다. 집이 최고다, 하고 서진이 말했고 준성은 진이 음식이 최고다, 하고 말했다. 서진이 그에게 다가왔다. 준성은 그녀를 가슴 깊이 끌어안았다. 미안해. 그녀가 말했다. 준성은 말없이 그녀의 머리칼에 입술을 묻었다. 달콤한 그녀의 살 냄새, 피로의 냄새, 그리고 슬픔과 절망의 냄새를 그는 맡았다.

서진이 가방을 옷방으로 끌고 들어가 옷을 대강 정리하고 나왔을 때에 준성은 이미 깊이 잠들어 있었다. 그녀는 자기 위해 그의 옆에 누웠으나 곧 다시 일어났다. 잠이 오지 않았다. 마음이 불편하여 잠을 이룰 수 없었다. 뭔가 자기 전에 해결해야 하는 중요한 문제가 방문 밖에, 식탁 위에 남아 있는 것 같은 기분이었다. 후회는 깊고 생각은 복잡했다. 어찌 된 일인지 더 이상 추궁하지도 묻지도 않는 준성의 마음이 한편으로는 고맙고 한편으로는 두려웠다. 이미 그는 어떤 결단을 내린 것이 아닐까. 그런 것 같지는 않았다. 빅토리아호텔 객실로 들어섰을 때 그는 냉정해 보였다. 그녀의 준성이 아닌 것 같았다. 그러나 집으로 들어서면서 그는 곧 그녀의 해커 아저씨로 되돌아가 있었다. 그것을 서진은 고통스러울 만큼 민감하게 의식했다. 아니, 그는 무관심해지기로 작정한 것일까.

서진은 제 가슴을 묵직한 둔기 같은 것으로 쿵쿵 짓찧고 싶었다. 찔끔 눈물이 솟았다. 나는 어리석다, 하고 그녀는 단정 지었다. 한호섭이 그녀의 약속어음에 대해 지불을 요구하리라는 것을 알지 못했단 말인가? 그가 지불을 요구한 것은 당연한 일이었다. 그녀는 지불할 각오였는가? 그녀가 홍콩에 가기로 동의했을 때 한호섭은 당연히 빚을 받을 수 있을 것이라고 생각했을 것이다. 그들은 그런 관계였다. 그것을 서로 알고 있었다. 서진은 그를 원망할 수 없었다. 다만 놀라울 뿐이었다. 한호섭이 그런 식의 복수를 결행할 수 있는 사람이라는 것을 그녀는 미처 알지 못했다. 생각하면 생각할수록 한호섭의 행동은 의도적이라는 것이 분명해졌다. 그의 선언은 명백했다. 무임승차할 생각은 말라는 것이었다.

서진은 거울 앞에 앉아 머리에 빗질을 시작했다. 거울은 물 같았고, 그녀는 물속에서 헤엄치는 작은 물고기 같았다. 그 물은 너무 얕아 물고기는 항상 숨이 가빴다.

빅토리아호텔에서의 사흘은 악몽이었다. 그녀는 몇 번이고 스스로를 추궁했다. 누가 여기 이르게 했는가? 그 자신이었다. 서진은 그녀의 꿈이 오직 자신을 소모시켰을 뿐이라는 것을 뼈저리게 깨우쳤다. 그녀는 물을 찾아 뛰어들었으나 그 물은 그녀의 갈증을 더 조장할 뿐이었다.

서진은 자신이 아름답다는 사실을 처음 발견했을 때 어째서 모델이라는 직업을 생각하게 되었는지 잘 알 수 없었다. 누군가 알려줬던가? 그런 일은 없었다. 그녀는 자연스럽게 모델을 해야 한다, 하고 마음먹었다. 당연한 결정이었다. 그것을 의심해본 적이 없었다.

누가 더 아름다우냐, 그 경쟁이 세상이라고 그녀는 믿었다. 그녀가 가장 아름답다고 서진은 믿었고, 온 세상이 다 그것을 인정할 것이라 믿었다. 그렇지 않다는 것을 알기 위해서는 긴 시간이 필요했다. 이제 그녀는 안다. 그녀는 아름답다. 그러나 가장 아름답지는 않다. 하지만 누가 가장 아름답단 말인가? 김지미가? 김태희가? 고소영이? 전지현이? 천만에. 승부였다. 게임이었다. 게임에서 이기면 가장 아름답건 아니건 김지미가 되고 김태희가 되고 고소영이 되고 전지현이 되는 것이다. 서진은 늘 그렇게 생각했다. 그녀가 가장 아름다운 여자로 인정받지 못하는 이유는 오직 하나, 게임에서 이기지 못했기 때문이었다. 이겨야 했다. 이기기 위해서는 아름다움만이 아닌 무엇인가가 필요했다. 그녀는 그것을 지니지 못했을 뿐이었다.

그 경쟁은 아름답지 못했다. 경쟁할수록 더 잔인하고 비열해졌다. 악순환이었다. 마침내 이 지경에 이르고 말았다. 어디 어제오늘의 일이던가. 순식간이었다. 승부에 뛰어든 순간 이내 그렇게 되고 말았다. 그것이 결코 승부가 아니라는 것, 그것이 악순환이라는 것을 알게 된 것이 불과 얼마 전이었다. 이 승부에서는 그녀가 아름답다는 것은 축복이 아니라 저주였다. 그것을 의식하게 된 것이 불과 얼마 전이었다. 승부할 필요가 없는 아름다움, 그것이 얼마든지 있지 않은가.

바깥에서 사람들이 떠들어대는 소리가 들려왔다. 누군가 싸우는 것 같았다. 아니면 무슨 소동이라도 벌어진 것일까. 그녀는 거울 앞을 떠나지 않았다. 머리칼을 빗고 또 빗었다. 긴 머리칼은 그녀의 자랑이었고, 아름다움의 상징이었다. 잘라버릴까. 짧게, 군대에서 막 제대한 청년처럼 짧게. 나는 어리석다. 눈물이 찔끔 나왔다.

바깥에서 비명과 울음, 다급한 외침이 터져 나왔다. 사람들이 떼로 몰려들어 싸우는 것 같았다. 울부짖고 고함을 질러댔다. 비명을 지르는 소리가 이곳까지 들렸다. 서진은 일어나 창으로 갔다. 아, 그녀는 놀랐다. 아, 그녀는 환호했다. 명선아파트 골조 덩어리가 불타고 있었다. 그녀는 창문을 열어젖혔다. 사람들이 골목으로 아파트 광장으로 쏟아져 나와 이리 뛰고 저리 뛰는가 하면, 고개를 한껏 꺾어 불을 쳐다보고 있었다. 그녀는 갑자기 걱정이 되었다. 불길이 여기까지 옮겨 붙지는 않을까. 늘 공허하고 시커멓게 뚫려 있던 창문들이 지금은 사납게 불길을 토해내고 있었다. 시커먼 연기가 뭉클거리며 하늘로 치솟았다. 시커멓게 서 있던 명선아파트보다 불타오르는 명선아파트는 훨씬 더 좋은 구경거리가 분명했다. 누구라도 보고 싶을 만했다. 준성도 보고 싶을 것이다. 요란스런 경적을 울리며 소방차들이 속속 집결하고 있었다. 소방차들은 너무 작고 불길의 기세는 압도적이었다.

서진은 침실로 가서 준성의 어깨를 잡고 흔들어댔다. 그는 깨어나지 않았다. 그의 얼굴이 반쯤은 베개에 묻혀 있었고, 반쯤은 드러나 있었다. 사지를 아무렇게나 내던지고 무방비 상태로 자고 있는 그의 모습은 아이 같았다. 깨울 수가 없었다. 몇 시간 전 그는 삼천이백 홍콩달러를 서진을 위해 지불했다. 그것을 서진은 옆에서 지켜보았다. 지켜보는 어느 순간 그것이 돈이 아니라는 것을 그녀는 깨달았다.

서진은 다시 거실 창 앞으로 갔다. 몇 달 전 그녀가 명선아파트 골조 덩어리에 들어갔을 때는 한밤중이었다. 그곳에는 시멘트 부대와…… 그렇다, 판자들, 각목들, 건축자재들이 여기저기 쌓여 있었다. 그것들이 지금 불덩이가 되어가고 있었다. 그 앞 골목에 주차된 차들 몇이 무력하게 불의 위협에 노출되어 있었다. 파자마 바람으로 차를 빼기 위해 나온 한 남자가 소방관의 제지에 막혀 발버둥치며 고함을 질러대는 것이 보였다.

옛날 감천동에서도 불이 난 적이 있었다. 순식간에 수십 채의 집들이 불길에 휩싸였다. 소방차들은 비좁은 골목으로 들어설 수 없었다. 속옷 바람으로 집을 버리고 뛰쳐나온 아주머니들이 땅바닥에 엎어져 통곡했다. 아이들이 덩달아 울어댔다. 아아, 그것은 어쩌면 서진이 최초로 목격한 지옥, 공포였다. 그녀의 집이 바로 옆 골목이었다. 소방대원과 주민 들이 소방 호스를 연결하고 또 연결하고, 물동이로 물을 길어 나르고, 불붙어 타오르는 집 옆의 멀쩡한 집들을 도끼로 곡괭이로 때려 부수고 무너뜨리고…… 그런 곡예 끝에 간신히 불길을 잡았다.

소방차들이 물을 뿜어내고 있었다. 사다리가 허공으로 올라가고 소방대원들이 기어오르고 그곳에서도 물이 쏟아져 나왔다. 검은 연기가 물에 저항하여 더욱 거세게 뭉클거렸다. 주황색 방화복 차림의 소방대원들이 불길 앞까지 아슬아슬 다가가 소방 호스에 매달렸다. 거기, 오층이나 육층인가, 캄캄한 어둠 속에서 서진이 이쪽을 넘겨다보며 눈물짓던 때가 까마득한 세월 저편의 일인 듯 여겨졌다. 그날 준성은 그녀에게 기적과 같았다. 그날 그와 더불어 서진이 지금 불타고 있는 명선아파트 골조 덩어리 난간에 기대어 서서 본 것은 무엇이었을까.

눈물 때문에 눈앞이 희미해졌다. 서진은 잠깐 흐느꼈다. 그날 이후 이제껏 그녀가 맛본 평온함 앞에서 순간마다 들끓고 변덕을 부리던 그녀의 오랜 불안감, 두려움은 잠들었다. 그 평온함을 통하여 그녀는 자신의 끈질긴 욕망이 공포의 쌍둥이라는 것도 알았다. 그녀를 홍콩 로케이션으로 내몬 것도 욕망과 공포였다.

더 많은 소방차들이 밀려들고 있었다. 사람들도 계속하여 몰려들었다. 대정아파트 광장의 사람들도 어느새 훨씬 더 불어나 있었다. 경찰차도 나타났다. 무전기에서 터져 나오는 지글지글하는 소리가 서진에게까지 들려왔다. 불을 공격하는 물줄기가 어느새 사방에 예닐곱이 되어 있었다. 그것을 쳐다보며 서진은 소리 죽여 흐느꼈다.

그녀가 흐느끼는 사이 불길은 잦아들기 시작했다. 탄 냄새가 바람을 따라 그녀가 서 있는 곳까지 흘러들었고, 저기압이 연기를 바닥으로 밀어 내려 자욱이 연기가 퍼져 나갔다. 구경하던 사람들이 차츰 흩어지고 대정아파트 광장은 조용해졌다. 소방차들은 거의 다 떠나갔다. 소방차 한 대, 경찰차 한 대만이 남아 있었다. 아직 캄캄한 하늘 아래 명선아파트 골조 덩어리는 여전히 우뚝 곤두서서 이쪽으로 시커멓게 그을린 몸뚱이를 기울이고 있었다. 이제 그것은 곧 쓰러질 듯 위태로워 보였다.

서진은 불이 꺼진 뒤에도 오랫동안 그 건물을 바라보고 있었다. 알 수 없는 일이었다. 그 건물이 타버린 것이 그녀는 마음에 들었다. 일찌감치 그렇게 되었어야 한다는 생각까지 들었다. 마치 자신이 거기 방화라도 한 듯 속이 시원했다.

서진은 커다란 가위를 챙겨 들고 화장실로 들어갔다. 두 개의 거울을 이용하여 앞으로 뒤로, 앞머리와 뒷머리를 한참 동안 살펴보았다. 어깨 밑으로 찰랑거리는 머리칼을, 양쪽 뺨에 커튼처럼 드리워져 살랑거리는 머리칼을, 그 감촉을, 거기에서 은은히 흘러나오는 샴푸 냄새를 그녀는 사랑했다. 그러나…… 잘라버려야겠다고 그녀는 생각했다. 미용실에 드나드는 비용과 시간이 절약될 것이다. 미용실? 어째서 그들은 헤어숍이니 뷰티숍이라고 하는 것일까? 미장원일 따름이었다. 미장원 의자에 편안히 앉아 싹싹하고 친절한 종업원들에게 귀한 손님 대접을 받는 기분은 각별했다. 이제 그럴 일은 좀처럼 없을 것이다. 서진은 오래 망설이지 않았다. 마침내 가위를 들어 긴 머리칼을 뭉텅 잘라냈다. 머리칼은 무겁게 세면대 위에 떨어졌다. 그녀는 한 움큼 머리칼을 쥐어 또 가위질을 했다. 눈물이 한 방울 흘러내렸으나 서진은 슬프다기보다는 차분한 기분이었다. 준성이 없었다면 이런 결정을 내릴 수는 없었을 것이다. 술병 든 아버지를 버리고 감천동을 떠났듯이, 그처럼 야멸치게, 그처럼 무모하게 이제 그녀의 피투성이 꿈을 버리고 떠나야 하는 것이다. 그 꿈은 술병을 끼고 살던 아버지보다 더 참혹하지 않은가. 그녀는 연이어 가위질을 했다. 그녀의 오래 묵은 커튼이 사라지자 길고 흰 목덜미가 드러났다. 그렇게 드러난 목덜미가 그녀는 마음에 들었다.

이튿날 아침에야 준성은 서진의 머리칼이 목덜미께에서 짤막하게 잘려 있는 것을 발견했다. 그녀의 긴 목은 마치 새로 지은 건물의 늘씬한 기둥 같았다. 그녀의 얼굴은 밤새 맑고 싱싱해졌다. 햇볕 아래 반짝이는 계곡의 물 같았다. 덕분에 준성의 기분까지 서늘해졌다. 무엇이 변한 것일까. 그는 고개를 갸웃거렸다. 무엇이 변했는지 보여줘? 서진이 물었고, 준성은 보여달라고 말했다. 그녀는 창을 열어젖히고 준성을 불렀다. 여기 와서 봐. 준성은 무심코 창으로 다가가다가 불로 만신창이가 되어버린 명선아파트 골조 덩어리를 발견했다. 그는 놀라 멈춰 섰다. 거대한 흉물 덩어리가 허공에 우뚝 솟아 있었다. 문득 디스토피아의 현시(顯示)처럼 기형적이던 홍콩의 시커먼 마천루들이 생각났다.

동네에 난리굿이 벌어졌을 텐데 그것도 모른 채 자고 있었단 말인가. 준성은 한동안 그 불타버린 건물에서 눈을 옮길 수가 없었다. 그 시커먼 골조 덩어리는 마치 거대한 느낌표처럼, 또는 거대한 묵시록적 기념비처럼 푸른 아침 하늘 아래 오연히 버티고 서 있었다.

명선아파트 골조 덩어리 주위에 동네 사람들이 하나둘 모여들기 시작했다. 건물은 커다란 숯덩이 같았다. 창문 자리, 현관문 자리 같은 곳은 불길과 물줄기에 벽돌이 깨어지고 문틀이 빠져나가 군데군데 무너져 내렸다. 원래 보기 좋은 꼴은 아니었지만, 이제 그것은 도저히 두고 볼 수가 없는 거대한 쓰레기가 되어버렸다. 어디 작기나 한가. 동네에 들어서면 가장 먼저 눈에 들어오는 건물 가운데 하나였다.

이를테면 랜드마크라 해도 좋았다. 주민들은 건물 앞뒤를 서성거리며 빨리 철거를 해버려야 한다고 의견을 모았다. 그러나 어떻게? 건물 주인이 거부하는 경우에는 어찌할 것인가? 구청에 민원이라도 넣어야지, 뭐.

슈퍼 주인 윤 씨와 행운부동산 방 노인은 가게 앞에 나란히 서서 고개를 꺾어 그 흉물 덩어리를 쳐다보고 있었다. 방 노인이 혀를 찼다. 결국 이 꼴이 되고 마네. 윤 씨는 투덜거렸다. 빨리 철거해버려야지, 이대로 둬서 되겠어요? 틀림없이 방화지? 그럼요. 탈 게 어딨어요, 저기? 전기도 아직 들어가지 않은 건물인데. 콘크리트 덩이였잖아요. 그래서 진화 작업도 빨리 끝난 거지요. 생맥줏집 주인도 나와서 그들 곁에 붙어 섰고, 곧이어 연쇄점 주인도 그들 곁에 자리 잡았다. 철거를 하려고 하겠어요, 집 주인이? 철거를 한다 해도 골치 아프네. 한참 동안 여기 막아놓고 공사 차량 드나들고 먼지에 쓰레기에……. 참 장사해 먹고살기 고달프다. 글쎄 말입니다. 이제야 겨우 손님들 좀 꼬이나 싶었더니 세상에 이런……. 생맥줏집 주인의 얼굴에 수심이 가득했다.

건물 입구에 경찰이 쳐놓은 노란색의 현장 보존 테이프가 바람이 불자 파닥파닥 소리를 내며 찢길 듯 휘날렸다. 골목을 지나던 아이 둘이 고개를 한껏 젖혀 건물을 쳐다보았다. 이거 안 무너질까? 너 밤에 이거 불났을 때 구경했어? 난 봤어. 와, 뭐가 탁탁 터지드라. 화약 같은 거? 테러야? 무섭다. 아이들은 뜀박질하여 골목을 빠져나갔다. 늘 그 골목에 몇 대씩 주차되어 있던 차들도 그날은 두어 대밖에 보이지 않았다. 여길 피하는 거지, 다들. 연쇄점 주인이 투덜거렸다. 저기 다 아파트 짓는다 한들 누가 들어오겠어? 윤 씨가 말하자 방 씨는 코웃음을 내놓았다. 다 들어온다. 올 데 없고 갈 데 없는 사람들이 다 들어오게 되어 있어. 소방서 사람들도 방화라고 하지요? 아, 어젯밤에 기름 냄새 못 맡았어? 누가 작정을 하고 석유를 들이부은 거라니까. 윤 씨는 가로등에 붙은 폐쇄회로 카메라를 쳐다보았다. 저것이 촬영을 제대로 했을라나. 방 노인은 단언했다. 그런 거 소용도 없어. 뻔하지, 뭐. 두 형제 중에 한 놈이야. 집주인 아니면 땅 주인. 땅 주인이겠지. 집주인이 왜 자기 집에 불을 질러? 거 참 형제들끼리 어찌어찌 잘 화해를 해서 해결할 생각을 않고 이 지경을 만들다니, 참. 돈이 요물이라서 그래. 불이 동네로 번지지 않은 게 천만다행이지. 동네에 큰일 날 뻔했잖아. 옛날 같으면 연판장을 돌려서 동네에서 쫓아내 버릴 텐데. 그 사람들 이 동네 안 살걸. 저기 역삼동인가 산다던데.

바로 그날 저녁 경찰은 용의자를 체포했다. 집주인의 아들, 땅 주인의 조카, 스물아홉 살의 젊은이였다. 전날 자정 무렵에 그가 커다란 석유통을 들고 건물 안으로 들어가는 것이 폐쇄회로 카메라에 녹화되어 있었다. 그는 큰아버지의 모함으로 아버지가 사기죄로 피소되어 감옥에 들어가고, 빚 때문에 집이 파산에 이르게 되자 원한에 사로잡혀 불을 질렀다고 자백했다.

행운부동산에서 텔레비전을 통해 그 소식을 지켜보던 방 노인은 이제 곧 공사가 시작되겠네, 했다. 군만두를 우물거리며 윤 씨가 어떻게요, 하고 물었다. 방 노인의 말은 이러했다.

"소유권을 놓고 다투던 두 당사자 가운데 한쪽이 애비고 자식이고 다 감옥에 떼여 들어갔으니 분쟁은 끝장을 본 셈 아닌가. 돈이 급한 것들이니 금방 공사를 시작하겠지, 뭐."

일주일 뒤 아침 일곱시, 명선아파트 골조 덩어리 앞에 공사 차량들이 나타나 인부들이 뛰어내렸다. 그들은 건물을 철거할 생각은 없는 것 같았다. 일찍 가게 문을 열어놓고 손님을 기다리던 윤 씨는 창밖으로 그들의 행동을 유심히 살폈다. 인부들은 건물 안팎을 부지런히 돌아다니며 사진을 한참 동안 찍어대고 청소를 하고, 쓰레기들을 실어내더니, 곧이어 차양막으로 건물의 흉한 몰골을 가리는 작업을 시작했다. 저녁 무렵, 건물의 네 면 벽체 전부를 휘감은 푸른색 차양막에는 거대한 광고가 나붙었다.

'친환경 IT 아파트 그린테크 잔여 세대 분양 중'.

31

홍콩에 다녀온 뒤부터 그녀의 생활은 무척 급격하게 변했다. 우선 외출이 드물어졌다. 케이블 텔레비전의 쇼핑몰 스튜디오에 드나드는 일은 한 달에 두어 번 정도, 그 외에는 규칙적으로 외출하는 일이 거의 없었다. 불행히도 아직 좋은 소식이 온 적은 없었으나, 그녀는 연극이나 영화의 오디션을 보기 위해 가끔 외출했다. 외출할 때에 명품 핸드백이나 명품 구두를 찾는 일은 거의 없었다. 청바지에 스웨터, 후드 티셔츠로 나다녔다. 그것이 편하고 가뿐하다는 것을 그녀는 알게 되었다. 또 하나의 극적인 변화, 서진은 더 이상 쇼핑에 몰두하지 않았다. 명품에 대한 집착도 사라졌고, 무모한 쇼핑도 하지 않았다. 텔레비전의 쇼핑 채널을 보며 아아, 저것 좀 봐, 하고 감탄하는 일도 없었다. 더 이상 한호섭 같은 자들과 휩쓸려 밤늦도록 청담동 카페로 나이트클럽으로 쏘다니지도 않았다.

차츰 머리칼이 자라나기는 했으나 여전히 그녀의 머리칼은 짧았다. 준성이 그녀의 변화 가운데 가장 아쉬워하는 부분이기도 했다. 어깨를 살짝 가리고 찰랑거리는 그녀의 머리칼은 그에게는 서진의 상징 같은 것, 아름다움의 상징 같은 것이었으니까. 그녀의 머리칼은 얼마나 눈부시고 향기로웠던가. 샤워를 하고 나서 헐렁한 티셔츠를 걸친 채 거울을 보며 머리를 빗을 때면 그녀는 루벤스의 여신, 아니면 드가의 여인 같았다. 언젠가 준성이 루벤스의 그림을 보여주자 서진은 내가 이렇게 뚱뚱해, 하며 항의했다. 물론 그렇지 않았다. 그녀가 너무 서운해하는 바람에 그는 다시는 그런 말을 하지 않기로 했다. 클림트의 〈다나에〉를 보여줬을 때는 그녀는 한참 동안이나 그 그림을 들여다보다가 말했다. 이 여자는 너무 외로워. 서진은 그 그림을 프린터로 출력하여 옷방에 걸린 거울 한쪽에 붙여두었다.

햇볕이 좋아지면서 그들은 종종 김밥과 맥주를 사들고 뒷산으로 소풍을 갔다. 정상까지 올라갔다 내려오기도 했으나 대개는 중턱의 소나무 숲에 앉아 김밥과 맥주를 먹고 마시며 시간을 보냈다. 서진은 그것을 오천 원짜리 소풍이라고 불렀다. 김밥을 한 줄 사고, 맥주를 두 깡통 사면 오천 원 안팎이었다. 때로는 진이가 김밥을 싸기도 했으나, 김밥을 싸는 데는 아무래도 시간이 걸려 불현듯 소풍을 나가고 싶을 때마다 김밥을 싸기는 쉽지 않았다.

서진은 엎드려 엠피스리로 음악을 들으며 잡지를 뒤적이고 준성은 책을 읽었다. 무슨 책, 하고 서진이 물으면 이제 준성은 결코 내가 쓴 거 아니야, 하는 식으로 대답하지 않았다. 그는 최선을 다하여 설명했다. 이 세계의 생김생김이 늘 인간을 근본적으로 불행하게 만들고 모든 인간관계를 사고파는 거래로 전락시키고 타락시킨다는 게 이 작가의 생각이야. 그런 문제를 어떻게 극복하고 인간이 행복해지는 세상, 인간이 서로 거래를 하는 것이 아니라 진정으로 서로 배려하고 아끼는 그런 세상으로 만들 것인가, 그런 것을 모색하는 내용이야. 그런 게 가능하다는 거야? 서진이 물으면 준성은 대답했다. 가능하다고 생각하는 사람들이 적지 않아. 또 가능하건 가능하지 않건 일단 변화가 필요하다고 생각하는 사람들은 무척 많아. 나도 그런 데 가서 살고 싶다. 아직 그런 데는 없어. 그런 데를 만들기 위해서 노력하는 사람들은 적지 않아. 이를테면 이런 건 어때? 아무도 집을 사지 않아. 아무도 차를 살 필요 없어. 아무 집이나 비어 있으면 들어가서 살아. 집집마다 카드 슬롯이 있어. 그 슬롯에 내 카드를 넣고 살고 싶은 만큼 살아. 여행을 가서도 마찬가지야. 아무 데나 들어가서 살아. 카드를 꽂고. 카드로 요금이 계산되면 청구서가 날아오고, 그에 따라 돈을 지불하면 되는 거야. 차도 마찬가지야. 거리에 차들이 서 있어. 카드를 꽂고 차를 쓰다가 필요가 없어지면 거리에 세워두고 떠나면 돼. 쓴 만큼 돈을 지불하는 거야. 전기요금 내듯이. 수도요금 내듯이. 그런데도 불구하고 악착같이 내 집을, 내 차를 가져야겠다, 하는 사람이 있다면 사야지. 하지만 값은 아마 무척 비쌀 거야. 아직은 내 공상에 불과하지만, 어때? 그럭저럭 살 만하지 않을까? 그것만으로도 사회적 비용, 환경 파괴 같은 것이 크게 줄어들 거야. 서진은 꿈꾸는 듯한 얼굴이 되어 말했다. 정말 그렇게 살 수 있을까…….

소나무 숲은 향기롭고 그늘은 서늘했다. 서진은 졸음이 쏟아지면 준성의 다리를 찾았으나 그는 기겁을 했다. 아, 이건 너무 야하다. 서진은 두어 번 더 졸라보다가 그가 계속 피하면 이런 땐 꼭 아저씨 같단 말야, 하고 종알거리며 자신의 두 팔을 겹쳐 베고 엎드리거나 옷을 아무렇게나 둘둘 말아 베개를 삼았다.

그렇게 엎드려 있다가 문득 감탄하듯 서진은 말했다. 정말 편안하다. 우리 영원히 이렇게 살 수 있을까? 준성은 틀림없이 그렇게 될 거라고 말해주었다. 정말? 정말. 꼭 이게 내 것이 아닌 것 같아. 내가 이렇게 편안하고 행복할 수 있다니. 준성은 진이 것이라고, 영원히 진이 것이라고 말해주었다. 정말? 정말.

준성이 집 근처에서 영규나 정우와 함께 어울려 술을 마실 때는 곧잘 서진도 끼어들었다. 영규는 더 이상 그녀에 대해 거부감을 나타내지 않았다. 오히려 막내동생 대하듯 불필요할 정도로 무람없이 굴어서 서진의 기분을 상하게 만들었다. 온갖 소리 다 하며 재미있게 놀다가도 갑자기 정색을 하고 담배 좀 작작 피워라 어린애가, 하고 탓하는 식이었다. 또는 노골적으로 공부를 좀 하면 얼마나 예쁠까, 하고 이런 저런 잔소리를 늘어놓기도 했다. 그러면 서진은 어린애 아니거든요 늙은 아저씨, 하고 되받기도 하고, 세상 물정 알 만큼 알거든요, 하고 쏘아붙이기도 했다. 준성은 두 사람을 다 이해할 수 있어서 재미있기도 하고 아슬아슬하기도 했다.

준성의 집에서 시나리오를 놓고 토론을 할 때는 서진도 끼어들어 거들었다. 내가 이렇게 똑똑한 사람이야? 그녀는 시나리오에 등장하는 유서진을 자신과 구별하지 않으려 했다. 정우가 영규 형이랑 참 비슷하네, 하고 말해서 그들은 웃음을 터뜨렸다. 웃으면서도 준성은 걱정스러웠다. 그는 둘이 남았을 때 조심스럽게 유서진과 오서진은 다른 사람이라고 말해주었고, 그 배역이 서진에게 오리라는 보장은 전혀 없다고 말해주었다. 서진은 나 바보 아니거든, 하고 되받았다. 준성은 그러나 그녀가 그런 기대를 조금은 갖고 있는 것 같아서 정우에게 그것이 무언의 압력으로 작용하지나 않을까, 두려웠고, 서진에게는 나중에 혹시 상처가 되지나 않을까, 두려웠다.

서진은 홍 감독의 〈우물 속으로〉가 개봉하는 날을 손꼽아 기다렸다. 개봉이 되면 마침내 그녀의 재주를 알아본 감독들이 줄을 서서 시나리오를 보내올 것이라고 장담했다. 물론 반은 기대, 반은 농담으로 하는 말이었다.

홍 감독은 아직 후반 작업을 하는 중이었다. 그는 극장 잡기가 너무나 힘들다고 투덜거렸다. 극장 주인들은 장사가 될 것 같지 않은 영화에 대해서는 스크린을 내주기를 꺼렸다. 심한 경우에는 극장을 잡지 못하여 관객을 만나지 못한 채 창고에서 썩어가는 영화도 있었다.

돈 때문이었고, 손해 보지 않으려는, 돈을 더 많이 벌어야겠다는 극장 주인들의 욕심 때문이었다. 그러나 오늘날 같은 세상, 누가 일방적으로 극장 주인들을 비난할 수만 있으랴. 그들에게는 홍 감독의 영화는 거리의 노점에 넘쳐나는 구두짝이나 옷가지와 다를 게 없었다. 이익이 남느냐 남지 않느냐, 그것이 선택의 유일한 기준이었다. 영화는 그런 구두짝이나 티셔츠 같은 것들과도 경쟁을 해야 했다. 스크린쿼터를 채우기 위해 마지못해 스크린을 내주는 극장이 몇은 있기를 기대해야 하는 지경에 처할 수도 있었다. 절대로 그렇게 되지 않을 거예요, 하고 서진이 부르짖었다. 정우가 웃으며 말했다. 그럼요. 그러나 그는 웃으면서도 기분이 아주 개운한 것 같지는 않았다.

준성과 서진은 이사를 했다. 은행에서 받은 대출금에 대해 달마다 꼬박꼬박 나오는 이자를 감당하기 힘들었기 때문이었다. 일정한 수입이 없는 그들에게는 매달 이자를 갖다 바치는 일이 쉽지 않았다. 어찌어찌 이자를 내고 돌아서면 어느새 다시 이자를 내야 할 날이 목전이었다. 준성은 대정아파트를 전세를 주고, 전세금 가운데 일부를 떼어내어 은행 부채를 갚고, 나머지를 가지고 근처에서 비슷한 평수의 연립주택으로 전세를 얻었다.

삼층 건물의 이층, 지은 지 얼마 지나지 않아 오히려 대정아파트보다 더 깨끗했고, 남향이어서 햇볕도 잘 들었다. 시장도 가까웠다. 서진의 거울들로 장식하고 나자 그곳은 대정아파트와 구별할 수 없을 만큼 비슷한 공간이 되었다. 서진은 커튼을 마련하여 달고, 침대를 새로 마련하고, 소파의 커버를 갈고, 낡은 주방 가구에 시트지를 새로

붙이고, 베란다에 화분을 사들여놓는 일로 한참을 바쁘고 즐겁게 보냈다.

보잘것없는 뜰이지만, 연립주택 앞에는 두충나무와 목련, 단풍이 우거져 있었고, 그 너머로는 동네의 골목과 구멍가게와 세탁소와 놀이터, 동네 어린이집, 노란 미끄럼틀 같은 것들이 내다보였으며, 그 너머에는 작은 공원이, 다시 그 너머로는 야트막한 야산이 펼쳐져 있었다. 조용하고 한가로웠다. 한여름 햇볕이 쏟아져도 나무들, 무성한 잎들이 그늘을 드리워 쉬 더워지지 않았다. 비가 쏟아지면 나뭇잎에 빗줄기 떨어지는 소리가 듣기 좋았고, 비 냄새, 흙냄새가 향기로웠다. 날씨 좋은 날, 빨래를 하여 베란다에 가득 빨래를 널어 말리면 보송보송한 셔츠와 타월에서 나는 햇볕 냄새는 더없이 포근했다. 깊은 밤, 거실에 두 사람이 마주 앉아 느긋하게 막걸릿잔을 기울일 때면 창밖으로 더 이상 명선아파트 골조 덩어리가 보이지 않는 것은 때로는 속이 후련하고, 때로는, 참으로 이상한 일이지만, 서운하기도 했다.

비가 쏟아지고, 날이 개고, 텔레비전에서는 한강이 위험 수위를 넘나들고, 잠수교가 물에 잠겼다가 차츰 물이 빠지면서 모습을 나타내고, 날이 맑아지고, 어린이집에서 쏟아져 나온 아이들이 노래 부르며 하나 둘 셋 넷, 합창하며 골목을 행진하고, 날이 저물고, 두부 트럭이 땡그렁 땡그렁 종을 치고 다니고, 세탁소 아저씨가 자전거 짐칸에 옷걸이를 기적적으로 가득 싣고 골목을 빠져나가고…… 그런 것을 바라보며 서진은 아무 일도 벌어지지 않는 날들의 평화로움을 맛보았고, 늘 그녀의 가슴 한가운데 자리 잡고 있던 시한폭탄이 째깍거리는 소리가 더 이상 들려오지 않는다는 것을 깨달았다.

준성과 서진이 같이 만난 지 일 년이 지났다. 준성은 기억하지 못했다. 서진이 아침을 먹으며 무슨 날인지 아느냐 물었을 때도 전혀 짐작하지 못했다. 서진은 다소 놀라는 얼굴이었다. 준성이 무슨 날인지를 묻자 대답은 않고 그녀는 미소 지으며 그를 넘겨다볼 따름이었다.

그날 오후에 그녀는 외출을 했다. 어디를 가는지 그가 물었으나 서진은 대답하지 않았다. 저녁에 시장을 봐 돌아온 그녀는 새우를 굽고 홍합을 삶고 파스타를 만들었다. 파스타를 먹을 때 어김없이 된장국을 끓이는 것이 서진의 메뉴였는데, 그 조화가 적어도 준성의 입맛으로는 뜻밖에 나쁘지 않았다. 그가 돕겠다 해도 그녀는 준성을 주방에서 몰아냈다. 서진이 불러 그가 나갔을 때 식탁에는 촛불이 있었고, 와인병과 잔이 놓여 있었다. 준성은 잠시 놀랐다.

한참 먹다 말고 그는 다시 한 번 오늘이 정말 무슨 중요한 날인가, 생각해보았고, 마침내 그들이 만난 지 일 년이 되었다는 것을 기억해냈다. 아, 미안. 그가 당황하여 말했다. 서진은 고개를 저었다. 그녀의 얼굴에는 흐뭇한 미소가 가득했다.

서진은 아주 작은 상자를 하나 내밀었다. 준성은 점점 걱정이 되었다. 그는 아무것도 준비한 것이 없었으니까. 그는 상자를 열었다. 작은 반지가 하나 들어 있었다. 아무런 장식도 무늬도 없는 작고 앙증맞은 흰색의 반지였다. 백금이 섞인 한 돈짜리 반지였다. 서진은 그의 손가락에 반지를 끼워주었다. 반지는 꼭 맞았다. 고마워요, 준성 씨. 그는 고맙다고 대답하면서도 불안했다. 서진이 갑자기 그에게 나도 쥐요, 하고 말했으므로 그는 더욱 불안해졌다. 뭘 줘야 할까. 그는 열심히 궁리해보았다. 볼펜이라도? 수첩이라도? 펜이나 수첩이라면 그는 아직 한 번도 쓰지 않은 물건을 몇 개쯤 가지고 있었다. 그때 서진이 또 하나의 작은 상자를 꺼냈다. 여기. 그는 상자를 열었다. 반지가 들어 있었다. 준성이 낀 것과 꼭 같은 반지였다. 이를테면 커플 반지인 셈이었다. 서진이 손가락을 내밀었고, 그는 반지를 끼워주었다.

"고마워요, 준성 씨."

그녀가 말했다. 미안하다고, 준성은 다시 말했다. 서진은 고개를 저었다.

"지난 일 년 동안 당신이 나에게 준 게 뭔지 당신은 모를 거야. 세상에 어느 누구도 그런 걸 받아본 사람은 없을 거야."

그렇게 생각해주는 것이 준성은 고마웠다. 그저 진이를 좋아한 것뿐이라고 그는 말했다. 그녀의 눈에서 눈물이 반짝 빛났다. 그러나 서진은 애써 참았다. 눈물은 흘러내리지 않았다. 난 알아. 날 좋아한 사람은 당신이 처음이야. 그 말이 의미하는 바가 준성의 가슴을 쳤다.

"나 다른 데 가서는 못 살 것 같아."

서진이 말했다. 준성이 대답했다.

"여기서 살어."

"정말?"

"그럼. 이미 살고 있잖아."

"언제까지든지?"

"언제까지든지."

촛불 아래 그녀는 정말 루벤스의 여신 같았다. 결코 클림트의 여신 같지는 않았다.

그들은 영원히 그렇게 살 수 있을 것 같았다. 적어도 그날, 그들은 영원히 그렇게 살 수 있으리라고 믿었다.

32

대형 마트에 들어서자마자 준성과 서진은 사람과 수레 들의 파도에 휩싸였다. 판매대와 판매대 사이의 통로가 꼭 좁은 것만은 아니었는데도 불구하고 수레를 끄는 사람들로 붐벼서 몸을 틀기마저 힘들었다. 웬만한 학교 운동장 못지않게 넓은 매장 전체가 상품과 소비자들로 뒤엉켜 있었다. 준성과 서진은 그 틈으로 수레를 끌고 파고들어야 했다. 그들의 냉장고가 텅 비어 이제 일주일이나 열흘 동안 먹을 식료품으로 다시 냉장고를 채워 넣어야 했다. 일주일마다 시장을 보는 것은 서진의 습관이었다. 한꺼번에 사다 놓고, 일주일 동안은 더 이상 아무것도 사지 않았다. 예외가 있다면 가끔 구멍가게에 들러 파를 산다거나 상추를 사는 정도였다.

서진은 일단 정가표를 비교하며 작은 포장의 사과와 큰 포장의 사과를 번갈아 들었다 놓았다를 반복한 다음, 열 개쯤이 포장된 사과를 골라 수레에 놓았다. 그다음은 당근, 그다음은 고구마와 감자였다. 미나리를 사고 풋고추를 샀다. 그녀는 비닐로 포장된 제품을 사기도 하고 알알이 놓인 물건들을 비닐주머니에 옮겨 담아서 사기도 했다. '990원'이라고, 또는 '6,890원'이라고 쓰인 정가표를 볼 때마다 준성은 무척이나 세밀하고 과학적인 가격이라는 착각에 사로잡혔다. 무엇을 근거로 그들은 어떤 상품에는 1,240원, 어떤 상품에는 990원이라는 가격을 붙이는 것일까? 그 상품을 고르고 사는 서진은, 또 저 무수한 소비자들은 어떻게 그 차이나 가치를 아는 것일까? 아니, 알기는 하는 것일까? '1+1', '3+2'라 쓰인 팻말이 붙은 과자류와 참치깡통, 레토르트 식품 들은 따로따로 사는 것과 비교하면 얼마나 더 쌀까? 정말 싸기는 한 것일까?

파인애플을 잘라놓고 시식하기를 권하는 점원들이 이쑤시개를 들고 손님을 불러댔고, 그 옆에는 두부를 구워 잘게 잘라놓고 시식을 원하는 점원이 있었으며, 그 옆에서는 우유를 작은 종이컵에 따라놓고 시식해보라고 손님을 끌었고, 그 옆에서는 쇠고기를 구워놓고 먹기를 권했다. 빵 굽는 냄새가 풍겼고, 김 굽는 냄새가 거기 뒤섞였고, 닭 튀기는 냄새, 김치 냄새, 만두 냄새가 뒤섞였다.

준성은 수레를 밀고 그녀의 뒤를 따라다녔다. 우유를 사고 요구르트를 샀다. 마늘을 사고 치즈를 사고 고등어를 사고 갈치를 사고 라면을 사고 딸기잼을 사고 초콜릿을 사고 화장지를 사고 칫솔을 사고 샴푸를 사고 막걸리를 사고 포도주도 사고……. 그리하여 수레가 금세 가득 찼다. 수레에 높다랗게 물건들이 쌓였다.

서진은 스타킹을 사야 했는데, 스타킹을 사기 위해서는 이층으로 올라가야 했다. 그들은 지하에 있었다. 이 온갖 물건들로 가득 찬 수레를 끌고 이층까지 올라갔다가 내려온다는 것은 참으로 난감한 일이었다. 준성은 잠시 그곳에서 기다리기로 했다. 서진은 금세 스타킹만 사오겠다고 말하고 계단식 승강기를 타고 사라졌다.

준성은 기다렸다. 과연 서진이 스타킹만 사 돌아올 것인가? 또 다른 물건들에 눈이 팔려 여기 무수한 수레들의 틈바구니에 끼어 그가 기다리고 있다는 것을 깜빡 잊지는 않을까? 다행히 그녀는 곧 다시 나타났다. 계산대 앞에도 수레들이 장사진이었다. 저마다 수레의 물건들을 계산대 위에 올려놓았다가 다시 시장바구니에 싸거나 비닐주머니에 싸거나 수레에 옮기고, 신용카드로, 포인트카드로, 현금으로 지불을 하느라 분주했다. 준성은 서진에게 말했다. 우리 다음에는 주중에 오자. 서진은 고개를 끄덕이면서도 말했다. 그게 뜻대로 되는 게 아니야. 오늘도 먹을 게 다 떨어져서 할 수 없이 나온 거잖아.

계산대를 빠져나오기까지 또 한참 동안을 그들은 기다려야 했다. 계산이 끝난 물건들을 다시 수레에 옮겨 싣고 그들은 주차장으로 내려가는 계단식 승강기를 향했다. 그때였다. 한 남자가 서진에게 다가왔다. 오서진 씨. 그가 정확히 그녀의 이름을 불렀다. 그들은 수레를 멈추고 그를 쳐다보았다. 준성도 서진도 일지 못하는 남자였다. 이런 데서 뵙다니, 정말 놀랐습니다. 검정 티셔츠를 입은 그 남자는 수레 앞에 멈춰 섰다. 서진은 누구신지요, 하고 물었다. 모델 하시고 요새는 광고도 하시는 오서진 씨 맞죠? 검정 티셔츠가 다시 물었다. 서진은 그렇다고 대답했다. 준성은 남자의 질문이 다소 기이하다고 느꼈다. 요새는 광고도 한다고? 요새 서진이 광고를 찍은 적이 있던가?

318

얼굴이 검고 피로한 기색이 역연한 그 남자는 또 이렇게 물었다. 듣자니까 근래에는 영화에까지 영역을 확장하셨다면서요? 그 영화는 아직 개봉도 한 적이 없었다. 서진이 영화를 찍었다는 뉴스가 나온 적도 없었다. 이 남자는 그런 사실을 어찌 아는 것일까? 준성은 그 남자에 대해 살짝 경계심이 들었다. 무슨 용건이 있는 것인지, 아니면 단순한 팬인지 알 수가 없었다. 준성은 수레를 다시 밀며 걷기 시작했다. 서진이 뒤에서 따라왔다. 그 남자도 서진을 따라왔다. 머지않아 스크린에서도 이제 오서진 씨를 보게 되겠군요. 이거 영광입니다. 말하는 것을 들으면 그저 팬인 것 같기도 했다. 팬이라, 서진에게 팬이 있었던가? 게다가 그 남자는 나이가 마흔은 되어 보였다. 그런 나이에 별유명하지도 못한 모델의 팬이라고? 이상했다. 그러나 그가 팬이라고 말한 적이 없다는 사실을 준성은 상기했다. 그렇다면 도대체 뭔가?

주차장 역시 차로 가득했다. 수레를 밀고 차로 가는데도 검정 티셔츠는 계속해서 따라오며 하나 마나 한 소리들을 늘어놓았다. 이 동네에 사시는군요? 언제부터 사셨어요? 준성은 자신의 차 앞에 한 여자가 서 있는 것을 보았다. 길고 늘씬한 몸매에 흰색 운동복 바지에 흰색 티셔츠를 입고 있었다. 반팔 소매 밑으로 빠져나온 그녀의 팔이 단단했다. 그녀가 검정 티셔츠와 눈짓을 교환하는 것을 보고 준성은 무슨 일인가 벌어지고 있다는 것을 깨달았다. 그는 주변을 살폈다. 주차할 공간을 찾아 배회하는 차에, 수레에 물건을 가득 싣고 차에 옮기는 사람들, 수레를 찾아 끌고 매장으로 들어가는 사람들로 분주했다. 이곳에서 당장 무슨 위험한 일이 벌어질 것 같지는 않았다. 그와 서진이

차 앞에 이르렀을 때에 마침내 검정 티셔츠가 말했다.

"오서진 씨, 마약류 관리법 위반 혐의로 체포합니다."

서진의 얼굴이 일순 새하얗게 질렸다. 준성은 믿을 수가 없었다. 마약류라니? 흰색 티셔츠의 여자가 불쑥 영장을 내밀었다. 검정 티셔츠는 서진 바로 뒤에 우뚝 버티고 서 있었다. 조용히 가시죠. 그가 서진의 팔을 붙들었다. 준성은 그 팔을 밀쳐냈다. 잠깐만요. 서진은 부들부들 떨며 준성에게 매달렸다. 그는 흰색 티셔츠가 내민 영장을 들여다보았다. 마약류 단속법, 오서진, 그리고 주소 같은 것들이 눈에 들어왔다. 그것은 분명히 법원에서 발부한 영장이었고, 서진을 마약류 단속법 위반 피의자로 규정하고 있었다. 흰색 티셔츠가 빠른 말로 중얼거리고 있었다. 진술을 거부할 권리가 있고…… 묵비권을 행사할 수 있고……. 아, 저것이 미란다원칙이라는 것인가. 준성이 돌아보자 서진은 고개를 저어대고 있었다. 아냐, 그런 일 없어, 그런 일 없어. 누가 그래요, 내가 그런 거 했다고? 서진은 외치듯 항의했다. 난 그런 거 근처에도 가보지 않았어요. 사람들이 이쪽을 흘끗거렸다. 흰색 티셔츠는 물끄러미 서진을 쳐다보다가 말했다.

"육정수 감독 아시지요? 그 사람이 다 자백했습니다."

육정수라고? 준성은 당황했다. 서진이 아직 육정수라는 자를 만나고 다녔단 말인가? 검정 티셔츠가 준성과 서진을 번갈아 쳐다보며 말했다. 수갑 찰래요? 자꾸 반항하면 수갑 채우는 수밖에 없습니다. 수갑은 어딘가에서 요술처럼 나타났다. 아냐, 난 그런 적 없어, 그런 적 없어! 서진은 같은 말을 반복했다. 검정 티셔츠가 서진의 팔을 잡았고, 흰색 티셔츠가 서진의 청바지 허리띠를 움켜쥐었다. 서진이 비명을 질렀다. 해커, 해커 아저씨! 그 외침에 다른 사람들이 고개를 뽑고 이쪽을 쳐다보았다. 준성 씨, 준성 씨!

준성은 수레를 놓고 쫓아가 검정 티셔츠를 붙잡았다. 잠깐만요. 지금 어디로 가는 겁니까? 강남서로 갑니다. 그는 짧게 대꾸하고 부지런히 발을 움직였다. 통로에 서 있던 회색 스포츠 유틸리티 차량에 그들은 서진을 태웠다. 서진이 눈물을 흘리며 그를 쳐다보았다. 이건 오해예요. 난 그런 거 정말 한 적 없어요! 흰색 티셔츠는 차 안에서도 굳건히 서진을 붙잡은 채 말했다. 가서 조사해보면 알게 되겠지요. 검정 티셔츠가 문을 닫았다. 차창을 통해 준성은 가까스로 말했다. 내가 금방 쫓아갈게. 내가 금방……. 서진은 윽윽, 흐느끼고 있었다. 준성은 부르짖었다. 영규 형 갈 때까지는 암말도 하지 말아.

준성은 지금 당장 그 차를 뒤따라가야 한다고 생각했다. 급히 자신의 차로 돌아와서야 그는 거기 그들이 방금 구입한 물건들로 가득 찬 수레를 발견했다. 맨 위에 스타킹이 한 묶음 놓여 있었다. 갑자기 그는 깊은 낭패감에 사로잡혔다. 저 스타킹을 어찌할 것인가? 저 많은 물건들을, 우유, 치즈, 고등어와 갈치를 어찌해야 하는 것인가? 버리고 갈 수는 없었다. 그는 차의 트렁크를 열고 거기 담긴 상자에 수레 안의 물건들을 함부로 동댕이쳐 넣기 시작했다. 그제야 그는 손이 부들부들 떨리고 있다는 것을 깨달았다. 짐을 부리다 말고 그는 영규에게 전화를 했다.

영규는 뭐, 뭐라구, 하고 소리쳤다. 아이고, 어떻게 하냐. 넌 그런 낌새 챈 적 없어? 전혀 없었다. 준성은 그녀의 혐의를 믿지 않는다고 말했다. 영규는 말했다. 어디로 갔어? 알았어. 내가 금방 가볼게. 내가 전화하기 전까지는 너 올 거 없어. 알았지? 그는 몇 번이나 같은 당부를 하고 전화를 끊었다.

집으로 돌아간 준성을 맞은 것은 또 다른 두 사람의 형사들, 그리고 압수수색영장이었다. 형사들은 두 시간 동안 그의 집을 샅샅이 수색했다. 특히 서진의 옷방과 주방을 그들은 발칵 뒤집어엎었다. 심지어 그들은 준성이 이제 막 매장에서 사온 물건들이 담긴 상자와 비닐 주머니를 뒤엎어 포장된 고등어 토막과 초콜릿까지 하나하나 세밀히 살펴보았다. 준성은 거실에 쪼그리고 앉아 알 수 없는 두려움으로 속이 떨리는 것을 참으며 그들의 분탕질을 구경했다. 당장 비명이라도 지르게 될 것 같아 그는 두려웠다. 형사들의 분탕질은 단순하고 기계적이었고, 그래서 별 재미가 없었다. 더구나 그들이 찾는 것이, 적어도 이 집에서는 결코 나오지 않으리라는 것을 그는 알고 있었다.

준성은 대형 마트에서 이제 막 사온, 형사들이 뒤흔들어보고 동댕이친 막걸릿병을 따 마시기 시작했다. 지루함을, 그리고 두려움을 이겨내기 위해서였다. 그는 두려웠다 영장을 들이댔을 때 서진이 나타낸 반응에도 불구하고, 그는 혐의가 사실로 밝혀질지도 모른다는 불길한 예감을 뿌리칠 수가 없었다.

영규는 전화를 하지 않았다. 밤 열한시쯤에 그는 준성의 집으로 찾아갔다. 들어서자마자 그는 준성의 어깨를 움켜쥐고 오서진이를 도대체 어째야 되겠냐, 하고 물었다. 그것은 질문이라기보다는 한탄이었다. 그 한마디를 통해 준성은 알 수 있었다. 혐의는 사실이었다.

피의자 오서진은 일 년 전, 7월 28일 밤 10시로부터 7월 29일 새벽 3시까지 청담동 소재 룸살롱 주티, 그리고 호텔 블루스톤 826호실에서 광고영화 감독 육정수, 텔레비전 연출가 박명호, 모기업 기획실장 심지현, 영화감독 조용수, 룸살롱 주티의 여자 종업원 등과 함께 대마초를 피우고 필로폰을 술에 타 마셨다. 그것이 경찰이 내놓은 혐의 내용이었다. 서진은 전혀 기억이 나지 않는다고 진술하고 있었다. 자다 일어나 보니 사람들이 그녀의 방으로 몰려 들어와 술을 마시고 있었고, 누군가가 내미는 맥주 한 잔을 마시고 곧 다시 쓰러져 잠들었다는 것이 그녀의 주장이었다. 바로 그 맥주잔에 필로폰을 섞었다는 것이 육정수와 박명호의 진술이었다.

준성이 카페 원더앤원더에서 서진을 처음 만난 날이 바로 그날, 그가 '우리의 경이로운 날'이라고 부르는 일 년 전 7월 29일 오후였다.

"포기해라. 어쩔 수 없잖냐. 너하고는 달라도 너무나 다른 인간이라는 게 분명히 드러나고 있잖아."

영규의 말이었다. 준성은 대꾸하지 않았다.

33

돌아오지 않는 서진을 기다리며 혼자 술을 마시던 그날 밤, 준성은 집 안의 모든 거울이 그녀의 분신과 같다고 생각했다. 거울과 마주칠 때마다 그는 거기 비치는 자신의 모습만이 아니라 서진을 보았다. 거울 속에서 그녀는 준성을 추궁했다. 빠져나갈 수가 없을 만큼 그 추궁은 예리하고 가혹했다. 그는 거울을 외면하고 돌아서는 수밖에 없었다. 그러나 돌아설 때마다 거울은 예외 없이 다시 나타났다. 거울들은 서로를 반사하고 또 반사하면서 무수한 빛의 메아리를 만들어냈고, 어느 방향으로 돌아서도 그 포위로부터 달아날 수가 없었다. 진이는 거울의 미로를 만들고 거기 그를 가둔 것인가.

그가 거울을 외면하기 위하여 창가로 가서 창을 열어젖혔을 때 그를 맞은 것은 어둠, 그리고 시커먼 명선아파트 골조 덩어리였다. 그 건물 중간 어디에선가 뭔가가 푸르게 반짝 빛나는 것을 처음 보았을 때 그는 착각일 것이라고 생각했다. 아니면 도깨비불일까. 그는 거실을 서성거리다가 바깥을 내다보았고, 시계를 보았고, 술을 마셨고, 또다시 서성거리다가 바깥을 내다보았다.

두번째로 그 건물 중간쯤에서 뭔가가 반짝, 빛나는 것을 보았을 때 그가 불현듯 떠올린 것이 있었다. 그것은 서진의 휴대전화 고리였다. 손톱보다 작은 거울, 그녀의 휴대전화 고리에는 거울이 붙어 있었다. 그 거울이 반짝이는 것이 분명하다는, 저기 어둠 속에서 서진이 이쪽을 쳐다보고 있을 것이라는 생각은 다음 순간 확신이 되었다.

그는 전화를 하기 위해 휴대전화를 찾아 쥐었다. 그러나 곧 생각을 바꿨다. 전화를 해봐야 소용없을 것이다. 그는 집을 뛰쳐나와 연쇄점에 들러서 손전등을 하나 사들고 부리나케 명선아파트 골조 덩어리의 시커먼 현관 속으로 뛰어들었다. 발에 깡통 같은 것이 걷어차여 요란한 소리를 내며 굴러갔다. 그는 계단을 찾아 허겁지겁 뛰어 올라갔다. 손전등 불빛에 드러난 건물 안은 지저분하고 을씨년스럽고 혼란스러웠다. 단숨에 삼층까지 뛰어 올라간 준성은 사층 계단을 오르기 시작하면서 소리쳐 부르기 시작했다. 진이, 진이. 대답은 없었다. 그녀가 여기 있으리라는 것은 그의 착각에 지나지 않는 것인가. 하기야 이 시간에 그녀가 여기 올라와 있을 이유가 무엇인가. 그러나 그는 돌아서지 않았다.

오층 계단을 오르며 진이, 진이, 하고 소리쳐 불렀을 때에 위쪽 어디선가 으으, 하고 짓눌린 신음 소리 같은 것이 들려왔다. 그는 다시금 소리쳤다. 진이, 진이, 어디 있어? 으으으, 하는 소리는 더 커졌다. 진이가 울고 있었다.

그는 단숨에 그 소리가 들리는 곳으로 뛰어 올라갔다. 손전등 불빛 아래 진이가 난간 아래 쪼그리고 앉아 있는 것이 보였다. 왜 이러고 있어? 그가 물었다. 서진은 미안해, 미안해, 하고 말하며 흐느꼈다. 준성은 그녀를 힘껏 끌어안았다. 울 것 없어. 일어나. 집으로 가자. 서진은 일어나지 않았다. 더 격하게 흐느꼈다. 준성은 그녀의 옆에 난간을 기대고 주저앉았다. 서진이 젖은 얼굴을 그의 어깨에 기댔다. 준성은 그녀의 어깨를 안았다. 화가 났다. 불안감이 뭉클뭉클 그의 내면을 침식했다. 괜찮다. 괜찮다. 그는 스스로를 타일렀다. 괜찮아, 괜찮아. 그는 서진을 다독거렸다.

그는 적어도 지금 돈 얘기를 꺼낼 필요는 없다는 것을 알았다. 만일 얘기를 꺼낸다면 그는 해결책도 더불어 제시해야 할 것이다. 그러나 그에게는 아무런 해결책이 없었다. 그는 알고 있었다. 갚건 갚지 못하건 그것은 돈일 따름이었다. 사천 원이건 사천만 원이건 그것은 돈일 뿐이었다. 세상에 흔해빠진 것이 돈이었다. 그는 어떤 경우에도 돈이 그의 운명을 좌우하는 것을 방치할 생각이란 전혀 없었다. 조금 전까지만 해도 그토록 힘들고 난감했던 문제가 적어도 훨씬 단순해지는 것을 그는 느꼈다.

그는 물었다. 여기서 술 한잔할까? 그녀가 고개를 끄덕거렸다. 그가 손전등을 들고 일어서자 서진은 그를 막았다. 왜? 무섭다는 것이었다. 준성은 말했다. 이제껏 캄캄한 데서 혼자서 잘 있다가 무슨 소리야? 그때 서진이 잠깐 웃었던가. 그는 그 모든 계단을 단숨에 뛰어내려 편의점에서 깡통맥주 여섯 개 포장을 사들고 순식간에 돌아왔다. 그깟 것 때문에 울고불고할 거 없어. 맥주나 마셔. 작게 말했건만 그의 말소리가 어둠 속에 메아리쳤다. 서진은 한숨을 내쉬었다. 흐느낌이 잦아들고 있었다. 여기 들어와서 같이 술을 마시게 될 줄 상상이라도 한 적 있어? 깡통맥주를 쥐고 난간에 기대어 서자 어두운 허공 건너편, 그가 조금 전 떠나온 아파트의 방과 거실이 보였다. 이곳에서 보니 그것은 손톱만큼 작았다. 저것을 보며 그녀는 울고 있었을 것이요, 전화를 할까, 망설이기도 했을 것이요, 그러다가 휴대전화 고리의 거울이 반짝, 빛났을 것이다. 그것을 보고서도 도깨비불 따위나 생각하다니. 그의 상상력은 바닥이었다. 그런 상상력으로 시나리오를 쓰려니 고생이 막심인 것은 당연했다.

그놈들이 뭐라고 해? 진이가 물었다. 준성은 말하고 싶지 않았다. 그놈들 이름이 희한하드라. 김두만, 김삼만. 김구만도 있고 김백만도 있대. 백만 명이나 되는 건가? 서진은 짧게 웃었다. 억지웃음 같았다. 뭐래? 그녀가 다시 물었다. 준성은 지극히 간략하게 그들 사이에 오간 대화를 들려주었다. 서진은 말없이 들었다. 한숨을 내쉬고 맥주를 한 모금 마시고 또 잠깐 흐느꼈다.

나아, 고양이가 울었다. 서진이 화들짝 놀라 준성의 팔에 달라붙었다. 거기, 어둠 속에 그들의 동행이 있었다. 복도 저편에서 두 개의 푸른 눈이 번득이며 그들을 쏘아보았다. 서진은 바들바들 떨었다. 준성이 그쪽을 향해 빈 맥주깡통을 던졌다. 푸른 눈은 감쪽같이 사라졌다.

준성은 일어나 무심코 어둠 건너편 자신의 아파트를 넘겨다보았고, 그 순간 경악하여 얼어붙었다. 짓눌린 신음 소리가 밀려 나왔다. 어둠 저편, 손톱만큼 작은 아파트 베란다에 준성과 서진이 나란히 서서 이쪽을 넘겨다보고 있었다. 그는 서진의 손을 잡아 일으켜 세웠다. 입을 열 수 없었으므로 그는 건너편 자신의 아파트를 가리켰다. 서진은 비명을 지르듯 저거 뭐야, 하고 물었다. 왜 저래? 준성이 알 리 없었다. 베란다의 준성과 서진은 이쪽을 향해 손가락질을 하고 있었다. 아니, 손을 흔들어대는 것일까. 웃고 있는 것일까. 아니면…… 저들도 놀란 것일까.

준성은 문득 양자역학과 초끈 이론과 다중우주론을 떠올렸다. 그러나 저기 어둠 너머 그가 조금 전 떠나온 아파트 베란다가 무한한 다중우주 가운데 하나일 리는 없었다. 정말? 어쩌면 조금 전 준성과 서진이 내린 어떤 사소한 선택에 의하여, 그들과는 다른 것을 선택한 또 다른 준성과 서진의 세계가, 옥수수 줄거리처럼, 이제 막 파생되어 낯선 우주를 향하여 떠나가는 것은 아닐까. 그런 것을 볼 수도 있는 것일까. 준성의 몸이 부르르 경련했다. 어처구니없는 생각이었다. 이럴 때는 차라리 농담이라도 해야 했다. 저거 도둑놈들 아냐? 농담이라기에는 그의 목소리는 터무니없이 크고 어조는 진지했다. 서진은 속삭였다. 저거…… 우리들이야. 우린 여기 있는데? 우리하고 똑같이 생겼잖아. 그녀는 뜻밖에 별로 무서워하지 않는 것 같았다. 놀라는 것 같지도 않았다. 우리하고 똑같이 생긴 도둑놈들, 이라는 것도 있을 수 있어. 그가 말하자 서진은 잠깐 웃었다. 우린…… 여기……. 서진은 말을 더듬거렸다. 저 사람들도…… 지금 이런 얘기 하는 것 아닌가? 쟤들 누구지, 하면서.

캄캄한 허공을 사이에 두고 두 사람의 준성, 두 사람의 서진, 네 사람의 준성과 서진은 두려움과 의문을 품고 오래도록 서로를 바라보고 서 있었다. 그들 외에도 저 밖 어딘가에, 저 어둠 속에, 아니, 바로 저 대정아파트의 가구 하나하나마다, 이 명선아파트 골조 덩어리의 방 하나하나마다 그들과 같은, 또 다른 준성과 서진 들이 두려움과 의문을 품고 서로를 바라보고 서 있는 모습이 떠올라 준성은 머리에 쥐가 날 것 같았다. 그는 무수한 거울들을 떠올렸다. 거울들, 거울 속의 거울들, 또 그 거울 속의 거울들, 거기 반사되는 준성과 서진, 또 준성과 서진, 무수한 준성과 서진 들……. 그 거울들 가운데 하나를 지금 보고 있는 것일까. 저 어둠 속 어딘가에 거대한 거울이, 크고 작은 거울들이 세워져 있는 것일까. 우리는 거울은 보지 못한 채 거울 속의 빛과 그림자만 보는 것은 아닐까. 여기 서 있는 그들 자신도 그 무수한 거울들 속의 무수한 준성과 서진 들 가운데 하나에 불과한 것은 아닐까. 유일무이(唯一無二)한 자아(自我)라는 것은 어쩌면 환상에 지나지 않는 것일까. 인간이란 늘 분열하고 또 분열하며, 스킨답서스처럼, 파생되고 또 파생되는, 무수한 이파리들, 무수한 파편들, 더러는 말라 죽어 떨어져버리기도 하고, 더러는 기형적으로 비대해져 또 다른 줄기를 세워 벋어 나가기도 하는, 그런 파생체들의 일부 또는 누적에 불과한 것일까. 거울을 보지 못한 채 거기 맺힌 허상만을 본다면 거울의 마술에서 영영 벗어날 수 없을 것 아닌가…….

서진이 갑자기 물었다. 내가 여기 있다는 걸 어떻게 알았어? 설명하기 위해 입을 열었다가 준성은 곧 입을 다물었다. 설명하기가 쉽지가 않았다. 그 작은 반짝임을 보고 그는 어떻게 금세 여기 서진이 있다고 확신할 수 있었을까? 어쩌면 보이는 모든 거울들, 보이지 않는 모든 거울들이 그를 일깨워준 것은 아닐까? 결국 그의 입에서 나온 한마디는 그저 막연하기만 했다.

"거울."

34

죽어버린 듯한 날들이 갔다. 몇 번이나 죽어야 한다고 생각했다.

살아봐야 아무 소용이 없다는 것이 마침내 확인되지 않았는가. 밥도 넘어가지 않고 잠도 오지 않았다. 비쩍비쩍 말라가는 자신의 몸뚱이가 기특했다. 손톱에 반달이 사라지고 살결이 꺼칠해지고 입술이 말라 껍질이 벗겨지는 것도 기특했다. 눈물도 나지 않았다. 몸이 그녀의 심사에 기꺼이 복종하는 것 같았다.

그녀에게 배정된 작업은 재봉이었다. 어머니가 재봉질을 하는 것을 보았을 뿐 재봉틀을 만져본 적이 없는 그녀에게 고참 수감자는 실밥을 뽑고 단추를 달고 다리미질을 하는 것부터 가르쳤다. 하루 종일 단추를 달았다. 하루 종일 실밥을 뽑았다. 하루 종일 다리미질을 했다. 그녀는 말하지 않고 듣지 않았다. 웃지 않았고 울지 않았다. 공포의 근원이었던 감천동으로부터 벗어나고자 했던 몇 년에 걸친 그녀의 모든 안간힘은 더 지독한 곳으로 떨어지는 것으로 끝났다. 그렇다. 그녀에게는, 남들에게는 모르지만, 계단이 없었다. 있었다면 전락에 이르는 계단만이 있었고, 그 종착지가 이곳이었다. 온갖 빚을 얻어 사들인 그 모든 값비싼 옷과 가방 들에도 불구하고 이제 그녀에게 남은 것은 녹색 죄수복 한 벌, 그리고 헝겊으로 만든 누더기 같은 보따리 하나가 전부였다. 그녀가 사 모은 거울들은 셀 수 없이 많았으나 이제 그녀가 쓸 수 있는 단 하나의 거울은 교도관들이 검방(搜房)을 들어올 때마다 황급히 감춰야 하는 손톱만 한 거울 파편 하나뿐이었다. 감방 안의 모든 수감자들이 그 거울 조각 하나를 애지중지했다. 그 거울 조각을 서로 먼저 보겠다고 수인들은 다퉜다. 가끔은 서로 치고받고 할퀴기까지 했다.

그 꼴을 보며 서진은 어째선지 요양원의 아버지를 떠올렸고, 문득 깨달았다. 그녀는 아버지와 같았다. 무엇을 보건 얼마지, 하고 생각했다. 가진 게 너무 없어서였다. 그녀에게 행복이란 뭔가를, 좋은 구두, 좋은 가방, 좋은 옷을 가지는 것이었다. 가지려면 값을 알아야 하는 것이다. 아버지 곁에서는 아무것도 가질 수가 없었다. 뭐든 가지기 위해 부산을 떠났는데 그때부터 그녀가 살아온 방식이 송두리째 아버지의 치매와 다를 바 없었다. 얼마냐, 어떻게 해야 가질 수 있느냐……. 그러나 아무리 가져도 즐겁지도 행복하지도 않았다. 더 가지고 싶을 뿐이었다.

비로소 그녀는 준성이 말한 괴물이 무엇인지 짐작할 것 같았다. 그녀가 어떤 괴물의 마술에 휘둘렸는지 알 것 같았다. 잠에서 깨어난 듯했다. 그녀는 난폭하고 무모했다. 자신에게도, 남들에게도. 중요한 것은 값비싼 물건들이 아니었다. 중요한 것은 패션쇼도, 런웨이도, 영화배우도 아니었다. 그런 것들은 서진의 것이 아니었다. 마약류 관리법 위반 범죄자라는 누명이 그녀의 것이 아니듯이. 준성의 말은 옳았다. 그녀가 진정 원한 것은 그런 것이 아니었다. 누명과 같았다. 그녀는 남들이 원하는 것을 자신이 원하는 것이라 믿었다. 이 세상이, 이 구렁텅이 같은 세상이 그녀에게 요구하는 것들을 원했다. 그것을 구별할 줄 몰랐다. 그녀는 타인들의 그 어마어마한 욕망에 압도당했다. 작은 의심이라도 해볼 틈이 없었다. 구렁텅이가 따로 존재하지 않았다. 이 세계가 구렁텅이였다.

중요한 것은……, 순간들, 매혹적인 순간들이었다. 연립주택으로 집을 옮긴 뒤 그와 함께 보낸 조용하고 평온한 한두 달, 의식하지 않으면 대부분 흘러가 잊혀지고 마는 그 순간들, 뒷산으로 소풍을 가서 그가 책을 읽는 것을 이따금 넘겨다보며 음악을 듣고 잡지를 뒤적이던 순간들, 그런 때면 가슴에 잔잔히 차오르는 느꺼움, 팔베개를 하고 누우면 흥겹게 덤벼드는 흙냄새와 풀 냄새, 가끔 물처럼 시원하게 머리를 적시는 바람, 나른한 오후, 느닷없이 쏟아지는 소나기에 몸부림치는 나무들, 부르르 몸을 떨며 환호하는 이파리들, 그 소리, 그 소리를 들으면 꺼진 전등이 켜진 듯 문득 환해지는 뒷머리, 의식의 한 자락, 마치 머리를 감은 것처럼…… 그런 것들이 너무 그리워 서진은 고통스러웠다.

그러나…… 혹시 어쩌면 그 역시 꿈은 아니었을까. 그 역시 그녀의 무모한 욕심은 아니었을까. 그녀가 잠에서 깨어나 마주친 현실은 캄캄한 구렁텅이였다…….

준성이 면회를 왔으나 그녀는 면회를 거절했다. 고개를 꺾어 아무것도 쳐다보지 않고 이 구렁텅이에 빠져버린 또 다른 누군가가 입을 죄수복의 단추를 달았다. 저녁 무렵, 교도관이 와서 준성이 영치금이라 불리는 돈을 남기고 갔다는 것을 알게 되었을 때에 그녀는 진정 그가 원망스러웠다. 어째서 그는 이 지경이 되었는데도 나를 버리지 않는가? 도대체 어떻게 그럴 수가 있는가?

서진은 더 이상 그를 만나서는 안 된다고 생각했다. 무슨 얼굴로 그를 볼 것인가. 그의 시선, 그녀의 모든 것을 낱낱이 펼쳐내는 그 시선, 그녀의 마음 구석구석에 물처럼 스며들어 물처럼 조용히 찰랑거리며 애무하는 그 시선이 없이는 살 수 없을 것만 같았다. 그러나 그녀는 살아가고 있었다. 죽지 않았다. 죽음보다 못한 삶이기는 하나, 아무튼 살아가고 있지 않은가.

일주일 뒤에 준성이 또 면회를 왔으나 그녀는 나가지 않았다. 서진은 두려웠다. 그를 잃을 것 같아 두려웠다. 그의 시선 앞에서 느끼는 행복을 다시는 맛볼 수 없게 되는 것이 두려웠다. 아아, 준성이 마침내 기가 질려 그녀를 버리고 말리라는 것이 두려웠다. 두려웠으나 받아들이는 수밖에 없는 일이었다. 그러나 그가 전혀 변함없이 그녀를 사랑해줄지도 모른다는 것은 그보다 훨씬 더 두려웠다. 진이의 것이라고, 영원히 진이의 것이라고 준성은 몇 번이고 말하지 않았는가…….

준성이 또 면회를 왔으나 그녀는 나가지 않았다. 철창 밖으로 바람이 불고 비가 쏟아지고 날이 저물고 날이 밝았다. 재봉 공장에 나갔다가 감방으로 돌아오면 하루가 가고, 하루가 가면 똑같은 하루가 시작되었다. 그녀는 날짜를 세지 않았고, 자신을 돌보지 않았으며, 날짜를 세는 것을 잊었고, 자신을 방치했다. 그녀는 자신에게 가장 가혹한 재판관이 되었다.

피고인 오서진, 징역 일 년형에 처한다. 판사가 선언했을 때 그녀는 그것이 의미하는 바가 금방 이해가 되지 않았다. 일 년형이라는 것이 일 년 동안 감옥살이를 해야 한다는 뜻이라는 것은 물론 알았다. 그러나 그것과 피고인 오서진 사이의 관련을 납득할 수 없었다. 그녀는 대마초를 피운 적도 없고 필로폰을 투약한 적도 없었다. 그 저주스러운 밤, 누군가가 맥주를 내밀었을 때 그것을 받아 마신 것뿐이었다.

거기 필로폰이 섞였다는 것을 그녀가 어찌 알 수 있었으랴. 그녀는 세상 모든 사람들에게 묻고 싶었다. 당신들은 맥주를 마실 때 거기 필로폰이 섞였는지 아닌지 확인하는가? 어떤 방법으로 확인하는가? 그녀가 독을 마셨다면 그녀는 범죄자가 아니라 차라리 피해자가 아닌가?

그녀가 처음 준성을 만난 것이 그 일이 벌어진 때로부터 몇 시간 뒤였다…….

준성이 또 면회를 왔으나 그녀는 나가지 않았다. 서진은 고개를 꺾고 재봉틀에서 빠져나온 죄수복의 실밥을 뽑고 또 뽑았다. 같은 작업장 수감자들이 나가라고, 어서 나갔다 오라고 권했으나 그녀는 들은 체하지 않았다. 늙은 수감자 한 사람이 투덜거렸다. 저년이 복에 겨워 그런다. 서진은 복인지 화인지 알려 하지 않았다. 그저 아무것도 생각하지 않으려 노력했다. 매주 목요일, 준성의 면회는 계속되었고, 서진의 거부도 계속되었다. 그를 만나기를 끈질기게 거부하는 그녀의 내면에서 무엇인가가 저항을 시작했다. 그에 대한 그리움은 날이 갈수록 더 강렬하고 고집스러워졌다. 매 순간 그녀는 준성 생각에서 헤어날 수가 없었다. 잠시 멍청히 앉아 있을 때마저 준성 생각은 그녀의 그림자가 떨어져 있을 법한 거리 이상으로는 물러나지 않았다.

피고인 오서진, 징역 일 년형에 처한다. 판사가 선언했을 때 서진은 그것이 의미하는 바를 온몸으로 이해했다. 그것은 전락, 오래전부터 그녀가 예감해온 바로 그것, 철저하고 최종적인 전락이었다. 오태수가 술 구덩이에 떨어졌듯 그녀는 이 구덩이에 떨어졌다. 누군가가 구덩이 위에 뚜껑을 닫고 꽝꽝 못질을 해버렸다. 일 년 후 출감이라는 것은 무의미했다. 그녀에게는 일 년 후의 출감이나 백 년 후의 출감이나 다를 것이 없었다.

김영규 변호사가 면회를 왔으나 서진은 나가지 않았고, 바로 몇 시간 뒤 이번에는 준성이 면회를 신청했으나 나가지 않았다. 서진은 그가, 그들이, 준성을 통해 알게 된 모든 사람들이 그녀를 잊어주기를 원했다. 차라리 잊혀지는 편이 나았다. 그러나 저 교도소 밖 면회장 근처를 영규와 함께 서성거리며 기다리고 있을 준성을 생각하면 말라붙은 목구멍을 비집고 통곡이 밀려 나올 것 같았다.

다음 목요일, 준성은 면회를 오지 않았다. 서진은 하루 종일 기다렸다. 시간은 유난히 더디 갔다. 오후가 지나고 작업이 끝나고 입방(入房)이 시작되었으나 그는 오지 않았다. 마침내 그는 포기했다. 눈물이 찔끔 났으나 그녀는 참았다. 자신이 많이 무감각해졌다고 그녀는 생각했다. 다행스러운 일이었다. 산다는 짓은, 이놈의 세상은 앞으로 얼마든지 더 가혹해질 것이고, 그녀는 얼마든지 더 무감각해져야 할 것이다.

며칠 뒤, 준성의 편지가 왔다. 화들짝, 반가워지는 심사를 서진은 스스로 단속하고 나무랐다. 교도관이 건네주는 편지를 받아 한동안 들고 서 있다가, 봉함을 뜯으려다가…… 그녀는 편지를 접어 주머니에 넣었다. 읽지 않았다. 읽으면…… 그의 따뜻한 말이 들려오기 시작하면 걷잡을 수 없이 마음이 흔들리고 말리라는 두려움 때문에 봉투를 뜯을 수 없었다. 편지를 버릴 수도 없었다. 아니, 어쩌면 준성은 냉정하고 무자비하게 결별을 선언하는 편지를 썼을지도 모른다……. 그런 생각이 들자 그녀는 편지를 읽고 싶어 견딜 수가 없었고, 편지를 읽기가 더 두려워졌다. 서진은 편지를 소중히 주머니에 간직하고 작업장에 나가고 베개 밑에 간직하고 잤다. 답장은 쓰지 않았다. 일단 그에게 말을 하기 시작하면 지금껏 견지해온 의지가 한꺼번에 무너지고 말리라는 것을 그녀는 알고 있었다.

일주일 뒤 또 그의 편지가 왔다. 그녀는 읽지 않았다. 먼저 온 편지와 함께 접어서 주머니에 넣어 가지고 다니고 베개 밑에 간직하고 잤다. 답장을 쓸 수 없었다. 편지를 읽지 않았는데 무슨 답장을 쓰랴. 편지는 세 통이 되고 네 통이 되고 다섯 통이 되었다. 일주일에 한 번, 때로는 두 번, 편지는 어김없이 날아들었다. 날이 갈수록 두터워지는 편지 묶음을 접어서 주머니에 넣고 다니기가 불편해졌다. 작업이 끝나 감방으로 돌아올 때면 교도관들이 몸수색을 했는데, 그때마다 편지를 꺼내 왜 그것을 늘 가지고 다니는지를 추궁했고, 서진은 대답이 궁했다. 편지 묶음이 콘크리트 바닥에 동댕이쳐질 때마다 준성이, 더불어 그녀가 모욕당하는 것만 같았다.

알 수 없는 일이었다. 서진은 편지를 감방 안에, 헝겊으로 만든 보따리에 넣어두고 나서려고 몇 번이나 시도해보았다. 그러나 그렇게 되지 않았다. 마지막 순간에 그녀는 되돌아서서 편지를 작업복 주머니에 쑤셔 넣고서야 감방을 나설 수 있었다. 어쩔 수 없이 그녀는 처음 온 편지 하나만을 남기고 나머지 편지들은 영치시켰다. 출감 때에나 그 편지들을 되찾게 될 것이다. 백 년쯤이 지나 출감하여, 참을 수 없을 만큼 그가 그리워지면 하나하나 꺼내어 천천히 읽어보리라. 한 때 눈길이 담백하고 고요한 남자가 나를 지극히 사랑한 적이 있었지, 하고 백 년 전의 일을 회상할 것이다. 그런 기억만으로 살아갈 수도 있을까.

나무 한 그루 없는 청주여자교도소 운동장에는 낙엽 한 장 떨어지지 않았으나 여름이 가고 가을이 가고 겨울이 오고…… 준성의 편지는 어느 날 돌연 중단되었다. 한 주일이 지나고 또 한 주일이 지나고, 서진은 편지를 기다리고, 눈이 내리고, 그녀가 만든 수감자 작업복이 산더미처럼 쌓였다가 실려 나가고, 새로운 옷감이 들어와 쌓이고, 그녀의 머리칼에 실밥과 먼지가 허옇게 내려앉고, 쌓인 눈이 녹고, 해가 바뀌고…… 그러나 편지는 영영 오지 않았다. 어느 날 문득 그녀는 깨달았다. 마침내 잊혀졌구나. 그녀는 울었다. 교도소에 들어온 후 처음, 흐느낌도 없이 눈물이 흘러내렸다.

시간들, 무수한 시간들이 병정개미 떼처럼 끈질기게 가차 없이 그녀를 타넘어 결코 돌이킬 수 없는 과거로 행진해가는 것을 그녀는 무력하게, 자포적(自暴的)으로, 무심하게 지켜보았다. 잠에서 깨어나면 그녀를 맞는 것은 언제나 시간이 사라져버린 밋밋하고 삭막한 공간이었다.

오전 작업이 끝나갈 무렵, 구내 스피커에서 영화가 상영될 예정이라는 안내 방송이 나왔다. 오후 작업은 없다는 것, 점심식사 후에 강당으로 집결하라는 것, 영화 관람으로 오늘의 일과는 끝나니까 강당에서 나오는 대로 모든 수감자는 즉시 감방으로 돌아가라는 것이 대강의 내용이었다.

가끔 벌어지는 특별할 것 없는 행사였다. 자선단체나 종교단체에서 찾아와 개과천선하라고 중언부언 쓰잘데없는 소리들을 늘어놓거나 맹물 같은 종교 영화나 구닥다리 영화를 보여주었다. 수감자들은 별로 반기지 않았다. 크지도 않은 강당에 가득 모아놓은 수감자들을 향해 연사가 떠들어대는 소리들이 커다란 스피커를 통해 증폭되어 쏟아져 나오기 시작하면 아예 잠을 청하는 수감자들이 태반이었다. 영화가 상영될 때도 마찬가지였다. 그런 행사가 벌어지는 날이면 일찍 감방으로 돌아가 지루하게 보내야 하는 시간이 길어진다는 것 때문에 수감자들은 오히려 짜증을 냈다. 감방 안에 들어가 있는 시간이 길어지면서 사고도 잦아졌다.

높은 콘크리트 장벽으로 둘러싸여 직사각형으로 조각난 하늘은 눈이라도 내릴 듯 거무스레하게 웅크리고 있었다. 조각난 운동장으로 몰아치는 바람이 싸늘했다. 감시탑 위의 교도관들은 두꺼운 파카 속에 목을 웅크리고 발을 구르며 강당으로 행진하는 수감자들을 지켜보았다.

점심시간이 끝나자마자 청주여자교도소의 모든 수감자들은 교도관들의 재촉을 받아 강당에 집결했다. 창문으로 흘러든 겨울 햇볕 속에 먼지들이 분분히 날았다. 몇몇 건강 걱정이 많은 수감자들은 얼굴을 다 가리는 마스크를 꺼내 썼다. 교무국장이 강당 연단에 올라서서 해뜩한 눈빛으로 연설을 늘어놓았다. 다행히 길지는 않았다. 그녀는 멀리 여기까지 찾아와주신 관계자 여러분들에게 고마워하는 마음으로 재밌는 영화 감상해주시기 바랍니다, 하는 말로 인사를 끝냈다. 수감자들은 큰 관심 없이 박수를 쳤다. 창문에 두꺼운 커튼이 드리워지고 불이 꺼졌다. 캄캄한 공간에서 마른기침 소리가 콩콩, 여기저기 들려오다가 잠잠해졌다.

교무국장은 뒷문 쪽으로 걸어갔다. 수감자들이 모두 집결한 다음에야 강당에 들어서 있던 김영규, 홍정우와 마주쳤다. 그녀는 인사를 건넸다. 영화 끝나면 나오셔서 차 한잔 같이해요. 그럼요, 그래야죠. 정우는 유쾌하게 말했다. 김 변호사님도요. 교무국장의 말에 영규는 난 술이 좋은데, 하고 중얼거렸고, 교무국장은 술은 아직, 하며 먼지가 가득한 강당에서 서둘러 빠져나갔다.

영규가 몇 번이나 청주여자교소도에 드나들며 교도소장에게 부탁하고, 커피도 사주고, 포도주도 사주고, 갖은 애를 써서 겨우 마련한 시사회였다. 일주일 전에는 정우와 함께 필름을 싸들고 와서 교도소장을 포함하여 몇몇 간부들에게 미리 영화를 보여주었다. 사전 검열을 받은 셈이었다. 영화를 보고 난 뒤에는 저녁을 같이 먹으며 술도 한잔했다. 나흘 전에야 겨우 허락이 떨어졌다. 허락이 떨어지고 나서도 영규는 교도관 한 사람을 따로 만나 한 가지 어려운 부탁을 해야만 했다.

그날 정우는 서울로 돌아오는 차 안에서 준성에게 온갖 욕설을 퍼부었다. 그 새끼, 누군 연애 안 하고 살았어? 왜 이리 유별스러워? 듣다못해 영규가 물었다. 준성이 듣지도 않는데 욕을 그리 해대면 기분이 좀 낫냐? 도대체 내 영화 첫 시사회가 왜 하필 교도소야? 그놈 때문이잖아.

영규는 준성의 마음을 돌려놓으려 애썼다. 서진에게는 미안했으나 어쩔 수 없다고 생각했다. 서진이 교도소에서 나오면 어쩔 거냐? 결혼이라도 할 거냐? 사람이 쉽게 변하는 줄 아냐? 마지막으로 그런 말을 했을 때 준성은 알아, 하고 일어서서 멀어져 가다가 돌아와 나직하게 말했다. 그거 알아? 형 지금 괴물 같아.

정우까지 불러와 둘이서 함께 준성에게 술을 퍼먹이며 설득해본 적도 있었다. 별 대꾸도 없이 알았어, 알아, 하며 술만 퍼마시던 준성은 나중에, 헤어지려는 때에 횡단보도 앞의 신호등 기둥을 한 손으로 짚고 몸뚱이를 사방팔방 꺼떡거리며 이런 말을 했다.

"이놈의 도시고 신호등이고 교도소고 법이고 뭐고 다 없다고 가정해보자."

영규는 나 어떻게 먹고살라고, 하고 투덜거렸다.

"세상에 있는 거라고는 나하고 진이뿐이라고 치자. 우리가 어땠을 것 같아?"

영규는 잠시 생각해보았으나 답변이 궁하여 반문했다. 내가 아냐? 준성이 되물었다.

"내가 알려줘?"

그래. 영규가 대답했다.

"알려줘?"

알려달라니까. 영규가 또 대답했다.

"정말 궁금해?"

그렇다니까. 영규가 말하자 준성은 한동안 그를 물끄러미 쳐다보고 있다가 아무리 말해도 알아듣지 못할 것은 뻔하지만, 마지막으로 한 번만 더 말해주겠다는 듯한 어조로 말했다.

"지금 나하고 진이가 이 지경이 된 건 나하고 진이 때문이 아니야."

그럼 뭐 때문인데? 영규가 묻자 그는 아주 귀찮아하며 짧게 말했다.

"나와 진이가 아닌 모든 것들. 형을 포함하여."

그는 횡단보도를 건너가려다가 휙, 돌아서서 영규의 얼굴에 제 얼굴을 들이대고 소리치듯, 그러나 속삭였다.

"우린 다 괴물이라구, 형. 우리가 원해서 이렇게 된 건 아니지만. 형, 나에게서 괴물 본 적 없어?"

준성의 눈에 눈물이 고이는 것을 보았을 때 영규가 생각한 것은 자신이 재판이고 식구고 다 내던지고 술병 끼고 여관방 찾으러 나서는 순간이었다. 목구멍까지 똥물이 차오르는 듯 여겨질 때 구역질을 이겨내는 단 하나의 방법이 만신창이가 되도록 술을 퍼마시는 일이었다. 그는 준성의 어깨에 팔을 걸쳤다. 한잔 더 먹자, 준성아. 괴물들끼리 한잔 더 해야지. 술을 이기지 못해 금강제화 건물 앞에 쪼그리고 앉아 있던 정우는 그 말을 듣자 버럭 소리쳤다. 제발 집에 좀 가자, 이 괴물들아.

강당 뒤쪽에 서 있던 교도관 한 사람이 큰 소리로 외쳤다. 2369번! 스크린 바로 앞 벤치에서 수감자 한 사람이 일어서 대답했다. 네. 교도관은 지시했다. 이리 와. 2369번은 강당에 빼곡히 들어앉은 수감자들 사이를 비집고 교도관 앞으로 다가갔다. 거기 앉아. 교도관은 강당 제일 뒤에 놓인 벤치를 가리켰다. 2369번은 영문을 모르는 채 거기 앉았다. 그 벤치는 비어 있었고, 그녀가 앉자 교도관이 그 옆에 버텨 섰다.

타르르르, 소리와 함께 영사기가 돌아가고, 스크린에 빛이 떠오르고 영상이 떠오르고 음악이 흘러나왔다. 저것은 거울이다, 하고 그녀는 생각했다. 한 영화감독이 배우들과 함께 만든 거울, 그는 그 거울에서 무엇을 보았을까. '미인들, 탈출을 모의하다'라는 제목이 흘러갔다. 아무런 생각 없이 스크린을 지켜보던 2369번 수감자는 스크린에 떠오르는 글자들 가운데 홍정우라는 이름을 발견하자 화들짝 놀랐다. 이건, 이건…… 내가 출연한 영화인가? 그녀가 출연한 영화의 제목은 '우물 속으로'였다. 그 영화는 아닐 것이다. 그러나 그녀의 가슴은 이미 터질 듯 두근거리고 있었다.

타이틀이 지나가고 영화가 시작되자마자 그녀는 곧 알게 되었다. 그녀가 출연한 영화였다. 홍 감독이 보낸 시나리오가 고스란히 생각나고, 인천의 촬영 현장이 생각났다. 제목이 바뀐 것뿐이었다. 어쩌다 이 영화가 여기에서 상영이 되는 것인지 그녀는 정말 궁금했다. 단순한 우연인가, 아니면……? 교도관은 어째서 갑자기 그녀를 불러내이 뒷자리에 앉힌 것일까? 혹시 여기에 홍정우가 와 있는 것은……? 설마……. 아닐 것이다. 몸이 부르르 떨렸다. 그녀는 숨고 싶었다. 어디론가 사라지고 싶었다. 그러나 수감자는 임의로 자리를 옮겨 다닐 수 없는 존재였다. 별도의 지시가 떨어질 때까지는 그 벤치가 그녀의 감옥이었다.

그녀가 감옥살이를 하는 사이 영화가 완성되어 상영되고…… 마침내 교도소까지 찾아오게 된 것이라고 그녀는 생각했다. 관객은 많이 들었을까. 홍 감독과 영규, 그리고 준성과 더불어 술을 마시며 준성의 시놉시스를 놓고 토론을 벌이던 날들이 다시 한 번 그리웠다. 한때 그런 일들이 그녀의 것이 되리라 믿었던 적이 있었다. 백 년 전의 일이었다.

누군가가 벤치 저편에 와 앉았다. 서진은 돌아보지 않았다. 돌아보지 않으면서도 온몸의 지각을 다 동원하여 살펴보았다. 가슴이 벌컥거리기 시작했다. 눈앞이 아득해졌다. 영화가 눈에 들어오지 않았다. 수감자인 것 같지 않았다. 남자인 것 같았다. 그렇다면 영화 관계자일 것이다. 혹시 홍정우? 만일 그라면……. 그가 알아볼지도 모른다는 것이 두려워 서진은 숨소리마저 죽이려 애썼다. 누구인지 궁금해 도저히 참을 수 없을 지경이 되어 슬며시 그쪽으로 고개를 돌려보았다.

서진은 소리를 지를 뻔했다. 스크린으로 향하는 빛 무리의 희미한 난반사 속에서도 그녀는 알아보았다. 온몸의 혈관이 우르르 경련했다. 영화가 사라졌다. 어둠도 사라졌다. 강당이 사라졌다. 빛도 거울도 사라졌다. 홍정우라는 이름을 본 순간 그녀가 가장 걱정했던 일이 벌어졌다. 가장 기대했던 일이 벌어졌다. 준성이었다. 그가 서진을 바로 한 발짝 옆에서 바라보고 있었다. 이내 꾸물꾸물, 준성의 손이 벤치를 건너와 그녀의 손을 잡았다. 주저 없이 서진은 그 손을 마주 잡았다. 걷잡을 수 없이 눈물이 흘러내렸다. 목을 넘어 솟구치는 울먹임을 그녀는 가까스로 삼켰다.

그들은 손을 마주 잡은 채 영화를 보았다. 마침내 스크린에 서진이 나타났다. 그녀는 검소한 푸른 원피스에 연두색 스웨터를 걸치고 소박한 단화를 신고 있었다. 그녀의 얼굴이 낯선 것에 준성은 놀랐다. 일 년이 넘는 기간 같이 지내면서도 본 적이 없는 서진의 새로운 얼굴을 카메라가 잡아내고 있었다. 그녀의 얼굴은 깨끗하고 싱싱했다. 구김살 없는 얼굴이 소년 같았다. 그녀는 비가 흩날리는 인천 차이나타운의 골목을 우산을 받고 걸어 올라가며 물었다. 난 어때? 나라 해서 꼭 이렇게 살고 싶은 건 줄 알아? 준성은 그녀의 손을 힘주어 잡았다. 서진이 그 의미를 알아듣지 못할 리 없었다. 그녀의 작은 손이 준성의 크고 뜨거운 손 안에서 녹아내릴 듯했다. 그렇게 사라져버려도 좋을 것 같았다.

두 사람이 마주 잡은 손 사이에는 아무것도 끼어들 수 없었다. 오직 그들의 체온이, 더불어 두 사람만이 알아듣는 얘기가 오갔다.

에필로그

괴물과 싸우는 법 / 시놉시스-3

　새벽에 서진은 교도소의 커다란 철문을 빠져나왔다. 그녀의 몸은 더 작고 더 가늘어져 한 포기 풀 같았다. 준성이 다가가 그녀의 손을 잡은 순간 사방에서 용들이 광포하게 울부짖었다. 교도소 감시탑의 탐색등이 어둠을 조각내는 가운데 한 마리가 아니라 수십 마리의 용이 분노에 차 발버둥치기 시작했다. 준성은 놀라 널른 바위틈에 엎드렸다. 피할 곳을 찾아 그는 사방을 두리번거렸다. 어둠, 바람, 그리고 추위, 파도…… 길은 보이지 않았다. 서진은 피할 생각도 않고 여전히 우뚝 선 채 그를 내려다보았다. 괜찮아. 그녀는 태연했다. 공습처럼 어둠 속에서 용들이 울부짖고 있는데 그녀는 조금도 두려운 기색 없이 웃으며 손을 내밀었다. 그는 서진의 손을 잡고 머뭇머뭇

일어섰다.

"벌써 죽었어."

하고 그녀가 말했다. 누가?

"용. 용들."

준성은 동시에 두 질문을 해야 했다. 저 용들이 울부짖는 소리는 무엇인가? 용이 있기는 했다는 것인가? 서진은 고개를 저었다.

"용 같은 건 없었을 뿐 아니라 이젠 죽어버렸어. 무서워할 것 없어."

추위가 몸을 얼어붙이는 것 같았고, 바람은 사방에서 밀려와 거칠게 그들을 떠밀었다. 서진의 길지도 않은 머리칼이 민들레 꽃씨처럼 펼쳐져 곧 바람 속으로 날아오를 듯했다.

준성은 생각이 복잡해졌다. 없었던 것이 죽을 수 있는가? 우리는 그 오랜 세월 동안 죽은 용들에게 제물을 바치고 있었단 말인가? 서진은 고개를 끄덕거렸다.

"하지만 우리가 보고 사는 스크린 위에는 존재했던 거지."

스크린이라니? 스크린에 온갖 빛과 그림자가 출렁이듯, 거기 비친 것들이 살고 죽고 싸우고 빼앗고 사랑하고 배신하고 헤어지듯, 그러나 그것들이 스크린에 실재하는 것은 아니듯, 용은 다만 스크린에 존재할 뿐이었다. 무슨 스크린? 그것이 존재한다고 믿는 자들의 스크린. 그것은 마치 거울 앞을 떠난 사람을 여전히 비추고 있는 거울과 같았다. 거울 앞은 비어 있는데 거울 속에는 용이 존재하고 있었다. 없는 것이 존재하는 것과 별로 다르지 않았다.

그게 대체 무슨 소린가? 어쩌면 용을 두려워하건 두려워하지 않건, 용이 살아 있다고 믿는 자들이야말로 용이었다.

그들은 교도소 앞의 캄캄한 어둠 속에서 살얼음이 낀 바위 위를 한참 동안이나 더듬더듬 걸어 내려갔다. 모든 방향에서 찬바람이 치달아와 몸이 떨렸고, 걸음을 옮기기마저 힘들었다. 어둠이 바람에 찢겨 나갈 듯했고 먼 하늘에 초롱초롱한 별마저 찢어져 흩어지는 듯했으며…… 용의 울부짖음은 차츰 멀고 희미해졌다.

그러나 준성은 희미한 그 소리에도 오금이 저렸다. 정말 용은 없는가? 그가 다시 물었다. 서진은 누이처럼 편안히 웃었다. 있어. 준성은 어리둥절하여 되물었다. 있어? 서진은 그의 뺨을 두 손으로 감싸 안고 눈을 들여다보았다. 알잖아. 두 사람의 입술이 오랜만에 만났다. 서진이 속삭이는 소리를 준성은 귀가 아니라 입술로 들었다.

"거울이 있는 곳마다."

막이 올랐다. 객석의 불이 꺼지고 무대에 조명이 들어왔다. 나는 객석에 앉아 무대를 주시했다. 배우들은 나오지 않았다. 무대에서는 도대체 아무 일도 벌어지지를 않았다. 나는 아직 시작할 때가 안 되었나 보다, 생각하며 다시 팸플릿을 뒤적이고, 어둠 속에서 안경을 꺼내 쓰고 깨알 같은 글씨의 연출의 변 같은 것을 읽으려 애를 써보기도 하고, 저만큼 앞줄에 앉은 어여쁜 여자 관객을 흘끔거리기도 했다.

아무리 기다려도 연극은 시작되지 않았다. 조명이 무대 이편에서 저편으로 이동하기도 하고, 색깔이 바뀌는가 하면, 일도 없이 꺼졌다가 다시 켜질 따름이었다.

한참 시간이 흐른 뒤에야 나는 깨달았다. 이것은 나의 공연이다. 내가 무대로 올라가 나의 이야기를 해야 하는.

잠에서 깨어나 한동안 멍하니 앉아 있었다. 텅 빈 무대를 바라보며 그렇게 객석에 앉아 있는 것이 나의 역할이었을지도 모른다는 생각을, 잠깐, 해봤다.

아직도 그렇게 멍하니 앉아 있는 중이다. 내가 기다리는 공연은 아직 시작되지 않았다.

2010년 늦여름 慕遠齋에서